STEFANIE MUTZ | Die Psychiaterin

Die lebenslustige und attraktive Ärztin Sarah Wohlfart tritt ihre erste Arbeitsstelle in einem psychiatrischen Landeskrankenhaus an. Unglücklicherweise fühlt sie sich von Anfang an stark zu ihrem undurchschaubaren Patienten Adrian Steinbach hingezogen, der an einer Schizophrenie leidet! Auch ihr Kollege Max Horak verliebt sich in Sarah. Und bald herrscht ein völliges Gefühlschaos.

Da passieren plötzlich beängstigende Vorfälle in der Klinik, Sarah wird von einem unbekannten Patienten bedroht und hat das Gefühl, niemandem mehr trauen zu können. Wer steckt hinter den unheimlichen Geschehnissen? Wer terrorisiert die junge Ärztin? Sarahs persönlicher Albtraum nimmt seinen Lauf...

Ein nervenzerreißender Psychothriller, den man bis zum Ende nicht mehr aus der Hand legen kann.

Die Autorin ist aufgewachsen in Ravensburg am Bodensee und schrieb schon als Kind mit Begeisterung viele Kurzgeschichten und kleinere Romane. Heute lebt sie mit ihrem Mann und drei Kindern bei Würzburg und arbeitet als Fachärztin für Psychiatrie und Psychotherapie in einem Krankenhaus.

Ihr Roman besticht nicht nur durch Spannung, sondern spiegelt auch plastisch das Leben und Arbeiten in einer Psychiatrie wider. Das Fachwissen der Autorin verleiht dem Buch Authentizität. Ein Schmankerl ist das für Laien sehr gut verständliche medizinische Glossar am Ende des Romans.

Stefanie Mutz

Die Psychiaterin

Psychothriller

Bibliografische Information der Deutschen Nationalbibliothek:
Die Deutsche Nationalbibliothek verzeichnet diese Publikation
in der Deutschen Nationalbibliografie; detaillierte
bibliografische
Daten sind im Internet über http://dnb.dnb.de abrufbar.

© 2014 Stefanie Mutz
Herstellung und Verlag:
BoD - Books on Demand, Norderstedt

ISBN: 978-3-7357-8704-0

„…soviel steht nun einmal unzweifelhaft für mich fest, dass Gott durch Vermittelung der Sonne mit mir spricht und ebenso durch Vermittelung derselben schafft oder wundert. Die Gesamtmasse der göttlichen Nerven oder Strahlen könnte man als eine nur auf einzelne Punkte des Himmelsraumes verstreute oder den ganzen Raum erfüllend vorstellen.“

(Aus „Denkwürdigkeiten eines Nervenkranken" von Daniel Paul Schreber, Senatspräsident am Oberlandesgericht Dresden, der 1894 an „Dementia paranoides" (heute Schizophrenie genannt) erkrankte)

Sarah

Kälte und Nässe durchdrangen ihre dünne Jeansjacke. Seit Tagen nieselte es aus einem grauen, tristen Himmel. Nach einem raschen Blick auf ihre Armbanduhr beschleunigte Sarah ihren Schritt. Ihre Nervosität wuchs. Sie konnte sich beim besten Willen nicht vorstellen, was der heutige Tag ihr bescheren würde. War sie wirklich schon bereit? Konnte sie Verantwortung für Patienten übernehmen? Eine widerspenstige rote Locke hatte sich aus ihrem Zopf gelöst, und sie strich sie hinters Ohr. Ihre Hände fühlten sich kalt und feucht an. Erst vor drei Wochen hatte sie ihr Staatsexamen abgelegt, dann war alles sehr schnell gegangen. Ihr sonniges Gemüt hatte den Chefarzt des hiesigen psychiatrischen Landeskrankenhauses sofort für sie eingenommen, und so hatte ihr das erste und einzige Vorstellungsgespräch sogleich auch ihren ersten Job als Ärztin beschert.

Nun stand Sarah vor einem riesigen, grauen Betongebäude. Alles an dieser Klinik schien trist und heruntergekommen. Am Eingang tummelten sich drei Patienten in Jogginganzügen, die Kippe fest zwischen den nikotingelben Fingern. Aschgrau im Gesicht und mit glasig verschwommenen Augen starrten sie Sarah an. Einer entblößte eine Reihe schwarzer Stummel bei dem Versuch, sie anzulächeln. Er brachte nur ein fratzenhaftes Grinsen zustande, das sie erschauern ließ. Ein leises Unbehagen kroch ihren Rücken hinunter. Sie hatte keinerlei Erfahrung mit psychisch erkrankten Menschen. Lediglich hatte sie schon immer eine tiefe Faszination für dieses Fach empfunden, wenn sie sich durch die Lehrbücher arbeitete oder die Vorlesungen besuchte. Es machte ihr regelrecht Angst, hier ärztlich tätig sein zu dürfen und nur ihr Lehrbuchwissen mitzubringen. Aber vielen jungen Ärzten auch in anderen

Fachgebieten erging es nicht anders als ihr. Dieser Gedanke tröstete sie. Schnell huschte sie an den drei Gestalten vorbei, die sie nun mit leicht anzüglicher Gier im Blick taxierten. Sie hatte die Arme fest um sich geschlungen und freute sich, gleich ihren weiten Arztkittel anziehen zu dürfen, um ihre wohlproportionierten Formen verbergen zu können.

„Entschuldigung, wo finde ich das Chefsekretariat, bitte? Ich soll mich dort melden." Sarah räusperte sich und blickte in die strengen Augen des Pförtners, die sie über seine randlose Lesebrille hinweg skeptisch musterten. Er blieb stumm und richtete seine Aufmerksamkeit wieder auf seinen Computer, die eine Hand auf der Maus. Nach einer halben Ewigkeit wie es Sarah schien, wandte er sich ihr wieder zu, den brillenrandlosen Blick fest auf sie gerichtet.

„Um was geht es denn, bitteschön?" Der Pförtner ließ sich in seinen Drehstuhl zurückfallen und verschränkte die Arme.

„Ich bin die neue Assistenzärztin. Sarah Wohlfart ist meine Name, guten Tag." Sie streckte ihm ihre Hand entgegen und versuchte ihr freundlichstes Lächeln aufzusetzen. Irgendwie hatte sie unbestimmt im Kopf, dass man es sich mit dem Pförtner nicht verderben durfte, der über Funkerbatterien, Diktiergeräte und andere lebensnotwendige Dinge verfügte.

„Aha, Tag, die Dame." Eher widerwillig, wenn auch ein wenig interessierter schüttelte er ihr kurz die Hand, „Den Gang vor und dann links, bei Frau Rügamer klopfen." Damit wandte er sich auch schon wieder Computer und Maus zu.

„Vielen herzlichen Dank!" Sarah schenkte ihm noch ein bezauberndes Lächeln und drehte sich dann um, ein wenig zu schwungvoll wie sich herausstellte, denn sie stieß prompt mit einem Mann zusammen, der gerade die Tür ansteuerte. Ihre Körper berührten sich und ihr stieg sogleich ein angenehm männlicher Duft in die Nase. Sie blickte hoch und in zwei braune, warme Augen. Ihr Herz schien einen Augenblick still zu stehen, bevor es dann wie wild anfing zu hämmern. Sie konnte sich nicht von diesen Augen lösen. Sie wusste nicht, was es war, aber es hatte sie wie ein Schlag getroffen. Feine Lachfältchen bildeten sich nun um diese wundersamen Augen, die umrahmt wurden von braunem, lockigem Haar. Eine Hand legte sich sanft auf ihren Arm. Es durchfuhr sie wie ein Blitz, ihr Puls schien immer schneller zu schlagen.

„Ist alles in Ordnung mit Ihnen?" Seine Stimme klang dunkel und melodiös und irgendwie vertraut. Seine Hand ruhte weiter auf ihrem Arm und sie meinte in seinen Augen ein Glimmen zu vernehmen.

„Ja,…ja, sicherlich." Sie brachte nur ein Stammeln heraus. Er nahm seine Hand von ihr, und es schien fast körperlich zu schmerzen. Sie wollte ewig so mit diesem Mann stehen bleiben und ihn nur anschauen dürfen. Sie schluckte und fuhr sich durchs Haar. Kurz glitt sein Blick an ihr herunter und im Gegensatz zu vorhin bescherte ihr das wohlige Schauer. Mit jeder Faser ihres Körpers konnte sie ihr Frausein fühlen.

„Na dann…", mit einem schiefen, leicht verschmitzten Lächeln nickte er ihr zu, drehte sich zur Tür und trat hinaus. Sarah ertappte sich dabei, wie sie ihm hinterher starrte. Was war denn das gewesen? Und wer war dieser unglaubliche Mann? Nie zuvor hatte sie so etwas erlebt. Es war wie in einem Buch, schoss es ihr durch den Kopf. Langsam beruhigte sich ihr Herzschlag wieder. Sie atmete einmal tief durch, um sich dann auf den Weg zu machen. Erst dann bemerkte sie den Blick des Pförtners, der die ganze Szene mitbekommen hatte. Etwas war in seinem Blick. Etwas das Sarah äußerst beunruhigte. Sie versuchte das Gefühl abzuschütteln und ging los, den Gang entlang. Sie fühlte sich wie entrückt. Als sie der Sekretärin, Frau Rügamer, die Hand schüttelte, ihre

Klinikschlüssel entgegen nahm, den Stapel Klinikkleidung überreicht bekam, zum Zimmer des Chefarztes geleitet wurde, spielte sich in ihrem Kopf immer wieder diese eben erlebte Begegnung ab, lachte sie beständig im Geiste ein Paar braune Augen an, spürte sie die Berührung seiner Hand. Erst als sie Professor Renner gegenüber stand, gelang es Sarah ihre kreisenden Gedanken abzuschütteln.

„Frau Wohlfart, seien Sie herzlich gegrüßt." Eine Hand ergriff die ihre und drückte sie beherzt. Professor Renner war eine äußerst angenehme Erscheinung, das Haar schon ergraut, funkelten sie seine freundlichen Augen aus einem intelligenten Gesicht wohlwollend an. Er war groß, schlank und besaß einen für sein Alter erstaunlich athletischen Körperbau. Etliche Trophäen auf den Regalen in seinem Zimmer deuteten darauf hin, dass er ein begeisterter und auch erfolgreicher Golfer war. „Setzen Sie sich doch! Wie gefällt Ihnen denn Ihre erste Arbeitsstätte? Ich gebe zu, besonders hübsch ist sie nicht, unsere Klinik, aber dafür sind die Mitarbeiter umso besser und seit neuestem sogar attraktiver." Aus seinem Munde klang das kein bisschen chauvinistisch, sondern einfach nur nett.

„Ich bin mir sicher, ich werde gerne hier arbeiten." Sarahs Augen blitzten, und sie fühlte sich wie von weit her kommend immer wohler und wohler, es kam einem übermächtigen Gefühl der Erleichterung nahe, denn mit einem Schlag überrollte sie die Erkenntnis, dass sie es tatsächlich geschafft hatte. Die vielen Jahre harter Arbeit hatten Früchte getragen. Sie war in einfachen Verhältnissen aufgewachsen. Sarahs Vater arbeitete als Gärtner bei der Stadt und kümmerte sich um die öffentlichen Grünanlagen, ihre Mutter hatte einen Job bei einem Supermarkt, so konnten sie sich halbwegs über Wasser halten. Niemand aus ihrer Familie und Verwandtschaft hatte verstehen können, was das Mädel dazu trieb, ausgerechnet

Medizin studieren zu wollen. Und so musste sie von Anfang an dafür kämpfen und für ihren Lebensunterhalt, den sie sich das ganze Studium über in irgendwelchen Kneipen erwirtschaftet hatte. Hier vor Professor Renner zu sitzen und Ärztin zu sein, war das Größte, was sie sich in ihrem bisherigen Leben vorzustellen vermochte.

„Am Besten, Sie fangen gleich mit der Arbeit an. Die Kollegen können es kaum erwarten, Verstärkung zu bekommen. Wie ich gestehen muss, ist es bei uns natürlich ähnlich wie in allen anderen Kliniken: Viele Patienten, zu wenig Ärzte, und kein Geld von der Verwaltung, um mehr neue Ärzte einzustellen." Er hob bedauernd die Schultern. „Wir haben gleich unsere Frühbesprechung, da nehme ich Sie mit und jeder weiß dann sofort, wer Sie sind."

Er erhob sich und Sarah tat es ihm nach. Professor Renner ging zur Tür, öffnete ihr dieselbe und gemeinsam schritten sie über den Gang. Als Sarah ihre Blicke kurz Richtung Eingang schweifen ließ, durchfuhr sie ein leichtes Rieseln, denn ihre Augen erhaschten einen Moment lang eine männliche Gestalt mit braunem, lockigen Haar, die soeben im Aufzug verschwand.

Eine unüberschaubare Menge an Ärzten und Psychologen quetschte sich in den kleinen Raum, der für alle gemeinsamen Besprechungen, Übergaben, Kurvenvisiten oder Fortbildungen genutzt wurde. Und alle Augenpaare waren gleichzeitig auf Sarah gerichtet, doch zum Glück besaß sie kein schüchternes Naturell und blickte selbstbewusst in die Runde, als Professor Renner zu sprechen ansetzte:

„Ich darf Ihnen allen unsere neue Assistenzärztin, Frau Sarah Wohlfart, vorstellen. Sie hat erst im letzten Monat äußerst erfolgreich ihr Medizinstudium abgeschlossen und wird uns ab heute tatkräftig unterstützen. Zunächst habe ich mir erlaubt, Frau Wohlfart auf Station Leonhardt unterzubringen. Wenn ich Sie bitten darf, Herr Dr. Horak, sich um die junge Kollegin ein bisschen zu kümmern, um ihr den Einstieg ein wenig zu erleichtern?" Professor Renner hatte einen jungen Arzt anvisiert, der am anderen Ende des großen Konferenztisches saß. Er trug keinen Arztkittel, sondern nur ein weißes Polohemd, das über seiner kräftigen Brustmuskulatur spannte. Seine Haare waren von einem intensiven Blond, das Sarah sofort an Robert Redford denken ließ. Er lächelte ihr begrüßend zu, und sie war sich sicher, dass mindestens die Hälfte aller weiblichen Mitarbeiter in ihn verknallt war. Sie konnte nur hoffen, dass er sich nichts darauf einbildete. Mit einem Gockel zusammenzuarbeiten stellte sie sich nämlich ziemlich anstrengend vor. Überraschenderweise entpuppte sich Dr. Horak jedoch als ein ziemlich schüchterner Typ. Gleich nach der Frühbesprechung trat er auf Sarah zu und streckte ihr die Hand entgegen.

„Ich bin Max, wir duzen uns eigentlich alle, abgesehen von den Oberärzten und dem Chef natürlich." Er lächelte verlegen. Irgendwie empfand sie seine Schüchternheit als verdammt sexy und entschied innerlich, dass er wahrscheinlich gar nicht wusste, wie attraktiv er auf Frauen wirkte, und dies wiederum machte ihn noch attraktiver.

„Hi, ich bin Sarah und schon ziemlich gespannt, was mich erwartet hier." Sie machte eine ausholende Bewegung mit den Armen und schenkte ihm ihr wärmstes Lächeln. Max schluckte und grinste sie an.

„Na ja hier geht es halt zu wie in der Irrenanstalt."

„Das glaube ich dir glatt", antwortete sie. Beide mussten herzlich lachen, und das Eis war gebrochen.

„Wir müssen hoch in den zweiten Stock, hier entlang." Max wies ihr den Weg und sie stapften nebeneinander die Treppe nach oben.

„Und du bist also eine blutige Anfängerin?". Seine sehr blauen Augen lachten sie an.

„Leider, und mit der Psychiatrie in der Praxis habe ich leider überhaupt noch keine Erfahrungen machen dürfen, aber die Lehrbücher kenne ich alle, auch den Leonhardt." Sie wollte wenigstens ihr psychiatrisches Allgemeinwissen an den Tag legen und zeigen, dass sie den Menschen und sein Werk kannte, nachdem ihre Station benannt war.

„So, so, eine kluge Frau also." Dann herrschte Stille, die keiner von beiden zu füllen wusste. Schweigend schritten sie nebeneinander her, und Sarah war erleichtert, als sie die Stationstür aufgeschlossen hatten und vor dem Schwesternzimmer stehen blieben.

„Da drinnen agiert unser Pflegepersonal, sei gut zu ihnen, dann sind sie auch gut zu dir." Als hätte sie darauf gewartet, kam eine auffallend junge Krankenschwester den Stationsgang entlang getänzelt. Sie hatte langes schwarzes Haar, das ihr bis zum Po reichte und blickte Sarah mit schwarz umrandeten Augen kritisch an. Sie gehörte eindeutig in die Kategorie „verliebt in Dr. Horak" und sah in Sarah eine potentielle Konkurrentin.

„Ich bin Sarah Wohlfart, neue Ärztin auf Station."

„Melanie Pritsch, Krankenschwester. Wurde auch Zeit, dass du Verstärkung bekommst, Max, hast ja nur noch gearbeitet." Melanie lispelte stark, das schien ihrem Selbstbewusstsein jedoch keinen Abbruch zu tun. Keck blinzelte sie ihm zu. Max lächelte zurück, und Melanie schien dahin zu schmelzen. Doch er wandte sich rasch wieder Sarah zu.

„Ich schlage vor, ich stelle dich jetzt dem Pflegepersonal vor, du wirst aber erst mit der Zeit alle kennen lernen", erklärte er, „sie arbeiten nämlich in drei Schichten."

Er führte sie ins Schwesternzimmer, wo sie erneut viele neugierige Augenpaare musterten. Bei den vielen Namen, die in einer schnellen Vorstellungsrunde fielen, blieben ihr nur zwei auf Anhieb im Kopf. Zum einen Pfleger Alfons, der unter Garantie schwul war, auf eine sehr aparte Art spürbar, und die Stationsleitung Trude Wirth, der Inbegriff einer Oberschwester. Ihr fiel sofort Oberschwester Hildegard aus der Schwarzwaldklinik ein, als sie Trude sah mit ihrer dicken, runden und riesigen 80er Jahre Brille, dem gewaltigen matronenhaften Busen, und der Lockenwicklerkurzhaarfrisur.

„Ich hoffe, wir werden gut im Team zusammen arbeiten", setzte Sarah an, „jedenfalls bin ich froh, Menschen um mich zu wissen, die in diesem Beruf bereits so erfahren sind." Ermutigend schaute sie Trude Wirth an, diese verzog jedoch keine Mine. Na, das konnte ja heiter werden! Max legte ihr kurz die Hand auf die Schulter .

„Im ersten Zimmer rechts neben der Stationstür kannst du dich umziehen. Da gibt es auch Spinde, belege dir einfach einen."

„Danke, mache ich." Sarah beschlich in diesem Moment das Gefühl, dass sie hier Freunde bitter nötig haben würde, denn außer bei dem schwulen Pfleger Alfons und einer gesund aussehenden Schwesternschülerin mit roten Wangen, die sich als Katrin oder Karin vorgestellt hatte, schien sie hier nicht gerade willkommen zu sein. Max jedoch war ihr äußerst freundlich gesonnen, und dafür war sie sehr dankbar. Sie verabredete sich mit Max im Arztzimmer und schlüpfte dann hinaus in den Gang. Es herrschte eine eigenartig gespenstische Stille. Wo die wohl alle waren? Ein Patient saß ganz hinten am

Ende des Ganges auf einem orangefarbenem Plastikstuhl und sah unverwandt aus dem Fenster. Sarah hoffte in diesem Augenblick inständig, dass sie sich für die richtige Fachrichtung entschieden hatte. Vielleicht wäre es doch einfacher gewesen, Abszesse zu spalten oder eine Hypertonie einzustellen. Es fröstelte sie, als sie den kargen Raum betrat, in dem es lediglich die von Max beschriebenen metallenen Spinde gab. Sie notierte sich innerlich, ein Vorhängeschloss zu besorgen. Dann schlüpfte sie aus ihrer Jeans, zog sich die Bluse über den Kopf und gerade als sie nur noch mit BH und Tanga bekleidet dastand, hörte sie ihn sich räuspern. Sie fuhr zusammen und bedeckte hastig ihre Blöße mit den Armen. Man konnte ihn kaum erkennen. Er saß im Halbdunkel auf einem Spind, der kleiner war als die anderen. Ein anzügliches Grinsen auf dem Gesicht, starrte er ihr frech auf den Busen, dann drehte er sich um und verschwand in einer Tür, die sich im hinteren Teil des Raumes befand. Sarahs Herz klopfte bis zum Hals. So eine Unverschämtheit, hätte der sich nicht eher bemerkbar machen können? Rasch streifte sie ihre Arzthose über, schloss ihren Kittel, den sie über ein weißes T-Shirt zog und schlüpfte in ein Paar Birkenstockschuhe. Das ist einfach blöd gelaufen, versuchte sie sich zu beruhigen und schwor sich gleichzeitig, das nächste Mal erst mal zu prüfen, ob sie auch tatsächlich alleine war, bevor sie sich auszog. Als sie wieder auf den Gang trat, hatte der Mann auf dem orangefarbenen Plastikstuhl fast etwas Beruhigendes in seiner Beständigkeit. Sarah schloss das Arztzimmer auf, dass sie sich mit Max teilen würde. Er saß schon über einer Patientenakte gebeugt, blickte aber sofort hoch, als sie eintrat…

„Sitzt da immer ein Typ in der Umkleide, wenn man sich umzieht, und macht sich erst bemerkbar, wenn man fast nackt ist?" Versuchte sie die soeben erlebte Situation ins Komische zu ziehen, aber es gelang ihr nicht so recht. Max wurde sogar ein wenig rot.

„Das tut mir leid, ist ja eine Frechheit! Eine Ahnung, wer das gewesen sein könnte?"

„Ich kenne ja so gut wie noch keinen, im Schwesternzimmer habe ich ihn vorhin jedenfalls nicht gesehen. Aber Schwamm drüber, das nächste Mal schreie ich einfach laut und lasse mich dann von dir retten." Kokett zwinkerte sie ihm zu. „Da wäre allerdings das Problem, dass auch du mich dann nackt sehen würdest..." Er lief noch röter an und widmete sich kurzfristig wieder seiner Patientenakte. Es entstand eindeutig eine leicht knisternde Stimmung zwischen ihnen, und Sarah genoss es. Max hingegen wirkte verlegen, und versuchte merklich, die Situation in den Griff zu bekommen.

„Also pass auf, ich schlage vor, du übernimmst vorerst mal drei Patienten von meinen sechzehn, und wir stocken dann Stück für Stück auf. Irgendwann, vielleicht Weihnachten oder so, haben wir dann Halbe Halbe. Einverstanden?" Max schob ihr zwei ziemlich dicke und eine ganz dünne Akte zu. Sarah ließ sich auf den freien Drehstuhl fallen und schlug den Pappdeckel der ersten Patientenakte auf.

„Anna Winterfeld, geboren 14.7.1983. Anorexia nervosa, phasenweise Heißhungerattacken, Abführmittelmißbbrauch. Hast du schon mal Kontakt zu einem magersüchtigen Patienten gehabt?"

„Eine Freundin von mir war betroffen..." Sie wirkte sehr ernst und blätterte in der gewaltigen Anzahl gesammelter Befunde, Anamnesebögen, Laborzetteln und Arztbriefen. „Meine Güte, schon seit dem 11. Lebensjahr leidet sie daran? Kennst du sie schon lange?" Sarah blickte zu Max auf.

„Allein bei mir war sie schon drei Mal. Volker Karst auf Station Bleuler hat sie auch schon einmal behandelt, davor etliche Aufenthalte in der Kinder- und Jugendpsychiatrie. Sie ist ein harter Brocken. Leider hat sie auch nach so vielen Jahren keinerlei Krankheitseinsicht und hält sich mit ihren 39 kg für zu fett. Momentan wird sie sondiert und isst eine Zwischenmahlzeit selber, unter größter Qual und mit viel Geduld seitens des Pflegepersonals. Sie bekommt, lass mich schauen...", er schnappte sich Anna Winterfelds Krankenakte. „Fluoxetin. Ansonsten muss sie ihre Ruhezeiten einhalten, auch wenn sie am liebsten den ganzen Tag durch die Gegend tigern würde. Du weißt, dass Magersüchtige an einem übermäßigen Bewegungsdrang leiden?" Sarah nickte kurz. „ Sie weigert sich zeitweise sogar zu sitzen, aus Angst zu wenig Kalorien zu verbrennen."

„Oje..", entfuhr es Sarah „Und wie läuft die Gesprächstherapie?"

„Eher schlecht, zumeist ist sie stumm wie ein Fisch." Max sah ihr in die Augen, ein bisschen länger als es der Situation entsprach und riss sich dann fast von ihr los, wie es schien. „Du wirst deinen Spaß an ihr haben. Aber vielleicht geht es ihr mit dir auch besser, schließlich bist du eine Frau. Anna hasst Männer, musst du wissen."

„Auch dich?" Sie legte den Kopf schief und konnte sich beim besten Willen nicht vorstellen, wie man diesen Mann hassen konnte. Es war schon nach so kurzer Zeit eine so starke Vertrautheit zwischen ihnen, als wären sie schon eine Ewigkeit Kollegen. Max räusperte sich.

„Mich ganz besonders, schließlich schreibe ich die Kalorien, die sie eingeflößt bekommt, in die Kurve, und besonders verabscheuen tut sie mich für den 3,8% Fettgehalt in ihrer Joghurt-Zwischenmahlzeit." Sarah musste lachen

„Du Ärmster. Besucht sie die MaBu-Gruppe?" Von der so genannten Magersucht-Bullimie-Gruppe hatte sie gelesen und wusste wie wichtig es war, dass die Patienten regelmäßig Kontakt mit Leidensgenossen aufnahmen.

„Auch dagegen sträubt sie sich. Aber natürlich wird sie zu ihrem Glück gezwungen. Wie gesagt, leicht ist es nicht mit ihr, aber von welchem unserer Patienten kann man das schon sagen?" Max räusperte sich und blickte auf. Er suchte Augenkontakt. Sehr intensiv sah er sie an. Selten hatte Sarah so beunruhigend blaue Augen gesehen von solch intensiver Helligkeit. Hastig senkte sie den Blick nach unten und griff nach der dünnsten Akte.

„Wen haben wir denn da? Peter Schrenk, geboren am 5.12.1950. Zwangsstörung mit Zwangsgedanken, Kontrollzwang und Waschzwang."

„Herr Schrenk war wohl schon sein ganzes Leben lang eine eher zwanghafte Persönlichkeit. Es spielte sich aber alles noch in einem Rahmen ab, der ihn ein normales Leben führen ließ. Er hat nie einen Arzt aufgesucht oder einen Klinkaufenthalt durchgemacht, bis zum Tode seiner Frau. Seitdem wäscht er sich an die hundert mal am Tag die Hände, sehen entsprechend schlimm aus. Ein dermatologisches Konsil habe ich schon angefordert. Der Kollege aus der Hautarztpraxis wollte ihn nächste Woche mal reinschieben. Zu seinem Waschzwang hat er auch noch einen ausgeprägten Kontrollzwang. Er braucht eine volle Stunde, bevor er das Haus verlassen kann, weil er x-mal Herd, Lichtschalter Kerzen und so weiter überprüfen muss. Seine Zwangsgedanken könnten am ehesten als Zwangsbefürchtungen eingestuft werden. Beispielsweise hat er Angst, ein Kind zu überfahren, ohne es zu bemerken oder ähnliches. Wir haben mit der Verhaltenstherapie begonnen, also Exposition mit Reaktionsverhinderung. Kannst du dir vorstellen, wie wir das hier anpacken können?"

Sie musste eingestehen, dass sie keine Ahnung hatte, was das war. Max grinste.

„Keine Angst, Du hast das alles schnell drauf, da bin ich mir sicher. Also gut, bei der Exposition üben wir mit ihm, dass er sein Zimmer verlassen kann und vorher nur dreimal kontrollieren darf, ob das Licht noch brennt, oder sein Radio richtig ausgeschaltet ist. So was halt. Klar?" Wieder sah er sie eindringlich an und für einen kurzen Moment wanderte sein Blick ihren Körper hinunter. Er zog kurz die Brauen hoch und zwang sich dann woanders hinzuschauen. Sarah beschloss, es zu ignorieren.

„Und was gebt ihr ihm an Medikamenten?" Sie hatte inzwischen Kugelschreiber und Block hervorgeholt, um sich das Wichtigste zu notieren.

„Er bekommt Clomipramin. Ich glaube, er ist bei150 mg am Tag. Er klagt aber seit einiger Zeit über Probleme beim Wasserlassen. Wir hoffen das kommt nicht von dem Medikament. Da solltest du dich bald drum kümmern. Schicke ihn auf alle Fälle mal zum Urologen, in dem Alter könnte immer mal die Prostata dahinter stecken."

„Ist klar." Sie schrieb Urologe auf ihr Blatt und unterstrich es zweimal. „Sonst noch was?"

Als Antwort schnappte sich Max die dritte Akte.

„Dein dritter Patient, und da bin ich wirklich gespannt, wie du bei dem weiter kommst." Er runzelte die Stirn und kratzte sich nachdenklich am Kopf. „Sein Name ist Adrian Steinbach, ist …lass mal ausrechnen…34 Jahre alt und hat die Verdachtsdiagnose einer paranoiden Schizophrenie, aber so ganz typisch ist das alles nicht. Aus den alten Arztbriefen geht hervor, dass er wohl schon als ganz kleines Kind anders war als die anderen Gleichaltrigen. Das ging wohl schon vor dem Kindergarten los. Hast du jemals von einem so zeitigen

Auftreten einer Schizophrenie gehört? Also ich nicht!" Max blätterte in den diversen Berichten." Wenn ich richtig liege treten überhaupt nur 1% vor dem 10. Lebensjahr auf, aber mit zwei Jahren?" Er sah auf.

„Das ist wirklich erstaunlich. Oh Gott wie gruselig, stell dir das mal vor, das wäre dein Kind. Ich denke, man fühlt sich als Eltern dann wie in einem Stephen King Buch."

„So ungefähr muss das auch gewesen sein." Er tippte auf einen der Briefe, der ganz am Anfang der Akte eingeordnet war. „Herr Steinbach hat wohl noch bevor er überhaupt richtig sprechen konnte, in Babysprache sozusagen, den ganzen Tag mit allen möglichen Gegenständen gesprochen. Das an sich könnte man noch als eine kindliche Marotte bezeichnen, aber recht bald behauptete er, die Gegenstände würden auch zu ihm sprechen. Die Stimmen, die er hörte wurden immer vielfältiger und gewaltiger. Mit.. Moment mal...", Max suchte mit den Fingern die Zeilen ab, „...da hab' ich es. Mit sechs Jahren wurde er das erste mal in die Klinik eingeliefert. Er schrie ohne Pause und hielt sich tagelang die Ohren zu. Er aß nichts mehr, weil er dazu die Hände von den Ohren hätte nehmen müssen, so dass er schließlich künstlich ernährt werden musste." Sarah verfolgte fasziniert jedes von Max Worten. Es war ohne Frage eine große Herausforderung, einen Menschen therapieren zu dürfen, der so stark psychotisch erkrankt war. Sie fragte sich, ob er noch irgendetwas von einem normalen Menschen an sich haben würde. Es fröstelte sie.

„Auf alle Fälle ging es von da an immer so weiter", fuhr Max fort „Klinikaufenthalt nach Klinikaufenthalt. Fast seine komplette Schulausbildung genoss er in irgendeinem Krankenhaus oder bei Privatlehrern. Um so erstaunlicher eigentlich," er kratzte sich erneut am Kopf „dass er tatsächlich das Fernabitur geschafft hat und später sogar ein Biologie- und Chemiestudium. Was sagst Du dazu?", fragend blickte er hoch.

„Mmh, wurde es denn besser im Laufe der Zeit?"

„Man hat den Eindruck, er hat gelernt, mit seiner Krankheit zu leben und permanent Stimmen zu hören. Er behauptet, es gäbe nie eine Zeit, in dem Stille um ihn herum herrsche. Wir haben schon jedes verdammte Neuroleptikum ausprobiert, nichts hilft…" Jetzt richtete sich Max auf.

„Dieses mal ist er hier, weil seine Schwester wohl beobachtet hat, dass er seit kurzem auch noch an optischen Halluzinationen leidet. Mit anderen Worten, er hört nicht nur mehr Stimmen, er sieht auch irgendwelche Gestalten, Farben oder ähnliches. Mir ist ehrlich gesagt immer ziemlich unwohl, wenn ich mit ihm arbeite, es ist…ich weiß auch nicht, wie ich das beschreiben soll, aber du wirst es ja selber erleben." Max klappte Adrian Steinbachs Akte zu.

„Noch Fragen?" Er schob ihr die Akte hin.

„Womit fange ich an?" Sie atmete einmal tief durch. Max sah auf die Uhr.

„Um eins ist die Übergabe des Pflegepersonals, da sollten wir auch dabei sein. Bis dahin hast du Zeit, deine Patienten mal in Augenschein zu nehmen. Ich muss auch gleich starten. Meine Angststörung, Annette Winkler, wartet bereits seit zwanzig Minuten auf mich." Er schwang sich aus seinem Stuhl und sie tat es ihm gleich. Als sie an der Tür standen, konnte sie die Wärme seines Körpers spüren, da er direkt hinter ihr stand, eine sehr angenehme, vertrauenserweckende Wärme. Max sog kurz die Luft ein, und griff dann an ihr vorbei zur Türklinke, dabei berührten sie sich flüchtig. Sarah sah zu ihm hoch und entdeckte etwas in seinen Augen, das sie verunsicherte. Aber der Moment verstrich und sie standen wieder auf dem düsteren

Gang, der Mann auf dem Stuhl war immer noch damit beschäftigt, aus dem Fenster zu sehen.

„Wer ist das?" Sarah deutete auf die gebrechliche Gestalt, die sich gerade mit dürren Fingern durch die schulterlangen schütteren Haare fuhr.

„Das ist Sebastian Fuchs. Er leidet an Demenz. Wartet jeden Tag auf seine Mutter." Max stand dicht neben ihr und sprach mit flüsternder Stimme, sie konnte seinen Atem an ihrem Hals spüren. Er verströmte einen dezenten Duft nach Rasierwasser und Seife.

„Aber er ist noch so jung", flüsterte sie entsetzt zurück.

„Das wird nicht das Letzte sein, was dich hier treffen wird, glaube mir." Kurz legte er seine Hand auf ihre Schulter und drückte sie sanft. Sarah registrierte, dass er keinen Ehering trug. Da drehte sich Sebastian Fuchs zu ihnen um und blickte mit wirrem Lodern in den Augen von einem zum anderen.

„Sie hat gesagt, sie würde kommen, sie hat es versprochen..." Seine Stimme brach und ein heftiges Beben erschütterte seinen schmächtigen Körper. „Helft mir, so helft mir doch..." Seine Schluchzer gingen Sarah durch Mark und Bein. Aus dem Schwesternzimmer trabte Pfleger Alfons herbei, beruhigend legte er dem weinenden Mann einen Arm um die Schulter und führte ihn sacht aber bestimmt zu einem der Patientenzimmer, das wohl Herrn Fuchs zugeteilt war. Max' Hand ruhte immer noch auf Sarahs Schulter. Er schien es auch zu bemerken, denn er zog sie plötzlich beinahe entschuldigend zurück.

„Im Schwesternzimmer findest du die Tafel, da stehen alle Patienten drauf mit Zimmernummern und zu welcher Zeit sie bei welchen Terminen sein müssen, viel Glück." Er grinste wieder und seine Augen blitzten dabei. „Ach noch etwas, fange mit Peter Schrenk an, er ist von deinen dreien mit Sicherheit der Angenehmste." Damit drehte er sich um, blieb vor einer Tür stehen, klopfte kurz und verschwand dann in dem Zimmer. Sarah seufzte noch einmal laut, um danach die beschriebene Tafel unter die Lupe zu nehmen. Leider musste sie feststellen, dass sie nicht mit Herrn Schrenk starten konnte, der besuchte nämlich gerade die Ergotherapie.

„Also Anna Winterfeld, Zimmer 16." Blödsinnigerweise begann Sarahs Herz heftig zu klopfen. Das ärgerte sie, schließlich war sie die Ärztin, in gewisser Weise eine Respektsperson. Aber es half nichts. Es wurde auch nicht besser, als sie auf Annas schroffes „Ja?" hin den Raum betrat, in dem die Patientin bereits die letzten vier Wochen verbracht hatte. Anna sah furchterregend aus. Ihre Augen starrten Sarah aus tiefen Höhlen entgegen, sie wirkten kalt, leer und tot, gleichzeitig schleuderten sie kurze aufbegehrende Blicke, die von einer gewissen Arroganz und Trotz sprachen. Sie war rappeldürr. Der Schädel glich eher einem Totenkopf, die Sonde, die ihr wie ein Schnabel aus der Nase kroch, machten den Anblick noch gruseliger. Sie trug einen extrem weiten Jogginganzug, der sie nur noch zerbrechlicher wirken ließ . Ihre Hände waren so stark ineinander verkrampft, dass sie ganz und gar weiß angelaufen waren. Anna stand am Fenster, und trat unablässig von einem Bein auf das andere, es schien als sei jeder einzelne ihrer Muskeln angespannt.

„Guten Morgen, ich bin Ihre neue behandelnde Ärztin. Mein Name ist Wohlfart." Sie streckte ihr die Hand entgegen. Argwöhnisch reichte Anna ihr eine eiskalte winzige Hand. Sarah wagte es kaum, sie zu drücken, aus Angst sie zu zerbrechen. Aber Annas Händedruck entpuppte sich als erstaunlich fest, fast schmerzhaft.

„Wieder so eine, die es nicht kapieren wird. Ich will nicht essen, ich werde nicht essen und ich will Sie hier nicht haben.

Lassen Sie mich in Frieden." Anna drehte sich ruckartig um und begann mit irgendwelchen isometrischen Armübungen.

„Anna, lassen Sie mich Sie wenigstens erst einmal kennen lernen, bevor sie mich gleich wegschicken." Sie setzte sich auf den einen der beiden Stühle, die um einen kleinen runden Tisch standen. „Setzen Sie sich nur kurz mal zu mir, ja?" Anna verschränkte trotzig die Arme vor der Brust und blickte Sarah feindseelig an.

„Ich werde mich nicht setzen, okay?" Beim Sprechen wippte ihre Nasensonde auf und ab und einen winzigen unprofessionellen Moment lang hätte Sarah beinahe gelacht. Diese Situation war bizarr, aber für die Arbeit eines Psychiaters wahrscheinlich völlig alltäglich.

„Lassen Sie es mich anders versuchen. Sie sind nicht gerne hier, das akzeptiere ich, aber dafür habe ich die Verpflichtung Ihnen zu helfen, und irgendwie müssen wir es schaffen, diese Gegensätzlichkeiten in Einklang zu bringen. Was machen sie denn gerne, ich möchte sie besser verstehen lernen?!"

„Sport..", war die kurze schnippische Antwort.

„Sport und was noch?" Versuchte Sarah es erneut.

„Einfach nur Sport!" Annas Blick bekam etwas Verschlagenes, beinahe so als verspürte sie einen gewissen Genuss an der ganzen Szenerie. Jetzt sah sich Sarah im Zimmer um und musste feststellen, dass es rein gar nichts hier gab, was einem dabei helfen konnte, auf die Persönlichkeit der Besitzerin Rückschlüsse zu ziehen.

„Sport also, okay. Wissen Sie was? Notieren sie mir doch bis morgen mal, welche Sportarten sie am liebsten haben, da kann doch nichts Schlimmes dabei sein, oder? Zumindest wäre das ein Anfang, wie ich finde." Sarah versuchte ihr ein entwaffnendes Lächeln zu schenken. Anna zuckte nur mit den Schultern. „Und sie haben mich jetzt schon mal gesehen. Bis morgen habe ich dann auch ihre Berichte genau durchgesehen, dann können wir es noch einmal miteinander versuchen, einverstanden?" Ein erneutes Achselzucken war die Antwort. Anna hatte schon wieder mit ihren isometrischen Armübungen begonnen.

„Also gut, noch Fragen?" Wie nicht anders zu erwarten gab es keine Reaktion seitens Annas.

Sarah überspielte die Situation mit einer Portion angetäuschter Fröhlichkeit und Optimismus, doch ihre zum Abschied ausgestreckte Hand bekam dieses mal keinen kalten, schmerzhaften Druck zu spüren, sie wurde einfach nur ignoriert. Für heute war sie gezwungen, sich geschlagen zu geben, stand auf und zog die Zimmertür hinter sich zu. Wo war sie hier gelandet? Auch nicht mit all' ihrer Vorstellungskraft konnte sie sich im Moment erklären, wie es möglich sein könnte, einem Menschen wie Anna zu helfen, geschweige denn, ihn zu heilen. Gedankenverloren machte sie sich auf den Weg zum Arztzimmer. Peter Schrenk müsste in zehn Minuten von seiner Ergotherapie zurück sein. Die Zeit wollte sie nutzen, um noch ein wenig in seiner Akte zu stöbern. Sie sah auf und direkt in das hämisch grinsende Gesicht des Mannes, der sie in der Umkleidekabine so unverhohlen angestarrt hatte. Sie fuhr zurück, er ging den Schritt sogleich wieder auf sie zu.

„Also wissen Sie, Sie haben vielleicht eine Art, einen zu erschrecken."

„Genau das ist meine Absicht!", antwortete er mit knarrender Stimme. Seine Augen waren gelb. Noch nie zuvor hatte Sarah gelbe Augen gesehen, und eben diese gelben Augen klebten wieder an ihrem Busen.

„Sie entschuldigen mich jetzt bitte", mit einer energischen Geste schob sie ihn beiseite, er fühlte sich eiskalt an und irgendwie feucht. Sarah bekam Gänsehaut. Was tat sie hier nur?

So schlimm hatte sie es sich nicht vorgestellt. Mit zittrigen Händen schloss sie das Arztzimmer auf, um es sofort wieder hastig hinter sich zu schließen. Erschöpft lehnte sie sich dann mit dem Rücken gegen die Tür und versuchte ihren Atem zu beruhigen. Wer war dieser unheimliche Kerl? Am ehesten sah er wie ein Patient aus, aber was hatte er dann vorhin in der Umkleide verloren? Beim besten Willen konnte sie sich nicht mehr an seine Kleidung erinnern. Das hätte ihr zumindest klaren Aufschluss darüber geliefert, ob er vielleicht doch zum Pflegepersonal gehörte. Ein Schlüssel drehte sich im Schloss, und Sarah trat eilig nach vorne, um nicht umgestoßen zu werden. Max trat ein.

„Und, erfolgreich gewesen? Aber du bist ja kreidebleich, war es so schlimm." Besorgt sah er sie an.

„Nein, nein, es ist nur, dieser unheimliche Typ aus der Umkleide ist wieder aufgetaucht, fast unverschämter als vorhin, und er hat gelbe Augen…", verwirrt und Hilfe suchend blickte sie hoch. Max runzelte die Stirn.

„Gelbe Augen, sagst du?…Wir haben so einen nicht auf Station. Weißt du was, ich rufe mal vorne im Schwesternzimmer an, ob die etwas wissen, klingt nämlich fast nach einem entlaufenen Patienten von der Suchtstation, vielleicht ein Alkoholiker mit Leberschaden und Gelbsucht, oder hatte er etwa Pflegerklamotten an?" Sarah zuckte hilflos mit den Schultern.

„Mmh, Moment..", Max ergriff das Telefon, wählte eine Nummer und wechselte ein paar Worte, dann legte er wieder auf. „So, das wäre geklärt, Trude kümmert sich darum. Setz dich doch, Sarah!" Er sprach ihren Namen zum ersten mal aus, es klang beruhigend und strahlte auf eine seltsame Art Geborgenheit aus.

„Vielleicht bin ich nur etwas überspannt, es geht schon wieder, man fängt schließlich nicht alle Tage in der Psychiatrie an." Sie fuhr sich durch ihre roten Locken und schüttelte jeden weiteren Gedanken an den seltsamen Fremden ab." Du hattest übrigens Recht." Max hob fragend die Brauen. „Anna Winterfeld ist eine harte Nuss!"

„Das kannst du laut sagen." Er lachte und griff nach einer Tasse, die neben vier weiteren auf einem Brett an der Wand aufgereiht war. „ Kaffee? Wir haben nämlich den seltenen Genuss, im Besitz einer eigenen Kaffeemaschine zu sein. Wir sind sozusagen Schwesternautark."

„Was für ein Segen, natürlich will ich einen. Man kann fast sagen, ich bin süchtig nach dem fiesen schwarzen Gebräu."

„Wer nicht von uns?" Damit fing Max an mit Kaffeefiltern und Pulver zu hantieren, während Sarah sich Kaffeetasse und Krankenakte schnappte und darauf wartete, dass der heiße, wohlschmeckende und duftende Kaffee ihre Tasse füllen würde. Eine behagliche Stille machte sich breit, unterbrochen nur durch die Geräusche, die Max mit der Kaffeemaschine veranstaltete. Sarah las, dass Peter Schrenk als Postbeamter tätig gewesen war, aber nach dem Tod seiner Frau keinen einzigen Tag mehr gearbeitet hatte.

„Was die Liebe einem antun kann", sprach sie in die Stille hinein.

„Wie bitte?" Er drehte sich zu ihr um.

„Ich meine, Herr Schrenk lebte Jahrzehnte neben seiner geliebten Frau und es scheint, mit ihrem Tod ist auch sein Leben vorbei. Das es so was gibt, eine so große Liebe…" Max sah sie nachdenklich an, ein wenig vibrierte Sarahs Herz dabei, und sie widmete sich schnell wieder ihrer Akte. Sie war heute aber auch anfällig für die Männer, die ihr begegneten. Zwei braune, warme Augen kamen ihr in den Sinn. Sofort begann ihr

Puls schneller zu schlagen. Vielleicht sah sie ihn ja nie wieder, wer weiß. Allein der Gedanke, nicht noch einmal in diese herrlichen Augen schauen zu dürfen, diesen männlichen Duft einatmen zu können, verursachten ihr körperliche Schmerzen und einen Stich ins Herz. Sie spürte wie ihr Gesicht eine rosige Farbe annahm bei dem Gedanken an diesen wunderschönen fremden Mann. Beim Hochschauen stellte sie dann erstaunt fest, dass Max sie immer noch ansah, sein Blick war…sie konnte es nicht deuten, aber etwas sprach aus diesen blauen Augen zu ihr, es erinnerte sie vage an irgendwas. Aber was war es?

„So, ich gehe dann mal auf Zimmer sieben, zu Herrn Schrenk."

„Und dein Kaffee?" Max schwenkte mit der vollen Kanne.

„Den kann ich sicher gleich gut gebrauchen. Runde zwei ist eingeläutet." Sie zwinkerte ihm zu und wappnete sich innerlich. Es konnte schließlich nicht schlimmer werden als mit Anna Winterfeld oder dem gelbäugigen Fremden, erneut bekam sie Gänsehaut. Vor Zimmer sieben atmete sie noch mal tief durch, dann klopfte sie zweimal an die weiße Krankenhaustür.

„Ja, bitte!", hörte sie eine leise kraftlose Stimme. Sarah trat ein. Vor ihr stand ein kleiner, gebrochen wirkender Mann. Sein schlohweißes Haar stand ihm wirr vom Kopf und sein verhärmtes Gesicht war überwuchert von einem ungepflegten Drei-Tage-Bart. Ein kleiner Bierbauch wölbte sich über die fleckige, braune Cordhose und unter seinen Achseln hatten sich zwei große Schweißflecken auf seinem blau karierten Hemd gebildet. Das ganze Zimmer roch säuerlich, war aber tadellos aufgeräumt. Auf dem kleinen weißen Nachttisch stand ein Portraitfoto einer jungen, bildhübschen Frau, die entwaffnend lächelte. Herr Schrenk folgte ihrem Blick.

„Das ist meine Elsa, als sie noch jung war, ist sie nicht wunderhübsch?" Zärtlich fuhr er mit einem Finger über ihr Gesicht, dann bekamen seine Augen einen leicht erschrockenen Ausdruck. „Oh, sehen Sie mal, es ist schmutzig." Er zog ein Stofftaschentuch aus seiner Hosentasche und wischte darüber. Er schien irgendeinem System zu folgen, denn seine Bewegungen ließen deutlich ein Muster erkennen. Er wischte dreimal abwärts, dreimal aufwärts, dreimal rundherum und fing dann wieder von vorne an. Er hatte völlig vergessen, dass Sarah neben ihm stand.

„Herr Schrenk ich bin Ihre neue behandelnde Ärztin. Ich heiße Wohlfart." Sie versuchte ein Lächeln.

„Oh, was ist mit Dr. Horak? Sie erscheinen mir mächtig jung, und Sie sind Ärztin? Viel zu jung und hübsch sind sie dafür. Sind Sie keine Lernschwester, oder ähnliches?" Er zeigte sich nun deutlich skeptisch und fing erneut an, das Bild seiner verstorbenen Frau zu polieren.

„Nein, nein, Herr Schrenk, ich bin wirklich Ärztin", sagte sie, obwohl es sich auch für sie noch eigenartig anfühlte, das zu behaupten. Er seufzte und stellte das Bild ab.

„Dann suchen Sie sich vielleicht einen anderen Patienten. Es ist sowieso hoffnungslos." Im Geiste notierte sie die Zusatzdiagnose einer reaktiven Depression. „Wissen Sie, ich schaffe es nicht. Er nahm auf der Kante eines Stuhles Platz. „Ich komme einfach nicht dagegen an. Sehen Sie?" Er zeigte ihr seine Hände, die übersät waren von offenen Stellen, die stark entzündet waren. Selten hatte sie ein schlimmeres Handekzem gesehen. „Ich weiß ja wie unsinnig mein Verhalten ist, aber was soll ich tun?" Sie waren schon mitten drin in einem therapeutischen Gespräch, und Sarah freute sich, dass er ihr jetzt doch zu vertrauen schien.

„Wie klappt es denn mit Ihrer Verhaltenstherapie, Dr. Horak berichtete mir, sie würden üben, das Zimmer schneller verlassen zu können?" Ein gequälter Gesichtsausdruck huschte über seine Züge.

„Ach ja, wissen Sie..", er schwieg.

„Sprechen Sie ruhig, Herr Schrenk, klappt es nicht?"

„Ach", brachte er nur wieder hervor, „manchmal klappt es, und dann wieder nicht, wer weiß das schon. Ich habe gute und schlechte Tage." Er sah sie mit treuen, traurigen Augen an, seine unteren Lider hingen etwas herab, was ihm den Blick eines Hundes verlieh. Ihn plagt sogar eine ziemlich schwere Depression, kam es ihr in den Kopf. Sarah wunderte sich darüber, diese Diagnose noch nirgends in seiner Patientenakte gelesen zu haben.

„Ich schlage vor, wir arbeiten da weiter, wo Dr. Horak zuletzt mit Ihnen stehen geblieben ist, dann schauen wir mal, was uns sonst noch so einfällt. Wie geht es mit dem Wasserlassen?"

Etwas unsicher sah er sie an. „Kann ich da mit Ihnen drüber reden?"

„Ich bin Ihre Ärztin, Herr Schrenk." Dieses mal kam es ihr schon selbstbewusster über die Lippen. „Natürlich können Sie mit mir darüber reden, das sollten Sie sogar." Sie lächelte ihm aufmunternd zu.

„Also gut. Schlecht geht es, sehr schlecht, Frau Doktor." Sein Blick wurde noch trauriger. „Dr. Horak meinte, das könne am Medikament liegen, das ich bekomme."

„Das werden wir herausfinden, ich verspreche es." Sarah, die sich vorhin ebenfalls gesetzt hatte, stand auf. „Ich werde Sie jetzt mal verlassen und denke, wir sehen uns morgen zu unserer ersten Therapiesitzung. Sobald ich den zeitlichen Ablauf hier auf Station und in der Klinik etwas besser verstanden habe, lasse ich Ihnen mitteilen, wann das sein wird. Einverstanden?"

„Wenn Sie meinen, Frau Doktor." Dass sie sich erst frühestens in einem halben Jahr mit ihrem Titel schmücken durfte, nämlich dann, wenn ihr Rigorosum vorbei war, verschwieg sie ihm. Die Patienten verstanden das sowieso nicht, der Arzt war von jeher auch der Doktor. Es wurde wie ein Synonym verwendet. Etwas erleichtert verabschiedete sie sich von Herrn Schrenk und hatte zum ersten Mal das Gefühl, tatsächlich wenigstens ansatzweise ärztlich tätig gewesen zu sein. Draußen auf dem Gang erwischte sie sich dabei, wie sie vorsichtig nach dem Gelbäugigen Ausschau hielt. Aber er war nirgends zu sehen, vielleicht war er wieder auf seiner richtigen Station gelandet, denn dass er ein Pfleger sein sollte, konnte sie sich beim besten Willen nicht vorstellen. Das Arztzimmer war leer, Max musste bei einem Patienten sein. Auf einen kleinen Teller hatte er ein paar Butterkekse geschüttet und einen Zettel mit einem Smiley darauf dazu gelegt. Sie lächelte, goss sich dann eine Tasse Kaffee ein, und sog genießerisch den herrlich aromatischen Duft ein. Sie trank ihn immer schwarz, was sich als sehr praktisch entpuppt hatte, da man sich nie mit abgelaufener oder scheußlich schmeckender H-Milch rumärgern musste. „Zelmox" stand auf ihrer Tasse, der Name irgendeines Neuroleptikums. Mehrere strahlende dynamische junge Leute tummelten sich auf einem blaustichigen Bild. Sie beschloss, ihre eigene Tasse mitzubringen. Es reichte ja wohl, wenn man Medikamente verordnete, man brauchte nicht unbedingt aus Tassen zu trinken, die einen auch noch daran erinnerten. Als nächstes musste sie auf Zimmer fünf. Wie er wohl war, dieser Adrian Steinbach? Sie stellte ihn sich ein wenig wie ein autisisches Monster vor, aber das war nicht fair. So durfte man als Ärztin nicht denken. Sie musste sich eingestehen, dass sie sogar recht neugierig war. Ein Mensch, der sein ganzes Leben lang unter einer starken schizophrenen Psychose gelitten und nebenher trotzdem Chemie und Biologie studiert hatte, war einfach eine therapeutische und menschliche Herausforderung. Sarah sprang auf. Die Uhr zeigte fünf Minuten nach zwölf, sie hatte also noch genug Zeit bis zur Übergabe. Vor Zimmer fünf angekommen straffte sie die Schultern, fuhr sich kurz durchs Haar und klopfte dann voller Elan an die Tür.

„Moment, bitte!", antwortete eine tiefe Stimme, und es verstrichen einige Sekunden, dann wurde die Tür von innen aufgezogen. Sarahs Blick traf zuerst auf ein offen stehendes Hemd, aus dem eine nackte Männerbrust mit leicht gekräuseltem, dunklen Haar hervorlugte. Schlanke, braungebrannte Hände waren gerade dabei, es flink zuzuknöpfen. Sarah starrte auf die behaarte Männerbrust und wagte es kaum, die Augen auf sein Gesicht zu richten, denn was sie da zu sehen erwartete, wollte sie nicht glauben. Mit einem Mal begann sich alles in ihrem Kopf zu drehen, der Schwindel wurde immer heftiger, und in der nächsten Sekunde verlor sie das Bewusstsein. Als sie die Augen wieder aufschlug erkannte sie ihn sofort, und die Gewissheit war grausam. Dennoch schien sie sich in dem warmen Braun seiner Iris zu verlieren. Ihr Herz zog sich schmerzhaft zusammen. Er kauerte am Boden und hielt sie in seinen Armen. Ihr Kopf war direkt an seine kräftige Brust gebettet und der Duft, den er ausströmte war atemberaubend. Er hielt sie mit einem Arm umschlungen, die Hand des anderen Armes lag auf ihrem Bauch. Heiße Schauer des Verlangens durchflossen ihren Unterkörper. Sie war wie erstarrt. Es war völlig unmöglich weiter so eng umschlungen hier auf dem Boden seines Krankenzimmers liegen zu bleiben.

„Es, es ist mir wirklich äußerst unangenehm...ich, ich.." Sein Arm umschloss weiter ihren Rücken, und sie schaffte es nicht, sich aus seiner Umarmung zu lösen.

„Sollten wir Dr. Horak rufen?" Sein Blick hatte etwas Eindringliches, sie suchte verzweifelt etwas an ihm, dass auch nur ansatzweise verrückt wirkte. Doch, da war etwas. Er hob plötzlich den Kopf und sah über sie hinweg, die Pupillen starr und weit. Als sie sich umschaute, konnte sie nichts entdecken, er musste eine Halluzination haben. Diese Erkenntnis half ihr, sich endlich aus seinen Armen zu lösen.

„Es ist wirklich nicht nötig, Dr. Horak damit zu belästigen, ich bin ja selber Ärztin und versichere Ihnen, es ist alles in Ordnung." Sie hatte sich endlich wieder in der Gewalt, war aufgestanden und konnte beobachten, wie er sich zwang, seinen Blick von dem „Etwas" zu lösen, das sich wohl irgendwo über ihrem Kopf befand. „Ich danke Ihnen, für ihre schnelle Reaktion, wer weiß, was ansonsten mit meinem Kopf passiert wäre." Sie strubbelte sich mit einer Hand durchs Haar.

„Vielleicht muss ich Sie jedes Mal auffangen, wenn wir uns begegnen." Er sah sie jetzt wieder direkt an. Er war sehr groß, größer als sie ihn aus der Begegnung in der Eingangshalle in Erinnerung hatte, das wurde noch dadurch betont, dass er so schlank war. Er senkte den Kopf. "Sie sind Ärztin?" Schlagartig fuhr sein Kopf herum, und sein Atem beschleunigte sich.

„Was hören Sie?" Sie fasste ihn am Arm, wie wunderbar es sich anfühlte, ihn zu berühren. Er erschauerte und seine vormals so warmen Augen bekamen einen gehetzten Ausdruck. In einer seltsamen Bewegung drehte er ihr wieder sein Gesicht zu. Schweißperlen standen auf seiner Stirn.

„Es liegt an Ihnen, sonst habe ich es im Griff, meistens zumindest." Er wirkte so entsetzlich müde. Sarah fühlte sich fast schuldig.

„Ich werde Ihnen helfen, ich bin nämlich nicht nur eine Ärztin, sondern seit heute auch Ihre Ärztin..." -Ihre Ärztin- der Begriff stand in der Luft, war beinahe greifbar, denn sie wusste es sofort. Es würde keinen Patienten geben, dem sie mehr ihrer Kraft und ihres Könnens schenken wollte, als Adrian Steinbach.

„Ein Geschenk des Himmels", brachte er heraus. Sie zog ihre Hand von seinem Arm und ging an ihm vorbei auf die kleine Sitzgruppe zu, die in jedem Zimmer gleich aussah. Ein weißer, runder Furniertisch und zwei passende Stühle dazu, die schon bessere Tage gesehen hatten.

„Setzen wir uns doch, Herr Steinbach." Stumm folgte er ihr. Schlagartig hatte ihn eine Ernsthaftigkeit ergriffen, die sie etwas verunsicherte. Panik, Schweiß und auch Lachfältchen waren verschwunden und hatten einer Kontrolle und Selbstdisziplin Platz gemacht, die ihr fast unheimlich waren. Sie versuchte sich innerlich klar zu machen, dass genau dies der Fall war. Dieser Mensch war unheimlich, er hörte Stimmen, hatte optische Halluzinationen und seit seinem zweiten Lebensjahr schizophrene Züge. Er hatte ihr gegenüber Platz genommen und musterte sie fast teilnahmslos. Er ließ seine Blicke über ihre roten Locken gleiten, die längst jeder Frisur entbehrten, blieben an ihrer mit Sommersprossen übersäten Stirn haften, betrachteten fast sezierend ihre vollen Lippen, und landeten schließlich auf ihrer immer noch leicht wogenden Brust. Zu spüren, wie er sie gerade dort so intensiv betrachtete, nahm ihr fast den Atem. Zugleich empfand sie erstmals so etwas Ähnliches wie lauernde Angst in seiner Gegenwart. Sein kontrolliertes Verhalten strahlte etwas subtil Bedrohliches aus.

„Ich möchte gerne verstehen, was Sie erleben, Herr Steinbach. Was haben Sie beispielsweise eben gehört und gesehen?"

„Das verstehen Sie nicht." Er schien wie ausgewechselt. „Niemand versteht das."

„Sie sind krank, und das verstehe ich sehr gut." Ruckartig warf er den Kopf hoch und bohrte böse seine Augen in die ihren.

„Was Sie nicht sagen." Sarah begann zu verstehen, warum Max sich in Adrian Steinbachs Nähe unbehaglich fühlte.

„Denken Sie nicht, dass sie krank sind?" Adrian blieb stumm, starrte sie nur weiter böse an.

„Nun gut, so kommen wir nicht weiter, denke ich. Ich werde mir Ihre Krankenberichte noch einmal durchschauen", wobei sie das Wort „krank" besonders betonte, „dann kann ich besser beurteilen, wie ich Ihnen helfen kann."

„Ihre Art Hilfe bringt mich nicht weiter." Er lehnte sich in seinem Stuhl zurück, sah sie dabei unverwandt an. Irgendwo ganz tief in seinen Augen konnte sie noch die Wärme erahnen, es war ein leichtes Glimmen, das er zu verbergen suchte. Sie betrachtete sein Gesicht, die römische Nase, den vollendeten Schwung seiner Lippen, wie es sich wohl anfühlte, von diesen Lippen geküsst zu werden..? Vor ihr saß der wunderschönste, faszinierendste Mann, den sie jemals getroffen hatte, und der sie von Minute zu Minute körperlich stärker anzog, aber er war schizophren, und sie war seine Ärztin. Sie schalt sich innerlich. Nicht mal ansatzweise durfte sie in dieser Weise an ihn denken. Das musste sofort aufhören.

„Woran denken Sie?" Sarah konnte es nicht verhindern, rot anzulaufen. Ein Lächeln breitete sich auf seinem Gesicht aus, durchzog es mit vielen Lachfältchen, ließen das helle Braun seiner Augen strahlen. Einige zeitlose Sekunden lang schienen beide die Situation, in der sie sich befanden zu vergessen, sie sahen sich tief in die Augen. Sarahs Herz schlug so heftig, dass sie befürchtete, er könne es sehen. Sie spürte seine Gegenwart so intensiv, dass sich ihr gesamter Körper mit einer Lebendigkeit füllte, die nur auf eines hindrängte, in seinen Armen zu versinken. Der Moment verstrich und auch sein Lächeln. Wärme und Fältchen waren wieder Kontrolle und Selbstdisziplin gewichen. Es war sogar viel mehr als das, seine Augen hatten plötzlich etwas Lauerndes.

„Ist das eine neue Taktik, weibliche Reize auszuspielen und harmlose Patienten damit in ihr Netz zu locken. Denn Sie wissen ja, auch Patienten sind nur Männer." Wie zur Demonstration taxierte er aufreizend ihre Figur. Nur schwer konnte Sarah die Ruhe bewahren.

„Sie wissen, dass das Blödsinn ist." Ganz leise und warnend presste sie die Worte heraus. „Ich denke nicht, dass Sie dumm sind." In der Pause, die entstand, wanderten seine Augen wieder über ihren Kopf, entrückt und abwesend blieb er hängen an etwas, das nur er sehen konnte.

„Was sehen Sie? Adrian, bitte, sagen Sie es mir." Ohne darüber nachzudenken, hatte sie ihn beim Vornamen genannt. Er schien darauf zu reagieren.

„Es ist schön, wie Sie ihn aussprechen, meinen Namen." Ein letztes Mal schenkte er ihr die Wärme seines Blickes, gepaart mit einer tiefen Sehnsucht, dann wandte er sich ab, hielt sich beide Ohren zu und begann markerschütternd zu schreien.

Adrian

Als er mit ihr zusammenstieß und ihre Augen sich trafen, blieb für ihn die Welt einen Moment lang stehen. Sie war das schönste Geschöpf, das er jemals hatte ansehen dürfen. Ihr rotes, lockiges Haar hatte sich aus einem mühsam geflochtenen Zopf gelöst und fiel ungebändigt und aufreizend bis über ihre Schultern, das Gesicht war formvollendet schön mit rosigen, sinnlichen Lippen, einer feinen, aber etwas kecken Nase und Hunderten von winzigen Sommersprossen, die ihr gesamtes liebliches Antlitz bedeckten. Aber das Bezauberndste an ihr waren die Augen, in denen sich das Rotbraun ihrer Haare widerspiegelte. Und ihre Figur löste sofort heißes Begehren in ihm aus. Adrian konnte nur schwer seine Fassung wieder erlangen, aber er war Meister darin, anderen etwas vorzuspielen. Er lächelte sie an und legte ihr die Hand auf den Arm, sogleich steigerte sich sein Verlangen noch mehr. Seine Hand schien zu verbrennen.

„Ist alles in Ordnung mit Ihnen?" Er hätte sie ewig einfach nur ansehen, staunend ihre Schönheit bewundern können. Die begehrenswerte Frau antwortete irgendetwas, aber er nahm es gar nicht wahr. Die Stimmen wurden lauter, er musste gehen. Noch hatte er sich im Griff, es konnte aber nicht mehr lange dauern.

„Na dann..." Noch einmal sog er ihren Anblick in sich auf, dann drehte er sich um und ging hinaus, er konnte spüren wie sie ihm nachsah, und die Stimmen flüsterten es ihm zu.

Als es später an seiner Tür klopfte, hatte er gerade sein T-Shirt ausgezogen, sie hatten ihn ausgelacht, weil er es mit Kaffee und Zahnpastaflecken beschmutzt hatte. Rasch zog er ein Hemd über und war noch am Zuknöpfen, als er gleichzeitig die Tür öffnete. Da stand sie, es war wie ein Schock. Sie stand einfach nur da und starrte ihn genauso erstaunt und verwirrt an, wie er sie. Ihren atemberaubenden Körper hatte sie unter einem weißen, weiten Kittel verborgen, dennoch konnte sie ihn nicht ganz darunter verstecken. Plötzlich verdrehten sich ihre Augen, sie begann zu schwanken und fiel direkt in seine Arme. Da saß er nun kauernd am Boden, diesen Traum einer Frau im Arm, die völlig weggetreten war. Eigentlich hätte er sofort Hilfe holen sollen, aber er wünschte einfach nur, dass dieser Moment ewig dauern würde. Es fühlte sich fantastisch an, sie in den Armen zu halten, ihr feines Gesicht mit streichelndem Blick zu betrachten und ihren Körper zu spüren, so warm, so weiblich, so wunderschön. Er merkte, wie sein Körper auf sie reagierte. In diesem Augenblick öffnete sie die Augen. Ihr Kopf ruhte auf seiner Brust, und seine Hand lag sacht auf ihrem Bauch. Wie gerne hätte er sie gestreichelt. Ihre Blicke hielten sich gegenseitig gefangen. Was dachte sie? Er vermochte es nicht zu sagen, spürte nur sein eigenes glühendes Verlangen und hoffte inständig, sie würde es nicht bemerken. Sie stammelte etwas Unverständliches.

„Sollten wir Dr. Horak rufen?", er hatte es schon die ganze Zeit gefühlt, aber jetzt konnte er es nicht mehr ignorieren, es schwebte über ihr. Etwas Derartiges hatte er nie erblickt. Diese Frau musste wirklich etwas Besonderes sein. Leise Klänge waren zu vernehmen, rot, gelb und weich waren seine Schwingen.

„Es ist wirklich nicht nötig, Dr. Horak damit zu belästigen, ich bin ja selber Ärztin und versichere Ihnen, es ist alles in Ordnung." Ihre Stimme hatte wieder an Festigkeit gewonnen, und sie hatte sich aus seinen Armen gewunden, stand nun aufrecht neben ihm. Er riss sich von der schwebenden Gestalt über ihrem Kopf weg und hörte, wie sie sich bei ihm bedankte.

„Vielleicht muss ich Sie jedes mal auffangen, wenn wir uns begegnen. Sie sind Ärztin?" Da schossen sie auf ihn ein mit einer Macht, die er kaum ertragen konnte. Sie lachten ihn aus, sie erzählten ihm, wie oft sie schon solche Situationen erlebt hatten, und wie aussichtslos sein Begehren war. Meistens konnte er sie ausblenden. Aber dieses mal war es stärker. Er spürte wie sein Atem sich beschleunigte und hörte sie aus der Ferne etwas sagen. Erst als sie sanft seinen Arm berührte, schaffte er es, sie wieder anzuschauen.

„Es liegt an Ihnen, sonst habe ich es im Griff, meistens zumindest." Es fühlte sich unendlich gut an, ihre Hand zu spüren, aber er fühlte sich gleichzeitig zu schwach, es zu genießen. Da erzählte sie ihm, dass sie ab heute seine Ärztin sei. Sein Herz jubilierte, und er hörte sich etwas antworten, wusste aber selber nicht, was es war. Er musste sich wieder unter Kontrolle bekommen, sonst konnte er nicht vorhersagen, was passieren würde. Sie hätten noch mehr Gewalt über ihn, die guten, aber auch die schlechten Stimmen, und er verlor die Fähigkeit, diejenige auszufiltern, auf die er hören musste. Adrian setzte sich seiner neuen, wunderhübschen Ärztin gegenüber und weidete sich nun unverhohlen, aber versteckt unter einer Maske aus Gleichgültigkeit, an ihrer ganzen Schönheit. Zuletzt blieb sein Blick an ihrem Busen haften, er musste vollkommen sein, was sich unter dem Kittel erahnen ließ. Wieder meldete sich sein glühendes Verlangen, aber dieses mal hatte er sich völlig im Griff. Sie würde nichts merken.

„Ich möchte gern verstehen, was Sie erleben, Herr Steinbach. Was haben Sie beispielsweise eben gehört und gesehen?" Das übliche Arztgebohre begann. Adrian war es so müde, so leid. Er schleuderte ihr entgegen, was ihm einfiel und wurde immer ärgerlicher. Auch diese herrliche Ärztin hielt ihn für krank.

Nach dem letzten Schlagabtausch trat eine Pause ein. Er lehnte sich zurück und trotz seines Grolls und der Stimmen, die immer lauter wurden, konnte er die Augen nicht von ihr lassen. Sie starrte zurück, und er war verloren. Es kostete ihn seine ganze Disziplin, sie nicht in seine Arme zu reißen. Nie wieder würde er eine Frau so sehr begehren.

„Woran denken Sie?", fragte er in die Stille hinein, und sie lief doch tatsächlich rot an. Eine Wärme durchfloss seinen gesamten Körper, und er fühlte sich glücklicher, als er es je zuvor erlebt hatte, doch nur kurz hielt dieser Augenblick an, denn schon beschlich Argwohn sein Herz. Sicherlich dachte sie, er würde auf diese Weise weich werden und allen Therapiequatsch mitmachen. Er schleuderte ihr sein Misstrauen entgegen, bezichtigte sie als Taktikerin, die Stimmen wurden lauter und lauter.

„Sie wissen, dass das Blödsinn ist." Mehr nahm er nicht auf, denn das Wesen über ihr wurde immer größer, sein Licht immer gleißender, selten wurde ihm die seelische Schönheit eines Menschen so demonstriert wie bei dieser unglaublichen Frau. Wie von weit her hörte er sie seinen Namen aussprechen.

„…Adrian…"

„Es ist schön, wie Sie ihn aussprechen, meinen Namen." Er versank in ihre Augen und dann konnte er es nicht mehr ertragen, laut, furchterregend, drohend. Er war noch lange nicht soweit, er musste sie ausschließen. Er spürte nicht, wie er sich die Ohren zuhielt, er hörte nur jemanden herzzerreißend schreien, es dauerte eine Ewigkeit, bis er begriff, dass er es selber war, der da schrie.

Max

Er war doch ein echter Vollidiot, wieder hatte sie ihn behandelt wie den letzten Dreck. Wieso verließ er sie nicht einfach? Weil er feige war und sich diese Frage außerdem schon an die hundert Mal innerhalb der vergangenen drei Jahre gestellt hatte, ohne Konsequenzen zu ziehen. Dabei hatte alles so hoffnungsvoll begonnen, nahezu euphorisch. Max war damals davon überzeugt gewesen, die Frau des Lebens gefunden zu haben. Sie hatten sich auf der Eisbahn kennen gelernt. Trotz eines aufreibenden Dienstes hatten ihn ein paar Freunde dazu überreden können, die alten Schlittschuhe rauszukramen und einfach nur Spaß zu haben. Den sollten sie auch bekommen. Besonders Max war nicht mehr vom Eis zu bekommen, nachdem er die niedliche Lynet entdeckt hatte. Einen ganzen Kopf kleiner als er, hatte sie, eine weiße Pudelmütze auf das lange blonde Haar gestülpt, mit glänzenden Augen und knallroten Wangen gegen das Eis gekämpft. Sie war alles andere als eine begnadete Eisläuferin, und so schien es ganz natürlich, sie irgendwann an die Hand zu nehmen und sie zu führen. Zwei Monate später waren sie zusammengezogen und seitdem teilten sie sich die kleine Dachwohnung mitten in der Altstadt. Wenn man morgens aufwachte, konnte man die Tauben gurren hören und seine Blicke über die verschlafenen Dächer des Städtchens gleiten lassen. Eigentlich stimmte alles, wenn man die Kleinigkeit außer acht ließ, dass seine Freundin das eifersüchtigste Wesen besaß, das ihm je begegnet war. Und hatte sie es einmal gepackt, machte sie ihm jedes mal eine Szene, als wäre er gerade aus dem Bett einer anderen Frau gestiegen. Einmal hatte sie ihn abends nach Dienstschluss abholen wollen und gesehen, wie er sich mit Schwester Melanie unterhielt, ausgerechnet Melanie. Es käme ihm selbst dann nicht in den Sinn, etwas mit ihr anzufangen, wenn sie die einzige Frau auf der ganzen weiten Welt wäre. Jedenfalls war Lynet damals völlig ausgetickt und hatte ihn die gesamte Rückfahrt über beschimpft. Er fühlte sich in solchen Momenten sogar irgendwie schuldig und schäbig. Und das ärgerte ihn am meisten. Heute Morgen hatte er gerade genüsslich seinen Morgenkaffee geschlürft, mit viel Zucker und viel Milch, da war sie wie eine Furie aus dem Schlafzimmer geschossen, um ihm einen Schmierzettel auf den Tisch zu knallen.

„Was ist das?", hatte er gefragt und nach dem Zettel gegriffen.

„Das möchte ich von dir wissen", ihre Stimme sich überschlagend und hysterisch.

„Aber Schatz das ist die Nummer der Dame, die seit neuestem für unsere Wäsche zuständig ist. Ich habe keinen einzigen Kittel mehr, und brauche dringend Nachschub."

„Ich glaube dir nicht." Sie war plötzlich völlig erschöpft gewesen, hatte sich auf ihren Stuhl fallen lassen, nicht ohne ihm noch mal giftige, misstrauische Blicke zuzuwerfen.

„Es reicht jetzt." Die Wut war völlig unangemeldet in ihm hoch gekrochen. „Ich muss zur Arbeit." Das Knallen der Tür noch im Ohr, war er mit ärgerlichen schnellen Schritten die vier Stockwerke runtergerannt. Doch unten angekommen hatte er sich nur leer gefühlt. Was sollte er tun mit seiner Liebe zu einer Frau, die ihm nicht vertraute?

Nun saß er in der Frühbesprechung. Wie jeden Morgen, bevor der Chef den Raum betrat herrschte ein gedämpftes Gemurmel, einige kurze Lacher waren zu hören, und Kollege Karst jammerte über seinen Kater. Selber Schuld, dachte Max nur mitleidlos, man säuft sich ja auch nicht zu, wenn man am nächsten Tag um acht Uhr auf der Matte stehen muss, aber das war typisch Volker. Da kam schwungvoll sein Chef durch die offene Tür, an der Seite eine Frau, die besser auf das Cover einer Modezeitschrift gepasst hätte als hier zu ihnen in die Psychiatrie. Selbstbewußt blickte sie in die Runde. Sie war nicht ganz so klein wie Lynet, aber für eine Laufstegkarriere fehlte dann doch die richtige Größe. Aber alles andere an ihr war perfekt. Das völlig ebenmäßige Gesicht mit den großen ausdrucksstarken Augen, die volle rote Lockenmähne, und diese Figur...Er konnte beobachten, wie nicht wenige Kollegen unverhohlen diese tolle Frau von oben bis unten betrachteten, einen seligen Glanz in den Augen, fast so als wäre Weihnachten. Es fiel „Frau Wohlfart" und der Name seiner Station, da horchte er auf.

„Wenn ich Sie bitten darf, Herr Dr. Horak, sich um die junge Kollegin ein bisschen zu kümmern, um ihr den Einstieg ein wenig zu erleichtern." Max erntete neidische Blicke. Seine neue Kollegin sah zu ihm hin, und er versuchte es mit einem Lächeln, befürchtete jedoch eher, dass es wie ein dämliches Grinsen rüberkam, alle Achtung, was für eine Frau. Er war nie der Draufgänger gewesen, irgendwie steckte es schon in seinem Bewußtsein, dass er wohl gar nicht so übel aussah, aber er hatte sich nie etwas daraus gemacht. Auch konnte man nicht sagen, dass er ausgesprochen schüchtern war, aber bei dieser Frau würde selbst George Cloony anfangen zu stottern, da war er sicher. Wenn Lynet diese Frau Wohlfart sehen könnte, sie würde schäumen vor Eifersucht, denn in der Tat würde sie sich neben ihr ausmachen wie eine graue Maus. Jetzt mischte sich leichte Schadenfreude in sein Grinsen. Die ganze Frühbesprechung über musste er sie immer wieder anschauen und war sofort bei ihr, als endlich Schluss war.

„Ich bin Max, wir duzen uns eigentlich alle, abgesehen von den Oberärzten und dem Chef natürlich." Sie verunsicherte ihn komplett, er wusste plötzlich nicht mehr wohin mit seinen Armen. Sie hieß Sarah, was für ein wunderschöner Name. Es gab ein kleines Wortgeplänkel zwischen ihnen, was Max half, sich ein bisschen zu entspannen. Dann trabten sie nebeneinander die Treppe zur Station hoch und redeten ungezwungen, doch irgendwann kam es leider zu einer peinlichen Gesprächspause, und er schalt sich innerlich, dass er nicht wortgewandter war. Zu seinem Entsetzen stürmte auf dem Stationsgang auch noch gleich Melanie auf ihn zu, gerade als er Sarah ins Schwesternzimmer schieben wollte. Wie sehr sie ihn nervte, würde sie niemals auch nur im Entferntesten erahnen. Ihre Bewunderung für ihn war so unübersehbar, dass ihm fast übel davon wurde. Als sie Melanie endlich los waren, schaffte er es dann doch, seine schöne Kollegin dem Pflegeteam vorzustellen, musste aber bedauernd feststellen, dass ihr bis auf wenige Ausnahmen eher eine feindliche Stimmung entgegenschlug. Schuld war wahrscheinlich nicht nur die Tatsache, dass den erfahrenen Pflegekräften erneut ein „Arztküken" vorgesetzt wurde, er konnte gleichzeitig auch den Neid in den Augen der weiblichen Mitarbeiter lesen. Ein übermächtiger Instinkt, Sarah zu beschützen, kam über ihn, er legte eine Hand auf ihre Schulter und genoss diese Berührung.

„Im ersten Zimmer rechts neben der Stationstür kannst du dich umziehen. Da gibt es auch Spinde, belege dir einfach einen." Er wollte sie so schnell wie möglich aus der Höhle des Löwen rausbugsieren. Eine Welle der Dankbarkeit ihrerseits schlug ihm entgegen, ihre Augen strahlten warm und hell.

„Danach treffen wir uns im Arztzimmer, das ist gleich neben der Umkleide, okay?"

„Alles klar." Wieder schenkte sie ihm dieses bezaubernde Lächeln und verließ sichtbar erleichtert den Raum. Sie musste es auch gemerkt haben, hier nicht gerade willkommen zu sein.

„Seid bitte gut zu ihr, ja?" Er sah in die Runde. Alfons zwinkerte ihm zu

„Was für ein Zuckerpüppchen, was?" und fing an zu grinsen. Trude schnaubte.

„Wie soll man so eine den Patienten erklären, die wird doch allen den Kopf verdrehen."

Die anderen hüllten sich in Schweigen. Max seufzte und verließ ebenfalls den Raum. Er trabte Richtung Arztzimmer. Annette Winkler machte ihm Sorgen, er kam nicht recht voran mit ihr, und sogleich erwartete sie von ihm ganz tolle neue Therapievorschläge. Schwierig gestaltete sich auch die Frage, welche Patienten er der völlig unerfahrenen Sarah übergeben konnte. Natürlich hatte er schon im Vorfeld erfahren, dass in nächster Zeit ein neuer Kollege anfangen sollte, aber wann genau das sein sollte, war bisher noch in der Luft gehangen, und den ärztlichen Kollegen nicht mitgeteilt worden. Max hatte sich bei seiner Auswahl auf drei Patienten eingeschossen. Nachdem er Sarah jedoch gesehen und kennen gelernt hatte, war er sich mit seine Entscheidung nicht mehr so sicher. Peter Schrenk war kein Problem, bei Anna Winterfeld sah die Sache schon anders aus. Sie war ein echter Härtefall, gleichsam aber auch ein gutes Lehrstück, denn sie vereinte alles, was man über die Magersucht lernen konnte, in einer Person. Am meisten Bauchschmerzen bereitete ihm der Gedanke, ihr Adrian Steinbach zu überlassen. Er hatte fast ein schlechtes Gewissen dabei, denn ursprünglich hatte er ihn, das musste er sich eingestehen, nur loswerden wollen. Dieser Typ war ihm tatsächlich unheimlich. Sich die wunderschöne Sarah in seiner Gegenwart vorzustellen, bereitete ihm Gänsehaut. Aber es war auch chauvinistisch und unemanzipiert gedacht, ihr Adrian nicht übergeben zu wollen, nur weil sie eine Frau war. Denn schließlich hatte sie genauso Medizin studiert wie er, und er hätte schwören können, auch erfolgreicher. Er beschloss, bei seiner ursprünglichen Auswahl zu bleiben. Wer weiß, vielleicht war sie ja ein Naturtalent und würde schaffen, woran andere sich seit Jahren die Zähne ausgebissen hatten. Er sah gerade noch einmal die letzten Laborwerte von Annette Winkler durch, als sie mit Arztklamotten bekleidet das Zimmer betrat. Alle Farbe war aus ihrem Gesicht gewichen.

„Sitzt da immer ein Typ in der Umkleide, wenn man sich umzieht, und macht sich erst bemerkbar, wenn man fast nackt ist?" Ein Spanner, das war ja unglaublich. Leider konnte sie ihm nicht sagen, wer es gewesen war, sie kannte natürlich noch so gut wie niemanden. So eine Unverschämtheit, dachte Max. Bei der Vorstellung allerdings, dass sie gerade nur einen Raum weiter beinahe nackt dagestanden, und ein anderer Mann sie hatte betrachten dürfen, wurde ihm heiß und er verspürte eine gewisse Eifersucht auf den Spanner. Du krankes Hirn, rief er sich zur Ordnung, jetzt reiß dich zusammen.

„Das nächste Mal schreie ich einfach laut und lasse mich dann von dir retten." Sie zwinkerte ihm verführerisch zu. „Da wäre allerdings das Problem, dass auch du mich nackt sehen würdest." Seine Phantasie ging mit ihm durch, im Geiste nahm er sie und ihren nackten atemberaubenden Körper in seine Arme und…er spürte wie er rot wurde, so was Peinliches. Schnellst möglich versuchte Max die Situation zu überspielen und wurde geschäftlich. Aber es hing bereits ein leichtes Knistern in der Luft, dass sich kaum mehr ignorieren ließ.

Er begann sich voller Aufmerksamkeit den Patienten zu widmen und machte eine möglichst genaue, aber nicht zu ausführliche Übergabe, den Rest musste sie den Akten entnehmen und einfach ins kalte Wasser springen. Er sah auf seine Uhr, Annette Winkler ließ sich nicht länger aufschieben. Er erhob sich. Auch Sarah wollte gleich starten, und so gingen sie beide Richtung Tür. Er stand direkt hinter ihr. Sie verströmte eine leichte, blumige Parfümnote, aber nur sehr dezent, so dass er auch den Eigenduft ihrer Haut wahrnehmen konnte, unmerklich versuchte er ihn in sich aufzunehmen, ihr zarter Geruch betörte ihn, ließ ihn schwindeln. Er griff an ihr vorbei zur Türklinke und berührte sie dabei aus Versehen, ihm wurde es noch ein wenig heißer. Sarah sah zu ihm hoch mit ihren so großen und ausdrucksstarken Augen. Oh Gott, er war doch wohl hoffentlich nicht dabei, sich in sie zu verlieben? Energisch stieß er die Tür auf. Am Ende des Ganges saß Sebastian Fuchs auf seinem orangefarbenem Plastikstuhl und starrte wie gewohnt aus dem Fenster. Meistens fiel er Max schon gar nicht mehr auf, er war inzwischen fast so etwas wie ein Bild an der Wand. Sarah erkundigte sich nach dem wirren, dementen Sebastian und Max erzählte es ihr. Dabei nutze er die Situation, ihr ganz nahe zu sein, damit sie seine flüsternden Worte auch verstehen konnte. Sie schien ehrlich betroffen von Sebastians Schicksal und Max erinnerte sich, wie es ihm in der Anfangszeit als Assistent der Psychiatrie ergangen war.

„Das wird nicht das Letzte sein, was dich hier treffen wird, glaube mir." Er legte seine Hand auf ihre Schulter und drückte sie sanft, sie fühlte sich gut an. Er registrierte, dass sie auf seinen Ringfinger schaute, und es gefiel ihm. Nein, Frau Kollegin ich bin noch nicht verheiratet, habe nur eine giftige kleine Freundin, resümierte er innerlich. Gerade bekam Sebastian einen seiner Anfälle und Alfons eilte herbei, um die Situation zu entschärfen. Sarah schien erschüttert. So lange wie möglich hielt er seine Hand auf ihrer Schulter, zwang sich aber dann doch, sie runter zu nehmen. Schließlich gab er ihr noch Anweisungen zur Patiententafel und machte sich dann schweren Herzens auf den Weg zu Annette Winkler. Dort wurde er schon sehnsuchtsvoll erwartet. Vielleicht war sie mal eine schöne Frau gewesen, aber durch ihren Speck, war das nur noch zu erahnen. Mit ihren 42 Jahren war sie in ihrem Leben schon durch viele tiefe Täler gegangen. Sie hatte ein Kind begraben, ihr Mann war mit einer 20 Jährigen durchgebrannt und nun litt sie an starken Panikattacken, einer generalisierten Angststörung gepaart mit einer Sozialphobie. Sie hatte quasi fast alle Möglichkeiten der breiten Palette an Angststörungen für sich gepachtet. Max größtes Problem jedoch, neben der Tatsache, dass weder Selbstsicherheitstraining, noch autogenes Training, noch Antidepressivum bisher gefruchtet hatten, und er ihr noch keine Exposition zumuten wollte, war die Tatsache, dass sie Hals über Kopf in ihn verknallt war. Mit Sicherheit war Annette Winkler die nächste, die er Sarah übergeben würde, und er bereute es schon, es nicht gleich getan zu haben.

„Oh, Herr Dr. Horak, wie schön Sie zu sehen, wurden Sie aufgehalten?"

„Entschuldigen Sie die Verspätung, aber Sie kennen ja unseren stressigen Alltag hier. Wie geht es denn heute Morgen, Frau Winkler?" Die übliche Jammertirade folgte. Er hörte ihr geduldig zu und beschloss, ihr heute einfach nur auf eine etwas unorthodoxe Methode zu helfen. Er nahm ihre Hand und drückte sie kurz. Zwei knallrote Flecken erschienen auf ihren Wangen.

„Wir bekommen das schon hin, Frau Winkler, fürs Erste schlage ich noch ein soziales Kompetenztrainig vor, die Gruppe trifft sich immer Montag Nachmittag." Panik trat in ihre Augen und die roten Flecken auf ihren Wangen wurden noch größer.

„Da gehe ich nicht hin, die vielen Menschen..." Sie schnaufte immer schneller, Schweißperlen bildeten sich auf ihrer Stirn. „Haben Sie ein Einsehen, Herr Doktor, nicht noch eine Gruppe, bitte." Flehend sah sie ihn aus angstgeweiteten

Augen an. Er spulte das übliche Programm ab, was er in solchen Fällen zu seinen Patienten zu sagen pflegte und versuchte sich dann loszueisen. Doch sie hielt ihn fest.

„Gehen Sie noch nicht, nur wenn Sie da sind, habe ich keine Angst." Die Schweißperlen auf ihrer Stirn ließen sie Lügen strafen. Bedauernd hob Max die Schultern.

„Tut mir leid, aber wir sehen uns ja morgen wieder, arbeiten Sie so lange tüchtig weiter." Wie sollte er ihr bloß den Arztwechsel erklären, den er plante, eine Welt würde für sie zusammenbrechen. Jetzt wusste er auch, warum er sich gescheut hatte, Frau Winkler sofort an Sarah abzutreten. Er verließ das Zimmer und hörte seine Patientin noch auf dem Gang wehklagen. Er schloss das Arztzimmer auf und eine völlig verstörte Sarah sprang hinter der Tür hervor.

„…Aber du bist ja kreidebleich, war es so schlimm?"

„Nein, nein, es ist nur, dieser unheimliche Typ aus der Umkleide ist wieder aufgetaucht, fast unverschämter als vorhin, und er hat gelbe Augen…" Ihre großen Rehaugen sahen hilflos zu ihm hoch. Wer um Himmels willen konnte ihr soviel Angst einjagen? Am ehesten klang es nach einem Patienten der Suchtstation mit ausgeprägter Gelbsucht auf Grund eines Leberschadens. Es gab mit Sicherheit mehrere Kandidaten dieses Kalibers im Haus. Die Vorstellung allerdings, dass einer von denen durch die Klinik lief und Frauen belästigte, war äußerst beunruhigend, ja fast gruselig. Max wusste, wie befremdlich das Aussehen eines Patienten mit diesem Krankheitsbild sein konnte. Er beschloss zu handeln.

„Weißt du was, ich rufe mal vorne im Schwesternzimmer an, ob die etwas wissen, klingt nämlich fast nach einem entlaufenen Patienten von einer anderen Station, oder hatte er Pflegerklamotten an?" Sie wirkte völlig überfordert. So griff er zum Hörer und unterhielt sich kurz mit Trude. Die hatte nichts gehört von einem entlaufenen Patienten mit Gelbsucht, aber das verschwieg er Sarah lieber. Er legte auf. Immer noch ziemlich verstört sah sie ihn an.

„Setz dich doch, Sarah!" Max genoss es, ihren Namen auszusprechen, es fühlte sich irgendwie gut und richtig an, und er wollte, dass auch sie sich wieder gut fühlte. Er schlug vor, ihr einen Kaffee zu kochen, und sie nahm seinen Vorschlag begeistert an. Froh, etwas zu tun zu haben, begann er den Kaffee vorzubereiten, goss Wasser in den Behälter, legte einen frischen Filter ein und öffnete die Pulverdose. Denn zunehmend fühlte er sich stärker von ihr angezogen. In ihrer Verunsicherung hatte sie sich ihm völlig unverhüllt präsentiert. Er hatte fast das Gefühl gehabt, ihr bis in die Seele sehen zu können. Es wäre ein Unding, sich in eine Kollegin zu verlieben. Doch da hatte sie irgendetwas zu ihm gesagt, in dem das Wort Liebe vorkam. Er fühlte sich fast ertappt, verwirrt drehte er sich zu ihr um.

„Wie bitte?" Blödsinnigerweise beschleunigte sich sein Herzschlag. Sie konnte unmöglich seine Gedanken erraten haben. Doch sie war ganz von der vor ihr liegenden Akte gefesselt.

„Ich meine, Herr Schrenk lebte Jahrzehnte neben seiner geliebten Frau, und es scheint mit ihrem Tod ist auch sein Leben vorbei. Dass es so was gibt, eine so große Liebe." Mit jemandem wie dir an der Seite kann ich mir das sehr wohl vorstellen, schoss es ihm durch den Kopf, ich sollte noch heute mit Lynet Schluss machen, denn du hast völlig recht. Wenn es eine Liebe gibt, wie sie Herr Schrenk erleben durfte, dann kann man sich nicht mit einer Beziehung zufrieden geben, die so ist, wie die zwischen mir und Lynet. Er versenkte seinen Blick in den ihren. Rasch sah sie wieder in ihre Akte. Sie schien tatsächlich auf ihn zu reagieren, denn ihre Wangen nahmen einen reizenden rosafarbenen Ton an. Nach einer Weile schaute sie wieder hoch, und während er sie immer noch betrachtete, wurde es ihm schlagartig bewusst: Er befand sich nicht nur auf dem besten Wege, sich in sie zu verlieben. Er war es bereits, und zwar Hals über Kopf. Es hatte ihn voll erwischt. Seinen soeben gekochten Kaffee wollte sie später trinken und lieber erst mal nach Herrn Schrenk sehen. Mit einem Augenzwinkern ließ sie einen völlig ratlosen Max zurück. Der setzte sich erst mal schwerfällig in seinen Drehstuhl. Und was jetzt? Das war eine unmögliche Situation. Er war sowieso nicht der Typ, der sich auf den ersten Blick verliebte und dann auch noch in eine Kollegin. Max kratzte sich am Kopf. Lynet…Sein Funker ging und er wählte seufzend die Nummer, die auf dem Display zu lesen war, nahm ab, meldete sich mit seinem Namen und lauschte dann in den Hörer.

„Und wie lange geht das schon so? Alles klar, ich komme." Einer dieser nervenaufreibenden Notfälle in der Ambulanz, der dortige Kollege war gerade mit einem anderen Patienten beschäftigt, und der diensthabende Arzt saß auf der Intensivstation fest. Schnell verteilte er ein paar Butterkekse auf einem kleinen Teller, riss ein Blockblatt ab und malte ein Smily darauf. Hoffentlich fand sie das nicht blöd, aber er konnte ihr ja schließlich nicht gleich einen Liebesbrief schreiben.

Leider saß er eine ziemlich lange Weile in der Ambulanz fest. Als er wieder zurückkam, hockte Sarah auf der Patientenliege im Arztzimmer. Ihre Beine baumelten in der Luft, sie stierte auf einen imaginären Fleck an der Wand, sein Eintreten schien sie nicht einmal bemerkt zu haben. Zweimal musste er ihren Namen rufen, beim zweiten Mal berührte er sie kurz an der Schulter. Sie schrak zusammen und sah ihn aus völlig verwirrten Augen an.

„Ist der Gelbäugige wieder aufgetaucht?", vermutete er.

„Nein...nein, das ist es nicht. Adrian Steinbach, er..."

„Herr Steinbach!" Max sog einmal scharf die Luft ein. „Dachte ich es mir doch. Ich hätte ihn dir nicht übergeben dürfen. Es ist zu schwierig." Erschrocken sah sie zu ihm hoch, fast so als befürchte sie, gleich ihren Patienten entzogen zu bekommen, und das keinesfalls wollte. Max stutzte.

„Ich werde ihn behandeln, ich schaffe das. Er hatte nur eben einen seiner Schreianfälle. Laut Trude passiert das allerdings nicht all zu oft. Ich habe dafür gesorgt, dass er seine Bedarfsmedikation bekommt." Beinahe flehentlich waren ihre großen Augen auf ihn gerichtet, sie brauchte Bestätigung, dass sie richtig gehandelt hatte. Innerlich seufzte Max und machte sich auf sechs schwierige Wochen gefasst, in denen er diese ihn so berührende junge Kollegin hart machen musste für den Klinikalltag einer Psychiatrie. Aber er würde es gerne tun. Man wusste nur nie, wieviel die Seele desjenigen, der sich mit den oft ungeklärten und teils erschreckenden Erkrankungen der Psyche auseinandersetzen musste, selber Schaden erlitt.

„Das hast du wirklich gut gelöst...Sarah?...", ihr fragender Blick war auf ihn gerichtet. „Es ist am Anfang besonders schwer, aber es wird mit der Zeit leichter werden, ich verspreche es dir, okay?" Sie lächelte kaum merklich, dann rutschte sie von ihrer Liege.

„Ist um eins nicht Übergabe?"

„Verdammt, du hast recht." Er sah auf seine Uhr. Es war schon zehn nach. „Mensch, Mensch, Mensch, da werden wir wieder böse Blicke ernten, komm!" Gemeinsam machten sie sich auf zu Sarahs erster Übergabe.

Der Rest des Nachmittags verlief relativ ereignislos. Sarah wirkte sehr still und in sich gekehrt. Max vermisste die spritzige Fröhlichkeit, die sie noch am Morgen an den Tag gelegt hatte. Als der Feierabend näher rückte folgte er deshalb einer spontanen Idee.

„Ich denke, wir sollten deinen ersten Arbeitstag gebührend feiern, findest du nicht? Wir könnten einen Happen Essen gehen, ein Gläschen Wein dazu, was meinst du?" Ihm rutschte fast das Herz in die Hose. Hatte er eben um ein Date gebeten? Was sollte er Lynet erzählen? Wahrscheinlich hatte Sarah sowieso keine Lust…

„Warum nicht?" Zu seinem Erstaunen kehrte etwas frech Vergnügtes in ihren Ausdruck zurück, und eine Spur Trotz meinte er auch darin zu lesen. Letzteres konnte er zwar nicht deuten. Aber ganz klar war, dass sein Herz so eben kleine Hüpfer vollzog, er dringend eine Notlüge für Lynet brauchte, und diese zum ersten Mal im Laufe ihrer Beziehung einen berechtigten Grund zur Eifersucht hätte. Max grinste wie ein kleiner Junge.

„Was hält uns dann noch auf? Ich muss nur mal schnell rüber zu Volker, eine Minute, okay?" Sie grinste zurück und scheuchte ihn mit den Händen Richung Tür.

„Du musst mich decken Mann, das bist du mir verdammt noch mal schuldig." Volker konnte sich ein schadenfrohes Grinsen nicht verkneifen, auch wenn sein Kopf noch höllisch dabei schmerzte, diese Lektion hatte er gelernt. Er wollte nie wieder unter der Woche auf einen Drink gehen. Er hatte vergessen, wie oft er sich das bereits geschworen hatte.

„Die Kleine hat's dir echt angetan, was? Ich glaube es ja gar nicht. Der schöne, zahme, treue Max auf Abwegen, was wohl Lynet davon hält?" Er machte drei schnalzende Geräusche mit der Zunge.

„Arschloch", grummelte Max. „Machst du es nun?"

„Natürlich mach ich's, bin doch kein Unmensch. Bist ganz schön zu beneiden. Holla, die Kleine haut einen echt um." Volkers Grinsen hatte nun etwas Dreckiges.

„Volker, bitte, hör jetzt auf damit." Im Grunde genommen wusste Max nicht so recht, warum er sich überhaupt mit Volker Karst abgab, der an Vulgarität und Taktlosigleit kaum zu überbieten war. Aber trotz aller seiner unangenehmen Seiten gehörte er im tiefsten Inneren doch zu den „Guten", und das wusste Max. Volker kratze sich gerade auf seiner Halbglatze.

„Natürlich möchte ich jede Einzelheit wissen, zum Beispiel über ihre Titten!"

„Oh mein Gott, Volker, jetzt reicht's aber, so etwas wird nicht passieren, ich bin gebunden, hast du das kapiert?"

„Klaro, und deshalb gehst du jetzt auch mit dieser steilen Braut aus, nicht wahr?" Ihm schien die ganze Sache immer mehr Spaß zu machen.

„Die hat wahrscheinlich sowieso kein Interesse an mir", knurrte Max. „Und jetzt greif gefälligst zum Hörer und ruf Lynet an." Volker nahm die Nummer entgegen, die er von Max gereicht bekam, dann wählte er.

„Lynet? Volker hier. Pass auf, Schätzchen, dein lieber Freund sitzt hier noch eine Weile fest, ist gerade auf Intensiv eingefroren, wir haben da eine echt durchgeknallte Nummer." Er lachte über seinen eigenen Witz. Max wusste, dass sich Lynet am anderen Ende der Leitung schütteln würde, sie konnte Volker nicht ausstehen, und man sollte es ihr nicht einmal verdenken. Max hoffte nur, sein Kollege würde nicht übertreiben, aber zu spät.

„Weißt du, er ist der Beste, und nahezu unabkömmlich, aber ich muss jetzt Schluss machen, vielleicht brauchen die noch einen dritten Arzt auf Intensiv." Damit legte er auf. Max stöhnte.

„Das kauft die dir nie ab, du bist ein echter Arsch", beschimpfte er seinen Freund zum zweiten Mal.

„Die Tusse hat nicht mehr Ahnung von der Klapse als alle anderen Normalbürger, also, mag sein, dass wir zu Dritt auf Intensiv kleben, oder? Und bist du nicht der Beste? Selber Arsch!" Volker wirkte leicht genervt, biss in einen Schokoriegel und sah Max böse an. „Gib dich gefälligst zufrieden und zisch ab, bevor ich es mir noch anders überlege, deine Deckung platzen lasse und selber mit der Braut ausgehe."

„Also gut, nichts für ungut, Kumpel." Max klopfte ihm auf die Schulter. „Und falls Lynet noch mal anruft…"

„Mensch, ich habe Dienst heute und habe die ganze Nacht Zeit mir Ausreden für deine Lynet auszudenken, hau schon ab." Dankbar hob Max noch mal zum Abschied die Hand und eilte dann auf Station Leonhardt zurück. Sarah war schon gestiefelt und gespornt. Er vermutete, sie hatte sich eilig im Arztzimmer umgezogen, denn die weißen Sachen hingen nicht im Spind, sondern waren achtlos auf einen der beiden Drehstühle geworfen. Sie hatte Lipgloss aufgetragen und duftete so, als habe sie sich noch ein wenig mehr mit diesem herrlich blumigen Parfüm eingesprüht.

„Ich zieh mich auch rasch um", sagte er, schnappte sich seinen Rucksack, der auf dem Boden stand und trollte sich in die Umkleide. Hier war es kalt und fröstelig. Max ertappte sich dabei, die Blicke nach dem Gelbäugigen schweifen zu lassen, aber nichts, er war allein. Ohne das Licht anzuknipsen, denn es dämmerte bereits spätherbstlich, streifte er die Hose aus, und zog das Polohemd über den Kopf. Er schnupperte unter seinen Achseln. Vorsichtshalber holte er dann sein Deo aus dem Rucksack. Jetzt fühlte er sich schon besser. Rasch warf er sein Baumwollhemd über, dass aus ganz grobem Flanell gearbeitet war, man kam sich darin erst richtig wie ein echter Mann vor, als würde man den nächsten Baum fällen wollen. Dann griff er nach seiner Lederjacke, schloss den Spind ab und trat auf den Gang. Sarah wartete schon. Melanie Pritschs eifersüchtigen kritischen Blick im Rücken, steuerten sie nebeneinander auf die Stationstür zu, plötzlich fuhr Sarah zusammen, noch einer starrte sie an. Adrian Steinbach stand vor Zimmer fünf, und eigentlich hatte er nur Augen für Sarah. Bis auf einen kurzen, wie es schien zornigen Blick auf ihn, war er komplett auf Sarah konzentriert. Diese begann leicht zu torkeln, so dass Max sie stützend am Oberarm festhielt. Unbeirrt führte er sie an Steinbach vorbei und schloss die Stationstür auf. Diese sollte zwar eigentlich immer offen sein, da Leonhardt keine wirklich geschlossene Station war, aber nach Steinbachs Ausraster war die Tür, wie sooft schon, dicht gemacht worden. Auch heute früh hatte ihnen ein Patient Sorgen bereitet, die Tür war also bereits den ganzen Tag zu, das war die Psychiatrie. Draußen angekommen hörte er Sarah aufatmen, einen dezenten Schatten von Unsicherheit noch in den Zügen, lächelte sie in an. Sein ungutes Gefühl in Bezug auf Steinbach wischte er beiseite, er würde morgen mit ihr darüber reden.

„Und wo soll es hingehen?", fragte sie

„Italienisch oder Chinesisch? Wir hätten beides in der Nähe zu bieten!"

„Italienisch, ich liebe Pasta", lachte Sarah. Und man sieht es ihr überhaupt nicht an, dachte er und ließ, wie er hoffte unbemerkt, seine Blicke über ihren zwar weiblichen, aber dennoch zierlichen Körper gleiten. Sie hatte einfach die Rundungen an den richtigen Stellen.

„Und ich liebe Pizza! Da entlang." Schweigend liefen sie nebeneinander her. Max war froh, das Restaurant zu erreichen, denn ihm fiel beim besten Willen kein Gesprächsthema ein.

Sarah suchte sich einen Tisch im hinteren Teil der Pizzeria aus und rutschte auf die Bank.

„Darf ich?" Auch Max ließ sich auf die Bank fallen. „Bänke sind einfach gemütlicher, und außerdem kann man in den Raum schauen", gab er zur Erklärung. Eigentlich wollte er nur einfach möglichst nahe neben ihr sitzen. Er hoffte, sie empfand das nicht als zu aufdringlich. Aber nach einem halben Glas Wein, genoss er es nur noch. Ihr Bein war ganz nahe an dem seinen. Er konnte ihre Wärme spüren, und ab und zu berührten sie sich sogar. Das Leben war doch herrlich. Sie hatte ganz weinrote Wangen bekommen und erzählte gerade mit funkelnden Augen von einer lustigen Begebenheit bei einem anderen Italiener. Das Essen hatte dort so schlecht geschmeckt, dass sie mit ihrer Freundin aus Protest eine riesige Sauerei auf dem Tisch veranstaltet hatte, inklusive verstreutem Salz und Pfeffer. Diese kindliche Fröhlichkeit zog ihn nahezu magisch an. Und wie herrlich sie duftete. Jetzt war sie schon bei der nächsten Geschichte, berichtete, wie sie sich Handschuhe in der Kindergröße 146 gekauft hatte, weil ihr alle Handschuhe für Erwachsene stets zu groß waren.

„Ach, was du nicht sagst." Er griff nach ihrer Hand. Wie klein sie war und zart. Er hielt sie fest, drehte sie und betrachtet dieses Puppenhändchen mit den kurzen, gepflegten Nägeln, auf denen nur ein dezenter Klarlack aufgetragen war. Dann sah er ihr in die Augen. Sein Herz schlug Purzelbäume. Bitte, lieber Gott erhöre mich, lass sie dasselbe fühlen. Immer noch hielt er ihre Hand, und sie ließ ihn gewähren, sah ihn dabei nahezu forschend an. Erst nach einer ganzen langen Weile entzog sie sie ihm wieder. Sarah lächelte kokett.

„Nachtisch?"

„Noch ein Gläschen Wein?", fragte er zurück. Sie entschieden sich für beides und bestellten Tiramisu und zwei weitere Chianti. Das Tiramisu wollten sie sich teilen. Aus einer gemeinsamen Schüssel zu essen, erweckte eine Vertrautheit zwischen ihnen. Beim Essen berührten sich mehrfach ihre Hände. Nach dem zweiten Glas Wein waren sie beide ziemlich angesäuselt, denn das erste hatten sie nahezu auf nüchternen Magen getrunken. Lachend verließen sie das Restaurant, und Max hatte es sich nicht nehmen lassen, Sarah einzuladen. Auto fahren konnte er jedenfalls nicht mehr.

„Bist du mit dem Auto da, also ich fürchte ich muss meins stehen lassen."

„Ich habe beschlossen, immer mit der Straßenbahn zu fahren, geht eigentlich fast schneller bei dem Verkehr morgens." Unschlüssig standen sie sich gegenüber. Es war kalt. Die Temperatur zog an, es würde sicher Frost geben heute Nacht. Er trat einen Schritt auf sie zu, beugte sich leicht vor. Dann sahen sie sich an, ihre Blicke verschmolzen, er beugte sich noch ein wenig weiter vor, und einen wunderbaren, kurzen Augenblick lang hatte er an einen Kuss geglaubt. Aber abrupt trat sie wieder einen Schritt zurück.

„Also, Max. Vielen Dank für diesen wunderschönen Abend. Wir sehen uns dann morgen." Sie nickte ihm noch einmal zu, dann machte sie auf dem Absatz kehrt und steuerte auf die Haltestelle zu. Aus der Ferne konnte man schon die nächste Straßenbahn ausmachen. Max wartete noch bis sie sicher im Innern der Bahn verschwunden war, dann schüttelte er sich, um diese unwirkliche Stimmung, die ihn erfasst hatte, loszuwerden. Wer hätte heute früh, als er zornig aus dem Haus stürmte, erahnen können, dass er am Abend auf einer rosaroten Wolke sitzen würde, mit weichen Knien und wild pochendem Herzen. Er zuckte zusammen. Lynet! Hastig nahm er eine Hand vor den Mund und hauchte hinein. Verdammt, er roch extrem nach Alkohol. Und seine Klamotten stanken auch nach Kneipe. Jetzt war er wirklich ratlos. Zögernd trabte er los. Er war es so überhaupt gar nicht gewohnt zu lügen. Schließlich zog er sein Handy heraus, rief in der Klinik an und ließ Dr. Karst anfunken.

„Dr. Karst, worum geht es bitte?"

„Dir geht es schlecht, weil dir gestern deine Freundin einen Tritt in den Hintern verpasst hat, du hast deinen Dienst hingeschmissen, und wir haben deinen Kummer im Alkohol ertränkt."

„Du bist ja völlig bekloppt, ich habe gar keine Braut, und erst recht lass ich mir nicht in den Arsch treten, und seit wann bitteschön kann man einfach seinen Dienst hinschmeißen?"

„Du hast selber gesagt, meine Tussi hätte keine Ahnung von unserem Alltag, du erinnerst dich?" Volker stöhnte.

„Also gut. Hat sich's wenigstens gelohnt? Wie fühlen sich ihre Titten an?" Max lächelte und legte auf. Er war sich überhaupt nicht sicher, ob Lynet ihm diese Geschichte abkaufen würde. Aber etwas anderes konnte sie ihm auch nicht nachweisen, es sei denn sie würde noch mal in der Klinik anrufen, um ihn zu kontrollieren. Er musste das verhindern. Eilig spurtete er Heim, zog die verdutzte Lynet in die Arme, die gerade angesetzt hatte, sich zu beschweren und blubberte heraus wie froh er war, sie zu haben. Der Karst hätte nur Pech mit den Frauen, und er, Max, sei es leid, auch dessen Seelenklempner zu sein und sich immer fort von diesen maroden Kurzaffären zumüllen zu lassen. Max fühlte sich wie ein schmutziger Verräter. Wie konnte er Lynet nur so schamlos anlügen? Doch da begann er schon, sie leidenschaftlich zu küssen, und sie erwiderte seine Leidenschaft. Er vergaß, dass es Lynet war, die er überall berührte und streichelte, er sah immer nur zwei große braune Augen in einem Sommersprossen übersätem Gesicht vor sich. Und während er mit seiner Freundin schlief, musste er unablässig an eine andere denken.

Sarah

Er hatte ohne Unterbrechung geschrien. In ihrer Verzweiflung und Ratlosigkeit hatte sie ihn in den Armen gehalten wie ein kleines Kind. Ihre Hand strich über sein lockiges Haar, sie meinte all seine Pein und seinen Schmerz zu spüren. Für wenige Sekunden hatte er sich beruhigt, schwer atmend hatten seine Augen die ihren gesucht, da war ihr die Unmöglichkeit dieser Situation bewusst geworden. Sie saß auf dem Boden, ihren Patienten im Arm, und sie tat das nicht aus therapeutischen Gründen, sondern weil sie das tiefe Bedürfnis hatte, ihn zu trösten. Und sie genoss den körperlichen Kontakt zu ihm. Während sie ihn hin und her wiegte, konnte sie seinen sehnigen Körper spüren und die Wärme, die er ausstrahlte. Das Kribbeln in ihrem Unterleib war trotz dieser dramatischen und äußerst unpassenden Situation deutlich zu spüren.

„Das geht so nicht, Herr Steinbach." Behutsam löste sie sich von ihm. „Wir können hier nicht wie ein Liebespaar auf dem Boden liegen und..." Ihre Stimme versagte, sie hatte das komplett Falsche gesagt, nämlich das, was ihr gerade in den Kopf kam, und nicht das, was das Richtige gewesen wäre. Diese Eigenschaft gehörte leider zu ihren größten Schwächen. Aber zum Glück waren ihre Worte gar nicht bis zu Adrian Steinbach vorgedrungen, denn in dem Moment, in dem sie ihn losließ, wurde sein Blick wieder trüb, sein Kopf schwankte hin und her, erneut begann er zu schreien, dieses Mal noch lauter und schriller als zuvor. Jetzt musste sie handeln. Sie drückte den roten Notrufknopf und nur wenige Sekunden später stand Trude im Raum. Sie erfasste die Situation mit einem Blick.

„Er braucht Haldol, ich vermute das ist seine Bedarfsmedikation. Geben Sie ihm die Dosis, die in der Kurve angegeben ist", stieß Sarah heraus. Trude nickte

„10 mg i.m., vielleicht braucht er sogar 20 mg, so schlimm habe ich ihn noch nie gesehen. Sie müssen ihn mächtig aufgeregt haben, junge Frau." Abschätzig ließ sie ihre Blicke über Sarahs Gestalt gleiten. Die Pflegeleitung war nicht nur die einzige, die gesiezt werden wollte, sie machte auch deutlich, dass sie Sarah als Ärztin noch lange nicht Ernst nahm. Trude rauschte hinaus und kam mit einer aufgezogenen Spritze wieder zurück. Sarah setzte die Spritze in den Oberarm, dann warteten sie.

„Sie können gehen, ich bleibe noch einen Moment, danke!", äußerte Sarah und genoss es, ihr Anweisungen geben zu dürfen. Trude knurrte etwas vor sich hin, dann ließ sie Sarah mit Adrian allein. Der beruhigte sich allmählich, und schien zugleich müde zu werden. Er sah zu Sarah auf, ein schmerzhafter Gesichtsausdruck huschte über seine Züge.

„Du bist wunderschön!" flüsterte er tonlos. Sarah meinte, ihr Herz würde für einen Moment aufhören zu schlagen, sie verschränkte die Arme vor der Brust, als wolle sie sich vor ihm und den aufsteigenden Gefühlen abschirmen, schützen und versuchte diese Vertraulichkeit zu ignorieren, aber sie hatte sie bis ins tiefste Innere getroffen.

„Ich denke, es geht soweit wieder, ruhen Sie sich jetzt aus", wies sie ihn so sachlich wie möglich an. Er erhob sich wie in Zeitlupe, ging zu seinem Bett, und ließ sich dann schwer darauf fallen. Die ganze Zeit hatte er am Boden gekauert. Jetzt schien sich alle Spannung aus seinem Körper zu lösen. Mit fast leerem Blick schaute er in ihre Richtung.

„Ich gehe jetzt, aber es wird gleich noch mal jemand nach Ihnen schauen." Er schloss einfach die Augen. Kurz betrachtete sie sein entspanntes Gesicht mit den dunklen schwarzen Brauen und dem wunderschön geschwungenen Lippen. Seine Haare kräuselten sich jetzt, da sie feucht waren, in vielen dichten, kleinen, dunklen Löckchen. Wie friedlich er jetzt aussah. Leise schloss sie die Tür hinter sich und ging zurück ins Arztzimmer. Vorher bat sie noch eine vorbeieilende Schwester, deren Namen sie vergessen hatte, in zehn Minuten noch mal in Zimmer fünf zu schauen.

„Ich gebe es weiter, ist nicht mein Patient heute", war deren Antwort. Sarah ließ sich, im Arztzimmer angekommen, auf die Liege plumpsen. Das war wirklich eine Spur zuviel für den ersten Tag, fand sie. Hatte sie völlig den Verstand verloren? Wenn sie es versuchte, analytisch zu betrachten, musste sie sich eingestehen, dass alles darauf hindeutete, dass sie sich wie ein Teenager in einen schizophren Geistesgestörten verliebt hatte, der nicht in einer einzigen Phase seines Lebens auch nur annährend normal gewesen war, ein hoffnungsloser Fall. Aber allein so an ihn zu denken empfand sie als ungerecht. Er hatte geschrien, gelitten, aber zeitweise war er auch völlig klar gewesen. Eine Intelligenz und ein waches Wesen waren ihr in diesen Momenten entgegen gestrahlt, die sie glauben lassen wollten, dass dies Adrian Steinbachs wahres Wesen war. Am meisten schämte sie sich ihrer körperlichen Reaktionen, etwas Derartiges war ihr tatsächlich noch nie passiert. Sie war komplett ratlos, wie sie sich verhalten sollte. Den Rest des Tages verbrachte sie in einem leicht Trance-artigen Zustand. Als Max sie dann fragte, ob sie mit ihm noch etwas Essen gehen wollte, war sie erstaunt und erfreut zugleich. Er war wirklich ein sehr anziehender Mann, ein normaler Mann. Ihr war sofort klar, dass sie zusagen würde, denn das war eine völlig legitime Verabredung und sie ließ sich auf einen gesunden Kollegen ein, statt von einem Patienten zu träumen. Sie genoss den Abend beim Italiener, das leichte Knistern in der Luft, wenn sich ihre Beine wie zufällig berührten. Sie war voll in ihrem Element, flirtete mit ihm, erzählte lustige und weniger lustige Stories, über die er trotzdem lachte und musste zugeben, dass er ihr zunehmend besser gefiel. Da war diese Vertrautheit, die sie von Anfang an gespürt hatte, aber da gab es noch mehr, eine erotische Note. Wenn sie nicht vorher die Empfindungen für Adrian Steinbach durchlebt hätte, wer weiß, wie weit sie gegangen wäre. Als Max sich beim Abschied zu ihr herunter beugte, war sie fast versucht ihn zu küssen, es war zu verlockend. Aber sie wollte nicht in diesem eh schon völlig chaotischen Tag noch mehr Unordnung verursachen, und so ließ sie ihn stehen, eilte zur Straßenbahn, ließ sich auf einen der Plastiksitze gleiten und starrte auf die mit Graffiti besprühten Wände. Auf einem Schild wurde man dazu aufgefordert, Randalierer sofort polizeilich zu melden und lockte mit 20 Euro Belohnung.

„Sie sehen geschafft aus, schweren Tag gehabt?" Eigentlich war es Sarah zutiefst zuwider, einfach so von der Seite angequatscht zu werden, aber als sie sich zu der Person umdrehte, eine zickige Bemerkung schon auf den Lippen, sah sie in zwei kluge, grüne Augen, die sie aufmerksam musterten.

„Entschuldigen Sie bitte, es ist eigentlich nicht meine Art, wildfremde Leute anzusprechen, aber...", bedauernd hob sie die Schultern. Sie war außergewöhnlich groß für eine Frau, eher hager und hatte braunes, kinnlanges Haar, das sie mit altmodischen Spangen nach hinten gesteckt hatte. Sie war komplett flachbrüstig und steckte in völlig altmodischen Klamotten. Über ihrer Schulter hing eine Jutetasche, so eine hatte Sarah das letzte Mal in ihrer tiefsten Kindheit gesehen. Sie musste unwillkürlich lächeln.

„Sie haben schon Recht, ein verdammt harter Tag, setzen Sie sich doch bitte zu mir." Sie klopfte mit der flachen Hand auf den freien Platz neben sich.

„Danke, sehr liebenswürdig von Ihnen." Auch die Art wie sie sich ausdrückte hatte etwas Verstaubtes. „Darf ich mich vorstellen? Sandy Büchner." Sarah staunte, wie konnte sie nur einen so aktuellen Namen tragen, das passte überhaupt nicht zu ihr."

„Sarah Wohlfart, sehr erfreut." Sie schüttelten sich die Hände. Sandys Hände fühlten sich warm und kraftvoll an.

„Sarah, ein schöner Name. Ich fürchte Sandy passt nicht gerade gut zu mir, aber ich habe mich daran gewöhnt." Sie lächelte vertrauenserweckend. „Auf jeden Fall zeigt sich jeder überrascht, der meinen Namen zum ersten Mal hört." Sie schien sich fast für ihre Person entschuldigen zu wollen, und Sarah fühlte sich schlecht, weil es ihr ja offensichtlich genauso ergangen war.

„Aber nicht doch, das ist doch ein hübscher Name, ich war auch nie glücklich mit Sarah, zu biblisch für meinen Geschmack." Die Seltsamkeiten schienen an diesem Tag gar kein Ende mehr zu nehmen. Hier saß sie nun mit dieser ihr völlig fremden Frau nachts in der Straßenbahn, und empfand eine derartig starke Sympathie für die andere, dass es ihr ganz merkwürdig ums Herz wurde. Sie schätzte Sandy auf ungefähr vierzig Jahre, damit wäre sie über zehn Jahre älter als sie selbst. Sarah war im Sommer siebenundzwanzig geworden. Sandy verkörperte eine ganz andere Welt, eine mit der sie sich bislang wenig beschäftigt hatte. Sarah wusste sofort, dass Sandy nur beim Bio-Bauern ihre Eier holte und ihre Klamotten aus unkonservierten, naturbelassenen Stoffen genäht waren. Sie würde nur Transfair-Kaffee trinken oder sich überhaupt auf Tee beschränken. Sarah hatte sich nie sonderlich für ökologischen Anbau oder Naturprodukte interessiert. Sandy wirkte fast wie eine lebende Erinnerung daran, dass es so etwas in dieser Welt gab, und noch mehr. In Sarah schlich ein leises schlechtes Gewissen auf, da sie nicht wusste, ob ihre Kosmetika an Tieren getestete wurden, oder die Grillhähnchen, die sie aß, glücklich gewesen waren. Sie vermutete fast nicht, denn es waren die ganz billigen aus der Gefriertruhe.

„Wir sollten einmal zusammen einen Tee trinken, was meinst du? Ich muss hier raus." Damit drückte sie Sarah eine Visitenkarte in die Hand, die auf Altpapier gedruckt war: "Sandy Büchner, ganzheitliche Lebensberatung", stand darauf und natürlich eine Adresse und Telefonnummer. Als Sarah wieder hochsah war Sandy verschwunden, und sie hatte nicht einmal gemerkt, dass die Straßenbahn gehalten hatte.

In dieser Nacht schlief Sarah schlecht. Sie träumte von einem Rummelplatz, auf dem jeder Schausteller gelbe Augen hatte, nur die weise Wahrsagerin nicht. Da erkannte sie, dass es Sandy Büchner war. Sarah fuhr mit einem Karussell und neben ihr auf einem weißen Schimmel saß Adrian Steinbach, doch sein lautes Gelächter schwang plötzlich in bitteres Weinen um. Der Schausteller des Karussells war Max, seine Augen konnte sie nicht erkennen, er war irgendwie gesichtslos. Adrian hörte auf zu weinen, riss ihr die Kleider vom Leib und funkelte sie plötzlich böse an, seine Augen verwandelten sich in die gelben Augen des Mannes, der sie in der Klinik so schlimm erschreckt hatte. Mit einem Schrei und schweißgebadet fuhr Sarah aus dem Schlaf und tastete mit zittrigen Händen nach dem Wecker. Es war erst vier Uhr nachts. Sie wartete bis sich ihr Herzschlag wieder beruhigt hatte, dann knipste sie die Nachttischlampe an und schlurfte zum Bad. Sie musste dringend auf die Toilette, etwas trinken, und dann ihren Pyjama wechseln. An Schlafen war im Moment nicht mehr zu denken. Statt eines neuen Schlafanzuges zog sie einen flauschigen Jogginganzug aus dem Schrank, dazu ein Paar dicke Wollsocken, die ihre Schwester für sie gestrickt hatte. Es war kalt in der Wohnung. Sarah tappte in die kleine Kochnische und schaltete den Wasserkocher ein. Sie fühlte sich sehr wohl in ihrer Zweizimmerwohnung, die sie bereits am Ende ihres Praktischen Jahres bezogen hatte, finanziell ein absolutes Desaster, da man im PJ ja kein Geld verdient. Sie hatte das ganze Wochenende in der Kneipe schuften müssen, um sich das hier leisten zu können. Aber es hatte sich gelohnt. Mit ihrer bauchigen, töpfernen Lieblingstasse ließ sie sich in ihren Korbsessel gleiten, stopfte die Patchworkdecke um sich, die schon ganz zerrissen, aber von ihr heißgeliebt war, und wärmte beide Hände an dem dampfenden, duftenden Tee. Sie besaß nicht viele Möbel, aber das Wenige, das sie in ihr Reich gestellt hatte, war liebevoll ausgesucht und strahlte wohlige Gemütlichkeit aus. Neben dem Sessel stand ein dunkelbraun gebeiztes Regal, in das von oben bis unten Bücher gepfercht waren, teilweise standen sie schon in zweiter Reihe. Besonders liebte Sarah Fantasy-Bücher, und eine entsprechende Sammlung hatte sich im Laufe ihres Lebens angehäuft. Überall brannten kleine Lampen, die rötliches, warmes Licht ausstrahlten. Dann gab es nur noch einen kleinen schlichten, runden Kieferntisch, zwei uralte unterschiedliche Stühle dazu und eine blaue Kommode, ein Erbstück von ihrer Großmutter. Mehr stand nicht in ihrem Wohnbereich. Das Schlafzimmer wurde dominiert von einem riesigen gußeisernen Himmelbett mit vielen buntgeblümten Kissen darauf, es erinnerte ein wenig an ein englisches Cottage. Auch der Anblick der Stehlampe mit seinem ebenfalls geblümten Schirm ließ den Betrachter in das gemütlich englische Flair tauchen. Wunderbar weiche rot karierte Flanellbettwäsche und ein überdimensional großes eingerahmtes Bild mit dem Blumen pflückenden Mädchen von Thoma gaben dem Raum den letzten Pfiff. In der ganzen Wohnung waren bunte Flickenteppiche ausgelegt , die sich wunderbar auf den alten Holzdielen ausmachten. Ihr Kater Kasimir hüpfte schnurrend auf Sarahs Schoß und rollte sich sogleich darauf ein. Geistesabwesend fuhr Sarah durch sein weiches Fell. Adrian Steinbach, was sollte sie nur mit ihm machen, sie konnte ihn einfach nicht aus ihrem Kopf verbannen. Sie seufzte. Ihr Blick fiel zum Tisch, auf den sie die Visitenkarte ihrer Straßenbahnbekanntschaft gelegt hatte. "Ganzheitliche Lebensberatung", vielleicht hatte sie die tatsächlich bald nötig. Sie beschloss, es doch noch mal mit Schlafen zu probieren, auch wenn der Wecker in nicht einmal einer Stunde anfangen würde zu läuten, schlüpfte ins Bett, kuschelte sich ein und war tatsächlich in nicht einmal drei Sekunden tief und fest eingeschlafen.

Das schrille Klingeln traf sie wie der Donner. Stöhnend zog sie sich ein Kissen über den Kopf. Sie befand sich noch halb in ihrem letzten Traum und wollte ihn halten. Sie lag in seinen Armen, es war so ein erhebendes Gefühl, seine Haut schmeckte salzig, seine Lippen küssten sie sanft am Hals, ihr Körper vibrierte...Das aufdringliche Klingeln ihres Weckers riss sie erneut aus Adrians Umarmung.

„Scheiße!" Sarah quälte sich aus dem Bett und wankte ins Badezimmer. Aus dem Spiegel blickte ihr ein rosig erregt aussehendes Gesicht entgegen. Scheiße, dachte sie noch mal, nicht mal im Traum habe ich meinen Körper im Griff. Sie putzte sich energisch die Zähne, fuhr kurz mit der Bürste durch ihr Haar und trollte sich dann in die Kochnische, erst einmal Kaffee, sonst läuft gar nichts, war ihr einziger Gedanke. Nachdem sie zwei Tassen der schwarzen, kräftigen Brühe heruntergestürzt hatte, schlüpfte sie unter die Dusche, wo ihr die Unsinnigkeit ihres vorherigen Bürstens bewusst wurde. Sie pflegte Wechselduschen zu nehmen, was normalerweise eine ungemein belebende Wirkung auf sie hatte, aber heute nicht, beschloss sie. Sarah konnte sich beim besten Willen nicht dazu überwinden, die Dusche auf "kalt" zu stellen. Trotzdem fühlte sie sich danach besser. Frisch duftend wählte sie neue Unterwäsche aus, und ertappte sich dabei, wie sie nach Erotikfaktor entschied. Kaum hatte sie es genauer reflektiert, so trug sie auch schon den roten Spitzen-BH, der ein besonders aufregendes Dekolletee formte. Ständig schwirrte die Vorstellung durch ihren Kopf, wie es wäre, so von Adrian gesehen zu werden. Energisch zog sie ein zwar enges, aber hochgeschlossenes Shirt aus ihrem Kleiderschrank, darüber einen naturfarbenen Wollpulli und eine schlichte Jeans. Sie wollte ihn auf keinen Fall reizen und von dem roten BH konnte er schließlich nichts wissen. Schließlich schmierte sie sich ein paar Brote und machte sich dann auf den Weg zur Klinik.

Diesmal beachtete sie der Pförtner gar nicht, Sarah huschte an ihm vorbei, die Treppe hinauf.

Einen kurzen Moment scheute sie sich davor, die Umkleide zu betreten, aber nach einem forschenden Blick, konnte sie sich davon überzeugen, dass sie alleine war in dem Raum. Sie zog sich aus, und just in dem Augenblick, da sie wieder nur in Unterwäsche dastand, öffnete sich die Tür. Sarah fuhr herum, und erblickte einen völlig überraschten Max, der sie mehrere Sekunden einfach wortlos anstarrte. In ihrem Tanga und dem aufreizendem BH fühlte sie sich komplett nackt.

„Oh, es tut mir entsetzlich leid...", brachte Max schließlich stammelnd hervor, scheinbar konnte er sich dennoch nicht von ihrem Anblick lösen.

„Ich...ich geh dann wohl mal..", die Tür schloss sich hinter ihm, und Sarah musste erleichtert auflachen. Gelbe Augen hatte sie erwartet und befürchtet, als plötzlich die Tür aufging, und keinen beschämten, rotanlaufenden Max. Belustigt und als

Ärztin ausstaffiert verließ sie kurze Zeit später wieder die Umkleide. Max wirkte noch völlig zerknirscht.

„Schwamm drüber", sagte sie, bevor er sich noch mal genötigt sah, sich zu entschuldigen. „Aber was hältst du von einem "Besetzt"-Schild für die Tür. Nach meinen kurzen, aber intensiven Erfahrungen halte ich das für notwendig."

„Natürlich, gute Idee." Immer noch gab er sich kleinlaut, schielte vorsichtig zu ihr rüber. Er fuhr sich mit der Hand durch sein frisch gewaschenes weizenblondes Haar. Max trug heute eine normale Jeans, dazu wieder ein weißes Polohemd, keinen Arztkittel.

„Wenn du nicht magst, brauchst du dich auch gar nicht großartig umziehen. Die meisten von uns laufen in irgendeinem weißen Oberteil rum, der Form wegen, vielleicht noch den Kittel, aber ansonsten wird das hier nicht so eng gesehen. Lass deine Klamotten einfach an." Sie wusste nicht, ob ihr das gefiel, denn die Arztklamotten waren das Einzige, was ihr momentan Halt bot und ihr zu einer gewissen nötigen Distanz, speziell einem bestimmten Patienten gegenüber, verhalf.

„Mmh…", machte sie also nur.

„Ich fürchte, du musst gleich vor zu den Schwestern." Er hatte sich jetzt soweit wieder gefangen, dass er eine gewisse Selbstsicherheit ausstrahlte. „Wir pflegen vor der Frühbesprechung immer kurz mal in die Kurve unserer Patienten zu schauen, ob irgend etwas passiert ist in der Nacht, was unser Einschreiten erfordert. Vielleicht eine Dosiserhöhung oder sonst etwas."

„Alles klar." Sarah erhob sich. Es war zwanzig vor acht. Um acht war die Frühbesprechung, also Zeit genug, einen Blick in die Kurve zu werfen. Doch bereits auf dem Gang wurde sie von Pfleger Alfons aufgehalten.

„Du solltest sofort erstmal nach Herrn Steinbach sehen. Er hatte heute Nacht fast neununddreißig Grad Fieber, und es geht ihm immer noch nicht viel besser. Das Fieber ist zwar leicht gesunken, aber trotzdem, schau mal zu ihm rein." Sarah schluckte.

„Ist gut, ich gehe gleich zu ihm." Sie wappnete sich innerlich, schalt sich eine dumme Kuh, und versuchte zu visualisieren, dass sie seine Ärztin war. Sie klopfte kurz und trat dann ein. Er lag im Bett, einen fiebrigen Glanz in den Augen, als sie sah, trat noch ein weiterer, andersgearteter Glanz hinzu.

„Sie...", sagte er nur. Die Haare klebten ihm in wirren Locken um seinen Kopf, aber sein Geist schien trotz des Fiebers heute Morgen klarer zu sein als gestern. „Ich habe es heute besser im Griff, ich verspreche es Ihnen. Sie müssen sich ja mächtig vor mir erschrocken haben.

„Ich habe schon Schlimmeres erlebt", log sie und lächelte ihn an. Wie normal er sich heute früh gab. Ihr Herz zog sich zusammen, als so attraktiv empfand sie ihn, wie er da in seinem Bett lag, ein entschuldigendes Grinsen im Gesicht.

„Das Beste wird sein, ich untersuche Sie erst einmal. Würden Sie sich bitte mal", sie räusperte sich, „oben herum frei machen." Ihr stockte der Atem. „Pfleger Alfons hat erzählt, Sie hätten heute Nacht Fieber entwickelt." Sie versuchte, ihn nicht zu interessiert dabei zu beobachten, wie er seine Pyjamajacke aufknöpfte. Als er fertig war, sah Adrian erwartungsvoll zu ihr auf, sie setzte sich auf seine Bettkante.

„Darf ich?" Seine Brust hob und senkte sich in schnellen Atemzügen. Sein Oberkörper war gestählt, aber nicht zu muskulös und über dem Pectoralis kräuselte sich dunkle, sehr männliche Brustbehaarung. Ihre Hände zitterten leicht, als sie ihr Stethoskop auf die Auskultationspunkte seines Herzens legte. Es schlug sehr schnell, erregt. Sie sah auf zu ihm. Adrian schluckte.

„Irgendwie scheinen Sie mich jedes Mal aufzuregen." Sarah musste lächeln.

„Scheint so, es hämmert wie nach einem hundert Meter Lauf. Wie hoch ist denn das Fieber? Vielleicht kommt es daher." Sie berührte mit den Fingerspitzen seine Stirn, aber es hatte keinen Sinn, denn ihre Hände waren eiskalt. Seine Gegenwart machte ihr schwer zu schaffen, es ging eine so starke Anziehungskraft von ihm aus, dass sie ihre gesamte Disziplin aufbringen musste, ihr nicht zu folgen.

„Habe ich Ihnen schon gesagt, wie schön Sie sind?" seine Augen glühten.

„Ja, das haben Sie bereits. Ich untersuche jetzt Ihren Bauch. Würden Sie sich bitte hinlegen." Schnell überging sie sein Kompliment und rieb ihre Hände aneinander, um sie anzuwärmen legen.

„Sie sind sehr kalt, es tut mir leid." Vorsichtig ertastete sie seinen Bauch, man konnte spüren, wie schwer es ihm viel, sich zu entspannen. Ihn zu berühren war ein herrliches Gefühl. Sarahs Herz schlug schneller. Mit aller Macht versuchte sie sich zu disziplinieren, und wiederholte pausenlos und wie ein Mantra in ihrem Kopf, dass sie seine Ärztin war. Doch da bemerkte sie, wie erregt er war, und brach die Untersuchung schleunigst ab. Himmel, sie brauchte wirklich Hilfe, sonst würde sie das nicht länger durchstehen.

„Jetzt noch die Lunge, bitte wieder aufsetzen", sagte sie mit tonloser Stimme. Ihr Mund fühlte sich trocken an. Er zog das Oberteil ganz aus und sie stellte sich hinter ihn, eine Hand platzierte sie auf seiner Schulter, die andere tastete seinen Rücken mit dem Stethoskop ab.

„Bitte tief durch den Mund ein und ausatmen", die Sätze kamen automatisch über ihre Lippen, denn fühlen konnte sie nur seine Haut unter ihrer linken Hand. „Ist alles in Ordnung, soweit ich hören kann. Vermutlich nur eine banale Erkältung." Bedauernd zog sie ihre Hand zurück.

„Sie halten mich auch für krank, ich meine für geistig krank, stimmt's?," er sah sie eindringlich und mit leicht zusammen gekniffenen Augen an.

„Naja", setzte sie etwas unsicher an.

„Und wenn ich Ihnen sage, dass ich gesund bin, dass alles, was ich erlebe, was ich höre und sehe real ist." Ein energischer, entschlossener Ausdruck hatte Besitz ergriffen von seinem Gesicht. Sarah zögerte kurz.

„Wissen Sie, das Problem ist, dass viele Patienten, die an Ihrer Krankheit leiden davon überzeugt sind, dass alles, was sie erleben real ist, das ist ja das Tückische."

„Aber bei mir ist das anders." Verzweiflung schwang in seinen Worten. „Die Stimmen sind da, auch jetzt, aber sie sind nicht in meinem Kopf, sie sind wirklich hier, Sie könnten sie auch hören…"

„Sie hören jetzt gerade Stimmen?" Adrian wirkte im Moment weder verwirrt, noch schizophren, und sie begriff allmählich, wie ungewöhnlich dieser Fall war, und wie dankbar sie sich schätzen durfte, eine so interessante seltene Ausprägung der Schizophrenie behandeln zu dürfen. Aber leider fehlte ihr das notwendige Maß an Objektivität, die ganze Sache rein wissenschaftlich zu betrachten.

„Was sagen sie, was sprechen die Stimmen zu Ihnen?" Sie ließ sich wieder neben ihn auf die Bettkante nieder, sah in das tiefe Braun seiner Augen.

„Sie verhöhnen mich, wie dumm ich bin, Gefallen an einer Frau wie Ihnen zu finden. Sie lachen mich aus, weil ich keine

Chance habe, dass Sie mich als Mann wahrnehmen. Sie berichten über viele Patienten, die sich in ihre behandelnden Ärzte verliebt haben, hoffnungslos. Es sind die Wände, die zu mir sprechen." Es herrschte Stille. Entgeistert sah sie ihm weiter in die Augen. Ihr Herz schlug noch heftiger, er fühlte wie sie, und das bescherte ihr Schauer des Glücks, aber darüber hinaus war es ihr unbegreiflich, wie man so klar im Geiste solche starken akustischen Halluzinationen haben konnte. Klugheit sprach aus seinem Blick, ja fast so etwas wie Weisheit, gleichzeitig schien er sie mit seinen Augen streicheln zu wollen, so sanft glitten sie über ihr Gesicht, als sauge er jedes ihrer Züge in sich auf, und bewahre es als Kostbarkeit in seinem Inneren.

„Was haben die Stimmen gestern gesagt, als es Ihnen so schlecht ging?", flüsterte Sarah. Sie waren sich jetzt so nah, dass sie seinen warmen Atem auf ihrer Haut spüren konnte.

„Sie haben das Gleiche gesagt wie heute, aber da war ich nicht darauf vorbereitet. Nicht auf Sie und nicht auf diese bösartigen Stimmen. Meistens schaffe ich es, nur das Gute rauszufiltern, wissen Sie…Sie haben da etwas." Ohne große Vorwarnung fasste er ihr ins Gesicht, sanft streichelten seine Fingerspitzen für den Hauch einer Sekunde über ihre Haut. Hilflos nahm Sarah wahr, was seine Berührung in ihr auslöste, am liebsten hätte sie seine Hand festgehalten, damit sie weiter ihre Wange streicheln konnte.

„Eine Wimper, wünsch dir was!" Er hielt sie ihr vor den Mund, fast hätte sein Finger ihre Lippen gestreift. Ohne darüber nachzudenken blies sie sachte, und die Wimper verschwand. Der spontane Wunsch, der ihr in den Kopf geflogen gekommen war, würde nie in Erfüllung gehen.

„Was haben Sie über mir gesehen, gestern, an der Tür." Ihre Stimme war kaum mehr hörbar, sein Finger schwebte immer noch an derselben Stelle, als würde er jeden Moment ihre Lippen liebkosen wollen.

„Deinen Schutzengel…" Sarah schluckte. Nun sprach niemand mehr. Die Sekunden verstrichen, als warteten beide darauf, was als nächstes geschehen würde.

„Ich…ich werde Ihnen helfen, ich verspreche es." Sie war schließlich die erste, die sprach. Ein resignierter Ausdruck trat in seine Augen, er senkte seinen Finger.

„Sicher…das werden Sie."

„Ich fürchte, ich muss los zur Frühbesprechung", sie sah auf ihre Uhr „Oh mein Gott, ich bin viel zu spät, ich… wir sehen uns heute Nachmittag noch mal, wegen ihres Fiebers." Sie drückte kurz seinen Arm. Doch alles Klare und Wache war wieder aus seinem Blick verschwunden. Anteilslos ließ er sich nach hinten fallen, schloss die Augen und schwieg. Sarah huschte aus dem Zimmer, sie fühlte sich betroffen, berührt, erregt, verwirrt und traurig. Alle diese Gefühle gleichzeitig zu verspüren, verursachte ein heilloses Durcheinander in ihrem Kopf. Sie eilte den Gang entlang und schrak wie vom Donner gerührt zusammen. Er stand vor der Stationstür, versperrte ihr den Weg, grinste sie wieder an mit diesem unverschämt anzüglichen und zugleich gruseligen Ausdruck in den gelben Augen.

„Du möchtest wissen, was ich von dir will", schnarrte er mit einer kaum verständlichen Stimme. Es klang wie im Fernsehen, wenn Stimmen so verfälscht werden, dass sie sich wie Donald Duck anhören. Er trat einen Schritt auf sie zu.

„Ich beobachte dich. Ich interessiere mich für dich." Er stierte wieder unverhohlen auf ihren Busen. „Wir beiden gäben ein tolles Paar ab, oder?" Fast drohend wirkten seine begehrlichen Worte. Nur mehr ein Flüstern waren seine nächsten Sätze. „Erspare es dir, von mir zu erzählen. Dem

Beau der Station, unserem hübschen Dr. Horak, hast du es ja schon ausgeplaudert, und der hat gleich weiter gepetzt, aber damit muss jetzt Schluss sein," zischte er. Sarah zitterte am ganzen Leib. Woher wusste er das alles, und wie lange beobachtete er sie schon? Er wirkte wie der personifizierte Wahnsinn. Sie keuchte, als er noch näher auf sie zukam, seine Schritte lautlos, sein Gang gespenstisch. Nun stand er dicht vor ihr. Sie konnte seinen säuerlichen Atem spüren, sein Gesicht war übersät von Aknenarben. Sarah würgte, doch der Gelbäugige grinste nur noch begehrlicher.

„Was hast du Angst, mein Täubchen?" Eine kalkweiße Hand streckte sich ihr entgegen, Speichel tropfte aus seinen Mundwinkeln, seine gelben Augen loderten vor grausiger Begierde. Er röchelte und grapschte mit seiner eiskalten dürren Klaue an ihren Busen. Ein Stöhnen und Keuchen drang aus seinem Mund, mit seinem ganzen Körper drückte er sich an sie.

„Wenn du etwas sagst, bist du tot, das sage ich dir, mein Täubchen." Schmerzhaft drückte er sein hartes Glied gegen ihren Bauch.

„Ich gehe noch auf die zwölf und sehe ob er an seine Ergo gedacht hat." Gelächter und Trudes herrscherischer Ton erschallten über den Gang. Erschrocken ließ der Gelbäugige von ihr ab, gehetzt rasten seine Blicke über den Gang, dann drehte er sich ein letztes Mal zu ihr um, legte seinen Skelettartigen Zeigefinger vor den Mund.

„Kein Wort…", damit zog er die Stationstür auf und war verschwunden.

„Kindchen, Sie sehen ja aus, als hätten sie den Tod gesehen. Ist nicht gerade Frühbesprechung, oder schon vorbei?" Trude sah ihr forschend ins Gesicht. Sarah jedoch schlug ihre Hand vor den Mund, begann heftig zu würgen und stürzte zur Toilette, wo sie schwarzen Kaffee und sauren Magensaft erbrach. Sie würgte noch, als nur noch gelbe Galle in krampfartigen Wellen aus ihrem Magen herausschoss. Leise jammernd ließ sie sich auf die kalten Fliesen der Toilette nieder, Tränen liefen ihre farblosen Wangen hinunter, sie rieb ihre Stirn, steckte die Haare hinter die Ohren und blieb einfach sitzen, die Hände auf den Kopf gestützt, die Arme auf den Knien. So fand sie Max. Sarah hatte jegliches Zeitgefühl verloren, wusste nicht, wie lange sie schon so dagesessen hatte.

„Sarah um Himmels Willen, bist du krank?" Er hockte sich neben sie, fuhr ihr mit einer Hand hilflos durchs Haar. Da überkam sie ein Schluchzen, das ihren ganzen Körper erbeben ließ. Und Max tat das einzig Richtige. Er setzte sich neben sie auf den Boden und nahm sie in die Arme. Mit leisen beruhigenden Worten wiegte er sie sachte hin und her. Ihr Schluchzen wurde weniger, ihr Körper wieder ruhig, bis sie nur noch still dasaßen. Sarah, den Kopf an seiner Brust, und Max, der ihr sanft durchs Haar streichelte. Seine Gegenwart, der Geruch seines Körpers, die starken Arme um sich spürend, dies alles umhüllte sie mit einer warmen Woge der Geborgenheit. Tief sog sie seinen Duft ein, kuschelte sich an seine breite Brust. Jeden Gedanke an das eben Erlebte verschloss sie im hintersten Eck ihres Hirnes und genoss die Situation, die sie gerettet hatte, die ihr Sicherheit schenkte. In diesen Armen konnte ihr der grausige Fremde nichts anhaben. Sie seufzte behaglich, da hob er mit einem Finger ihren Kopf und sah sie an, ihre Blicke verschmolzen, und in diesem Moment war ihr alles egal, sie suchte nur einfach Trost, Trost und Frieden. Sein Gesicht kam immer näher, sie konnte sein Aftershave riechen, vorsichtig öffnete sie ihre Lippen, bereit den Kuss zu empfangen…

„Hier sind Sie, verdammt, ich suche Sie überall." Wie eine Furie kam Trude über sie. Max und Sarah stoben auseinander, leicht beschämt erhoben sie sich. Trudes Blick war kalt, und sie machte keinen Hehl daraus, was sie von der soeben beobachteten Situation hielt.

„Sie bringen nur Unruhe, Sie sind Ärztin hier und nicht zu Ihrem Vergnügen da. Anna Winterfeld hat sich ihre Sonde gezogen, an allen Ecken und Enden brennt es, fangen Sie jetzt gefälligst an zu arbeiten." Böse funkelte sie Sarah an. Der schien es plötzlich, dass diese Klinik voller Feinde war.

„Jetzt beruhigen Sie sich, Trude, bitte. Sehen Sie nicht, dass Sarah krank ist", verteidigte sie Max.

„Liebeskrank wohl eher ", erwiderte diese schnippisch. „Das hat nichts hier in der Klinik zu suchen, sonst gebe ich Meldung, haben Sie das verstanden?" Das war bereits die zweite Drohung des Tages. Max drückte ihr ermutigend die Schultern.

„Die Frühbesprechung, meine erste, und ich habe sie gleich verpasst, ich…"

„Habe gesagt, dass du nicht weg kannst von Station, schon in Ordnung", kamen Max beruhigende Worte. Trude stand immer noch vor ihnen, mit vor der Brust verschränkten Armen.

„Was machen wir mit Frau Winterfelds Sonde, wollen sie erst mit ihr reden, oder sollen wir gleich eine neue legen?"
„Ich rede mit ihr." Sarahs Beine fühlten sich an wie Pudding, dennoch war sie froh, dass Trude erschienen war, sie hätte beinahe eine Dummheit begangen und sich küssen lassen. Sie schielte zu Max rüber, doch der wirkte völlig ungerührt.

„Ich muss auch nach meinen Patienten sehen, kommst du klar, Sarah?"

„Sicher." Sie lachte vorsichtig, dann straffte sie die Schultern und ging erhobenen Hauptes vorbei an Trude. Die Tür zu Zimmer sechzehn stand offen, der Form halber klopfte sie trotzdem an.

„Frau Winterfeld?" Sie trat ein. Anna Winterfeld saß zusammengekauert auf dem harten Stuhl, die Beine hatte sie an den Körper gezogen und umschloss sie mit ihren Armen, sie wiegte sich hin und her und summte eine monotone Melodie.

„Frau Winterfeld, Anna!" Erst jetzt schien sie von ihrer Patientin wahrgenommen zu werden.

„Ach, Sie sind das, Sie werden sich die Zähne an mir ausbeißen." Sie summte weiter. Diese hagere Gestalt, dieses traurige tonlose Lied auf den Lippen, hatte etwas beunruhigend Unheimliches. Sarah kniete sich vor ihr nieder. Der Anblick dieser traurigen Frau, ließ sie rasch ihr eigenes Unglück vergessen, denn was war das schon, verglichen mit Annas Leid.

„Anna warum haben Sie das getan, warum haben Sie ihre Sonde gezogen?" Anna reagierte nicht. Dann besann sich Sarah eines Besseren „Ich weiß es ja eigentlich, wie dumm das zu fragen. Ich…Wissen Sie, ich rede nicht nur als Psychiaterin zu Ihnen, sondern auch als Mensch. Eine gute Freundin von mir litt an Magersucht." Anna sah auf, sie erreichte sie. „Es war ein langer qualvoller Weg, am Ende…am Ende…" Sarah schluckte, „starb sie." Ihre Stimme war nur noch ein Flüstern.

„Und wenn ich das will, sterben?" Sie glotzte sie mit großen, starren, leeren Augen an.

„Aber wir wollen das nicht, und auch die Menschen nicht, die Sie lieben." Sarah strich ihr über den Arm, der unter ihrer Berührung noch steifer wurde.

„ Es gibt niemanden, der mich liebt."

„Das glaube ich nicht, Anna." Sie schwiegen beide. „Ich glaube wir müssen Ihnen helfen, wieder die Liebe in Ihrem Herzen zu spüren." Erwartungsvoll versuchte sie in diesen alles ablehnenden Augen zu lesen und nahm einen Funken war. „Was, Anna, was?"

„Ich weiß nicht, wie das geht", wisperte sie, „Mein Vater, mein Vater..." Ihre Stimme brach.

„Was ist mit Ihrem Vater?" Sie konnte spüren wie sich Annas Seele einen Spalt für sie geöffnet hatte, aber der Spalt war nicht groß genug, um hinein sehen zu können. Anna war wieder in ihre eigene Welt zurückgekehrt und summte ihr Lied.

„Man wird eine neue Sonde legen müssen, werden Sie mithelfen?" Kaum merklich nickte Anna. „Danke, das ist wirklich toll Anna, ein Anfang." Mehr konnte sie hier heute nicht erreichen, und sie erhob sich und beschloss, es für heute gut sein zu lassen. Dies war ein Teilerfolg gewesen, ein winziges Zeichen, dass man Anna doch erreichen konnte, jetzt musste sie nur langsam und in kleinen Schritten weiter bohren. Sarah verließ das Zimmer und überbrachte Trude zufrieden die Nachricht.

„Sie wird keine Schwierigkeiten machen beim Sonde legen." Zugegebenerweise empfand Sarah einen kleinen Triumph.

„Das werden wir ja sehen", konnte sich Trude nicht verkneifen, sie anzugiften. Aber Sarah konnte darüber nur lächeln.

Der Rest des Tages verlief friedlicher. Allerdings sah sie jedes Mal, wenn sie auf den Gang trat oder in einen leeren Raum kam, schreckhaft um sich und zuckte bei jedem kleinsten Geräusch zusammen. Ihr Innerstes war ständig in einer Hab-Acht-Stellung, und gegen Abend konnte sie die Folgen deutlich spüren, eine komplett verspannte Nackenmuskulatur. Sarah verstand jetzt, woher der Ausspruch kam „Jemand sitzt ihm im Nacken". Sie sehnte sich nach einem heißen, entkrampfenden Bad. Auch machte es ihr zu schaffen, dass sie es nicht wagte, mit irgendjemandem über den Gelbäugigen zu sprechen. Er hatte ihr zu viel Angst eingejagt, gehörige Angst. Dennoch gelang es Sarah, im Laufe des Nachmittags noch ein Gespräch mit Herrn Schrenk zu führen und sich auch im Groben über Max Patienten zu informieren. Zugegeben, sie ging Max so weit wie möglich aus dem Weg. Dies entpuppte sich allerdings als äußerst schwierig, wenn man sich ein Arztzimmer teilt. Sarah empfand die ganze Situation als ausgesprochen peinlich, also entschied sie, es anzusprechen

„Es darf nicht mehr passieren."

„Was?" Er gab sich ahnungslos, sie merkte aber sofort, dass er genau wusste, wovon sie sprach. Er zwang sie fast, es auszusprechen. Ein wenig ärgerte sie sich darüber.

„Ich meine, wir hätten uns beinahe geküsst."

„Na und?", er grinste schief. „Besondere Situationen erfordern besondere Maßnahmen, ich wette, es wäre genau das Richtige gewesen, hätte unser Stationsdrache uns nicht gestört." Sie lachte erleichtert auf, unsicher jedoch, ob er ehrlich war. Nahm er das wirklich so locker? Sie hätte schwören können, als sie zusammen auf dem Toilettenboden gekauert waren, etwas in seinen Augen lesen zu können, dass ihr riet, ihn nicht nur aus Spaß oder Trost zu küssen, nicht mit ihm zu spielen. Sie hatte seine echte Zuneigung gespürt, oder war da etwa noch mehr gewesen? Auch jetzt fühlte sie es, er scherzte und nahm die Sache hoch, aber für sie benahm er sich nicht überzeugend genug. Er spielte seine Rolle schlecht. Sie musste aufpassen, das stand fest. Erst den zweiten Tag arbeitete sie hier, und die Sorgen schienen sich schon zu türmen. Sie musste nicht nur ständig damit rechnen, einem gelbäugigen Fremden über den Weg zu laufen, sondern auch mit einem zugegebenermaßen attraktiven , aber eventuell verliebten Kollegen fertig werden. Sie hätte ihn nicht so ermutigen dürfen. Und dann war da natürlich noch Adrian. Sie schluckte. Bis zum letzten Augenblick hatte sie es aufgeschoben, noch einmal nach ihm zu sehen. Aber vor einer halben Stunde hätte sie offiziell schon Dienstschluss gehabt, und sie musste, bevor sie ging, ihr Versprechen einlösen. Ihr Herz pochte jedes Mal wie das eines Teenagers, wenn sie an seine Tür trat und klopfte.

Da sie keine Antwort erhielt, wartete sie kurz. Auch nach nochmaligem Klopfen hörte sie nichts von Drinnen. Sie beschloss, einfach hineinzugehen. Adrian saß am Fenster und starrte hinaus. Er trug einen grob gestrickten Wollpulli und Jeans, bizarrerweise hatte er weder Schuhe noch Socken an.

„Es geht Ihnen besser, nehme ich an, wenn Sie sich angezogen haben?" Er reagierte nicht. „ ?" Sie ging vorsichtig auf ihn zu, Bilder schossen in ihren Kopf, seine Finger an ihrer Wange, stürmische Küsse in einem Traum, sie merkte, wie sie rot wurde. „Adrian, alles in Ordnung?" Endlich regte sich etwas in ihm.

„Sie sind wirklich lustig." Er hob seinen Blick, sah sie eindringlich an.

„Trude sagt, das Fieber sei noch weiter gesunken. Sie sind wieder so gut wie neu."

„Körperlich vielleicht...", scheinbar konzentriert beobachtete er den Flug eines Vogels vor dem Fenster.

„Fühlen Sie sich stark genug, noch mal über Ihre Halluzinationen zu sprechen?", versuchte sie es.

„Nein!", war seine prompte und direkte Antwort, noch mal wandte er seinen Kopf, schaute sie an. Ein lauernder, überraschter Ausdruck schlich sich plötzlich in seine Augen, sie meinte Panik darin zu lesen. Hektisch glitt sein Blick über sie hinweg, an ihr vorbei, um sich dann wieder in ihre Augen zu versenken. Es war wie eine Karussellfahrt. In einem Moment wirkte er völlig normal, und dann von einem

Augenblick auf den anderen traten Züge seiner Schizophrenie zum Vorschein.

„Wie geht es Ihnen?" Seine Frage überrumpelte sie völlig.

„Was,… mir,… wieso?..." Sarah brauchte fünf Sekunden, um sich wieder in den Griff zu bekommen. „Das ist meine Aufgabe so etwas zu fragen. Sie sind der Patient, nicht ich." Die Entrüstung war ihrer Stimme deutlich anzumerken. „Also was ist, wollen Sie mit mir über sich selbst sprechen?"

„Eigentlich nicht ", er lächelte, „hat keinen Sinn, wissen Sie", noch einmal dieser seltsame, entrückte Blick, der durch sie hindurch zu gehen schien.

„Nun gut, dann gehe ich, habe sowieso längst Feierabend." So ein Sturkopf! Sie drehte sich um und hatte die Hand schon auf der Türklinke, als er plötzlich wie von der Tarantel gestochen hochsprang, sie am Arm packte und zu sich umdrehte. Wild sprühte es aus seinen Augen. Sein Griff war zu fest, es tat weh.

„Passen Sie auf sich auf, hören Sie?" Ihr wurde es heiß und kalt. Was wusste dieser verrückte Mann? Adrian erinnerte sie mit einem Schlag an den Gelbäugigen und mit Schaudern fiel ihr der Traum von heute Nacht wieder ein.

„Lassen Sie mich gefälligst los!" Doch er hielt sie weiter fest umklammert, stand dicht vor ihr.

„Sie sind ja wahnsinnig." Ehe sie sich der Bedeutung dessen, was sie soeben ausgesprochen hatte, bewusst wurde, war es schon passiert. Abrupt ließ er sie los.

„Ja das bin ich wohl, und Sie sind eine verdammt schlechte Ärztin." Schwer atmend blickten sie sich an. Er kniff seine Augen zusammen. „Verdammt schlechte Ärztin." Es tat ihr weh, das aus seinem Mund zu hören, aber im Grunde genommen hatte er Recht. Die letzten zwei Tage waren ein einziges Fiasko gewesen. Sie hielt es für das Klügste, gar nichts mehr zu sagen, drehte sich wieder um, und diesmal ließ er sie gehen. So schnell sie konnte zog sie sich in der Umkleide um, denn Max saß immer noch im Arztzimmer. Ihr Herz klopfte, und sie erwartete jeden Augenblick, dem Gelbäugigen gegenüberzustehen. Doch es passierte nichts. Erleichtert machte sie sich, nach einem kurzen Abschiedsgruß, auf den Weg nach Hause. Sie fühlte sich außerhalb der Klinik sicherer. Sie brauchte jemanden zum Reden. Ihre Schwester, nein, die hatte zur Zeit genug eigene Probleme. Iris steckte mitten in der Scheidung und hatte zwei brüllende Kleinkinder zu Hause. Ihre diversen Freundinnen lebten alle nach dem Examen in anderen Städten, gefangen im Klinikstress des Berufsanfängers, oder waren auf Reisen, um sich für den Erfolg der bestandenen Prüfung zu belohnen. Einem kurzen Impuls folgend griff Sarah, daheim angekommen, nach Sandy Büchners Visitenkarte. Ohne auch nur noch einmal darüber nachzudenken, tippte sie die Nummer ein, ihr Herz schlug schneller.

„Sandy Büchner, ganzheitliche Lebensberatung, mit wem spreche ich bitte?" Am Telefon registrierte Sarah erst wie angenehm, tief samtig und melodiös Sandys Stimme klang.

„Ähm, hier ist Sarah Wohlfart, wir haben uns gestern Abend in der Straßenbahn kennengelernt…"

„Sarah, ach richtig, dachte nicht, dass du anrufen würdest, aber es freut mich natürlich."

„Ich fühle mich ein wenig seltsam, weil ich eigentlich selber Ärztin bin und sogar in der Psychiatrie arbeite, aber als ich das mit der Lebensberatung las…Die Sache ist die, ich denke, ich bräuchte einfach jemanden zum Reden." Ihr gesamter Freundeskreis würde sich über sie totlachen. Was wusste sie über die Qualifikation dieser Frau, woher kam ihr Vertrauen?

„Kein Problem, Sarah, wann hast du Zeit?"

„Jetzt gleich?", fragte sie zaghaft und kam sich furchtbar unverschämt vor. Einen kurzen Moment herrschte Stille am anderen Ende.

„Warum nicht?" Sarah atmete erleichtert auf. „Weißt du wo die Südstraße liegt?"

„Irgendwo im Industriegebiet?", versuchte es Sarah.

„Genau, du biegst gleich nach dem großen Autohaus am Beginn des Industriegebietes links ab, fährst immer geradeaus, da siehst du dann ganz am Ende ein großes Haus. Die untere Klingel, das bin ich."

„Wenn ich gleich losfahre, könnte ich es in zwanzig Minuten schaffen, es ist nicht so weit von mir." Das Gefühl, gleich mit jemandem über die verwirrenden letzten Tage reden zu können, erfüllte Sarah mit großer Erleichterung. Sie schnappte sich ihren Autoschlüssel und die Jeansjacke und machte sich auf den Weg.

Als sie am Autohaus links abbog, war ihr die ganze Sache dann nicht mehr so geheuer, wer wohnte denn hier mitten im Industriegebiet? Oder hatte Sandy hier nur ihre "Praxis"? Sie fuhr an Großmärkten, Mediamarkt und weiteren Autohäusern vorbei, es gab Burger King und McDonalds, beide als Drive in. Und da endlich, ganz am Schluss der Straße stand ein großes freundlich aussehendes Haus, die Fenster in ein warmes Licht getaucht. Sie parkte am Straßenrand, schaltete den Motor ab und schritt mit einem leicht mulmigen Gefühl im Bauch auf die Tür zu. "Sandy Büchner – ganzheitliche Lebensberatung" war auch hier an der untersten Klingel zu lesen. Sie klingelte und musste nicht lange warten, da ertönte das Geräusch des Summers und die Tür ließ sich öffnen. Es war finster im Treppenhaus, aber indirekte Lichter wiesen dem Besucher die Treppe hinunter. Sandy wohnte im Keller? Hoffentlich war das keine ganz dumme Entscheidung gewesen, her zu kommen.

Doch da stand Sandy auch schon an ihrer Haustür, man konnte nur ihre Umrisse erkennen, weil das Licht von hinten aus ihrer Wohnung flutete. Sie trug ein weites kaftanähnliches Gewandt und eine lange Kette mit dicken Halbedelsteinen um den Hals, ein Duft nach Weihrauch und Lavendel umhüllte sie.

„Sei gegrüßt, wie froh ich bin, dass du gekommen bist." Die herzliche Begrüßung nahm Sarah etwas von dem Druck in ihrer Magengegend. Sie trat ein und konnte nun im grellen Licht des fensterlosen Flures erkennen, dass der Kaftan lila war, ein Lila, dass Sarah nie getragen hätte, aber zu Sandy passte es. Sie trug auch keine Schuhe, ihre schlanken, gepflegten Füße hatten bestimmt mindestens die Schuhgröße zweiundvierzig. Imposant wirkte Sandy, fast wie ein Guru.

„Leg doch ab." Sarah fühlte sich schrecklich gewöhnlich in dieser so andersartigen Wohnung mit der großen, weise wirkenden Frau, die allen Raum einzunehmen schien. Im Grunde gab es nur ein einziges Zimmer, aber das war riesig. Sie wunderte sich, dass Sandy wohl hier ihre Patienten empfing, anscheinend im selben Raum, in dem sie schlief, kochte und aß.

„Du arbeitest hier?" wieder einmal trug sie sofort auf den Lippen, was sie dachte. „Ich meine, nie könnte ich in der Klinik leben."

„Menschen zu helfen, das ist mein Leben, meine Berufung!", antwortete sie schlicht. Sarah fühlte sich klein, sie war noch nicht weit in ihrem Karma, das stand fest. Würde ihr jemand viel Geld schenken, könnte sie locker auf ihren Job verzichten, zumindest so, wie er zur Zeit lief. Überall im Raum hingen schwere Stoffe an den Wänden, zumeist in Rot- oder Lilatönen. Ein fast lebensgroßer hölzerner Buddha füllte eine gesamte Zimmerecke aus. Das Bett war sehr spartanisch und erinnerte an eine Mönchspritsche, auf dem Nachttisch türmten sich diverse aufgeschlagene oder mit Lesezeichen versehene Bücher.

Da war mit Sicherheit keine Belletristik dabei. Sarah nahm sich vor, sich auch mal ein paar anspruchsvollere Bücher anzuschaffen. Das Sofa hätte eher in einen Haaremspalast gepasst, riesengroß und überladen mit gold- und brokatbestickten Kissen, davor stand ein dunkelbrauner Tisch, bei dem nicht nur die Platte mit feiner Schnitzkunst versehen, sondern auch die Beine verschnörkelt und wunderschön herausgearbeitet waren. Erstaunt bemerkte sie den Ofen, der an der Wand stand, und den Sandy soeben mit Holz befeuerte. Auf die offene Flamme stellte sie danach einen Teekessel. Es gab nur zwei Kellerschachtfenster. Wie viel Licht sie dem Raum wirklich spenden konnten, vermochte man bei der Dunkelheit schlecht zu beurteilen, aber viel war es bestimmt nicht.

„Setz dich doch, ich koche uns nur eben einen Tee." Noch etwas erschlagen von dieser beeindruckend fremden Atmosphäre ließ sich Sarah auf dem Sofa nieder, sie versank tief. Auf dem Tisch kokelte ein Räucherstäbchen ab, daher der Duft.

„So, fertig." Sandy kam mit einem Tablett, auf dem eine Teekanne und zwei zarte chinesische Teeschälchen standen. „Koste mal, und dann sagst du mir, was du davon hältst." Sarah nippte an dem Schälchen, dass ihr gereicht wurde.

„Mmh, das ist ja köstlich." Normalerweise war sie keine große Teetrinkerin, aber dieses Gebräu schmeckte einfach phantastisch. „Was ist das?"

„Ich werde doch nicht gleich meine Geheimnisse ausplaudern, er wird dir helfen, dich zu entspannen." Oh Gott, hoffentlich war da nicht irgendeine Droge drinnen, die sie sofort high machen würde und...

„Keine Sorge, alles völlig unbedenklich, einfach ein paar gesunde Kräuter." Sandy musste Gedanken lesen können, oder war Sarah so leicht zu durchschauen?

„Also, wo drückt der Schuh?" In ihrem fließenden Gewand, hatte sie sich neben sie gleiten lassen und musterte Sarah interessiert. Jetzt fühlte es sich schon ein wenig seltsam an, ihre Probleme vor dieser fremden Person auszubreiten. Aber nun war sie nun mal hier, fasste sich ein Herz und begann zunächst leise und langsam, dann immer schneller und heftiger von den vergangenen zwei Tagen zu berichten. Kein einziges Mal wurde sie unterbrochen. Beinahe atemlos blickte sie dann nach Beendigung ihrer Geschichte fragend zu Sandy. Diese blieb zunächst stumm, dann schloss sie ihre Augen, als versuchte sie, etwas zu empfangen. Völlig gebannt beobachtete Sarah ihr Gesicht, das mit einem Mal wie erhellt wirkte, angestrahlt von einer Quelle, die man nicht ausmachen konnte. Lächelnd öffnete Sandy die Augen wieder.

„Ich fange beim Leichtesten an: Adrian." Erstaunt wollte Sarah widersprechen, dass erschien ihr das größte aller Probleme. „Mir scheint, er ist gefährlich, hüte dich vor deinen und seinen Gefühlen, er ist nicht gut für dich, in ihm ist etwas Böses, man kann ihm nicht trauen." Sarah schluckte, ihr Herz begann wie wild zu schlagen. Genau das hatte sie gespürt, als Adrian sie gepackt hatte, in diesem Moment hatte sie vor ihm genauso viel Angst gehabt wie vor dem mysteriösen Gelbäugigen.

„Max, der Max ist ein guter Mensch, umgebe dich viel mit ihm, genieße die Zeit, denke nur an dich." Dieser Rat erschien Sarah mehr als seltsam, vor allem äußerst egoistisch, denn sie hatte Sandy erzählt, dass sie den Eindruck hatte, seine Gefühle seien stärker als ihre. Sie empfand ihn zwar als äußerst attraktiv, aber sie war nicht der Typ Frau, der mit den Gefühlen anderer Menschen spielte und diese dabei verletzte, nur um Spaß zu haben.

„Der Gelbäugige...", Sarah Herz begann noch heftiger zu klopfen, „er bedroht dich, du solltest ständig auf der Hut sein. Wo er herkommt, und was er will, vermag ich dir nicht zu sagen, aber...", ihr Gesicht verzog sich zu einem konzentrierten Lächeln, sie schloss wieder die Augen, „vielleicht wird es sogar noch schlimmer. Traue niemandem." War Sarah einer falschen Wahrsagerin aufgesessen und wurde gleich mächtig abgezockt, oder war diese Frau einfach nur intuitiv? Auf alle Fälle hatte sie ihr Angst eingejagt. Auf der anderen Seite fühlte Sarah sich auch leichter. Es war, als hätte man ihr erlaubt, alle Lasten auf jemand anderen abzuwälzen. Sandy warnte vor anderen Menschen. Aber war dieser Frau selbst zu trauen, die vorgab, Prophezeihungen aussprechen zu können, denn nichts anderes war es doch? Sarah schätzte sich als einen komplett pragmatischen Menschen ein. Doch trotzdem, etwas in ihr wollte Sandy glauben. Sie erschien ihr wie ein Rettungsanker.

„Ohne Frage war das ein ziemlich harter Berufseinstieg, Sarah, aber sieh es mal so. Das Leben ist eine Herausforderung, und man lernt von allen Menschen, die man trifft. Jeder hat dir etwas zu geben oder dich etwas zu lehren, ob im Guten oder im Bösen. Zu diesen Personen gehört Max, vielleicht auch Adrian. Warte es ab, sei offen dafür, was das Leben dir vor die Augen und dein Herz hält, sei offen und... auch sehr vorsichtig." Sandy umfasste mit anmutiger Geste ihr zerbrechliches Schälchen.

„Kannst du mir sagen, was ich jetzt damit anfangen soll?", das musste recht unverschämt geklungen haben, aber Sandy lachte herzhaft.

„Das kommt schon, du wirst das Richtige tun, bestimmt!" Plötzlich war alles Mystische aus ihrem Gesicht gewichen, fröhlich und ganz in dieser Welt schenkte sie Sarah Tee nach.

„Weißt du, ich bin schon viel rumgekommen, habe mit weisen Männern und Frauen meditiert, mit tibetanischen Mönchen gefastet, habe vor der Klagemauer gestanden und mehrere Monate mit einem Volk des Regenwaldes gelebt, phantastisch sage ich dir. Man bekommt einfach ein Gefühl für das Leben im Allgemeinen, wenn man schon so viele kluge, lebensweise Menschen getroffen hat." Sarah war tief beeindruckt sie hatte also den Ratschlag einer Weltenbürgerin erhalten, einer spirituell erleuchteten Frau. Sie musste schlucken, weil sie sich überhaupt nicht sicher war, ob sie an so was glauben wollte.

„Lass es in dein Herz und denk darüber nach." Wieder lächelte Sandy und erhob sich dann. „Zeit fürs Bett."

„Oh, tut mir leid," völlig überrumpelt von dem direkten Rausschmiss, bemühte sich Sarah schnell an die Tür zu kommen.

„Ruf wieder an, ich freue mich!" Unsicher stand Sarah auf der Schwelle. „Und glaube nicht, dass ich Geld von dir möchte, die Ratschläge schenke ich dir, es kommt von Herzen."

Sarah wusste nicht, wie lange sie danach auf der Straße gestanden hatte. Wie ein Traum kam ihr dieser Besuch vor. Hatte sie das wirklich eben erlebt? Oder besser gefragt, hatte sie wirklich Rat bei einer spirituellen, charismatischen Frau mit einer lebensgroßen Buddhafigur gesucht? Unweigerlich musste sie grinsen. Der Kaftan hatte ihr gefallen, vielleicht sollte sie sich auch einen besorgen, nicht in Lila, aber vielleicht in einem Rot-Ton, der zu ihren Haaren passte.

Max

Sie saß wie ein Häufchen Elend auf dem Boden der Toilette. Ihre Schminke war zerlaufen und zusammen mit ihren Tränen rann sie die Wangen hinunter. Er nahm den Geruch von frisch Erbrochenen wahr.

„Sarah, um Himmels Willen, bist du krank?", er ging in die Knie und konnte nicht anders, unsicher strich er ihr mit einer Hand sachte durchs Haar, fast als hätte er Angst, sie bei einer zu kräftigen Berührung zu zerbrechen. Doch da fing ihr Körper erst recht an zu beben, und verzweifelte Schluchzer drangen ihr aus der Kehle. Da setzte sich Max kurzerhand zu ihr auf den unappetitlichen Toilettenboden und nahm sie in seine Arme. Sie so halten zu dürfen war ein wunderschönes Gefühl, mit ihrem ganzen Körper drängte sie sich an ihn, er konnte spüren wie sein Shirt feucht wurde von ihren Tränen. Er wiegte sie wie ein kleines Kind und streichelte ihr dabei über den Kopf und ihr seidiges, lockiges Haar. Leise Worte murmelnd nahm er mit jeder Faser seines Körpers den ihren war, sie schienen miteinander zu verschmelzen. Da seufzte sie glücklich, und er konnte nur noch an eines denken, er wollte sie küssen. Behutsam hob er mit dem Finger ihren Kopf und sah in ihre Augen. Alle Gefühle, die er für sie empfand, überrollten ihn wie eine Lawine, sein Herz quoll über beim Anblick ihres Gesichtes. Er sah, sie wollte es auch. Seine Lippen zitterten, als er gewahr wurde, dass sie die ihren leicht öffnete, gleich würde er den wunderbaren Geschmack ihrer Lippen kosten dürfen, schaltete komplett aus, dass sie eben erst erbrochen hatte, er sehnte sich nur noch nach der Weichheit ihrer Lippen.

„Hier sind Sie, verdammt, ich suche Sie überall", schrie Trude und Max stöhnte innerlich, musste einem diese Hexe auch alles verderben? Sie sprangen beide auf, und was folgte war eine unerfreuliche Schimpftirade seitens der Pflegedienstleitung. Merkwürdigerweise schien in Trudes Augen allein Sarah die Schuldige zu sein. Ihr allein galten die giftigen Worte. Er versuchte sie noch zu verteidigen, aber Trude hatte ihr Urteil bereits gefällt, da war man als Normalsterblicher machtlos. Es machte Sarah zu schaffen, das konnte man sehen. Und was da vorhin mit ihr passiert war, wusste Max auch noch nicht richtig einzuordnen, welchen Kummer hatte sie, der sie so weinen ließ? Er empfand das Bedürfnis, ihr noch einmal Mut zu schenken, und drückte ihr aufmunternd und sanft die Schulter.

Den Rest des Tages schien sie ihm aus dem Weg gehen zu wollen. Immer wenn er das Arztzimmer betrat, stand sie beinahe panisch auf, um irgendetwas zu erledigen, und verschwand aus dem Raum. Anscheinend war ihr die ganze Sache recht peinlich. Dabei war er sich so sicher gewesen, dass sie seine Zuneigung erwiderte. Vielleicht war sie die Sorte Frau, die sich schnell bedrängt fühlte, eventuell war er zu forsch für sie vorgegangen. Immerhin kannten sie sich erst seit gestern. Zugegebenen, zwei völlig unvergessliche Tage, aber für Sarah wohl doch noch nicht lange genug. Er musste versuchen, seine Gefühle im Zaum zu halten, er wollte sie nicht gleich vertreiben, nur weil er zu kühn vorging, Coolness war in diesem Fall angesagt. Und so fühlte er sich gut gerüstet, als sie plötzlich aus heiterem Himmel zu ihm sagte, es dürfe nicht wieder passieren. Er gab sich locker und unbeeindruckt, einen doofen Spruch auf der Zunge, versuchte er die Situation herunterzuspielen. Im ersten Moment schien sie sehr erleichtert. Aber verdammt, er konnte spüren, dass sie es ihm irgendwie nicht abkaufte. Er schluckte, mit seinen schauspielerischen

Fähigkeiten hatte er noch nie einen Blumentopf gewinnen können.

An diesem Tag sah er sie nur noch, als sie sich kurz von ihm verabschiedete, sie wirkte völlig abwesend. Welch undurchschaubare, faszinierende Frau, schoss es ihm durch den Kopf. Auch er wollte Feierabend machen, kramte seine Sachen zusammen und verließ das Arztzimmer. Auf dem Gang traf er auf Adrian Steinbach. Er lehnte an der Wand, und starrte zur Stationstür, er wirkte konzentriert und zugleich nicht in dieser Welt.

„Na, alles klar, Herr Steinbach? Sie sind ja in dem Genuss, als einer der Ersten von unserer neuen jungen Kollegin Frau Wohlfart betreut zu werden. Sie wird das sicher sehr gut machen."

Adrian schleuderte ihm einen brennenden Blick zu, etwas Bedrohliches sprach aus seinen Augen, etwas, das Max Angst machte. Ihm wurde es eiskalt.

„Machen Sie keine Dummheiten, Steinbach", zischte er. Der andere setzte ein höhnisches Grinsen auf.

„Sie bilden sich wohl ein, Ihre neue kostbare Kollegin bei nächster Gelegenheit mal richtig durchvögeln zu können, einen geilen Fick versprechen Sie sich. Warum sonst sollten Sie sich so aufspielen. Aber mit Ihnen wird sie nicht bumsen, vergessen Sie es." Verrückter hatte Steinbach nie ausgesehen als in diesem Moment. In Max kroch Panik hoch. Hatte sich Sarah deswegen so eigenartig verhalten, war ihr dieser kranke Mistkerl etwa schon zu nahe getreten?

„Fassen Sie sie bloß nicht an, sie ist Ihre Ärztin, wenn auch nicht mehr lange, wenn es nach mir geht. Sie sind so krank, dass man Mitleid haben müsste." Max hatte jegliches Gefühl dafür verloren, was sich als Arzt gehörte, und was nicht.

Adrian lachte schrill, seine Augen, zwei wahnsinnige, Blitze schleudernde Flammen.

„Ich soll sie nicht anfassen, dann behalten sie aber selber ihre schmutzigen Griffel bei sich."

„Es geht Sie überhaupt nichts an, Steinbach, was ich in meiner Freizeit mit meinen Händen veranstalte, und was nicht." Max war inzwischen nicht nur wütend, er war komplett fassungslos. Wie unverschämt, wie respektlos führte sich dieser Kerl hier auf, oder bekam er gleich einen seiner Anfälle?

„Das geht mich sehr wohl etwas an, Dr. Horak!" Das „Doktor" schleuderte er verächtlich aus seinem Mund, als sei es etwas Schmutziges. „Sie entschuldigen mich jetzt, ich bekomme meine Abendmedikation." Ohne ein weiteres Wort machte er kehrt, und ging den Gang entlang Richtung Stationszimmer. Max musste morgen mit Sarah sprechen. Sie konnte diesen Steinbach unmöglich weiter behandeln, er war gefährlich, fast wie ein verschlagenes kluges Tier, dass irgendwann nur noch nach seinem Instinkt, seinem Beutetrieb handelte. Und immer hatte er bei Adrian Steinbach das Gefühl, er durchschaue jeden, er wisse mehr über seine Mitmenschen, als diese es ahnten und ihnen lieb war. Ein unheimlicher Typ. Max schüttelte sich, befreite sich von jedem Gedanken an Adrian. Er musste Heim. Heute war seiner und Lynets Jahrestag. Er hatte weder Blumen noch ein Geschenk, aber egal. Ob überhaupt oder was aus ihm und Sarah werden sollte, eines hatte er zumindest begriffen, nämlich wie falsch es war, mit Lynet zusammenzubleiben. Nie hätte er empfinden dürfen, was er für Sarah empfand, wenn zwischen ihm und Lynet alles in Ordnung gewesen wäre. Er würde heute, an ihrem Jahrestag, mit ihr Schluss machen, auch wenn es hart war.

Aber er rechnete nicht damit, was die letzte heiße Liebesnacht in Lynet bewirkt hatte.

Nie hatte sich diese lebendiger und begehrter gefühlt als letzte Nacht, und so wollte sie es wieder haben, und wieder, und wieder, bis er sie endlich fragen würde, ob sie seine Frau werden wollte. Sie empfing ihn im Negligee mit Kaviar, Champagner und erotischen spanischen Klängen im Hintergrund.

Max brachte es natürlich nicht fertig, sie jetzt vor den Kopf zu stoßen, und gab sich einer zweiten Nacht der Leidenschaft hin, die im Herzen einer anderen galt und gehörte.

Am nächsten Morgen fühlte er sich schlecht, beinahe so, als hätte er Lynet betrogen. Diese jedoch war wie ausgewechselt. Zum ersten Mal hatte sie wahrlich Grund zur Eifersucht, paradoxerweise jedoch fühlte sie sich sicherer als je zuvor. Wie ein Kätzchen schnurrte sie in seinen Armen und wollte ihn gar nicht aufstehen lassen.

„Geh doch heute einfach nicht in die Klinik, mach krank und wir bleiben den ganzen Tag im Bett." Verführerisch schmiegte sie sich an ihn. Wenn sie wüsste, wie gerne er derzeit zur Arbeit ging, auch vierzig Grad Fieber hätten ihn nicht davon abhalten können, sich in die Klinik zu schleppen, um Sarah einfach nur um sich zu haben.

„Geht leider nicht, Schatz. Wir haben ein straffes Programm. Du weißt doch, im Herbst häufen sich die Suizidversuche." Er zwinkerte ihr zu und hasste sich für seine Falschheit. In Windeseile war er angezogen und aus der Wohnung draußen und ließ eine verdutzte, aber glückliche Lynet zurück. Es fühlte sich fast wie eine Flucht vor der eigenen Heuchelei an. Männer sind wirklich Schweine, dachte er.

Sarah saß schon im Arztzimmer, den Kopf konzentriert über eine Kurve gebeugt. Als er hereinkam, strahlte sie ihn an.

„Dir scheint es besser zu gehen?" Er ließ seinen Rucksack neben sich auf den Boden fallen.

„Ich habe gestern Abend noch eine Freundin getroffen, scheint mir gut getan zu haben." Herausfordernd sah sie zu ihm hoch.

„Und wie geht es dir?"

„Gut, gut..", er musste an seine Liebesspiele mit Lynet denken, die er eigentlich lieber mit…

„Kommst du voran mit deinen Patienten?", stellte er die Gegenfrage. Er durfte nicht soviel an Sex denken.

„Ja, undenkbar, aber ich mache Fortschritte mit Anna Winterfeld, zwar nur kleine, aber immerhin."

„Was du nicht sagst." Max war ehrlich verblüfft.

„Peter Schrenk ist eigentlich auch kein Problem." Sie druckste, eine gute Gelegenheit, dachte Max, an gestern Abend anzuknüpfen.

„Ich würde es gerne sehen, wenn du mir Adrian Steinbach wieder übergibst." Er las Panik in ihren Augen. „Er hat gestern noch so komische Andeutungen gemacht."

„Was für Andeutungen?" Sie wirkte beinahe erschrocken.

„Man kann sagen, er hat mir gedroht, dir nicht zu nahe zu kommen, was sagst du dazu?" Sarah war sprachlos.

„Er will nicht, dass du mir zu nahe kommst?"

„Ja, so etwas Ähnliches hat er angedeutet." Die vulgären Worte Steinbachs wollte er an dieser Stelle lieber nicht in den Mund nehmen. „Er schien mir fast gefährlich. Hat er vielleicht versucht, dich anzufassen?"

„Was,…?" Sarah hatte mit einem Schlag einen völlig abwesenden Gesichtsausdruck angenommen, dann schüttelte sie plötzlich abwehrend den Kopf.

„Nein, nein, natürlich hat er mir nichts getan, und so ein Blödsinn. Ich gebe doch meinen Patienten nicht schon nach zwei Tagen wieder ab, nur weil er ein wenig komplizierter ist. Was für eine Ärztin wäre ich da?" Darauf wusste er nichts zu antworten. „Ich schlage vor, wenn ich Schwierigkeiten bekomme, wende ich mich vertrauensvoll an dich." Schelmisch zwinkerte sie ihm zu. Aus dieser Frau wurde er wirklich nicht schlau. Himmelhoch jauchzend zu Tode betrübt, fiel ihm nur ein, wenn er ihr kokettes Lächeln und die blitzenden feinen Sommersprossen betrachtete. Die Haare trug sie heute in zwei neckischen Zöpfen, aber auch die konnten ihre Lockenmähne nicht bändigen, und schon wieder lösten sich Strähnen und kräuselten sich um ihren Kopf wie ein Heiligenschein. Sie wirkte sehr jung. Er wollte ja nicht voreilig sein, aber ein Versuch war es wert.

„Heute Abend schon was vor? Da gibt es so eine wunderbare Tappas-Bar..." Sie schien tatsächlich gründlich darüber nachzudenken, auf ihrer Stirn bildete sich eine ganz kleine, steile Falte, sie sah entzückend aus, wie sie so grübelte. Ein entschlossener Ausdruck machte sich auf ihren Zügen breit.

„Warum eigentlich nicht. Sagen wir so um neun und du holst mich daheim ab?"

„Wunderbar." Fieberhaft dachte er schon über eine Ausrede für Lynet nach, aber sein Herz hüpfte dabei. Da musste halt Karst noch einmal herhalten. Eine Sauftour unter Kumpanen, eine wirklich gute Idee. Zufrieden sah er Sarah über die Schulter und in die Kurve.

„Und welche hast du da?" Er deutete auf den Plastikkadex und konnte ihren zarten blumigen Duft riechen. Er inhalierte ihn genießerisch.

„Ist nur Anna Winterfeld drin, und mit der bin ich fertig, hier bitte schön." Sie reichte ihm die Kurve. Heute war ein wirklich guter Tag.

Später machte er sich zu Karst auf, um ihn erneut als Alibi zu missbrauchen. Max fühlte sich schon ein wenig schlecht dabei, aber andrerseits war Volker selber frei von jeglichem spürbaren Gewissen, dass Max sich nicht ernstlich Gedanken machen musste. Aber Volker war alles andere als begeistert von der Aussicht, noch mal lügen zu müssen.

„Ich bin ja wirklich auch kein Kind von Traurigkeit, Max, und 'ne Notlüge okay, aber muss es denn immer ich sein, der dich rausboxt?" Er fuhr sich über seinen Drei-Tage-Bart, im Gegensatz zu seinem schütteren Haupthaar konnte Volker mit einem äußerst kräftigen Bartwuchs aufwarten. Er war fast stolz auf seine dunklen Stoppeln und rasierte sie nur alle drei bis vier Tage ab. Vielleicht versuchte er dadurch, die sich kontinuierlich ausbreitende Glatze auf seinem Haupt auszugleichen.

„Ich meine, klar ist das 'ne Zuckerschnute, aber dann steh dazu und halte dir die arme Lynet nicht warm. Zu bedauern, das liebe Mädchen." Er grinste unverschämt. Es war kein Geheimnis, dass er Lynet langweilig und spröde fand. „Aber vielleicht muss ich ja gar nicht lügen. Ich komme einfach mit Euch. Eine einmalige Gelegenheit für mich. Wer weiß, vielleicht steht ja unsere neue Kollegin auf so rassige Männer wie mich?" Genießerisch kippte er mit seinem Stuhl nach hinten, die Hände hinter den Kopf verschränkt.

„Oh nein, bitte tu mir das nicht an." Max stöhnte. Das war definitiv keine gute Idee.

„Dann halt nicht. Das Ding ist gegessen." Entschlossen setzte sich Volker wieder auf, beugte sich über seine Patientenakte und begann sie scheinbar interessiert zu lesen. Max seufzte.

„Also gut, aber lass mir ein bisschen Zeit mit ihr alleine, ja? Ich hole sie um neun Uhr zu Hause ab, schön Essen gehen, dann könnten wir uns gegen elf im Tropicana treffen. Einverstanden?" Volker tat so, als überlege er noch, grinste aber dabei.

„Um elf im Tropicana", sagte er schließlich. Max atmete auf. Dann hatte er zwei Stunden ohne Volker. Und im Tropicana konnte er ruhig dazustoßen. Das war ihm sogar recht. Das Tropicana war eine kleine Discothek mit einer ansehnlichen Auswahl an Cocktails. Viele Freunde und Bekannte von ihm und Lynet zählten sich zu den Stammkunden. Sollte ihn also jemand mit Sarah dort erspähen, und es seiner eifersüchtigen Freundin zutragen, dann konnte er immer noch behaupten, dass Volker sie dabei haben wollte. Aber warum scherte er sich überhaupt noch darum, was man Lynet erzählte, oder sie dachte? Wollte er nicht sowieso mit ihr Schluss machen? Oder hatte er tatsächlich vor, sie sich warm zu halten, wie Volker behauptete? Der Sex in den vergangenen zwei Tagen war zumindest phänomenal gewesen, auch wenn er dabei intensiv an Sarah gedacht hatte. Er sollte sich wirklich schämen solche Gedanken zu hegen. Sehr bald schon wollte er Farbe bekennen, morgen oder übermorgen, bestimmt.

Die Haustür stand offen, so konnte er ungehindert hinein gelangen. Max Herz schlug wahre Purzelbäume, als er die drei Stockwerke zu Sarahs Appartement erklomm. Es war nicht leicht gewesen, Lynet klar zu machen, dass er einen weiteren Abend mit Volker verbringen wollte. Aber schließlich hatte sie klein beigegeben. Sie zehrte noch von den letzten beiden Abenden in Max Armen. Zuletzt hatte sie ihm sogar noch viel Spaß gewünscht, und er hatte sich ganz schäbig gefühlt, als sie ihm an der Tür ihr zartes Lächeln geschenkt hatte, zaghaft und warm. Aber inzwischen hatte Max dieses unangenehme Gefühl abgeschüttelt und verdrängt. Sogleich würde er Sarah sehen, ihre Wohnung kennen lernen und einen unvergesslichen Abend verleben. Er hatte sich heute besondere Mühe mit seinem Äußeren gegeben. Er trug ein weißes Hemd mit aufgerollten Ärmeln, gerade so weit aufgeknöpft, dass ein wenig von seiner Brustbehaarung zu sehen war. Er hatte seine schwarzen Schuhe gewienert, auch wenn er sie sonst nie zu putzen pflegte, und zuletzt noch einen Duft von Hugo Boss aufgetragen. Er hoffte, nicht zu viel erwischt zu haben und am Ende wie eine halbe Parfümerie zu riechen. Vor ihrer Haustür lagen vier Paar verschiedener Schuhe wild durcheinander, silberfarbene Pumps, schmutzige Turnschuhe, braune halbhohe Stiefel und elegante schwarze Damenstilettos. Außerdem wuchs ein halber Dschungel in terracottafarbenen Töpfen rund um ihre Tür. Max straffte die Schultern, räusperte sich kräftig und drückte dann auf die Klingel. Er musste nicht lange warten, da öffnete ihm eine strahlende Sarah. Sie sah hinreißend aus. Ein rotes knielanges Kleid schmiegte sich eng an ihren Körper, das Dekolletee gab gerade soviel frei, dass der Phantasie erlaubt war, sich mehr auszumalen, als man tatsächlich sah. Ihre Haare fielen in einer wallenden Lockenpracht über ihre Schultern und ein dezentes Make-up betonte die Vorzüge ihres madonnenhaften Gesichtes. Außerdem sprühte sie schier vor guter Laune.

„Komm doch rein!" Zu seiner Verblüffung drückte sie ihm einen zarten Kuss auf die Wange, so schnell, dass es schon vorbei war, ehe ihm bewusst wurde, wie ihm geschah. Sie duftete wieder nach diesem blumigen Parfum, nur etwas intensiver als in der Klinik, verführerisch und prickelnd.

„Das ist also mein Reich." Sie breitete in einer stolzen Geste ihre Arme aus. „Gefällt es dir? Möchtest du schon mal etwas trinken, ein Glas Wein vielleicht, einen Sekt, oder ein Bier?" Für ein Bier hätte er getötet. Aber ihm war klar, dass die meisten Frauen zu so einer Gelegenheit Sekt wählen würden, und er wollte unbedingt, dass ihr dieser Abend gefiel.

„Ein Gläschen Sekt wäre wunderbar", erwiderte er deshalb. „Und du hast es wirklich sehr gemütlich hier." Die Wohnung erstrahlte in Sarahs Glanz, jeder Gegenstand schien ihre Persönlichkeit widerzuspiegeln. Er fühlte sich wohl und auf eine unterschwellige Weise auch erotisiert. Die Schlafzimmertür stand ein wenig offen, und so konnte er einen Blick auf ihr einladendes Bett und ein schwarzes Negligee erhaschen, das scheinbar achtlos über einen Stuhl geworfen worden war. Sarah machte sich indessen am Kühlschrank zu schaffen, triumphierend zog sie eine Flasche Sekt hervor und schwenkte damit.

„Machst du sie auf? Ich habe jedes Mal ein bisschen Schiss dabei, wenn ich das tun muss", lächelte sie ihn an.

„Klar doch, mache ich." Mit großen Schritten ging er auf sie zu, nahm ihr den Sekt ab und entkorkte ihn mit einem lauten Knall. Perlend ertönte das Lachen aus Sarahs Kehle.

„Wusstest du, dass es Glück bringt, wenn es so richtig laut ploppt?" Nun lachte auch er, und sie gluckste.

„Nein, das wusste ich noch nicht."

„Stimmt auch nicht", sie lachte noch lauter und riss Max förmlich mit sich durch ihre Unbeschwertheit, ihren Witz und den Sexappeal, den sie verströmte. Er sehnte sich mit jeder Faser seines Körpers nach ihr.

„Auf diesen Abend!" Max hob sein nun gefülltes Glas.

„Auf diesen Abend", wiederholte sie und sah ihn aus großen unergründlichen Augen an. Er konnte diesen Blick nicht deuten, sondern sich nur in ihm verlieren. Sie war plötzlich sehr ernst, schien ihn abzuschätzen, die entzückende kleine Denkfalte tauchte wieder auf ihrer Stirn auf.

„Was geht dir durch den Kopf", seine Stimme fast ein Flüstern. Sie blieb stumm, betrachtete ihn noch intensiver. Sofort begann sich sein Herzschlag wieder zu beschleunigen.

„Lass uns gehen, okay?" Wie ein Vogelschlag streifte sie kurz seine Hand, dann kippte sie ihren Sekt mit einem langen Zug hinunter.

„Aber holla," stieß er hervor und tat es ihr gleich. „Eine Runde Tappas, und danach ein bisschen abzappeln, was hältst du davon?" Ihre ernste Miene war wie weggewischt, sie klatschte in die Hände wie ein kleines Kind.

„Das ist toll, ich war schon eine halbe Ewigkeit nicht mehr tanzen."

„Dann mal los!" Viel lieber wäre er hier geblieben, in dieser kleinen Wohnung, in dem geblümten Schlafzimmer…Am Bücherregal hing auf einem Bügel ein paillettenbestickter, roter Kaftan. „Aus Indien?", fragte er sie beim Rausgehen.

„Nein, nein", sie winkte ab, es schien ihr peinlich. „Eine Bekannte hat so einen ähnlichen." Es klang irgendwie zerstreut und unzusammenhängend. Sie ging ihm voraus, öffnete die Haustür und schnappte sich die schwarzen Stillettos.

„Wirst du nicht frieren, es sind an die Null Grad draußen." Der Schalk kehrte zurück in ihre Züge.

„Daran stirbt Frau nicht." Über ihr rotes Kleid hatte sie einen schwarzen leichten Mantel geworfen, und auch darin würde sie zweifelsohne frieren und nicht nur in den hohen, dünnen Schuhen. Max zog den Reißverschluss seiner gefütterten, schweren Lederjacke zu.

„So etwas solltest du anziehen." Mit einem schiefen Grinsen schaute sie ihn an.

„Männer!"

„Frauen", gab er zurück und sie lachten zusammen.

Es war sehr laut und verraucht in der Tappas-Bar, aber auch zum Niederknien köstlich. Die beiden aßen bis ihnen die Mägen fast platzten und tranken noch mehr schweren Rotwein dazu.

„Ah, ich kann nicht mehr." Sarah strich sich genießerisch über den Bauch, sie saß ihm gegenüber, gerade soweit weg, dass sich ihre Beine nicht berühren konnten.

„Habe ich dich satt bekommen, oder brauchst du noch einen Nachtisch?", schmunzelte Max

„Um Himmelswillen, bloß nicht." Mit funkelnden Augen beugte sie sich zu ihm hinüber.

„Du möchtest, dass ich mich nachher nicht mehr bewegen kann, was?"

„Vielleicht." Auch er stützte jetzt die Arme auf den Tisch, lehnte den Oberkörper vor, ihre Hände lagen nur wenige Zentimeter voneinander entfernt.

„Für wie krank hältst du Adrian Steinbach, meinst du, er ist richtig gefährlich?" Diese Frage kam völlig überraschend und unvermittelt für Max und passte nicht zu diesem Abend. Unbehagen kroch in ihm hoch, wenn er an die letzten Worte Adrians denken musste: „…dann behalten Sie aber selbst ihre schmutzigen Griffel bei sich."

„Du solltest vorsichtig sein, das ist alles. Bisher hat er niemandem etwas getan, aber so aggressiv wie er mir gedroht hat, wer weiß. Auch die optischen Halluzinationen sind schließlich nicht immer da gewesen…" Er hatte sich wieder aufgerichtet, sah sie unverwandt an. Sie wirkte in sich gekehrt, schien über etwas nachzudenken.

„Glaubst du an übersinnliche Kräfte?", fragte sie mit vorsichtiger Stimme, als schämte sie sich, oder als hätte sie Angst, von ihm verlacht zu werden. „Ich meine, glaubst du an Menschen, die in die Zukunft schauen können oder so was

Ähnliches?" Max fühlte sich irritiert, die Gesprächsthemen schienen im Sekundentakt zu wechseln. Er brachte nur ein kurzes „Mmh" zustande, schon redete sie weiter. „Ich habe da so eine neue Bekannte, die so was kann, vermute ich mal. Sandy heißt sie. Ich halte das eigentlich alles für Spinnerei, aber..." Sie schaute ihm intensiv in die Augen, dann schüttelte sie ihren Kopf. „Vergiss es, okay? Wo ist das Tropicana?" Max stieß die Luft aus.

„Also, ich komme nicht mehr mit, ich fürchte du bist zu schnell für mich." Sie lächelte und für ein paar Sekunden schaute sie ihm nur wortlos in die Augen, ließ ihren Blick kurz über seine Gestalt schweifen, dann beugte sie sich noch weiter vor, und er tat es ihr nach, wieder ruhten ihre Hände nur wenige Zentimeter voneinander entfernt, doch dieses mal legte sie die ihren sachte auf seine Rechte.

„Du bist nett", wisperte sie, ihr Gesichtsausdruck strahlte eine warme Ernsthaftigkeit wieder. Max spürte wie ihm das Blut ins Gesicht schoss. Er fühlte ihre zarte Berührung, kaum mehr als eine Andeutung, so sanft waren ihre filigranen Hände. Rasch zog sie sie wieder weg und verstrichen war der wundervolle Moment.

„Du bist auch sehr nett." Verdammt, was war los mit ihm, er fühlte sich wie ein Pennäler, schüchtern, ungelenk und so überrascht und freudig entzückt von ihrer Berührung, ihren Worten. „Auf ins Tropicana?" Sie nickte und beide erhoben sich. Er reichte ihr den Mantel und legte ihn über ihre anmutigen Schultern, seine Hände verweilten dort für einige Sekunden. Lächelnd sah sie zu ihm hoch, ihre Augen funkelten wie Diamanten. Er fühlte sich nicht nur wie ein Pennäler, er war auch verliebt wie ein Pennäler, mit Herzklopfen, feuchten Händen und allem was dazu gehörte.

Im Tropicana stürmte sofort Volker auf sie zu.

„Oh Volker, was für eine Überraschung", beeilte sich Max zu sagen, bevor Volker zu Wort kommen konnte. Der schien ihm das nicht übel zu nehmen.

„Ich sehe, du kommst in Begleitung unserer reizenden neuen, jungen Kollegin? Darf ich mich vorstellen, Volker Karst mein Name." Er deutete eine Verbeugung an. Sarah gab ihm freundlich die Hand.

„Sarah!"

„Als wenn ich das nicht wüsste." Die Musik war sehr laut, gerade dröhnte Shakira aus den Boxen mit „Hips don't lie" und man musste brüllen, um sich zu verstehen.

„Soll ich eine Runde Cocktails schmeißen?", versuchte sich Max wieder in Erinnerung zu bringen.

„Was?", schrie Sarah zurück. Er nährte sich ihrem Ohr, so nahe, dass ihm wieder deutlich ihr Duft in die Nase stieg.

„Cocktail?", versuchte er es noch einmal. Sarah nickte, deutete auf die Tanzfläche und gab ihre Tanzlust zu verstehen.

„Nur zu, ich komme nach." Sie steuerte auf die Menge zu, die sich schon mit zuckenden Gliedern zur Musik bewegte. Volker war ihr dicht auf den Versen. Max drängelte sich an die Bar vor und bestellte drei Caipi. Während er wartete suchten seine Blicke die Tanzfläche ab. Da war sie, tanzte mit einer Leidenschaft und erotischen Ausstrahlung, die ihm das Blut in die Lenden trieb. Diese Frau hatte wahrlich Feuer! Beladen mit drei hohen Gläsern steuerte er dann sogleich auf Sarah und Volker zu, und sie stießen miteinander an.

Die nächste Stunde war gefüllt von Gelächter, schnellen Rhythmen, schweißnassen Leibern, Caipi und guter Laune. Volker hielt sich zum Glück und erstaunlicherweise im Hintergrund. Max verliebte sich mit jeder Sekunde mehr in Sarah. Er versuchte es gar nicht mehr vor sich zu leugnen. Als die Klänge plötzlich langsamer wurden, und die Tanzfläche sowieso kaum mehr Platz bot, da war er Sarah so nahe, dass sie sich bei jeder Bewegung berührten. Er nahm all seinen Mut zusammen und legte seine Arme vorsichtig um ihre Taille. Behutsam suchten sich seine Hände einen Platz auf ihrem Rücken. Und sie ließ es zu, drückte sich sogar noch enger an ihn und legte ihrerseits ihre Arme um seinen Hals. Eng umschlungen wiegten sie sich zur Musik. Er schloss die Augen und spürte überall ihren Körper, ihren Busen, ihre Hüften, die Wölbung ihres Rückens, wo er in ihren Po überging, wie elektrisiert neigte er seinen Kopf zu ihr runter, streifte mit den Lippen ihr Haar. Da sah sie zu ihm hoch. Es war etwas in ihren Augen, das er nicht zu entziffern vermochte, er meinte darin zu lesen, dass auch sie sich von ihm angezogen fühlte, aber da war noch etwas anderes, etwas Nachdenkliches. Hatte sie ein schlechtes Gewissen? Vielleicht wartete auch auf sie irgendwo ein Mann? An diese Möglichkeit hatte er noch gar nicht gedacht. Der langsame Song war vorüber und machte südamerikanischen Klängen Platz. Einige Sekunden standen sie noch da, sie mit ihren Armen um seinen Hals, und er, der zärtlich und äußerst vorsichtig über ihren Rücken strich.

Etwas in ihr schien im Widerstreit zu liegen.

„Wir sollten gehen, es ist spät."

„Morgen ist Samstag", erwiderte er, Enttäuschung wallte in ihm hoch, er wünschte sich, dieser Abend würde niemals enden.

„Ich bin müde, bringst du mich Heim?" Da war eine klitzekleine Möglichkeit…

„Sicher." Sie lösten sich voneinander. „Volker!", rief er seinen Kollegen.

„Was?" brüllte dieser gegen Gloria Estefan an.

„Wir packen's", machte sich Max verständlich. Volker klopfte ihm grinsend auf die Schulter. Max hoffte, Sarah würde dieses Grinsen nicht richtig deuten, denn es sprach deutlich: eine heiße Nacht wünsche ich dir.

Draußen gingen sie stumm nebeneinander her, Sarah begann zu zittern und umschlang sich mit ihren eigenen Armen.

„Habe ich es dir nicht gesagt?" Wie selbstverständlich zog er seine Jacke aus und legte sie ihr um die Schultern. Verdammt, war das kalt, in den Filmen fror der Held nie. Dankbar lächelte sie ihn an. Da sie immer noch zu frieren schien, legte er ihr sachte einen Arm um die Schulter und drückte sie fest an sich.

„So, das müsste reichen."

„Du bist nett", flüsterte sie erneut. Viel zu schnell kamen sie zu dem großen Haus, in dem ihr kleines Appartement im dritten Stock lag.

„Also dann", Max Arm lag noch immer um ihre Schulter, leicht rieb er ihren Arm. Da drehte sie sich zu ihm um, stellte sich auf die Zehenspitzen, öffnete die Lippen und drückte sie zunächst behutsam, dann leidenschaftlich auf die seinen. Er konnte sein Glück kaum fassen, schlang auch den zweiten Arm um sie, zog sie fest an sich und erwiderte ihren Kuss voller Leidenschaft. Ihre Lippen fühlten sich zärtlich und zugleich fordernd an, sie schmeckten wundervoll. Max' Beine wurden weich, sein ganzer Körper sehnte sich nach mehr. Er ließ seine Hand über ihren Rücken gleiten und streichelte ihre Haut am Hals, weich und einladend, samtig und verführerisch fühlte sie sich an. Er war im siebten Himmel. Nach einer viel zu kurzen Weile löste sie sich von ihm, Glück und Bedauern im Blick, lächelte sie ihn an.

„Bis Montag", flüsterte sie, küsste ihre Fingerspitzen und legte sie ihm an die Lippen. Er hielt ihre Hand mit der seinen fest und küsste ihre Finger ebenfalls. Sein Mund wurde ganz trocken vor Sehnsucht. Bis Montag, wie sollte er die Zeit bis dahin nur überstehen? Sarah entzog ihm ihre Hand, gab ihm seine Jacke zurück und kramte dann einen Schlüssel hervor und schloss auf. Kurz drehte sie sich ihm noch mal zu, winkte kurz und war verschwunden. Zunächst konnte er sich nicht rühren, sein Herz jubilierte, sie hatte ihn tatsächlich geküsst. Wie glücklich konnte ein Mensch sein?

Adrian

Schweißgebadet fuhr er aus dem Schlaf hoch. Auch nachts ließen die Stimmen ihm keine Ruhe und zugleich musste er pausenlos an sie denken. Sie war da, beim Essen, in seinem Zimmer, ja sogar wenn er mit Dr. Horak sprach, und die Stimmen ihm zuflüsterten, dass Horak sie auch begehrte, sie womöglich angrapschte, es ihm vielleicht sogar von Sarah erlaubt wurde. Er konnte es nicht ertragen. Er verabscheute Menschen wie Horak, die dachten, ihnen gehöre die ganze Welt. Aber nicht Sarah Wohlfahrt, er wusste in seiner tiefsten Seele, dass sie allein ihm, Adrian Steinbach gehörte. Er fühlte es, aber er hatte auch Angst davor. Er wusste, er war nicht wie andere Männer. Sein Leben war unberechenbar, und seit er sie getroffen hatte, schien auch er wieder unberechenbar zu werden. Die Stimmen brüllten gewaltig, machtvoll. Er konnte sich ihnen nicht mehr widersetzen. Die Bilder gewannen an überdimensionaler Deutlichkeit, was würde als nächstes passieren? War er noch sicher? War sie noch sicher? Er wusste es nicht mehr. Er lag die ganze Nacht wach.

Sarah

Schwer atmend lehnte sie sich an die Wohnungstür. Was war los mit ihr? Die erotische Anziehungskraft, die von Max ausging, war enorm, ohne Zweifel. Und doch hätte sie sich besser im Griff haben müssen. Den ganzen Abend hatte sie mit sich selber gekämpft. Die alte Sarah riet zur Vorsicht, warnte vor Max immer offensichtlicher werdenden Gefühlen zu ihr, doch die neue Sarah, die sich nach der Arbeit einen Pailletten besetzten Kaftan gekauft hatte, sagte: Umgebe dich mit ihm, genieße die Zeit, denke nur an dich. Diese Parole war so viel einfacher und bequemer zu befolgen. Max war wundervoll. Er sah phantastisch aus, sein Körper fühlte sich unglaublich stark und muskulös an, sein Kuss sprach von Leidenschaft, sie hätte gern mit ihm geschlafen. Aber sie war keine Spur verliebt in ihn, obwohl er wirklich süß war, das Entscheidende fehlte einfach. Nie hatte sie Erotik und Liebe voneinander trennen können, aber dank Sandy war sie in den Genuss dieses prickelnden Abends gekommen. Sie raufte sich die Haare. Was jetzt? Max hatte es vollkommen erwischt, das stand fest. Was hatte sie nur getan? Ihre Gedanken flogen zu Adrian und sofort pochte ihr Herz wie wild. Bei Adrian bekam sie weiche Knie. Aber vor Adrian hatte sie auch Angst, Angst vor seinem irren, wilden Blick, Angst vor seinen Anfällen, Angst vor dem was er hörte und sah. Und Adrian war ihr Patient, Max ein Kollege. Aus einem Impuls heraus griff sie zum Telefon. Sie hatte das starke Bedürfnis mit Sandy zu sprechen, aber um diese Zeit konnte man doch niemanden mehr anrufen, oder doch? Es war schließlich ein Uhr nachts. Aber außer Sandy wusste niemand von der ganzen Geschichte, und irgendwie war sie unbefangen, Sarah musste es einfach tun. Sandys Visitenkarte lag noch auf dem Esstisch. Sarah griff danach, atmete einmal tief durch und wählte dann. Sie beschloss es genau viermal klingeln zu lassen, danach wollte sie auflegen. Wenn sie Glück hatte, besaß die altmodische Sandy keine Rufnummer-Erkennung Doch zu ihrem Erstaunen nahm Sandy schon nach dem zweiten Läuten ab.

„Hallo, ich bin es, Sarah. Tut mir leid, ich weiß, es ist eine Zumutung, dich um diese Uhrzeit zu belästigen, aber…“, stotterte sie.

„Wo drückt der Schuh?“ Ohne Umschweife und sehr direkt kam Sandy hellwach zur Sache.

Noch ein weiteres Mal atmete Sarah tief durch, dann berichtete sie vom vergangenen Abend, wie sehr sie sich von Max angezogen fühlte, obwohl sie kein bisschen verliebt war, von dem innigen Tanz, dem Kuss, ihrem schlechten Gewissen.

„Jetzt mal ganz ruhig, du hast nur getan, was ich dir geraten habe, beruhige dich.“ Es tat so wohl, diese warme Stimme zu hören, die genau zu wissen schien, was richtig war und was falsch. „Es ist okay, er hat es bestimmt auch genossen, und alles andere wird sich finden.“

„Aber ich denke, er ist schrecklich verliebt in mich.“ Zaghaft entschlüpfte Sarah ihr Argument.

„Mach dich frei davon. Weißt du was? Du denkst zuviel! Du denkst mehr, als du lebst. Wir sollten dich ablenken. Hast du morgen schon was vor?“

„Eigentlich nicht“, antwortete Sarah etwas verunsichert und zugleich freudig überrascht.

„Wollen wir bummeln gehen, mir scheint, du benötigst vielleicht ein paar Utensilien, die dir mehr Selbstvertrauen schenken, dir den Quell der Lebenslust weisen. Um halb elf vor der Marienkirche?“

„Ja gerne, ich komme, danke Sandy. Ich meine, ich kenne dich kaum, und du bist mir wirklich schon eine große Hilfe.“

„Es kommt auf die Verbindung an, die man fühlt, nicht auf die Zeit, die man sich kennt", war Sandys ruhige Antwort. „Bis morgen, und schlafe gut."

„Bis morgen, du auch." Sarah legte auf, starrte verblüfft auf den Hörer. Nach so kurzem Kennen, hatte sie schon eine sehr gute Freundin in Sandy gefunden, das fühlte sie, denn auch sie hatte diese Verbindung zwischen ihnen wahrgenommen. Mit einem Seufzer, und schon etwas beruhigter schlüpfte sie aus ihrem Kleid, streifte die Unterwäsche ab und trottete ins Bad, um sich abzuschminken und die Zähne zu putzen. Sie wollte und musste Sandy einfach glauben. Es war alles richtig gewesen. Endlich konnte sie ins Bett fallen, sie fühlte sich mit einem Schlag hundemüde und erschöpft. Fast sofort glitt sie in einen tiefen, erholsamen Schlaf. Sie hatte sich nicht einmal mehr die Mühe gemacht, ihren Pyjama überzuziehen, sondern kuschelte sich nackt in die weichen Kissen. Doch in der Nacht begannen die Träume wieder. Der Gelbäugige verfolgte sie, Sarah rannte und rannte, kam aber nicht von der Stelle, immer weiter holte er sie ein. Es war jetzt ganz deutlich, er hatte Adrians Züge, mit seinen Klauen griff er nach ihr, hatte sie beinahe erreicht, ein Furcht erregender schriller Klang begleitete seine Schritte. Sie hörte ihn hinter sich keuchen. Immer lauter und eindringlicher dröhnte das fiese Geräusch in ihren Ohren. Er packte sie von hinten an der Schulter. Da fuhr sie laut schreiend aus dem Schlaf. Aus dem Wohnzimmer ertönte der schrille Ton. Wild hämmerte Sarahs Herz, was war das, war er hier? Hektisch sah sie sich im Zimmer um, die Bettdecke klebte schweißnass an ihrem Körper. Da dämmerte es ihr nach und nach, dass das Geräusch von ihrem Telefon kam. Es war noch stockdunkel. Irritiert blinzelte sie auf die leuchtenden Zahlen auf ihrem Wecker. Vier Uhr zwei zeigten sie ihr. Noch leicht benommen und mit immer noch heftig klopfendem Herzen schlüpfte sie aus dem Bett. Es musste etwas passiert sein, wer sonst rief um diese Uhrzeit an. Eilig hastete sie zum Telefon und stolperte dabei über ihre Handtasche.

„Verdammt!" Mit zittriger Hand drückte sie auf das Mobilteil.

„Wohlfart hier." Am anderen Ende herrschte Stille. Dann eine ihr vertraute schnarrende Stimme.

„Hallo, mein Täubchen, habe ich dich geweckt?" Sarahs Herz schien zu explodieren, denn es schlug nun im Takt eines Maschinengewehrs. Ihr Mund wurde ganz trocken, sie schluckte und ließ sich am ganzen Körper zitternd auf dem Schaukelstuhl nieder. Der Gelbäugige wusste ihre Nummer, kannte am Ende dann auch ihren Wohnort. Ihr wurde es speiübel.

„So sprachlos, mein Täubchen, dabei bist du so hübsch, wenn du so gar nichts anhast. Wenn ich deine Brüste betrachte, wird mir ganz heiß, so schwer, so geil." Seine Stimme war nur noch ein Keuchen. Panisch blickte Sarah zu den Fenstern, versuchte ihren Busen und ihre Scham mit dem Arm zu bedecken. Wo war er? Wie konnte er sie sehen? Sie sprang zu dem Fenster in der Küchennische. Der Vorhang war nicht zugezogen, hektisch zerrte sie an dem schweren Stoff. Warum hielt sie den Hörer noch in der Hand? Sie war wie erstarrt.

„Was tust du da Täubchen? Wie aufregend deine Titten aussehen, wenn du dich bewegst, wie rot dein Schamhaar." Ein tiefes Stöhnen entrang sich dem Hörer. Endlich schaffte es Sarah aufzulegen, in wilder Panik zog sie das Kabel aus der Buchse. Wo war ihr Pyjama? Sie flog am ganzen Körper, zerrte das Oberteil aus dem Kleiderhaufen auf dem Badezimmerstuhl. Mit Mühe und Not schaffte sie es, sich anzuziehen. Dann blieb sie schwer atmend auf dem Badewannenrand sitzen. Ihr Herz schlug in lauten Hammerschlägen, ihr Puls raste, ihr Körper bebte. Es war unmöglich. Er hatte sie beobachtet, sie war nackt gewesen und er hatte sie gesehen. Schluchzer entrangen sich ihrer Kehle, die Beine fühlten sich butterweich an, als sie sich erhob. Wo war seine Möglichkeit? Sie wankte durch ihre Wohnung, inspizierte die Fenster. Alle Vorhänge waren sorgsam zugezogen. Es musste tatsächlich das Küchenfenster gewesen sein, gegenüber stand ebenfalls ein mehrstöckiges Haus, in dem mehrere Parteien wohnten, und mehrere Zimmerfenster ließen den Blick frei auf ihre Küchennische und damit auch auf ihr Wohnzimmer, in dem sie nackt gestanden hatte. Aber es war dunkel gewesen, stockdunkel. Hatte er ein Nachtsichtgerät? Voller Unbehagen dachte sie an seine Drohung. „Wenn du etwas sagst, bist du tot,…", das waren seine Worte gewesen. Aber sie konnte es nicht mehr für sich behalten. Ihr schien es noch gefährlicher, zu schweigen und ihm ganz und gar ausgeliefert zu sein. Sie musste die Polizei anrufen, jetzt sofort. Immer noch zitternd steckte sie zunächst das Kabel wieder ein und wählte dann die eins eins null.

„Polizeirevier Semmelstraße, was kann ich für Sie tun?"

„Ein.. ein Mann, er hat gelbe Augen, wahrscheinlich eine Gelbsucht, er…er belästigt mich, er beobachtet mich, eben hat er hier angerufen. Ich… ich wusste nicht, dass er weiß wo ich wohne…ich", sie war nur noch ein stotterndes Bündel.

„Nun beruhigen Sie sich, junge Frau, wer sind Sie, und wo wohnen Sie?" Er nahm ihre Personalien auf und hörte sich noch einige Minuten lang ihre gestammelten Worte an.

„Ich schicke morgen früh einen Kollegen vorbei, der wird mal die Lage inspizieren. Bis dahin, schließen Sie gut ab, gehen Sie nicht ans Telefon, und bleiben Sie ruhig. Solche Spanner sind zumeist völlig harmlos. Fieses Mundwerk und nichts dahinter. Also versuchen Sie noch eine Runde zu schlafen. Es wird sich finden."

Der Polizeibeamte legte auf. Ein Witzbold, dachte sie verzweifelt. Und wenn er zu ihrer Wohnung kam? Wenn er klingelte? Es war nichts auszuschließen. Wenn er sie anrief, dann konnte er ebenso gut auch zu ihrer Wohnung kommen. Wohnte er etwa wirklich im Haus nebenan? Ein Schauer lief ihr über den Rücken. Sie sprang zur Tür, drehte dreimal den Schlüssel um und legte den Riegel davor. Jetzt fühlte sie sich schon besser. Noch viermal kontrollierte sie die Vorhänge, dann schwankte sie erschöpft zu ihrem Bett. Nach einer Ewigkeit fiel sie in einen zum Glück traumlosen Schlaf.

Wieder riss sie ein schrilles Klingeln aus dem Schlaf, doch dieses Mal erkannte sie sofort, dass es von der Türklingel ihrer Wohnung kam. Die Wohnungstüren besaßen nämlich keine Gucklöcher, wie es sonst üblich war, sondern das Haus verfügte über zwei unterschiedliche Klingelsysteme, und so konnte sie am Klang immer unterscheiden, ob da einer direkt vor ihrer eigenen Tür oder unten vor dem Haus stand. Dieser Jemand wartete jedenfalls direkt vor ihrer Wohnung. Sofort klopfte ihr Herz wieder schneller. Aber es war inzwischen taghell. Der Wecker zeigte bereits acht Uhr fünf. Sarah erschrak. In zwei Stunden musste sie los, sie war ja mit Sandy verabredet. Erneut ertönte die Klingel. Sie sprang nervös aus dem Bett. Wer war das um diese Uhrzeit? Da fiel ihr der Polizist ein, der vorbei kommen wollte und erleichtert lief sie zur Tür.

„Ja, bitte?", fragte sie durch die geschlossene Tür.

„Polizei hier, Schmidt mein Name, Sie haben heute Nacht auf dem Revier angerufen." Aufatmend schloss sie auf, ließ aber den Riegel vor der Tür.

„Bitte Ihren Ausweis!" Der Beamte reichte ihr einen schon ziemlich vergilbten Polizeiausweis herein. Er sah echt aus, obwohl sie davon eigentlich keine Ahnung hatte.

„Alles klar, kommen Sie herein." Sie löste den Riegel, und ein Uniformierter trat ein. Sarah schätzte ihn auf ungefähr fünfzig, mit grauen Haaren, und einer stattlichen Kugel vor dem Bauch. Etwas peinlich berührt wurde ihr bewusst, wie sie aussehen musste. Die Haare klebten noch verschwitzt an ihrem Kopf, den Pyjama hatte sie in der Panik falsch herum angezogen, ihre Zähne waren noch nicht geputzt, und sie hatte das Gefühl, dass ein leichter Angstschweißgeruch von ihr ausging.

„Entschuldigen Sie bitte mein Aussehen..." Der Polizist winkte ab.

„Also Sie sind heute Nacht belästigt worden, bitte jetzt einmal ganz genau berichten, was bisher alles passiert ist, und wer Sie da um ihre Nachtruhe bringt." Sarah erzählte dem Beamten mit Namen Schmidt von ihren Begegnungen mit dem Gelbäugigen in der Klinik und dann von dem Anruf heute Nacht. Danach inspizierte dieser die Wohnung und schaute aus dem Küchenfenster.

„Alles, was ich im Moment für Sie tun kann, ist zu überprüfen, ob er dort irgendwo wohnt. Außer seinen gelben Augen, gibt es noch etwas, das an ihm auffällt?"

„Seine Hände sehen aus wie Klauen", brachte Sarah heraus. Es klang irgendwie lächerlich und albern. Der Polizist runzelte die Stirn.

„Nun gut, ich klingele nachher noch mal kurz, um Ihnen Bescheid zu geben, mehr können wir dann leider nicht für Sie tun." Er steckte sein Blöckchen in die Tasche, tippte mit einem Finger an seine Dienstmütze und trabte zur Tür:

„Ich bin ihnen wirklich sehr dankbar." Sie fühlte sich unheimlich erleichtert, dass nun etwas passierte. Wer weiß, vielleicht würden sie ihn ja finden. Als Beamter Schmidt zur Tür raus war, schloss sich Sarah im Bad ein, nicht bevor sie ihre Klamotten zusammengesucht hatte, die sie heute anziehen wollte. Sie traute sich nicht mehr, nackt durch ihre Wohnung zu laufen, ständig fühlte sie sich beobachtet. Das Bad war das einzig fensterlose Zimmer.

Um kurz nach neun klingelte es ein zweites Mal. Sarah war frisch geduscht und gerüstet für einen Stadtgang mit Jeans und Wollpulli. Ihre Haare lockten sich frisch gewaschen um ihren Kopf und ihr bleiches, übernächtigtes Gesicht hatte sie verstanden durch ein geschicktes Make-up zu kaschieren. Polizist Schmidt warf ihr einen bewundernden, anerkennenden Blick zu. Wenigstens sah sie wieder aus wie ein Mensch.

„Leider bin ich nicht fündig geworden, ich bedauere. Bis auf eine Partei waren alle Anwohner in den Wohnungen mit den Fenstern zu ihrer Küche anwesend und nicht gerade begeistert, zu dieser Zeit samstags aus dem Schlaf gerissen zu werden. Es war niemand dabei, der auf ihre Beschreibung passt. Es kennt auch keiner von denen jemanden mit gelben Augen. Und in der verwaisten Wohnung lebt wohl nur eine ältere Dame, die übers Wochenende zu ihrer Tochter gefahren ist. Keine Ahnung, wie er's gemacht hat, aber wohnen tut er da drüben jedenfalls nicht."

„Vielleicht ein Besucher?"

„Wie gesagt, niemand dort kennt jemanden mit gelben Augen. Ich übrigens auch nicht. Die anderen Vorhänge waren sicher zu?" Sarah nickte.

„Nun gut. Vorsichtshalber werden wir trotzdem noch die Häuser von gegenüber überprüfen, wenn Sie nichts mehr von uns hören, haben wir ihn auch nicht gefunden. Melden Sie sich einfach, wenn er noch mal anrufen sollte. Das ist alles, was ich momentan für Sie tun kann, tut mir leid."

„Es ist schon mehr, als ich erwartet hatte", erwiderte sie mit schwacher Stimme. Sie fühlte sich elend, der Kaffee, den sie heruntergestürzt hatte, um sich besser zu fühlen, brannte ihr im Magen. Sie hätte sich nicht gewundert, wenn er wieder herausgekommen wäre. Ihr war leicht übel. Sandy! Sandy würde sie wieder aufbauen. Sarah schnappte sich ihre Handtasche, dann machte sie sich auf den Weg in die Stadt. Unterwegs stellte sie fest, dass sie sich immer wieder umdrehte, sich beobachtet fühlte, glaubte von hinten den Gelbäugigen zu erkennen. Aber da war nichts. Pünktlich um halb elf wartete Sarah vor der Kirche. Um viertel vor elf war Sandy immer noch nicht da. Um elf wurde Sarah ziemlich unruhig. Sie hatte Sandy für äußerst zuverlässig gehalten. Wo blieb sie nur? Um zehn nach elf gab es Sarah auf. Enttäuscht begann sie ihren Stadtbummel allein, einsam und allein. Und sie hätte sich so gerne Sandy anvertraut. Sarah hielt es für ausgeschlosssen, dass der Gelbäugige davon erfahren würde, wie denn auch? Stattessen versuchte sie nun, lauter Gegenstände zu erstehen, die ein wenig so aussahen, als könnten sie sich in Sandys Besitz befinden: eine Salzkristalllampe, Räucherstäbchen, Kräutertee und diverse andere Kleinigkeiten. Zuletzt entdeckte sie noch ein Buch über tibetanische Mönche. Sie kaufte es, und wunderte sich über sich selbst.

Der Rest des Wochenendes verlief ereignislos. Ein paar Mal versuchte sie noch, Sandy zu erreichen, ohne Erfolg. Langsam machte sie sich Sorgen. Sollte sie bei ihr vorbei fahren? Sarah entschied sich dagegen, denn es bestand durchaus die Möglichkeit, dass sie der anderen am Ende doch zu aufdringlich erschien. Irgendwann hatte Sandy sich Sarahs

Nummer notiert, wenn diese auch Kontakt suchte, würde sie sich bestimmt melden. Das hoffte sie zumindest inständig. Der Gedanke an die neue Freundin ließ sie kaum los und verdrängte fast das Ereignis von der Nacht zum Samstag. Inzwischen glaubte sie beinahe, es wäre alles nur Einbildung gewesen, ein Traum. Aber schließlich hatte Sarah doch die Polizei mitten in der Nacht angerufen. Sie wusste überhaupt nicht mehr, was Wirklichkeit war und was nur Gespinst. Auf alle Fälle fühlte sie sich seither in der eigenen Wohnung nicht mehr sicher und auch alles andere als wohl und streunte das ganze Wochenende durch die Gegend. Sie hatte auch keine Lust, jemanden zu treffen. Die Gedanken an Max und Adrian verbannte sie ganz tief in den hintersten Winkel ihres Hirns. Auch wenn unweigerlich der Montag kommen würde, und sie gezwungen war, sich mit beiden Männern auseinanderzusetzen. Am Sonntag Abend klingelte endlich das Telefon, aber es war nicht Sandy, am anderen Ende ertönte Max' nervöse Stimme.

„Hi, ich habe deine Nummer aus dem Telefonbuch, hoffe das ist in Ordnung." Ein verlegenes Schweigen entstand. Schnell hatte sich Sarah wieder gefasst.

„Ja, sicher, ich…hatte ein schreckliches Wochenende", sprudelte es aus ihr heraus, ohne vorher darüber nachzudenken, was sie da tat. Sandy war nicht da gewesen, dann musste sie ihr Herz eben Max ausschütten. Sie hatte inzwischen jegliche Pläne zu schweigen aufgegeben.

„Was ist denn passiert?" Max klang erschrocken.

„Der Gelbäugige… ach inzwischen glaube ich fast, ich habe mir alles nur eingebildet."

„Was, was hast du dir eingebildet? Sarah, was ist los mit dir?"

„Er hat hier angerufen, mitten in der Nacht. Er hat mich gesehen, ich …ich war nackt und er wusste das…die Polizei war hier, hat alles überprüft, aber er wohnt hier nirgends." Ihre Stimme brach.

„Sarah, um Himmels Willen, das ist ja furchtbar, was willst du tun?" Plötzlich wollte sie nicht mehr allein sein in ihrer Wohnung, sie wollte egoistisch sein, sie wollte nur an sich denken, sie wünschte ihn sich her, sie brauchte Sicherheit, Gefühle hin oder her.

„Kannst du kommen?" Nur ein kurzes Zögern am anderen Ende, dann ein bestimmtes:

„Bin schon unterwegs."

„Danke, bis gleich."

„Ich beeile mich." Sarah lächelte, doch kaum hatte sie aufgelegt, da klingelte das Telefon wieder.

„Sandy! Gott sei Dank, ich habe mir schon Sorgen gemacht." In Sandys Familie hatte es einen plötzlichen Trauerfall gegeben. Erleichtert, wenn auch betroffen, hörte sich Sarah die Erklärung ihrer neuen Freundin an. Und sie hatte schon befürchtet, ihr zur Last zu fallen. Ausführlich berichtete danach Sarah von der aufreibenden Nacht und auch von Max, der gleich vor ihrer Tür stehen würde.

„Aber das ist doch wundervoll, was Besseres hätte dir nicht passieren können, lass dich beschützen." Sandy schmunzelte, Sarah konnte das sogar am Telefon hören. Doch plötzlich wurde diese wieder ernst.

„Nimm dich in acht, Sarah. Du bist in Gefahr." Sandy legte auf.

Er konnte sein Glück kaum fassen. Aber zugleich hatte er jetzt ein großes Problem: Lynet. Er beschloss, es mit einer Halbwahrheit zu versuchen.

„Lynet, mein Schatz, ich muss noch mal los."

„Jetzt? Es ist Sonntag Abend, was kann es jetzt so Wichtiges geben?" Verständnislos und ein wenig skeptisch taxierte sie ihn.

„Es ist ein neuer Kollege, es geht ihm nicht gut." Ihr Blick drückte aus, das sie ihm kein Wort abnahm. Das Wochenende war völlig anders gelaufen, als sie sich das ausgemalt hatte. Seit der Sauftour mit Volker wirkte Max in sich gekehrt, sie hatten keinen Sex mehr gehabt, und das nach diesen zwei unglaublichen Nächten. Lynet schien fast Luft zu sein für ihn. Die alt vertraute Eifersucht stieg wieder in hier hoch.

„Da steckt doch eine andere Frau dahinter." Sie funkelte ihn an, aber statt wie sonst entnervt abzuwinken, ließ er nur die Schultern hängen, brachte es nicht über sich, sie weiter anzulügen.

„Du sagst ja gar nichts, ist es etwa wahr, es gibt eine andere Frau?" Kaum merklich nickte er mit dem Kopf. Alle Lebensenergien wichen aus Lynets Körper. Kraftlos ließ sie sich auf einen Stuhl fallen.

„Ich habe es immer gewusst, es musste so kommen, eines Tages", flüsterte sie. Es gab keine hysterische Szene, kein Geschrei, nur ein paar lautlose Tränen, die über ihre Wangen liefen. Zaghaft machte er einen Schritt auf sie zu, hatte das Bedürfnis, sie zu trösten. Doch Lynet wich vor ihm zurück, sah ihn nicht mal an.

„Geh bitte, sofort. Ich will allein sein. Geh zu ihr." Jetzt blickte sie auf, aus großen traurigen Augen, und er konnte die ganze Verzweiflung sehen, die sich in ihren Zügen widerspiegelte.

„Es tut mir so leid", wisperte er fast tonlos, dann drehte er sich um, schnappte sich seine Lederjacke und ließ sie zurück. Eine Trauer, die er nicht erwartet hatte, machte sich in seinem Herzen breit, und er begriff, dass er soeben etwas verloren hatte.

Sarah

An der Wohnungstür klingelte es zweimal hintereinander. Das musste Max sein. Dennoch fragte sie erst durch die geschlossene Tür, nur um sicher zu gehen.

„Ich bin es, Max." Sie schob eilig den Riegel beiseite, blickte in sein Gesicht. Er sah erschöpft aus und irgendwie fertig. Schnell schob sie jeden Gedanken daran, was ihn belasten könnte, beiseite, dass würde nur ein schlechtes Gewissen in ihr aufkommen lassen.

„Schön, dass du da bist." Sie zog ihn herein, nahm ihm seine Jacke ab, sie standen sich gegenüber, ein Duft ging von ihm aus, der nichts mit einem Eau de Toilette zu tun hatte. Es roch einfach sehr männlich, sehr ursprünglich und sehr anziehend. Sarah blickte in seine Augen und wusste im selben Moment, dass es geschehen würde. Sie wollte es, ohne Rücksicht auf Verluste. Ihre Arme streckten sich ihm entgegen, umfingen seinen Hals, er zog sie mit einer Leidenschaft an sich, die ihr den Atem nahm. Ihre Lippen trafen sich, Hände tasteten forschend und voller Gier. Ihr Atem beschleunigte sich, er zog ihr den Pulli über den Kopf und ineinander verschlungen stolperten sie in Sarahs Schlafzimmer.

Mit offenen Augen lag sie da, konnte erneut keinen Schlaf finden. Ruhig lauschte sie Max' Atemzügen, die gleichmäßig und irgendwie tröstlich klangen. Er wirkte so arglos, wie ein ungeschütztes Kind. Das schlechte Gewissen nagte an ihr. Ihre Blicke wanderten über seinen muskulösen Oberkörper, in diesen Armen hatte sie gelegen, und es war verdammt noch mal eine Offenbarung gewesen. Aber eben doch nur Sex ohne Liebe. Sie fühlte sich leer und traurig. Eigenartigerweise hatte sie das Gefühl, Adrian betrogen zu haben. Blödsinn, schimpfte sie mit sich. Sie erkannte sich wirklich selbst nicht wieder. Und war es nicht so, wie Sandy es gesagt hatte? War dies nicht das Beste, was ihr passieren konnte? Mit Max an ihrer Seite würde sich der Gelbäugige sicher nicht mehr an sie heranwagen, und irgendwie stellte er auch so was wie einen Schutz vor Adrian dar, gleichzeitig würde sie noch jede Menge Spaß haben. Die alte Sarah in ihr schrie verzweifelt, dass sie Max nur ausnutzte, doch die andere Seite in ihr gratulierte   zu dem klugen Schachzug.

Eine Hand streichelte behutsam über ihr Gesicht, verschlafen öffnete sie die Augen.

„Na du Schlafmütze, Zeit zum Aufstehen, die Arbeit ruft." Max sah sie zärtlich an. Sarah wurde mit einem Schlag bewusst, was gestern Abend passiert war, und dass sie noch immer nackt nebeneinander lagen. Sie fühlte sich unwohl, zog beschämt die Decke über ihre Brust. Max blickte leicht betroffen.

„Bereust du es etwa?" Er nahm seine Hand von ihrem Gesicht.

„Nein, nein, es ist nur… ich denke, wir sollten auf der Arbeit den Anstand wahren, und es für uns behalten, und überhaupt…" Sie sah ihn flehentlich an.

„Lass es uns locker angehen, ja? Ich will eigentlich nichts Festes." Schweigen. Hundert verschiedene Emotionen huschten über sein Gesicht.

„Max?" Er setzte eine verschlossene Miene auf.

„Wie du meinst."

„Sehen wir uns heute Abend?", fragte sie. Irritiert und erstaunt schaute er sie an, schien nachzudenken.

„Was willst du eigentlich von mir? Du kannst mich haben mit Haut und Haaren, das weißt und fühlst du, denke ich. In einem Moment lässt du mich an dich ran, und im anderen stößt du mich von dir. Ich komme damit nicht klar. Weißt du, gestern habe ich meine Freundin für dich sitzen lassen. Sie war am Boden zerstört." Er setzte sich auf.

„Du hast eine Freundin?"

„Zumindest bis gestern. Aber bitte! Lass es uns langsam angehen, meinetwegen. Ob ich heute Abend kann, weiß ich noch nicht." Max war gekränkt, sie hatte schon begonnen ihn zu verletzen, und sie hasste sich dafür. Er stand auf und sammelte seine Klamotten ein, die überall in der Wohnung verstreut lagen.

„Bitte sei doch nicht böse, es ist schwer für mich, zur Zeit." Sie wickelte die Decke um sich und folgte ihm. Traurig sah er sie an.

„Ich kann es ja gar nicht, das ist ja das Schlimme. Ich kann dir überhaupt nicht böse sein."

„Ach, Max…" zaghaft hob sie bedauernd die Schultern.

„Ich muss zu Lynet, sollte wenigstens heute früh bei ihr vorbeischauen. Das bin ich ihr schuldig. Außerdem brauche ich neue Klamotten." Er zupfte an seinem Sweatshirt und drehte sich um.

„Wir sehen uns auf der Arbeit."

„Max, warte." Sarah rannte hinter ihm her und umschlang seinen Hals, dabei verlor sie die Decke, die schützend ihre Nacktheit verbarg. Max stöhnte wie ein gequältes Tier, dann riss er sie in seine Arme, drückte sie gegen die Wand und alle Leidenschaft der vergangenen Nacht flammte wieder hoch, kehrte zurück und umfing beide. Dieses Mal gab sich ihm Sarah ganz hin und jegliche Skrupel, die noch in ihr geschlummert hatten, waren wie weggewischt.

Auf dem Weg zur Klinik fühlte sie sich dennoch unwohl, sie hoffte er würde es akzeptieren, es erstmal für sich zu behalten, was da zwischen ihnen lief, was auch immer das war. Die vergangenen Tage erschienen ihr eher wie Wochen, soviel hatte sich zugetragen. Als sie ins Schwesternzimmer marschierte, kam ihr Trude entgegen.

„Anna Winterfeld möchte Sie sprechen." Mit einem leicht lauernden, aber ebenso neugierig anmutendem Blick sah sie Sarah an, dann fügte sie leise knurrend hinzu, so leise, dass man es beinahe nicht verstehen konnte. „Das ist noch nie vorgekommen, dass die nach einem Arzt fragt." Freude überrieselte Sarah. Bei ihren ganzen eigenen Problemen, hatte sie ihr noch neues Arztdasein fast völlig aus dem Blick verloren. Hier schien tatsächlich jemand Vertrauen zu ihr gefasst zu haben. Weggewischt waren Ängste, Sorgen und Zweifel. Sie wurde gebraucht, das half mehr als alles andere.

„Frau Winterfeld war das ganze Wochenende schon so komisch. Anders als sonst. Nicht so bockig, verstehen Sie, hat sogar ihre Ruhezeiten eingehalten." Trude grinste sie zum ersten Mal freundlich an. „Vielleicht wird es ja doch noch was mit Ihnen."

„Danke, Trude, sie wissen nicht, was es mir bedeutet, dass sie mir das gesagt haben. Gleich nach der Frühbesprechung werde ich Frau Winterfeld aufsuchen. Was ist mit meinen anderen Patienten? Herr Schrenk und...", sie zögerte „Adrian Steinbach?"

„Herr Schrenk hatte Besuch von seinem Sohn und seiner Enkelin, hat ihm gut getan, denke ich. Die Kleine erinnert ihn immer an seine verstorbene Frau. Er hat fleißig geübt am Wochenende. Herr Steinbach allerdings...", sie runzelte die Stirn, „Ehrlich gesagt habe ich ihn noch nie in so einer schlechten Verfassung erlebt, er wird geplagt von irgendetwas, vielleicht seinen Stimmen oder Halluzinationen, keine Ahnung, er spricht ja nicht mit uns."

„Danke, Trude." Trude nickte nur. Adrian! Sie konnte ihm nicht mehr ausweichen, das Wochenende war vorbei.

In der Frühbesprechung saß sie weit entfernt von Max. Es war nichts zu sehen von seinem sonstigen Elan, seiner sprühenden männlichen Energie. Er wirkte in sich gekehrt und müde. Ganz im Gegensatz zu Volker Karst, der sie zu sich gewunken und fröhlich angegrinst hatte.

„Mein rechter Platz ist leer." Er hatte mit der flachen Hand auf den Stuhl neben sich geklopft und aus dem Mund nach Knoblauch und Zigarette gerochen, eine widerliche Mischung. Sie hatte nur kurz das Gesicht verzogen, und dann gute Miene zum bösen Spiel gemacht. Jetzt saß sie auf dem Stuhl und versuchte möglichst Abstand zu halten, was schwer fiel, weil er dauernd versuchte, ihr etwas ins Ohr zu flüstern. Er tat fürwahr, als seien sie bereits die besten Freunde. Die anderen Ärzte schauten schon ganz verblüfft. Nur Max ignorierte die Szenerie komplett. Sie war froh, als die Frühbesprechung vorbei war, und sie auf Station flüchten konnte. Sie hatte heute früh die Umkleide vermieden, daheim einfach eine Jeans mit einem weißen T-Shirt übergestreift und jetzt den Kittel angezogen. Als Max gegangen war, hatte sie sich sofort wieder unwohl und beobachtet gefühlt, hinter ihm abgeschlossen und verriegelt und sich im Badezimmer umgezogen. Die Vorhänge hatte sie vermieden aufzuziehen. Unterschwellig schwang die ganze Zeit die Angst mit, der Gelbäugige könnte auftauchen, auch wenn er sich seit besagter Nacht nicht mehr gemeldet hatte. Hinter sich hörte sie Max die Treppen hochspurten. Sie blieb stehen und wartete auf ihn.

„Oh, Sarah." Er sah sie voller Sehnsucht, und zugleich unsicher an. „Es ist eigenartig, ich weiß gar nicht, wie ich mich dir gegenüber jetzt verhalten soll." Jetzt flüsterte er beinahe entschuldigend: „Eigentlich möchte ich dich jeden Moment wieder in meine Arme nehmen." Sie lächelte ihn an.

„Sei einfach wie immer." Vertraulich legte sie eine Hand auf seinen Arm, sah ihm in seine so ehrlichen, blauen Augen.

„Sie denken an meine Worte, Dr. Horak!" Sarah fuhr zusammen. Vor ihnen stand Adrian an die Wand gelehnt, seine Augen zu zwei finsteren Schlitzen verzogen. Wie eine heiße Welle übermannte es Sarah. Sie war diesem Gefühl völlig ausgeliefert. Warum klopfte ihr Herz nicht so wild, wenn sie Max gegenüberstand.

„Bitte, Herr Steinbach, zügeln Sie sich." Max war jetzt ganz Arzt, dann sah er leicht besorgt zu Sarah.

„Und ist nachher Therapie angesagt, Frau Doktor?" Er funkelte sie an, doch neben seinem Sarkasmus las sie noch viel mehr in seinem Blick.

„Ich komme später zu Ihnen, ich habe allerdings auch andere Patienten." Adrian hob die Brauen und sagte gar nichts mehr.

„Sarah", das war Max, „wir müssen!"

„Bis später." Kurz schenkte sie Adrian noch einen raschen Augenaufschlag, nur nicht zu intensiv. Ihr fielen Sandys Worte wieder ein: „Mir scheint, er ist gefährlich…" Sie schluckte, dann wandte sie sich an Max.

„Ich gehe zuerst zu Frau Winterfeld."

„Tu das!" Er schenkte ihr ein warmes Lächeln. Adrian war verschwunden.

Anna Winterfeld kauerte auf ihrem Bett, und wiegte sich hin und her. Als Sarah eintrat blickte sie auf.

„Sie wollten mich sprechen?" Anna sprang aus ihrem Bett

„Es ist Ruhezeit, aber ich kann nicht sprechen, wenn ich gleichzeitig dazu gezwungen bin, ruhig im Bett sitzen zu bleiben, darf ich aufstehen, ist das okay?" Sarah war bewusst, wie wichtig es war, die Anorexie-Patienten wenigstens ein paar mal am Tag zur Ruhe zu zwingen, aber in diesem Fall musste man eine Ausnahme machen. Anna wollte reden, das kam einem Wunder gleich. Sarah nickte also zustimmend.

„Ihr ganzes Gerede von Liebe hat mich ganz durcheinander gebracht." Sie verflocht ihre dürren Finger in ein kompliziertes Muster.

„Anna, was ist mit Ihrem Vater?" Erschrocken schaute ihr Anna aus gehetzten Augen entgegen.

„Sie sind schlau", flüsterte sie, dann stieß sie einen tiefen Seufzer aus. „Er,…er hat mich angefasst."

„Er hat Sie angefasst?" Eine kalte Hand griff nach Sarahs Herz.

„Wie alt waren Sie?"

„Er hat es getan, seit ich vier Jahre alt war. Ich hasse ihn, und ich hasse meinen Körper, der ihn dazu gebracht hat, so etwas mit mir zu tun." In diesem Moment befiel Sarah die Erkenntnis, dass Anna sehr wohl über ihre Krankheit reflektiert hatte. Natürlich war die Ursache der Anorexie ein weites Feld, aber sexueller Missbrauch kam überproportional häufig vor bei Patienten mit Magersucht. Der Schweregrad, in dem Anna von ihrer Krankheit betroffen war, sprachen ebenfalls für sexuellen Missbrauch in der Vorgeschichte. Patientinnen, die derart gravierenden Erfahrungen gemacht hatten, erwischte es immer besonders schlimm. Anna vergrub den Kopf hinter ihren Händen.

„Oh Anna, ich verstehe Sie, wie grausam muss das sein." Anna begann zu schluchzen.

„Meine Mutter hat das alles gewusst und nichts unternommen, von wegen Liebe!" Unaufhaltsam kullerten ihr nun die Tränen über ihre Wangen, weinte sie die Tränen, die sie jahrzehntelang in sich verschlossen gehalten hatte.

„Warum jetzt, Anna? Warum haben Sie es so lange verschwiegen?"

„Ich denke, weil sie mir immer Männer vorgesetzt haben, ich wurde nicht ein einziges Mal von einer Frau betreut. Männer sind widerlich und... ", sie schüttelte sich, „so etwas kann ich keinem Mann erzählen. Potentiell sind es alle Vergewaltiger." Unbändiger Zorn loderte aus ihren verheulten Augen, ihr Anblick war zum Fürchten. Aber Sarah konnte es nachempfinden. Anna mussten alle Männer wie der Gelbäugige vorkommen, rasch schüttelte sie ihr eigenes Problem ab, das gehörte nicht hierher, nicht jetzt.

Ihre Patientin fuhr fort

„Und so ganz klar ist mir nicht, ob das alles miteinander zusammenhängt. Natürlich habe ich Bücher gelesen..."

„Was für Bücher? Über die Magersucht?" Anna nickte.

„Aber dann habe ich mir wieder gesagt, dass mir das alle nur einreden, denn ich habe mich ja immer noch zu dick gefühlt, immer und immer und immer." Die Tränen liefen jetzt so schnell, dass Anna kaum mehr zu verstehen war, der Rotz lief ihr aus der Nase, und sie tat nichts, um ihn wegzuwischen.

„Hier ein Taschentuch." Sarah reichte ihr ein zerknittertes Tempo. Anna ergriff es, machte aber keine Anstalten, sich zu schnäuzen, es war mehr ein Reflex.

„Wir helfen Ihnen, seien Sie stolz, dass es jetzt draußen ist." Sie ging einen Schritt auf Anna zu und nahm sie in die Arme. Wie ein zerbrechliches Vögelchen fühlte sie sich an, so zart und knochig war sie. Anna schien sich allmählich zu beruhigen, ließ die Umarmung zu. Nach einiger Zeit löste sich Sarah wieder von ihr.

„Alles klar?" Anna nickte und zeigte zum ersten Mal ein leises Lächeln.

„Ja, ich danke Ihnen."

„Haben Sie noch einen Wunsch?"

„Ich möchte die Zwischenmahlzeit ausfallen lassen", antwortete diese mit einem schiefen Grinsen. Sarah lachte kurz und freute sich über diesen kurzen Funken echten Humors.

„Lieber hätte ich es gehabt, Sie hätten sich eine Tafel Schokolade gewünscht." Anna verzog angewidert das Gesicht. „Bis morgen Anna, ich bin stolz auf Sie."

„Bis morgen." Sie wirkte jetzt völlig erschöpft und erstmals seit Sarah sie kannte, stand Anna völlig in sich zusammengefallen da, ließ sich komplett hängen und versuchte nicht einen einzigen Muskel anzuspannen.

Mit einer Mischung aus Betroffenheit und Euphorie verließ sie das Krankenzimmer. Wie konnte ihr erster Durchbruch als Ärztin zugleich solch einen grausigen Nährboden haben?

„Wie hübsch Sie sind, wenn Sie lächeln." Erschrocken fuhr Sarah zusammen. Adrian stand dicht vor ihr, zu dicht. Sie konnte sein Aftershave riechen und seine Körperwärme spüren.

„Müssen Sie sich so heranpirschen?", schleuderte sie ihm wütend entgegen.

„Was ist los mit Ihnen…Sarah?" Sie fühlte sich seltsam berührt, als er sie beim Vornamen nannte. Seine Augen tanzten unruhig über sie hinweg, doch dieses Mal schien er mit seinen Halluzinationen fertig zu werden ohne komplett auszuticken.

„Was sehen Sie nur, Adrian?" Aus unergründlichen Augen schaute er sie an, beantwortete ihre Frage mehr mit den Blicken, als mit Worten, aber auch die kamen.

„Es geht Ihnen nicht gut. Ich habe schon einmal gesagt, dass Sie auf sich aufpassen müssen", flüsterte er. Sie wich vor ihm zurück. „Etwas Seltsames passiert mit Ihnen." Er wirkte nun völlig normal und dennoch eindringlich. Ohne Unterlass sah er ihr in die Augen, und sie fing seinen Blick auf, ließ ihn in ihr Herz.

„Was sehen Sie?" fragte sie ihn noch mal, nur leiser. Er schloss die Augen, dann schaute er zu Boden.

„Ich sehe Dämonen über Ihnen." Beinahe entschuldigend hob er wieder seinen Kopf, es war, als wenn es für ihn nichts Wichtigeres auf der Welt gäbe, als dass sie ihm glaubte. Sarah wurde es übel, das Gefühl kam aus dem Tiefsten ihrer Gedärme.

„Ich glaube Ihnen", wisperte sie und genau das tat sie in diesem Moment auch.

Mit viel Willenskraft hatte sie sich von ihm gelöst, war in Peter Schrenks Zimmer gestolpert, hatte geistesabwesend eine kleine Verbesserung seiner Depression registriert, dann war sie ins Arztzimmer gehastet und dort auf Max gestoßen. Er saß ihr nun gegenüber in seinem Drehstuhl, sah sie fragend an.

„Nichts", sie winkte ab und vergaß ganz, ihm von ihren Erfolgen bei Anna zu berichten. „Die Psychiatrie macht mich fertig. Bekomme ich einen Kaffee?"

„Klar bekommst du den." Die Kanne war voll, er hatte wohl gerade erst einen frischen gekocht. Begierig schlürfte sie an der schwarzen Brühe.

„Ah," ein Wohllaut entrang sich ihrer Kehle, „dieses Übel sollte ich mir unbedingt abgewöhnen. Kaffeesucht ist kein Pappenstiel."

„Es gibt Schlimmeres", gab er lächelnd zurück. Dann schwiegen sie. Max wandte sich wieder dem Computer zu, an dem er gerade gearbeitet hatte, als sie hereingestürmt war. Er wirkte fahrig und unkonzentriert. Sarah schluckte, ein dicker

Kloß saß in ihrem Hals und für eine Weile ließ sie das schlechte Gewissen zu, das jedes Mal aufzusteigen drohte, wenn sie mit Max zusammen war.

„Wie ist es gelaufen mit… Lynet?" Nur zögerlich sprach sie ihren Namen aus. Stumm sah er sie an und schluckte dann ebenfalls.

„Sie war weg, als ich Heim kam. Es fehlen einige ihrer Sachen. Ich vermute, sie ist kurzfristig bei einer Freundin untergekommen." Er war sehr ernst. Sarahs Herz zog sich zu einem Klumpen zusammen.

„Wart ihr glücklich?" Max setzte ein Lächeln auf, das seine Augen nicht erreichte.

„Das möchte ich jetzt wirklich nicht mit dir erörtern, wenn es recht ist." Die Stille, die nun folgte, war drückend. Das Telefon klingelte. Seit der Gelbäugige bei ihr angerufen hatte, fuhr Sarah jedes Mal ängstlich zusammen, wenn das Telefon läutete. Sie war froh, als Max abnahm.

„Wer? Okay! Ich schicke sie sofort", legte auf und sah sie an. „Es geht um Herrn Schrenk, er hatte wohl so was wie einen Schwächeanfall, schau ihn dir mal an, nicht das er uns einen Infarkt schießt."

„Ich eile." Sarah sprang auf und rannte auf den Korridor. Drei Schwestern drängten sich um das Bett von Herrn Schrenk.

„Würdet ihr bitte mal beiseite treten, danke!" Sie schob sich an den Schwestern vorbei und bekam einen leichten Schreck, als sie in dessen schweißnasses Gesicht sah. Gerade war sie doch bei ihm gewesen, da schien er ihr völlig in Ordnung zu sein.

„Bitte holt mir mal ein paar Blutröhrchen, mich interessieren vor allen Dingen die Herzenzyme, seht zu, dass das richtige Röhrchen dabei ist." Lernschwester Katrin, inzwischen kannte Sarah ihren Namen, rannte los.

„Herr Schrenk, können Sie mich hören? Herr Schrenk?" Sie beugte sich zu ihm runter.

„Schmerzen, Frau Doktor, ich habe Schmerzen", seine Stimme nur ein leises Flüstern.

„Wo haben Sie Schmerzen? Hier oder hier?" Sarah berührte zunächst seine Brust und dann seinen linken Arm.

„Ja, ja, ich habe Angst, es ist so… Angst," Katrin stürmte herein, mit vier Blutröhrchen bewaffnet.

„Schnell, her damit." Dank monatelangen Übens während der Zeit des Praktischen Jahres war Sarah sehr routiniert im Blutabnehmen, schnell war eine Vene gefunden, und die Röhrchen füllten sich mit der dunkelroten Flüssigkeit. „Ich nehme an, das übrige Blut von heute früh wurde schon abgeholt?" Katrin nickte. „Dann laufe ich schnell selber ins Labor, das dauert mir sonst zu lange. Ich will die Werte schnell haben." Sie sah in die Runde. „Richtet schon mal ein zweites Set zur Blutentnahme, kann sein, dass wir noch keine auffälligen Werte sehen werden, da sich das Troponin im Falle eines Infarktes frühestens nach zwei Stunden erhöht. Aber ich will nichts versäumen. Gibt es Sauerstoff und Morphin auf Station?" Katrin sah fragend die beiden anderen Schwestern an.

„Müsste da sein", antwortete die Ältere von den beiden.

„Gut, außerdem brauche ich ASS und Heparin, alles i. v." Nicht oft wurden die Pflegekräfte und Ärzte auf Station mit derlei Notfällen konfrontiert, und Sarah war zum ersten Mal dankbar für ihre harte Zeit in der Inneren, wo sie schwer geschuftet, aber auch viel gesehen hatte. Sie hörte nun mit dem Stethoskop auf sein Herz, war sich aber nicht sicher, ob sie etwas Pathologisches wahrnehmen konnte. Dann spritze sie ihm die Medikamente. „Es muss die ganze Zeit jemand von Euch bei ihm bleiben. Ich kontaktiere gleich mal den Oberarzt, eventuell muss Herr Schrenk sofort auf die Innere

Intensiv." Sie verließ rasch das Zimmer und funkte dann Oberarzt Prisk an. Als er sich meldete, umriss sie schnell die ganze Situation.

„Veranlassen Sie sofort einen Krankentransport, Herr Schrenk muss an den Monitor, sicher ist sicher," lautete Prisks Devise.

„Das sehe ich genauso, danke", brachte Sarah hervor.

„Gut gemacht, Frau Kollegin", fügte Prisk noch hinzu, dann legte er auf. Sarah atmete tief durch, dann griff sie erneut zum Hörer und orderte einen Krankenwagen, der war sieben Minuten später vor Ort. Sarah übergab den Patienten, dann fiel ihr das Blut wieder ein, es steckte vergessen in der Tasche ihres Arztkittels.

„Bin dann mal schnell im Labor", rief sie Trude zu, die ihr mit leicht bewunderndem Blick zunickte. Der Infarkt des armen Herrn Schrenk hatte ihr zumindest den Respekt der Pflegedienstleitung eingebracht. Sie stieß die Stationstür auf und hastete den Korridor entlang, sprang die Treppen hinunter ins Untergeschoss. Während ihres Praktischen Jahres hatte sie es aufgegeben, Schwestern darum zu bitten, Blut ins Labor zu tragen, denn diese waren stets gekränkt, es galt wohl als eine ärztliche Aufgabe, Blutröhrchen durch die Gegend zu schleppen. Sarah grinste vor sich hin, getragen von dem Adrenalin der letzten Minuten.

„Na, mein Täubchen, so vergnügt." Sie fuhr zusammen, ließ vor Schreck die Blutröhrchen fallen. Wo war er? Panisch blickte sie sich um. Einsam lag ein weiter, endloser Flur vor ihr, im Kellergeschoss waren keine Fenster, nur kaltes Neonlicht gab ihm ein gespenstisches Aussehen.

„Du hast Angst? Wieso?" Er lachte schnarrend. Sie atmete heftig, hörte ihr Herz wild schlagen. Sie konnte ihn nicht sehen. Da ging das Licht aus. Sarah wollte um Hilfe rufen, aber kein

Ton kam aus ihrer Kehle. Sie war wie zugeschnürt. Die Zeit verging. Sie wusste nicht wie lange sie schon so da stand, auf ihren eigenen Herzschlag hörte und auf seine Stimme wartete. Es war stockfinster. Vielleicht war er keine drei Schritte von ihr entfernt.

„Nein, bitte nicht, nein", flüsterte sie und begann zu beten. Mit dem Rücken lehnte sie an der Wand des Korridors und ließ sich langsam hinunter gleiten, bis sie zusammengekauert am Boden sitzen blieb, die Arme schützend um ihre Knie geschlungen.

„Du hast tatsächlich geplaudert, hast du vergessen, was ich dir gesagt hatte?" Er war ganz nahe, sie meinte ihn riechen zu können, seinen säuerlichen Atem, aber nichts in dieser undurchdringlichen Dunkelheit gab seine Gestalt frei.

„Du warst böse, du scheinst es nicht begriffen zu haben, ab jetzt kein Wort mehr, mein Täubchen, sonst muss ich dir sehr, sehr weh tun, und das wollen wir doch nicht." Sein Gelächter verursachte ihr Gänsehaut.

„Will doch noch was von dir haben." Seine verzerrte Stimme war jetzt beinahe in ihr. Sie hielt sich beide Ohren zu, keuchend, zitternd.

„Das nützt nichts, mein Täubchen, gar nichts." Das Licht ging wieder an. Sie wollte ihn nicht sehen, sein gieriges Grinsen, seine langen Klauen. Fest presste sie die Augen zusammen, doch er sprach nicht mehr, er schien weg zu sein. Mit rasendem Puls sah sie vorsichtig auf, darauf gefasst, in seine fahle Fratze zu blicken. Aber da war niemand. Sie kauerte alleine auf dem langen Flur, den Rücken gegen die Wand gelehnt, über sich das grelle Neonlicht. Sie durfte auf keinen Fall mehr irgendjemandem etwas sagen. Sie musste warten, bis sich ihr Herzschlag beruhigt hatte und musste dann einfach weitermachen. Sie war unvorsichtig geworden. Und

135

hatte die Polizei ihr helfen können? Sie musste alleine da durch. Nur langsam erholte sich ihr Körper von dem Schock. Das T-Shirt klebte ihr am Rücken, aber sie konnte nicht länger hier sitzen bleiben. Sie wurde sicher schon vermisst. Sie stemmte sich hoch, ihre Beine ließen kurz nach, aber Sarah blieb stehen, tastete sich stützend mit der Hand die Wand entlang und erreichte schließlich das Labor. Die MTA schaute sie besorgt an.

„Ist alles in Ordnung mit ihnen?"

„Ja doch, alles okay." Sie klang alles andere als überzeugend, dessen war sie sich bewusst. Sie musste eine Toilette finden, um die schlimmsten Spuren des Schreckens zu beseitigen. Ängstlich um sich blickend hastete sie den Korridor zurück, atmete erleichtert auf, als sie das Erdgeschoss erreichte. Schnell huschte sie dort zum WC. Ein kreidebleiches Gesicht blickte sie aus dem Spiegel an. Sie spritzte sich kaltes Wasser ins Gesicht, versuchte, den verwischten Kajal zu entfernen, zwickte sich ein paar Mal in die Wangen und trug zuletzt einen Lipgloss auf, schon besser, aber noch lange nicht gut. Sie brauchte einen Kaffee. Zum Glück fand sie noch eine Fünfzig-Cent-Münze in ihrer Tasche, damit zog sie sich einen Kaffee aus dem Automaten. Sie hatte rasende Kopfschmerzen. Sie umklammerte ihren Plastikbecher, suchte Halt. Sie musste es schaffen, diesen Tag durchzustehen, und sie war gezwungen, den Mund zu halten. Es blieb ihr nichts anderes übrig. Als auch der letzte Tropfen ihres Kaffees gierig ausgetrunken war, trabte sie die Treppen zur Station hoch. Kein Ort schien mehr sicher zu sein, er konnte überall auftauchen. Erleichtert stellte sie fest, dass auf Station die Hölle los war. Ein Patient feierte Geburtstag und fast die gesamte Station trollte sich auf dem Flur herum oder saß mit etlichen anderen im Aufenthaltsraum. Nur Adrian sah sie nirgends. Sarah fühlte sich am sichersten, wenn viele Menschen um sie herum waren. Sie schloss das Arztzimmer auf.

„Sarah, wo warst du so lange?" Sie bemühte sich um einen lässigen Ton.

„Ach, bin nur ein bisschen aufgehalten worden."

„Sonst alles in Ordnung mit dir?", Max runzelte die Stirn.

„Klar, was soll sein?" Ihr Herzschlag beschleunigte sich leicht, sie war eine schlechte Lügnerin, das wusste sie. Max setzte an, zu sprechen:

„Ich denke, ich komme heute Abend nicht zu dir, weil…" Es wurde ihr heiß und kalt, nichts erschien ihr im Moment wichtiger, als nicht alleine zu sein.

„Aber Max, bitte. Wir könnten gemeinsam kochen, eine DVD ausleihen…."

„Du wolltest das Ganze nicht so eng, ich verstehe dich nicht, Sarah." Ratlosigkeit, eine leichte Traurigkeit, aber auch die Gefühle, die er für sie empfand, sprachen aus seinen Augen. „Ich sollte wirklich versuchen, mit Lynet zu sprechen."

„Max, bitte!" flehentlich sah sie ihn an. Er begann einzubrechen, das konnte sie deutlich spüren. Sie ging auf ihn zu, legte eine Hand auf seine Wange. Er ergriff diese mit der seinen und führte sie an seinen Mund, drückte zärtlich einen Kuss darauf. Er seufzte.

„Also gut, du gibst ja sowieso nicht auf, ich sehe schon, außerdem kann ich dir einfach nicht widerstehen." Er atmete einmal tief ein und wieder aus.

„Du weißt nicht, was mir das bedeutet." Irritiert schaute er sie an, sein Blick ein einziges Fragezeichen. Sie wusste, wie sich das in seinen Ohren angehört haben musste, aber es war ihr egal. Hauptsache, er ließ sie heute Nacht nicht alleine.

„Ich muss jetzt noch nach Herrn Steinbach sehen."

„Pass auf dich auf." Sie war schon an der Tür. Mit besorgter Mine sah er ihr nach.

Sebastian Fuchs saß wie jeden Tag am Fenster und wartete auf seine Mutter. Inzwischen hatte dieser Anblick für Sarah jedesmal etwas Tröstliches. Ihr kam ein Gedicht von Hesse in den Sinn, die Landstreicherherberge, besonders zwei Strophen:

Wie fremd und wunderlich das ist,
dass immerfort in jeder Nacht
der leise Brunnen weiterfließt,
vom Ahornschatten kühl bewacht.

Das alles steht und hat Bestand,
wir aber ruhen eine Nacht
und gehen weiter über Land,
wird uns von niemand nachgedacht.

Egal, was ihr widerfuhr, Sebastian Fuchs würde dort an seinem Fenster sitzen und auf seine Mutter warten. Das Personal kam und ging, er blieb, verkörperte die berechenbare Konstante, etwas Zuverlässiges, genau das, was Sarah im Moment fehlte. Sie wandte sich ab und blieb vor der Nummer fünf stehen, Adrians Zimmer. Sie wusste nicht, ob sie sich freuen oder Angst haben sollte. Einer verrückten Eingebung folgend, hatte sie plötzlich Sorge, er wüsste von dem Gelbäugigen oder gehöre dazu. Rasch schüttelte sie diese Gedanken ab und klopfte an. Prompt wurde sie herein gebeten. Er wirkte gefasster als in den letzten Tagen. Ruhig sah er ihr entgegen, eine Hand in die Hüfte gestemmt lächelte er sie lässig an. Er trug ein schwarzes Hemd, das an den Ärmeln aufgekrempelt war und schwarze Jeans dazu.

„Ihnen geht es besser, das freut mich ", sagte sie

„Ich habe mich wieder im Griff, so ist es. Und wie sieht es bei Ihnen aus?"

„Das gehört ganz und gar nicht hierher, Herr Steinbach." Er schien sich dazu zwingen zu müssen, seinen Blick konstant zu halten."

„Sehen Sie wieder Dämonen?" Es hatte leicht spöttisch klingen sollen, aber in Wirklichkeit hatte sie es ernst gemeint, und so verstand er es auch. Er schluckte.

„Ja", antwortete er tonlos. Eine Angst kroch in ihr hoch. Was war wenn er wirklich sah, was er behauptete? Vielleicht konnte er das Unheil spüren, dass ihr Verfolger ihr brachte, vielleicht sah er sogar mehr als das? Vielleicht… Kalte Furcht schnürte ihr den Magen zu. Sandy hatte sie eindringlich vor Adrian gewarnt, viele Male war er ihr als gruselige Gestalt im Traum erschienen, sie konnte sich nie sicher sein, was er im nächsten Augenblick tun würde. Bei Adrian zu sein, fühlte sich an, als wandelte man auf Glatteis, das an vielen Stellen gefährlich brüchig war, einen drohte, eiskalt ins Ertrinken zu stürzen, und dennoch, in ihrem Innern begannen sich leise Zweifel zu regen, ob er wirklich so verrückt war, wie es zunächst den Anschein hatte.

„Am Anfang haben Sie mir doch erzählt, Sie würden meinen Schutzengel sehen, ist er noch da? Ich meine…" Eine kindische Seite in ihr wünschte sich sehnlichst, er würde es bejahen, doch Adrian schüttelte bedauernd den Kopf, blickte sie intensiv an.

„Sie glauben mir." Das war eine Feststellung, keine Frage. „Wenn Sie mir glauben, heißt das, Sie spüren die Dämonen auch." Dieser simple Satz verursachte in Sarah einen derartigen Schrecken, das sie laut nach Luft schnappte. Sogleich war er bei ihr, legte eine Hand auf ihre Schulter.

„Bist du okay?" Er sah ihr eindringlich in die Augen, sein Blick verursachte, dass ihr schwindlig wurde.

„Ich weiß es nicht. Ich weiß gar nichts mehr. Bitte, lassen Sie uns hinsetzen." Behutsam schüttelte sie seine Hand ab und setzte sich auf einen der Stühle.

„Fangen wir einfach von ganz vorne an. Wie hat alles angefangen, was sind das für Stimmen, was sehen Sie, ich möchte alles hören." Er ließ sich neben ihr nieder, beinahe berührte sein Knie das ihre.

„Ich selber kann mich nur schwer an die Anfänge erinnern. Ich war wohl um die zwei Jahre alt, meine Mutter hat es mir erzählt, aber ich kann mich entsinnen, dass ich mich nie alleine gefühlt habe, es war immer jemand zum Reden da. Ich weiß, wie das klingen mag, aber es gab so eine alte Münze, die mein Großvater mir geschenkt hatte, sie war so etwas wie mein bester Freund. Sie hatte viel erlebt, erzählte jeden Tag eine andere Geschichte. Irgendwann begann ich zu begreifen, dass nur ich sie sprechen hören konnte. Es hörte auch niemand die uralten Wände unseres Hauses wispern oder den Sekretär meiner Mutter. Aber ich konnte das." Sarah starre ihn fasziniert an. Natürlich war er verrückt, ohne jeden Zweifel, aber auf eine Art und Weise, die sich komplett von dem unterschied, was sie bisher gelernt hatte. Vielleicht gab es die kleine Möglichkeit, dass er die Wahrheit sagte? Aber das war unmöglich. Doch wenn sie plötzlich an so etwas wie an Sandys intuitive Kräfte glaubte, warum dann nicht auch daran?

„Irgendwann wurde es unerträglich, da ich alles sprechen hören konnte, entstand in meinem Kopf das komplette Chaos. Ich wollte das alles nicht mehr. Ich wollte wie jeder sechsjährige Junge sein. Ich nahm an, sie hätten einfach Recht mit der Behauptung, ich sei verrückt." Er sagte nichts mehr. Sie wusste nicht, was in ihrem Blick es ausgelöst hatte, aber plötzlich ließ er seine Hand vorsichtig über den Tisch gleiten, dann legte er sie behutsam über ihre eigene. Sie begann leicht zu zittern von seiner Berührung. Er beugte sich vor.

„Du glaubst mir", flüsterte er, „ich kann das spüren." Sehr sachte begann er ihre Hand mit dem Daumen zu streicheln. Sie schluckte, wurde übermannt von Empfindungen, die sie nicht haben durfte, aber sie entzog ihm ihre Hand nicht.

„Und jetzt denken Sie nicht mehr, dass Sie verrückt sind, glauben, es ist normal, eine Wand reden zu hören?" Wie konnte er das nur in Betracht ziehen? Wie konnte sie es selber für möglich halten?

„Es ist eine Fähigkeit, Sarah, eine Gabe, wenn du so willst, aber es ist keine Krankheit. Ich bin davon überzeugt, dass es jeder könnte, die meisten haben es nur verloren, schon sehr früh in ihrer Kindheit. Ebenso ist es mit den Bildern und Gestalten, die ich sehe." Sie musste an ihre Nichte denken, die ihre unsichtbaren kleinen Freunde zum Kaffeetrinken einlud und plötzlich fiel ihr der kleine Zwerg wieder ein, sie hatte ihn Anton genannt und so sehr geliebt. Er war durch ihr Zimmer gehüpft, und sie hatte nicht verstanden, warum Mama ihn nicht sehen konnte. Eine Träne löste sich aus ihrem Auge. Dieser alberne Gedanke, dass Anton vielleicht tatsächlich existiert hatte, erfüllte sie mit tiefstem Glück, sie hatte nie wieder an ihn gedacht, bis heute. Während er sie unablässig mit seinem Daumen streichelte, hob er die andere Hand und fing mit einem Finger ihre Träne auf. Seine Augen schienen sie zu liebkosen, während er sehr zart mit seinen Fingern über ihr Gesicht fuhr, ihr eine Locke hinter das Ohr strich.

„Danke. Danke, dass du es in Betracht ziehst, mir zu glauben." Sie war wie gelähmt. Sie genoss es, dass er sie hartnäckig duzte, es fühlte sich irgendwie richtig an, warm und vertraut. Und keine von Max Berührungen hatte auch nur annähernd das in ihr ausgelöst, was Adrians Hände in ihr bewirkten. Nun umfing er mit seiner Handinnenfläche ihr Gesicht und sie gab sich dem hin. Für einen kurzen Moment verlor sie sich in dem Gefühl, das seine Berührung ihr zu schenken vermochte und schmiegte sich an diese warme, Geborgenheit vermittelnde Hand. Sie schloss die Augen, zwang sich dann aber, behutsam seine Hand von ihrem Gesicht zu nehmen.

„Für heute war das sehr viel", brachte sie hervor.

„Das war es", antwortete er, und beide wussten, das damit noch viel mehr gemeint war.

Max

Sarah war seit über einer Stunde verschwunden, wo steckte sie bloß? Unruhig sah er auf die Uhr. Sie hatte doch nur Blut ins Labor bringen wollen. In Max herrschte ohnehin schon ein Gefühlskarussell, das er in dieser Art noch nie erlebt hatte. Er wusste überhaupt nicht, hatte auch nicht das kleinste Gespür dafür, was Sarah tatsächlich für ihn empfand. Und die Sache mit Lynet machte ihm mehr zu schaffen, als er es sich erst eingestehen wollte. Schon ein Dutzend mal hatte er versucht, sie auf dem Handy zu erreichen, Fehlanzeige. Endlich hörte er den Schlüssel, der sich im Schloss drehte, und sie trat ins Arztzimmer.

„Sarah, wo warst du so lange?" Sie sah aus wie ein Gespenst mit großen angstgeweiteten Augen, kreidebleich, bis auf zwei grelle rote Flecken auf ihren Wangen, die den Eindruck erweckten, es hätte sie dort jemand geschlagen.

„Ach, bin nur ein bißchen aufgehalten worden." Etwas war passiert, das konnte man ihr deutlich ansehen, doch auch auf seine Nachfrage hin bestritt sie es.

Er war fest entschlossen, heute Abend mit Lynet zu sprechen, und auch wenn Sarah im Moment so aussah, als bräuchte sie mindestens so viel Trost wie seine verlassene Freundin, und er das starke Bedürfnis verspürte, ihr den auch zu spenden, blieb er innerlich klar. Er war es Lynet schuldig, es war nicht immer einfach gewesen mit ihr, aber sie hatten auch schöne Tage verlebt. Seit Lynet von Sarah wusste, fühlte er sich zwar nicht mehr ganz so schäbig, aber er entwickelte auch ein Bewusstsein dafür, dass er geprägt worden war durch die Jahre mit Lynet, er konnte sie nicht einfach aus seinem Herzen und Gedanken schneiden wie ein lästiges Geschwür.

„Ich denke, ich komme heute Abend nicht zu dir, weil..." Ihre Augen schienen noch größer zu werden, alles in ihrem Gesicht schrie nach Protest, ja beinahe nach Verzweiflung. Flehentlich versuchte sie ihn zu überreden. Er verstand die Welt nicht mehr. Heute früh, als er mit einem vollen Herzen erwacht war, hatte sie ihm erstmal eine kalte Dusche verabreicht, dann war es zu einer erneuten äußerst stürmischen Begegnung gekommen, heute früh hatte er überhaupt nicht gewusst, wie er sich in der Klinik verhalten sollte, sie hatten eine unangenehme Unterhaltung über Lynet geführt, und er fand nicht, dass sie das Recht hatte, etwas über seine Freundin zu erfahren. Nicht, wie sie sich im Moment präsentierte. Nicht, solange sie keine Farbe bekannte.

Barsch wies er innerlich ihr Ansinnen ab, schleuderte ihr im Geiste seine ganze Wut über ihr Verhalten entgegen, und doch wünschte er sich nichts Sehnlicheres, als sie einfach nur bei sich haben zu dürfen. Was sollte das? Was bezweckte sie mit ihrem Verhalten?

„Du wolltest das Ganze nicht so eng, ich verstehe dich nicht, Sarah", fasste er seine Gedanken schließlich zusammen. Er insistierte, wie wichtig es für ihn war, mit Lynet zu sprechen, und zwar heute Abend. Aber als sie noch mal darum bat, ihn beschwor, den Abend mit ihr zu verbringen, konnte er nicht mehr widerstehen. Voller Sehnsucht wünschte er sich nämlich eigentlich genau das. Er ersehnte sich, sie hätte das echte Bedürfnis, ihn neben sich zu spüren, ihn bei sich zu haben. Aber sein Instinkt sagte ihm, dass sie es nicht deshalb wollte, weil sie genauso stark für ihn empfand, wie er für sie. Etwas anderes steckte dahinter. Er hatte fast den Eindruck, sie hätte Angst, allein zu sein. Als sie auf ihn zu ging, fiel es ihm ein, und er schalt sich für seine Dummheit. Sie hatte Angst vor diesem gelbäugigen Monster, und er sollte sie beschützen, nichts weiter. Einen kurzen Augenblick hatte er gehofft... Sie legte ihre Hand an seine Wange, er nahm und küsste diese. Mit einem Seufzer gestand er sich ein, dass er sie lieber aus diesem Grund haben wollte, als gar nicht. Und dann, als er einwilligte zu kommen, sagte sie diesen wunderbaren Satz:

„Du weißt nicht, was mir das bedeutet." Eine Hoffnung keimte in ihm auf, die er noch nicht zulassen wollte, um nicht verletzt zu werden, aber die leise in ihm zu lodern begann.

Als sie aufbrach, um Adrian Steinbach einen Besuch abzustatten, machte er sich Sorgen. Gerade noch konnte er sich dazu zwingen, ihr nicht hinterher zu rennen und sie aufzuhalten. Er stöhnte. Auch auf seine Arbeit konnte er sich heute schon den ganzen Tag nicht konzentrieren, aber jetzt war der Ofen komplett aus. Er zog das Handy hervor und drückte zum x-ten Mal auf die Wahlwiederholungstaste. Zu seinem Erstaunen meldete sich Lynets Stimme. Er bekam tatsächlich Herzklopfen. Zum ersten Mal seit drei Jahren.

„Was willst du, Max?", sie wirkte distanziert, beinahe kalt, und auf eigenartige Weise schmerzte es Max.

„Mit dir sprechen", sagte er heiser „Können wir uns sehen?" Eine kurze Zeit herrschte Stille am anderen Ende, dann seufzte sie.

„Zwischen acht und neun komme ich noch mal in die Wohnung, um ein paar Sachen abzuholen, wenn du mich sehen willst, sei da."

„Du willst jetzt einfach so aus meinem Leben verschwinden?"

„Du warst es, der das anscheinend so wollte. Das ist albern, Max, ich lege jetzt auf." Das Leersignal ertönte. Max fühlte sich betroffen. Er wollte da sein, wenn sie kam, das war klar. Das ganze sollte halbwegs mit Anstand über die Bühne gehen. Irgendwie musste er das Sarah klar machen. Lynet war komplett verändert, selbstbewusster, bestimmter. Irgendwie gefiel ihm das, aber es ärgert ihn auch. Warum war sie vorher nicht so gewesen?

Als Sarah von ihrer Visite bei Steinbach zurückkam, wirkte sie wie weggetreten. Aber allmählich gewöhnte er sich an diese wechselhaften Zustände. Möglichst schonend versuchte er ihr beizubringen, dass er erst wesentlich später am Abend zu ihr kommen würde, aber sie schien es kaum zu registrieren, nickte nur geistesabwesend mit dem Kopf. Himmel, diese Frau war ihm ein großes Rätsel.

Er saß auf dem Sofa, auf dem sie viele gemütliche Fernseh-abende verlebt hatten und noch so einiges mehr, ein melancholisches Lächeln umspielte seine Lippen. Warum wurde man sich immer erst hinterher bewusst, wie schön und kostbar bestimmte Momente des Lebens gewesen waren? Die ganze Kindheit über verbrachte man in einem Zustand, der einem vorgaukelte, der schlimmste Kummer bestünde darin, dass ein Freund keine Zeit zum spielen hatte. Wie sorglos und ohne Verpflichtung war dieses kleine Leben verlaufen, ohne das Bewusstsein für das Eigentliche, das auf einen wartete, die Verantwortung, der Stress. Er wünschte, er hätte es gewusst als Kind, wie glücklich er sich eigentlich hätte schätzen sollen. Und er wünschte, auch die Glücksmomente mit Lynet nicht immer nur unter dem Schleier ihrer Eifersucht gesehen zu haben. Am Schluss hatte er einfach immer nur ihre Fehler wahrgenommen. Er hörte sie kommen, mit einem Seufzer erhob sich Max, um sie zu empfangen. Beinahe erstaunt sah sie ihn an.

„Du bist tatsächlich hier, damit hatte ich gar nicht gerechnet." Sie sah gut aus, gar nicht wie eine verlassene Frau, eher wie eine Gewinnerin. Das irritierte ihn.

„Lynet, es tut mir alles so leid, ich.."

„Wenn du nur gekommen bist, um dein Mitleid über mich zu ergießen, dann spar dir das." Kalt sah sie ihn an.

„Nein, so ist das nicht. Sieh mal, es ist noch nicht mal so, dass da was Festes wäre zwischen mir und Sarah."

„Willst du zweigleisig fahren, oder was?" Nun erhob sie doch erzürnt ihre Stimme, und er empfand Erleichterung darüber, endlich echte Emotionen bei ihr zu spüren. „Nein, so ist das doch nicht. Herr Gott noch mal, hör mir doch einfach mal zu."

„Vergiss es, und verschwinde, solange ich da bin, aus der Wohnung, und ansonsten aus meinem Leben. Ich hole die restlichen Sachen, wenn du in der Klinik bist, denn da bist du ja meistens. Wenigstens einmal habe ich was Positives von dieser Tatsache." Ihr Lachen klang trostlos.

„Lynet!"

„Vorbei mit Lynet. Geh! Geh einfach", sie blitzte ihn an, in ihren Augen funkelten Tränen der Wut und Tränen der Trauer, die sie versuchte zurückzuhalten. „Geh!" Und diese Mal schrie sie ihn an. Betroffen und verzweifelt verließ Max die gemeinsame Wohnung. Er konnte jetzt nicht gleich zu Sarah gehen, sie rechnete ja auch noch gar nicht mit ihm. Er hatte das Bedürfnis, einfach ein wenig durch die Nacht zu wandern, alles zu begreifen und verstehen, was ihn die letzten Tage überrollt hatte wie ein D-Zug. Er vergrub seine Hände in den Hosentaschen, und niemand konnte in der Dunkelheit des Parks erkennen, dass er weinte.

Adrian

Er hatte sie berühren dürfen, ihre seidige Haut gestreichelt, und sie hatte es zugelassen. Als sie sich zum Schluss ansahen, war er sich fast sicher gewesen, dass sie seine Gefühle erwiderte. Jetzt erfassten erneut Zweifel sein Herz, doch die Stimmen schwiegen, verhöhnten ihn nicht mehr. Hatte sie sich tatsächlich in seine Hand geschmiegt? Wie gerne würde er sie ganz in seine Arme nehmen, ihren Körper spüren. Aber er machte sich auch große Sorgen. Was bedrohte seine wunderschöne, zarte Sarah? Er konnte natürlich nicht alles sehen, aber es war genug. Zum Glück gewann er Stück für Stück wieder die Kontrolle darüber, was bis zu ihm vordrang, er nur das Wichtige hörte und wahrnahm, alles andere verschwamm im Nebel. Es braute sich etwas über Sarah zusammen, sie war in Gefahr, aber er konnte nichts tun. Nur zusehen. Wieso saß er in dieser verdammten Klinik, warum hielt man ihn fest wie ein wildes Tier? Er musste bei ihr sein, sie beschützen, für sie sehen, für sie hören. Ein Schluchzer entrang sich seiner Kehle. Er durfte sich nicht gehen lassen, sonst würden seine Sinne an Schärfe verlieren. Und er brauchte sie jetzt. Für Sarah.

Sarah

Ungewöhnlich früh kam Sarah aus der Klinik. Es war erst sechzehn Uhr, ein endlos langer Abend lag vor ihr. Max hatte sich erst für frühestens zehn Uhr angekündigt. Alles in ihr sträubte sich dagegen, in die Wohnung zurückzukehren, in der er sie beobachten konnte, deren Nummer er kannte. Immer wieder schaute sie sich panisch über die Schulter. War da nicht etwas? Ihr Puls beschleunigte sich. An jeder Ecke schien sein fieses Grinsen zu lauern, drohten seine gelben Augen auf sie zu warten, die grapschenden, gierigen Klauen. Sie flüchtete von der fast unbelebten Straße in das Innere eines Kaufhauses. Hier tummelten sich Menschenmassen, sie fühlte sich sicherer. Aber schon nach kürzester Zeit klebten ihr die Klamotten am ganzen Körper. Draußen waren es beinahe null Grad, und die Heizung des mehrstöckigen Kaufhauses lief auf Hochtouren. Während die Verkäuferinnen mit eingefrorenem Lächeln, fein manikürten Nägeln und im Top die Kunden bedienten, musste sie in ihrer dicken Winterjacke und dem Wollpulli schwitzen. Die Alternative bestand darin, beides über den Armen zu tragen. Dann hatte sie aber keine Hände mehr frei, um sich irgendetwas genauer anschauen zu können.

„Es ist eine Qual, das finde ich auch", sagte eine piepsige Stimme zu ihr. Sarah blickte sich um, konnte aber niemanden ausmachen, zu dem die Stimme gehören mochte.

„Hier bin ich, im Wagen." Da sah sie ein vielleicht sechs Monate altes Baby in einem Kinderwagen liegen, das in einem Schneeanzug steckte, darüber noch eine dicke Daunendecke. Das konnte unmöglich sein! Das Baby fixierte sie.

„Hilf mir, ich halte es nicht mehr aus", und entblößte ein zahnloses Grinsen. Es hatte keinen Moment die Lippen bewegt. Wie sollte es auch? Es war vielleicht ein halbes Jahr alt. Nun wurde es Sarah Angst und Bange. Tausend Gedanken rasten ihr gleichzeitig durch den Kopf, Adrian, ihre Nichte, Anton. Konnte sie es hören? Passierte das gerade wirklich? „Es ist eine Fähigkeit, Sarah, eine Gabe, wenn du so willst, aber es ist keine Krankheit", hörte sie ihn im Geiste sagen.

„Willst du mir nun helfen?" Die piepsige Stimme klang ungeduldig. Sie hörte das Baby, klar und deutlich, darin bestand kein Zweifel. Sie schaute sich um, niemandem außer ihr schien etwas Ungewöhnliches aufzufallen, sie war die Einzige, die es wahrnehmen konnte. Wenn sie nicht gleich aufwachen würde, um über diesen dummen Traum zu lachen, dann hatte das Baby tatsächlich gesprochen. Dies wiederum bedeutete, es bestand die Möglichkeit, dass auch Adrian die Wahrheit sagte. Folglich war er eventuell gar nicht krank. Ihr Herz tanzte nervös in ihrer Brust auf Grund dieser Entdeckung.

„Entschuldigen Sie bitte, Ihr Baby schwitzt, glaube ich", sprach sie die junge Frau an, die gerade, eine Hand auf dem Kinderwagen, mit der anderen einen Korb mit reduzierten Büchern durchwühlte. Erbost drehte sich die Mutter um.

„Meinem Baby geht es gut. Ich kümmere mich selbst am besten darum. Mischen Sie sich nicht ein. Wissen Sie was? Das passiert mir dauernd: Leute ohne eigene Kinder, die wissen wollen wie Erziehung funktioniert, darauf können wir Mütter aber locker verzichten, schaffen Sie sich doch selber ein paar Babys an, dann sehen Sie schon, wie das ist." Sarah schien die erzürnte Frau an einem bereits wunden Punkt getroffen zu haben und zog sich mit einem kaum merklichen Schulterzucken Richtung Baby zurück. Noch immer konnte sie nicht fassen, was sich soeben zugetragen hatte. Am liebsten würde sie sofort in die Klinik zurück rennen, um Adrian davon zu erzählen. Aber natürlich wäre das unklug. Auch Max durfte nichts erfahren. Am Ende hielt man sie noch für genauso verrückt wie Adrian, sie musste schweigen. Aufgeregt lief Sarah die nächsten zwei Stunden von Stockwerk zu Stockwerk und lauschte konzentriert, aber sie hörte nichts mehr, empfand Enttäuschung. Langsam glaubte sie daran, dass sie sich das alles nur eingebildet hatte. Sie war überspannt und mit ihren Gedanken zu oft bei Adrian, wahrscheinlich färbte das ab.

Um sieben schlossen die Pforten des Kaufhauses, und es kam unweigerlich der Augenblick, an dem es sich nicht mehr aufschieben ließ, nach Hause zu gehen. Die Straßen lagen fast verlassen in einer mondlosen Nacht. Ohne nach rechts oder links zu schauen marschierte Sarah los, beschleunigte ihren Schritt, bis sie schließlich rannte und endlich schwer atmend vor ihrem Haus stand. Mit einem hastigen Blick nach hinten fummelte sie in ihrer Tasche. Herr Gott, wo war bloß dieser verdammte Schlüssel? Ihre Hände zitterten, wühlten in den Tiefen ihrer Tasche, endlich stieß sie auf das kalte Metall. Aufatmend versuchte sie, das Schloss zu treffen, Schritte kamen die Strasse hinunter, ihr Atem ging keuchend, hektisch fingerte sie an dem alten Schloss, die Schritte kamen näher, ihr Herz raste. Sie traute sich nicht, nach dem Verursacher der Schritte zu schauen, aus Angst dann in zwei stechende gelbe Augen zu blicken. Und endlich, nach einer halben Ewigkeit, gelang es ihr, den Schlüssel umzudrehen.

„Guten Abend." Sie fuhr herum. Eine alte Frau mit einem Pudel an der Leine lief an ihr vorbei. Sarah wischte sich den Schweiß von der Stirn, erwiderte mechanisch, stotternd den Gruß und schlüpfte eilig ins Haus, zog die Tür hinter sich zu und atmete einmal tief durch. Sie hatte sich vor einer harmlosen älteren Dame gefürchtet. Ein hysterischer Lacher entglitt ihrer Kehle. Schnell schritt sie auf das Treppenhaus zu, nahm immer zwei Stufen gleichzeitig, erreichte atemlos das dritte Stockwerk, den Schlüssel hielt Sarah fest umklammert.

Sie stutzte. Die Wohnung, die neben der ihren lag, hatte wochenlang leer gestanden. Jetzt lag eine Fußmatte vor der Tür, daneben fein säuberlich mehrere Paar Schuhe aufgereiht, nur Männerschuhe, groß und klobig. Es fühlte sich äußerst beruhigend an, zu wissen, dass jetzt ein Mann neben ihr eingezogen war. Oft schon hatte sie sich über die Hellhörigkeit des alten Hauses aufgeregt, jetzt beruhigte sie es ungemein, genau zu wissen, wie laut ihre Schreie in der Nachbarwohnung gehört werden würden. Das Licht erlosch, sie hatte die Zeitschaltuhr vergessen, die alle zwei Minuten das Licht im Treppenhaus löschte, die Situation von heute morgen spielte sich in Sekundenschnelle in ihrem Kopf ab. Panisch tastete sie sich zu ihrer Tür, suchte den Lichtschalter und konnte ihn nicht finden, mit der anderen Hand versuchte sie die Tür trotz Dunkelheit aufzuschließen. Jeden Moment erwartete sie seine Stimme zu hören. Mit einem erleichterten Seufzer stieß sie schließlich die Tür auf, knallte sie sofort wieder hinter sich zu, verschloss sie zweimal und schob den Riegel vor. Hektisch streifte sie ihre Schuhe ab. Ohne Licht zu machen, rannte sie in die Zimmer, überprüfte die Vorhänge und blieb dann keuchend mitten in ihrem Wohnzimmer stehen. Immer noch scheute sie es, Helligkeit in ihre Wohnung zu lassen, solange es dunkel war, fühlte sie sich etwas unsichtbarer. Aber da fiel ihr wieder ein, dass sie gestern auch in der Dunkelheit gestanden hatte, und sie trotzdem beobachtet worden war. Es half nichts, sie konnte schließlich nicht den ganzen Abend ohne Licht verbringen und knipste es an. Es drängte sie, aus ihren verschwitzten Klamotten zu kommen, aber dennoch eilte sie zunächst ins Schlafzimmer, um sich frische Kleidung herauszusuchen. Sie hatte sich geschworen, nicht mehr nackt durch die Wohnung zu laufen.

Heiß strömte ihr das Wasser über den Rücken, es war eine Wohltat, sich den Tag aus den Haaren zu waschen, es fühlte sich fast wie eine Reinigung ihres Geistes an, die Sorgen verschwanden im blubbernden Abfluss, und zurück blieb eine sie umhüllende Wärme. Nachdem ihre Haut sich aufzulösen drohte, musste sie wohl oder übel die schützende Duschkabine verlassen. Sie rubbelte sich ab, und starrte sich im Spiegel an. Ein gespenstisch aussehendes Antlitz sah ihr entgegen, sie schien um Jahre gealtert. Sie fühlte sich überhaupt unwohl, müde und erschöpft. Irgendetwas juckte sie am ganzen Körper, ein fieses brennendes Gefühl, doch Sarah suchte vergeblich nach einem Ausschlag. Vielleicht hätte sie nach dem Examen doch erst einmal Urlaub machen sollen, in die Sonne fliegen, einmal richtig ausspannen. Das Telefon klingelte. Sarah erstarrte, alles in ihr sträubte sich dagegen, den Hörer abzunehmen. Aber was, wenn es Max war, der absagen wollte. Erneut beschleunigte sich Sarahs Herzschlag bei dem Gedanken an diese Möglichkeit, die ganze Nacht allein bleiben zu müssen, ihm schutzlos ausgeliefert. Aber es könnte auch Sandy sein, oder sonst wer, es gab hundert Möglichkeiten. Warum ging sie nicht einfach hin? Es klingelte ohne Unterlass. Irgendjemand wollte sie beharrlich sprechen, und wusste auch, dass sie daheim sein musste. Nervös zog sie sich an, fahrig, unkonzentriert und lauschte dabei auf das monotone Schrillen des Apparates. Schließlich entschied sie sich dranzugehen. Vielleicht war etwas mit ihren Eltern.

„Ja bitte?" Sie erkannte ihre Stimme fast selber nicht, so sehr zitterte sie.

„Sarah, bist du das?"

„Iris!" Erleichtert atmete sie auf.

„Meine Güte, warum gehst du denn nicht an den Apparat, ich lasse es schon eine halbe Ewigkeit läuten."

„Ja, ja, entschuldige. Ich war gerade unter der Dusche, habe es wohl nicht gleich gehört", log Sarah.

„Ist alles in Ordnung mit dir, du klingst irgendwie so merkwürdig?" Sarah hielt die Luft an. Auf keinen Fall durfte ihre Schwester irgendetwas davon erfahren, was ihr die letzten paar Tage passiert war. Über den Gelbäugigen sollte sie sowieso kein Sterbenswörtchen verlieren, aber auch die Sache mit Max und Adrian blieben lieber vor Iris verborgen. Sie konnte sich sehr gut vorstellen, was ihre große Schwester davon halten würde. Gefühle für einen Patienten wären ein Schocker für sie, und von Max selber wäre sie zwar garantiert angetan, aber Sarah hätte in ihren Augen mal wieder zu vorschnell gehandelt.

„Ich habe einen anstrengenden Job, das ist alles." Das stimmte ja auch irgendwie.

„Mein Gott, ich kann mir sowieso nicht vorstellen, auf Verrückte aufzupassen, viel zu gruselig."

„Ich passe nicht auf sie auf, ich therapiere sie", antwortete sie trotzig.

„Wie dem auch sei, wollte eigentlich nur mal hören wie es dir geht." Sie verstummte, Sarah wusste genau, dass sie nur darauf wartete, das Gleiche gefragt zu werden. Sie tat ihr den Gefallen, es beruhigte sie sogar, sich mal mit den Probleme anderer zu beschäftigen, besser als immer nur an die eigenen zu denken.

„Ach frage nicht, wie es mir geht", stöhnte ihre Schwester darauf, „Am Schlimmsten ist es für die Kinder. Katie bekommt zum Glück noch nicht so viel mit, fragt nur immer wieder wo ihr Papa ist. Aber um Hannah mache ich mir ernsthafte Sorgen, seit ihr Vater sich aus dem Staub gemacht hat, lebt sie nur noch in ihrer Traumwelt, redete mit allen möglichen Phantasiegestalten, flüchtet sich da völlig rein, oder wie denkst du darüber, als Psychiaterin? Sollte ich einen Arzt aufsuchen?" Sarahs Hände fühlten sich klebrig und feucht an.

„Nein, nein", stotterte sie „ich denke, das ist alles noch im Rahmen des Normalen." Vielleicht sogar völlig normal, dachte sie aufgeregt. „Lass sie einfach, das wird schon wieder."

„Wenn Du meinst." Iris wirkte skeptisch und sehr besorgt. „Ansonsten artet das Ganze inzwischen wirklich fast in einen Krieg aus. Kai ist wie ausgewechselt." Sarah schloss die Augen und wappnete sich, die neuesten Schauergeschichten aus dem Ehedrama ihrer Schwester anzuhören. Nie wollte sie das erleben, dann lieber alleine bleiben. Sie telefonierten insgesamt eine halbe Stunde lang, dann musste Iris aufhören, da die Kinder im Hintergrund ohrenbetäubend stritten, und sie einschreiten wollte.

Sarah hatte sich Dank des Gespräches ein wenig beruhigt, sie fühlte sich gefasster und ein Hauch des normalen Lebens drang wieder in ihre vier Wände. Sie verspürte mit einem Mal ein wahnsinniges Bedürfnis nach einem Glas Rotwein und einer Zigarette. Eigentlich rauchte sie schon seit vier Jahren nicht mehr, aber das Verlangen nach einem wohltuenden, Schwindel erregenden Zug wurde von Minute zu Minute gewaltiger. Sie wusste, sie bewahrte noch eine halbe Schachtel auf, ganz hinten in ihrem Kleiderschrank und unter einem Sack mit Wäsche, die sie aussortiert hatte, aber von der sie sich noch nicht trennen konnte. …Diese Zigaretten stellten für sie die absolute Notfallreserve dar. Es hatte sie immer beruhigt, sie dort in ihrem Schrank zu wissen. Jetzt stürmte sie ins Schlafzimmer, riss die Schranktür auf und fuhr mit schnellen Bewegungen unter den Sack. Sie fühlte sich plötzlich wie ein Junkie auf Entzug. Da war sie, zerknüllt, aber tatsächlich noch halb gefüllt, so viele wunderbare Zigaretten! Mit dem Päckchen in der Hand betrat sie ihre Kochnische, entkorkte eine Flasche Chianti, dann stöberte sie nach Streichhölzern. Als sie noch Raucherin gewesen war, hatten überall Feuerzeuge herumgelegen, und jetzt fand sie nicht mal ein verdammtes Streichholz. Endlich, in der untersten Schublade, kramte sie ein fast leeres Schächtelchen hervor. Sie nahm einen alten, angeschlagenen Unterteller; den sie als Aschenbecher benutzen wollte und machte es sich dann an ihrem Esstisch bequem. Ihre Hände zitterten, als sie das Streichholz entflammte und gierig den giftigen Qualm inhalierte. War das gut! Sie zündete sich noch eine Kerze an, schenkte ihr Glas bis an den Rand voll Rotwein, und ein unglaublicher Friede überkam sie. Sie rauchte vier Zigaretten hintereinander. Der Chianti war ihr zu Kopf gestiegen, schließlich hatte sie ihn auf leeren Magen getrunken. Sie sah auf die Uhr, es war fast neun. Sie musste nur noch eine Stunde überstehen, bis Max kam. Planlos ließ sie ihre Blicke durch den Raum schweifen und blieb an einem dunklen Fleck an der Wand hängen. Wo kam der her, er war ihr noch nie zuvor aufgefallen? Sie stand auf, um das Ganze mal in Augenschein zu nehmen. Er schien ziemlich groß zu sein. Dummerweise stand die blaue Kommode davor, und sie musste sich vorbeugen, um besser sehen zu können. Ein eisiger Schauer durchfuhr ihre Glieder. Es war kein Fleck, es war ein stattliches Loch und dahinter finstere Dunkelheit. Sarah schrak zurück, in ihrem Kopf formierten sich mehrere Gedanken auf einmal, stürmten auf sie ein, aber vor allen Dingen einer: Auf der anderen Seite der Wand befand sich die Nachbarwohnung, die bis vor kurzem noch leer gestanden hatte, jetzt war sie wieder bewohnt, von einem Mann. Ihr Atem ging stoßweise, ihr Herz raste. Das würde alles erklären. Durch dieses Loch konnte man wunderbar die gesamte Wohnung überschauen und kein Fenstervorhang würde den Blick versperren. Ihr wurde es speiübel, denn sie konnte nicht bezeugen, seit wann der neue

Mieter die Wohnung in Besitz genommen hatte; mochte sein, dass es ihr bisher nur nicht aufgefallen war, und er bereits seit mehreren Wochen dort lebte. Dies war ein großes Haus mit vielen Parteien und völlig anonym, sie kannte längst nicht alle Bewohner. Wer weiß, wie lange er sie schon beobachtet hatte? Wie oft spazierte sie für gewöhnlich splitterfasernackt durch die Wohnung, genoss das Gefühl von Freiheit. Es würde auch erklären, woher er wusste, dass sie neulich am Telefon Max und Sandy von ihm erzählt hatte. Der Gelbäugige wohnte mit ihr Wand an Wand, das war die Erklärung für alles, eine schaurige und grausame Erklärung. Sie schaffte es nicht, ihren Puls zu beruhigen, konnte nur immer wieder zu dem schwarzen Loch starren. Doch mit einem Mal kam Leben in sie. Mit hektischem Eifer begann sie, die Kommode auszuräumen. Vorher klebte sie noch ein Stück Pappe vor das Loch. Dann schob sie das Möbelstück mit ihrer ganzen Kraft beiseite. Als nächstes machte sie sich am Bücherregal zu schaffen, stapelte die Bücher auf dem Boden nebeneinander, immer hektischer wurden ihre Bewegungen. Was sollte sie tun? Sie musste die Polizei rufen. Aber sie hatte weder Gewissheit noch Beweise, das ihre Geschichte so stimmte, nur irgendwo im hintersten Teil ihres Hirnes sagte sie sich mit messerscharfem Verstand, dass es keine andere Wahrheit geben konnte, und sie nur davor zurückschreckte, die Bullen zu rufen, weil sie Angst hatte. Kalte, nackte Angst, er würde ihr etwas antun, wenn sie auch nur einer Menschenseele von ihren Vermutungen erzählte. Es läutete direkt an der Wohnungstür. Um diese Zeit war die Haustür doch sicher verschlossen, es musste jemand aus dem Haus sein. Oh Gott, war er das? Noch einmal schellte es. Ihr Blick wanderte zur Wanduhr. Es war zehn vor zehn. Es konnte durchaus Max sein, und in den letzten Tagen war oftmals vergessen worden, unten abzuschließen. Aber als sie vorhin gekommen war, hatte sie doch ihren Schlüssel gebraucht, nichts sehnlicheres hätte sie sich in diesem Moment erwünscht als eine offene Tür. Sie schluckte. In ihrem Wohnzimmer sah es aus, als habe eine Bombe eingeschlagen. Sie erhob sich und balancierte stolpernd zwischen den Bücherstapeln hindurch.

„Wer da?" Ihre Stimme klang gespenstisch.

„Na, ich bin es, Max." Eine kurze Schrecksekunde lang befürchtete sie, der Gelbäugige könnte seine Stimme verstellen.

„Was ist los, machst du auf?" Sie entspannte sich, unmöglich, das konnte nur Max sein.

„Ja, sofort." Sie warf einen raschen Blick in den Spiegel, zupfte an einer Haarsträhne. Es hatte sowieso keinen Sinn, sie sah entsetzlich aus. Es verstrich noch eine Minute, ehe sie es geschafft hatte, ihre vielen Sicherheitsmaßnahmen wieder rückgängig zu machen. Vorsichtig öffnete sie die Tür und lugte hinaus: In seine Lederjacke gehüllt stand er da, es musste inzwischen draußen regnen, denn er war von oben bis unten durchnässt. Angewidert pustete er die Luft aus und wedelte mit der Hand vor seinem Gesicht.

„Hier riecht es ja wie in einer Kneipe, wusste gar nicht, dass du rauchst."

„Tu ich eigentlich auch gar nicht", gab sie kleinlaut zurück. Seine Augen schienen leicht gerötet. Hatte er geweint? Er ging auf sie zu, drückte ihr einen leichten Kuss auf die Stirn, sie aber schlang beide Arme um ihn, presste sich an ihn und fing an zu schluchzen. Wieder einmal wiegte er sie hin und her, streichelte zärtlich durch ihr wirres Haar.

„Sarah, Sarah, was ist bloß los mit dir? Vorsicht, du wirst ja ganz nass." Doch sie schmiegte sich nur noch fester an seine regenfeuchte Gestalt.

„Ist es wegen ihm, dem Typen mit den gelben Augen?" Er schob sie ein wenig von sich, sah sie forschend an. Sarah schüttelte zaghaft den Kopf.

„Vielleicht bekomme ich nur meine Tage", log sie ausweichend, nicht vermutend, dass er es ihr abkaufen würde. Doch Max schluckte es tatsächlich. Er lachte.

„Und das alle vier Wochen? Wie lange haben es deine Freunde mit dir ausgehalten?" Sie lächelte nun ebenfalls ein wenig bedauernd.

„Die längste Beziehung dauerte zwei Jahre."

„Was für ein Held, wenn er das jedes Mal ertragen hat." Max betrat das Wohnzimmer, zog eine Braue hoch.

„Was ist denn hier passiert?"

„Ich räume um", versuchte sie das Chaos zu erklären. „Wenn du hilfst, geht es schneller."

„Kein Problem, aber bekomme ich vorher zur Stärkung auch ein Glas davon?" Er deutete auf die Chiantiflasche.

„Klar." Sie trabte in die Küche, während Max die Jacke auszog, auf einen der Stühle warf und seine Ärmel hochkrempelte.

„Hier bitte schön." Sie reichte ihm ein volles Glas. „Zieh die nassen Hosen ruhig aus, ich falle schon nicht tot um beim Anblick deiner nackten Beine." Er lachte, streifte die Jeans ab und nahm den Wein entgegen.

„Prost!" Max hob es kurz in ihre Richtung, dann trank er einen kräftigen Zug. „Ah, das tut gut. Also ran ans Werk!" Sie spürte, dass er sich übertrieben bemühte, gute Laune vorzutäuschen, aber ein Blick in sein Gesicht zeigte etwas anderes. Da waren dunkle Ringe unter seinen Augen, und ein strenger Zug um seinen Mund, der ihr neu war. Aber sie schwieg. Gemeinsam räumten sie nun die Bücher aus und Max nannte sie schmunzelnd einen Bücherwurm, dann trug er das Regal an die Stelle, wo vorher die Kommode gestanden hatte.

„Was ist das, sollen wir das nicht vorher abmachen?" Er deutete auf das Stück Pappe, das das Loch verbarg.

„Nein, nein, das bleibt." Voller Panik hielt sie eine Hand vor die Pappe. Max schaute sie etwas seltsam an.

„Wie du meinst." Eine halbe Stunde später war das Werk vollbracht.

„Geschafft", Max rieb sich die Hände.

„Danke, wie lieb von dir, mir zu helfen." Sie trat auf ihn zu, ließ sich in die Arme nehmen, schenkte ihm einen zarten Kuss, sein Atem wurde schneller. Voller Begehren fuhren seine Hände forschend über ihren Körper, doch vorsichtiger und nicht so stürmisch wie die ersten beiden Male. Er schien es diesmal auskosten zu wollen, und sie ließ es geschehen. Irgendwann schaltete sie ihren Kopf aus. Sie hatte keinerlei Bedürfnis nach Sex, nicht jetzt und vor allen Dingen nicht mit Max, aber sie genoss seine menschliche Nähe und die Wärme seines Körpers.

Irgendwann waren sie beide eingeschlafen, er glücklich ermattet, sie voller Erschöpfung von all diesen erschreckenden Erlebnissen des Tages.

Um ungefähr zwei Uhr nachts klingelte erneut das Telefon. Sarah fuhr hoch, war schlagartig hellwach. Sie wollte auf keinen Fall, dass Max auch aufwachte, also wankte sie auf zitternden Beinen zum Telefon, die Decke fest um sich geschlungen. Sie wusste, wer am anderen Ende sein würde, doch sie hob trotzdem ab. Schweres Atmen hörte sie, sein Atmen, es wurde immer schneller, dringlicher, ging in ein Stöhnen über, und erstarb schließlich in einem furchtbaren unmenschlichen Laut. Sie registrierte, dass er sich selbst befriedigt hatte, und betete, er habe es nicht getan, während er sie beobachtete. Sie zündete sich eine weitere Zigarette an, und starrte ins Leere.

Max

Er war völlig gefangen von seinen Gedanken und Empfindungen, er bemerkte nicht mal den Regen, der in leisen, fast lautlosen Fäden vom Himmel fiel. Erst als er schon fast vollständig durchnässt war, spürte er die klamme Feuchtigkeit auf seiner Haut. Aber es machte ihm nichts, wen kümmerte das schon? Sehr langsam, beinahe bedächtig, schlenderte er Schritt für Schritt den Kiesweg entlang und fand schließlich seinen Weg zu Sarahs Straße. Er hatte keine Tränen mehr, er fühlte sich ausgetrocknet und leer. Nie hätte er vermutet, um etwas so weinen und trauern zu können, das er letztendlich selber nicht mehr gewollt hatte. Gerade als er unten klingeln wollte, öffnete sich die Haustür und zwei pubertäre Jungs traten auf die Straße, schnell stoppte er die Tür, bevor sie wieder ins Schloss fallen konnte. Das letzte Mal hatte er ähnliches Glück gehabt, und war mit einem älteren Herrn hineingehuscht. Er sprang die Treppen hoch, zwei Stufen auf einmal nehmend. Der Gedanke, Sarah gleich zu sehen, beflügelte ihn. Aber als sie Max öffnete, stand er einem ängstlichen Häuflein Elend gegenüber. Aus der Wohnung quoll ihm ein Nebel aus stinkendem Nikotinqualm entgegen. Er hätte fast angefangen zu husten, doch kaum war er drinnen und drückte ihr einen scheuen Kuss auf die Stirn, da schlang sie auch schon ihre Arme um ihn und begann zu weinen. Was war denn jetzt schon wieder passiert? Ungeschickt versuchte er sie zu trösten und vernahm dann, dass sie nur ihre Tage bekam. Von seiner Schwester wusste er, wie stark eine Frau das prämenstruelle Syndrom belasten konnte und verspürte Erleichterung. Wenn es nur das war, konnte er damit fertig werden. Der nächste Schock war ihre Wohnung, alles lag durcheinander wie Kraut und Rüben.

„Ich räume um", klärte sie ihn auf. „Wenn du hilfst, geht es schneller." Er hatte die Flasche Wein entdeckt. Alkohol und Zigaretten. Na, die machte ihm Spaß. Aber auch er hatte jetzt Lust auf einen kräftigen Schluck, und so bat er darum. Sarah holte ihm ein Glas.

„Zieh die nassen Hosen ruhig aus, ich falle schon nicht tot um beim Anblick deiner nackten Beine." Wenigstens hatte sie ihren Sinn für Humor noch nicht verloren. Er tat wie geheißen, und danach versuchte er möglichst fröhlich mit anzupacken, auch wenn seine Gedanken dabei immer wieder zu Lynet wanderten. Er saß hier mit der wunderschönen Sarah, die er mehr begehrte als sonst eine Frau zuvor, die sich aber zugegebener Weise als ein immer schwierigerer Fall entpuppte. Gegen Sarahs Launen und Stimmungsschwankungen war das, was Lynet bot, Kinderkram. Schließlich stemmte er das Regal hoch, um es an seinen neuen Platz zu stellen, und sah ein Stück alte, abgerissene Pappe an der Wand kleben.

„Was ist das, sollen wir das nicht vorher abmachen?" Sarahs Verhalten verblüffte ihn, sie bedeckte den Fetzen Pappe schützend mit einer Hand, und er hätte schwören können, einen Anflug von Panik in ihrer Stimme zu erhaschen, als sie es verteidigte. Ihm war es einerlei, und so beendeten sie die angefangene Arbeit, bis auch das letzte Buch wieder sein Plätzchen gefunden hatte.

„Geschafft." Max war erleichtert, da ihn langsam die Müdigkeit übermannte. Und eigentlich hatte er sich den Abend gänzlich anders vorgestellt. Doch da bedankte sie sich und schenkte ihm einen Kuss. Sein Körper reagierte sofort. Seine Hände fuhren über ihren wundervollen Körper, und vergessen war Lynet, vergessen Sarahs Launen, er liebte sie innig und genoss es aus voller Seele und mit ganzem Herzen. Einzig ihre Weigerung, sich im Wohnzimmer ausziehen zu lassen und das

Beharren darauf, sich nur unter der Decke und ohne Licht der Leidenschaft hingeben zu wollen, hatten ihn etwas irritiert.

Irgendwann in der Nacht wurde er dann wach. Sie glaubte wohl, er schliefe, denn sie hielt den Telefonhörer in der verkrampften Hand und lauschte hinein. Sie sagte kein einziges Wort, aber mit jeder Sekunde schien ihr Körper steifer und starrer zu werden. Nach einer langen Zeit des Schweigens legte sie einfach auf, ohne ein Wort des Abschieds, saß minutenlang nur da und rauchte eine Zigarette. In einem Impuls wollte er aufspringen, sie fragen, was los sei, aber seine innere Stimme hielt ihn davon ab. Irgendwann schlüpfte sie wieder zu ihm ins Bett, nach drei oder vier Zigaretten. Als die Letzte zu Ende geraucht war, hatte sie die Schachtel zerknüllt. Sie musste leer sein, sonst hätte sie sicher noch weiter geraucht. Sie stank nach Nikotin und noch nach etwas anderem, das er zunächst nicht einordnen konnte. Da dämmerte es ihm, dass seine süße, duftende Sarah nach Schweiß roch, und nicht nur das, er nahm tatsächlich diesen unangenehmen säuerlichen Angstschweiß wahr, den er so gut von seinen Panikpatienten kannte. Während Sarah neben ihm in einen unruhigen Schlaf fiel, machte er die ganze Nacht kein Auge mehr zu.

Sarah

Sie erwachte am nächsten Morgen mit rasenden Kopfschmerzen. Voller Reue fielen ihr die vielen Zigaretten wieder ein, die sie geraucht hatte. Und noch etwas anderes drängte sich in ihr Bewusstsein, etwas, das sie am liebsten schleunigst vergessen hätte: Eine stöhnende Stimme am Telefon, ein Loch in der Wand zur Nachbarwohnung und der Mann, der aller Wahrscheinlichkeit nach jetzt dort wohnte. Sie hielt die Augen geschlossen, versuchte ihre Gedanken zu ordnen. Mit einer Hand tastete sie neben sich, fand nur ein leeres Laken. Plötzlich hellwach richtete sie sich auf, wo war Max? Da ertönte das Rauschen der Dusche im Bad, und sie ließ sich erleichtert wieder in die Kissen fallen. Draußen war es stockfinstere Nacht. Sarah schaltete den Wecker aus, bevor er ein zweites Mal schellen konnte, und ihre Kopfschmerzen noch verstärken würde, dann wickelte sie sich in ihre Decke, schnappte sich frische Unterwäsche, die Jeans von gestern und ein weinrotes Shirt und schlurfte Richtung Badezimmer. Max stand mit seinem prachtvollen Körper in der Duschkabine und ließ sich das heiße Wasser über den Rücken rieseln, er hatte dabei die Arme verschränkt und die Augen geschlossen. Dampf hüllte alles in einen warmen, feuchten Mantel. Der Spiegel war beschlagen, und Sarah musste sich erst ein kleines Loch frei wischen, um sich betrachten zu können. Was sie sah, gefiel ihr gar nicht. Die Zahnbürste in der Hand schrubbte sie ihre Zähne, um wenigstens den schlechten Geschmack aus dem Mund zu bekommen. Das Rauschen des Wassers hörte auf.

„Guten Morgen, ich hatte gehofft, du würdest zu mir hier rein kommen." Sarah murmelte etwas Unverständliches, den Mund voller Schaum.

„Findest du es eigentlich nicht etwas eigenartig, dass du dich sogar in deine Decke hüllst, wenn du ganz alleine bist und durch deine eigene Wohnung läufst?" Sie unterbrach die Attacke auf ihre Zähne.

„Es ist kalt", nuschelte sie zur Antwort. Max ließ es so stehen, rubbelte sich ab.

„Muss noch schnell Heim. Ich habe zwar eine frische Boxershorts mitgenommen, aber ich fürchte, meine Klamotten stinken derart verqualmt, dass ich mir noch neue holen sollte." Sarah schnupperte an ihrer eigenen Jeans und verzog das Gesicht, dann erwiderte sie schnippisch:

„Sag doch gleich, wie Scheiße du es findest, dass ich geraucht habe. Wenn es dir nicht passt, warum bist du dann geblieben?" Sie war selber nicht gerade stolz darauf und empfand sich schon, noch während sie dies zu ihm sagte, als unausstehlich. Aber sie machte es noch schlimmer. Sie war mit einem Mal unglaublich wütend und suchte ein Ventil. Max stand hier, und so bekam er die geballte Ladung an Wut ab.

„Ich habe dir gesagt, dass ich niemand Festes brauche, folglich ist es mir auch egal, was du von mir und meinen Zigaretten hältst, ich brauche dich hier nicht, okay?" Nun war es passiert. Abwehrend, genervt, aber auch mit einem gekränkten Ausdruck in den Augen, hob er die Arme.

„Gestern klang das zwar komplett anders, aber, alles klar! Und was die Zigaretten angeht, habe ich kein Problem, ist deine Sache und dein Körper. Ich stehe nur nicht besonders drauf, okay? Und von dir so angemacht zu werden, darauf stehe ich erst recht nicht, ich habe dir nichts getan." Nackt, wie Gott ihn geschaffen hatte, verließ er das Badezimmer. Sarah schloss hinter ihm ab und warf sich unter die Dusche.

Als sie frisch, sauber und duftend wieder ins Wohnzimmer trat, hielt sie vergeblich nach ihm Ausschau, er war bereits gegangen. Erschöpft ließ sie sich auf einen ihrer Stühle fallen. Auf dem Tisch stand eine dampfende Tasse Kaffee. Er hatte sich bisher so fabelhaft verhalten, ihre Launen ertragen, sogar Kaffee hatte er noch gekocht. Sie konnte einfach nicht begreifen, was plötzlich in sie gefahren war. Schon wieder quälte sie dieser entsetzlich schmerzende Juckreiz. Vielleicht hatte sie irgendeine Allergie, von der sie bisher nichts wusste. Sarah schlürfte an ihrem Kaffee, sie sollte Sandy anrufen und sich noch einmal mit ihr verabreden. Sandy um sich zu haben fühlte sich so gut an, beim letzten Treffen war sie gestärkt zurückgekehrt, beinahe ein neuer Mensch, wenngleich Sandys Ratschläge so absolut verwirrend gewesen waren. Komischerweise empfand Sarah keinerlei Bedürfnis danach, eine ihrer alten Freundinnen zu kontaktieren. Nicht einmal Anja wollte sie anrufen, und dass war wirklich ihre allerbeste Freundin. Sie hatte sogar schon eine Woche vor Sarah mit der ärztlichen Tätigkeit begonnen, allerdings in München, weit weg und in einer Frauenklinik. Anja hatte schon vom ersten Semester an Gynäkologin werden wollen. Ein Wunsch, den Sarah überhaupt nicht nachvollziehen konnte. War sie überhaupt richtig in der Psychiatrie? Die Notfallsituation mit Herrn Schrenk hatten ihr das Blut rauschen, das Adrenalin sie beflügeln lassen. Etwas Somatik wäre vielleicht doch nicht das Verkehrteste. Okay, mit Anna war sie weiter gekommen, aber was mit Adrian los war, gab es noch zu lösen. Gestern schien ihr durchaus die Möglichkeit zu bestehen, dass er gar nicht in die Psychiatrie gehörte. Aber heute, nachdem sie eine Nacht darüber geschlafen hatte, erfasste sie die Überzeugung, sie hätte sich das sprechende Baby nur eingebildet, eine Geburt ihrer überspannten Nerven. So ein Blödsinn, wie konnte man auch nur eine Sekunde in Erwägung ziehen, dass etwas Derartiges real war? Sie seufzte, richtete ihren Blick auf das verschobene Bücherregal, ihr Herz setzte einen Schlag aus. Eine Reihe schien etwas verschoben worden zu sein, ein Spalt war entstanden, und das könnte just die Stelle sein, an der... Sarah sprang auf, hastete zum Regal und starrte fassungslos und mit klopfendem Herzen auf das gähnend schwarze Loch. Der Pappkarton lag gelöst im Regal und die beiseite geschobenen Bücher gaben den Blick frei auf ihr Wohnzimmer und alles, was darin passierte. Sarah zwang sich dazu, langsamer zu atmen, sie drohte beinahe zu hyperventilieren. Das Loch war frei, er musste demnach irgendwann heute Nacht den Pappkarton beiseite gedrückt haben, um dann mit seinen Klauen die Bücher beiseite zu schieben. Und sie wusste ganz genau, wann er das getan hatte. Ein Brechreiz stieg in ihr auf, sie begann zu würgen, rannte zur Toilette und erbrach sich.

Ihre Beine schienen ihr nicht so recht zu gehorchen, dennoch schritt sie tapfer am Pförtner vorbei und Richtung Treppenhaus. Sie hatte die Pappe wieder über das Loch geklebt, doch dies Mal anstatt der Bücher ihre Stereoanlage davor geschoben. Mit sehr gemischten Gefühlen erklomm sie die Treppe. Heute würde sie ihren ersten Dienst absolvieren müssen. Der entscheidende Vorteil bestand darin, dass sie nicht nach Hause musste. Allerdings war er ihr bisher körperlich immer nur in der Klinik begegnet, und das wiederum verursachte ihr Angstschauer, die ihr den Rücken runterrieselten. Auch traute sie sich ganz und gar nicht zu, mit allen Situationen, denen sie sich im Dienst stellen musste, umgehen zu können. Sie wünschte sich in diesem Moment sehnlichst die Studentenzeit zurück. Unterwegs war sie an einem Zigarettenautomaten vorbeigekommen und hatte nicht widerstehen können. Eine Schachtel Marlboro steckte nun in ihrer Tasche, und sie freute sich schon jetzt auf den Augenblick, in dem sie diese öffnen, und sich genüsslich eine anstecken würde. Unangenehmerweise fühlte sie sich so, als müsse sie eigentlich schon wieder duschen, dabei war es erst zwei Stunden her, dass sie sich gründlich eingeseift hatte. Aber die Aktion mit der Stereoanlage, die sie viel zu viel Zeit gekostet hatte, und die darauf folgende Hetze, waren Schuld an zwei unübersehbaren Schweißflecken unter ihren Achseln, ein unangenehmer Geruch, der von ihr selber ausging, stieg ihr in die Nase. So ein Mist. Sie hatte nur eine Wahl, in die Umkleidekabine zu gehen, das Shirt auszuziehen, sich zu deodorieren, und den Kittel quasi auf die nackte Haut zu ziehen. Niemandem würde es auffallen, und sie lebte nicht in ständiger Angst, zu stinken. Es kostete sie viel Überwindung, den Ort zu betreten, in dem sie ihm zum ersten Mal begegnet war. So schnell sie konnte, zerrte sie das Oberteil über ihren Kopf, warf es in das obere Fach, holte einen Deostift aus ihrem Spind, fuhr sich mehrer Male damit unter die Achseln, zog sich dann in Windeseile den Arztkittel über und knöpfte ihn zu. Sie atmete erleichtert auf und verließ fluchtartig die Umkleide.

Von der Frühbesprechung bekam sie nicht viel mit, nur soviel, dass Max ihrem Blick auswich. Sie bekam den Dienstfunk übergeben, und das Dienstbuch, danach trabte sie wieder auf Station.

„Max, alles okay?" Er lief einige Schritte vor ihr, und sie holte ihn ein.

„Was soll sein, außer, dass du heute früh ziemlich schlechte Laune hattest, die über mich ergossen hast, und dich überhaupt ziemlich eigenartig verhältst." Er blieb stehen, sah sie aus traurigen, aber wachen Augen auffordernd an. „Was ist los mit dir, Sarah? Am Anfang schienst du so voller Lebendigkeit, so…anders eben." Beide schwiegen. Es bekümmerte sie sehr, das aus seinem Mund zu hören, natürlich war ihr Verhalten indiskutabel gewesen, aber sie konnte ihm ja nicht erzählen, was los war. Am Ende stellte der Gelbäugige nicht nur eine Gefahr für sie, sondern auch für alle dar, mit denen sie doch noch über ihn sprechen würde. Folglich kniff sie den Mund zusammen.

„Hat dich dieser seltsame Typ noch mal belästigt? Der mit den gelben Augen, ist es das?" Heftig schüttelte sie mit dem Kopf, sah ihn dabei nicht an. Er seufzte.

„Dann kann ich dir nicht helfen, Sarah." Er wirkte gekränkt, frustriert, zugleich sprach Trauer aus seinem Blick. „Weißt du", fügte er etwas milder hinzu, „ich muss einfach auch selber zusehen, dass ich mein eigenes Leben wieder geregelt bekomme. Und ich habe auch nicht das Gefühl, schon dein Vertrauen gewonnen zu haben, sonst würdest du reden. Ich spüre doch, etwas stimmt hier ganz und gar nicht. Gestern habe ich dir kurz abgenommen, dass es tatsächlich mit deinen Tagen zusammenhängen könnte, prämenstruelles Syndrom oder so etwas, aber irgendwie glaube ich das nicht mehr."

„Du willst doch nicht Schluss machen, oder?" Ängstlich sah sie zu ihm auf.

„Mit was denn Schluss machen? Ich dachte, du wolltest nie etwas Festes, dann kann man es auch nicht beenden, oder?"

„Du hast natürlich recht, wie dumm von mir", gab sie kleinlaut und traurig zurück. Max seufzte.

„Na komm, lass den Kopf nicht hängen, es wird schon irgendwie, wir kriegen das hin. Lass der Sache Zeit." Das er das sagte, klang irgendwie eigenartig und nicht passend. Sie wollte doch eigentlich gar nichts Richtiges von ihm, oder? Sie verstand es nicht mehr, war verwirrt. Ein langes Schweigen entstand, dann lächelte er. „Du hast heute auch noch deinen ersten Dienst, stimmt's? Nervös?"

„Wie war das bei dir?", kam ihre Gegenfrage.

„Naja, aufgeregt war ich schon, aber letztendlich ist in der Nacht so gut wie gar nichts passiert. Allerdings habe ich trotzdem kaum geschlafen, aus lauter Angst, gleich würde der Dienstfunk losgehen." Sie lächelten sich an. „Also, packen wir's."

„Jawohl." Sarah spürte Erleichterung darüber, dass sich die Stimmung zwischen ihnen wieder ein wenig aufgelockert hatte. Max nickte ihr noch kurz zu und schritt dann Richtung Arztzimmer. Peter Schrenk hatte tatsächlich einen Vorderwandinfarkt erlitten und blieb erst mal in der Inneren. Dennoch machte Max keine Anstalten, ihr einen neuen Patienten zu übergeben. Sie war jetzt die zweite Woche hier, und es schien ihr, als wäre sie vollkommen ineffektiv. „Ach, Max!" Er drehte sich noch mal um. „Möchtest du mir nicht noch einen deiner Patienten überlassen? Der Herr Schrenk wird eine ganze Weile in der Inneren bleiben, vermute ich." Max zögerte.

„Vielleicht Annette Winkler, komm rein!" Er winkte Sarah, ihm ins Arztzimmer zu folgen. „Setz dich doch bitte." Er kramte Frau Winklers Akte hervor. „Sie ist ein psychiatrisches Polytrauma, musst du wissen. Panikattacken, generalisierte Angststörung, Sozialphobie und," er sah hoch. „das Schlimmste für mich, und deshalb von Vorteil, wenn du sie tatsächlich übernimmst, sie ist komplett in mich verschossen." Sarah musste unweigerlich grinsen. „Wir laborieren mit Antidepressiva, Selbstsicherheits- und autogenem Training herum. Wir starten auch gerade mit einem sozialen Kompetenztraining. Sie tut sich schwer, das muss man schon sagen. Also Exposition wollte ich ihr noch nicht zumuten."

„Sie wird sauer sein, dass du sie nicht mehr behandeln willst." Er seufzte.

„Ich weiß, aber was soll ich machen? Ich denke, es ist die richtige Entscheidung.

„Okay, dann statte ich der Dame gleich mal einen Besuch ab."

„Viel Glück." Er lächelte müde.

Annette Winkler sah sie entgeistert an.

„Sie sind jetzt meine Ärztin? Aber was ist mit Dr. Horak, ist er krank? Ich habe ihn doch heute früh schon gesehen."

„Wissen sie, ich habe letzte Woche angefangen, hier zu arbeiten, um Dr. Horak zu entlasten. Für einen ist die Stationsarbeit nicht zu schaffen, deshalb übernehme ich die Hälfte seiner Patienten", versuchte sie ihr schonend beizubringen.

„Aber warum gerade mich?", jammerte Annette. „Himmel, es geht mir nicht gut, mein Herz...", sie begann zu japsen, atmete viel zu schnell und viel zu tief. Sarah tastete nach dem Puls, sie zählte hundert Schläge in der Minute.

„Atmen Sie langsamer, Frau Winkler, Sie hyperventilieren." Doch Annette steigerte sich nur noch mehr hinein.

„Hier, atmen Sie da rein." Sie reichte ihr eine Tüte, die anscheinend für genau diese Fälle bereit lag. Allmählich beruhigte sie sich wieder.

„Oh nein, oh nein", jammerte Annette. „Warum ich? Ich habe ihn genervt, ich habe das gespürt."

„So ein Unsinn. Ich soll einfach möglichst Patienten mit unterschiedlichen Krankheiten behandeln, reiner Zufall, dass Sie da perfekt hineinpassen", log Sarah. Skeptisch blickte ihre neue Patientin sie an.

„Jetzt ist sowieso alles hoffnungslos, ohne Dr. Horak."

„Irgendwann werden Sie mich bestimmt auch mögen, ich mache meine Sache wirklich gut, glauben Sie mir." Die andere sah sie müde an. „Ich lasse Sie jetzt erst einmal alleine, dann können Sie das in Ruhe verdauen, in Ordnung?" Annette nickte kaum merklich. Schweren Herzens verließ Sarah das Patientenzimmer. Sie fühlte sich schon jetzt wie ausgelaugt, wie sollte sie bloß die nächsten vierundzwanzig Stunden überstehen? Sarah blieb als nächstes vor Zimmer sechzehn stehen, Anna Winterfelds Zimmer. Sie klopfte und eine fröhliche Anna strahlte ihr entgegen.

„Was ist denn hier passiert?" Verdutzt blieb Sarah auf der Schwelle stehen. Beinahe entschuldigend zuckte Anna mit den Schultern, dann begann sie zögernd zu berichten.

„Ich habe meine Zwischenmahlzeit in Rekordzeit geschafft, und es war gar nicht so schlimm… Danke, es hat so gut getan mit Ihnen zu reden."

„Wie ich mich für Sie freue!" Sarah war aufrichtig entzückt.

„Und dann habe ich gestern noch eine ganze Weile mit Adrian Steinbach geplaudert." Ein verdächtiges Funkeln trat in ihre Augen. „Wissen Sie, er ist ganz anders als die anderen Männer. Ich weiß, dass alle ihn für komplett durchgeknallt halten, aber er sieht einfach nicht nur meinen Körper, er sieht mich." Sie deutet mit beiden Händen auf ihr Herz. In Sarah schrillten alle Alarmglocken.

„Ich dachte, Sie misstrauen Männern?" Anna lächelte verlegen.

„Ich sagte doch, er ist irgendwie anders, finden Sie nicht auch, dass er phantastisch aussieht?" Jetzt musste Sarah sich setzen. Das ging ihr dann doch jetzt alles ein bisschen zu schnell. Gerade noch hatte sie Anna als schroff, kalt und unerbittlich empfunden, fast als therapieresistent, und dann ein Therapiegespräch später war sie wie ausgewechselt, und das alles nur, weil sie über ihren Vater gesprochen hatte. Oder war vielleicht doch hauptsächlich das Gespräch mit Adrian Schuld an ihrem Stimmungswechsel?

„Über was haben Sie sich denn mit Herrn Steinbach unterhalten?" Anna wirkte nun plötzlich wie ein kleines Mädchen, beinahe entschuldigend flüsterte sie:

„Wir haben über meinen Vater gesprochen. Und Adrian hat gesagt, er könne sehen und spüren, wie ich mich jetzt befreien könnte. Es…es fühlte sich nicht so an, als sei er auch ein Patient. Ich habe es tatsächlich zeitweise vergessen. Es war eher so, als spräche ich mit einem Arzt oder einem Heiler, irgendwie so etwas."

Sarah war zunächst sprachlos, dann fing sie sich wieder.

„Er hat Sie quasi therapiert?" Ein sturer Gesichtsausdruck kehrte auf Annas Züge zurück.

„Wir haben uns unterhalten, ist das verboten?" Sarah durfte die gerade erst erworbene Bindung zu ihrer Patientin nicht aufs Spiel setzten und beeilte sich deshalb zu sagen.

„Nein, Anna, es ist großartig, dass Sie sich öffnen können, und auch noch vor einem Mann." Aber in ihr begann ein unangenehmes, leises, nagendes Gefühl von Eifersucht zu keimen, während sich Anna wieder entspannte. „Haben Sie ihm noch etwas erzählt, dass ich noch nicht weiß?", fuhr Sarah fort. Anna zögerte.

„Ja, davon wie oft mein Vater zu mir kam, und wann, und was er mit mir getan hat… Alles einfach." Anna blinzelte trotzig eine Träne weg, die sich aus ihrem Auge stahl. Sarah schluckte. Das war ja unerhört, wie hatte Adrian das alles aus dieser einst so verhärmten Person herausgebracht?

„Wissen Sie, Frau Wohlfart, nach unserem Gespräch, Ihrem und meinem, fühlte es sich an, als sei ein Damm gebrochen. Aber Adrian hat es geschafft, ihn komplett

174

einzureißen." Fasziniert und eindeutig verknallt sah sie Sarah triumphierend und stolz in die Augen. „Er ist der einfühlsamste Mensch, den ich in meinem Leben getroffen habe." Und sie sah richtig hübsch aus, als sie das sagte.

Verwirrt zog Sarah die Tür hinter sich zu. Innerlich rang sie mit sich. Sollte sie freudig überrascht sein, oder erbost, weil er sich in ihre Therapie eingemischt hatte? Eindeutig hatte er Anna zu riesigen Fortschritten verholfen, aber deren verliebter Blick hatte Sarah einen Stich versetzt. Irgendwie hatte sie sich eingebildet, Adrian gehöre ihr, sie allein nähme seine erotische Anziehungskraft war. Das war alles völlig idiotisch und unprofessionell, das war ihr bewusst, dennoch fühlte sie so, es ließ sich nicht ändern. Und hatte er nicht auch in ihr etwas ausgelöst, eine Art Beistand geleistet, der das Verhältnis komplett umgedreht hatte, sie zur Patientin hatte werden lassen? Was verkörperte er? Sie musste es einfach herausfinden. Entschlossen ging sie auf Zimmer fünf zu und klopfte. Sie hörte ihn an die Tür kommen, ihr Herzschlag beschleunigte sich. Als er öffnete verschlug es ihr die Sprache. Nie hatte er besser ausgesehen. Es war, als hätte er beschlossen, von einen auf den anderen Tag gesund zu werden. Die Augen leuchteten klar und wach, seine Gesichtszüge wirkten weich, entspannt und konzentriert und seine Haltung sprach von Lässigkeit. Eine Schrecksekunde lang machte sich die Angst in ihr breit, er würde Annas Gefühle erwidern, und dies hätte auch diese verblüffende Verwandlung ausgelöst. Vielleicht spielte es für ihn tatsächlich keine Rolle, wie eine Frau aussah und die dürre Anna mit all ihren Tiefen hatte sein Herz erobert. Er lächelte sie mit aller Hingabe an.

„Komm doch rein." Er hielt konsequent daran fest, sie zu duzen. Sachte berührte er sie am Arm und führte sie hinein.

„Du siehst schrecklich aus, Sarah!" Eine Sorgenfalte hatte sich auf seiner Stirn gebildet."

„Und was ist mit dir, du wirkst so normal, ist es vorbei, siehst und hörst du nichts mehr?" Ohne es zunächst registriert zu haben, war auch sie in die Du-Form gerutscht. Ein kurzes Zögern, dann lächelte er.

„Oh doch, aber ich bin wild entschlossen, so schnell wie möglich als gesund geltend entlassen zu werden. Ich denke, jemand braucht mich." Anna, fuhr es ihr durch den Kopf. Er wollte Anna helfen. Ihre Beine ließen nach, doch zum Glück stand sie am Bett, und konnte sich auf die Kante fallen lassen. Er setzte sich sogleich neben sie.

„Was hast du?" Er griff ihre Hand und legte die andere unter ihr Kinn, um ihren Kopf zu sich zu drehen. Sarahs Herz schlug nun so heftig, dass sie befürchtete, er könnte es hören. Beide saßen sie so nahe beieinander, dass Sarah den leichten Druck seiner Oberschenkel spüren konnte. Sekundenlang sahen sie sich in die Augen, ihr Herz zog sich vor Sehnsucht zusammen, während sie sich in dem Braun seiner Iris verlor.

„Ich habe etwas sprechen hören", kamen die Worte plötzlich aus ihrem Mund, „ein Baby!" Seine Augen begannen zu leuchten. „Es schwitzte und seine Mutter kümmerte sich nicht darum. Es trug diesen unglaublich dicken Schneeanzug und darüber noch eine Daunendecke. Es bat mich, ihm zu helfen." Adrian schluckte.

„Das ist wunderbar, Sarah!" Alles an ihm schien plötzlich zu strahlen, sein Blick saugte sie förmlich in sich auf, seine Hand, die immer noch unter ihrem Kinn lag, führte Sarahs Kopf sanft zu sich her. Sie schluckte, ihr Herz schlug immer wilder und sie nahm seinen atemberaubenden, männlichen Duft wahr. Nur noch wenige Zentimeter trennte sie von seinem Mund, der sich leicht öffnete und die ganze Zeit schauten sie sich intensiv an, schienen im gleichen Takt zu atmen. Für diesen Moment gab es kein Gestern, kein Heute und kein Morgen, kein krank und gesund, keine Zweifel und keine Sorgen mehr. Es gab nur noch sie und ihn und diesen wunderbaren Augenblick. Energisch klopfte es an die Tür, und die beiden stoben auseinander.

„Nanu, was ist denn hier los, bei was habe ich Sie denn erwischt?" Dieses Mal meinte es Trude nicht so ernst, aber erstaunt war sie dennoch, bei dem Anblick der erschrockenen Frau Doktor und dem ungewohnt verletzlich wirkenden Herrn Steinbach. Sie kannte ihn wohl schreiend und verzweifelt, aber so?

„Ach Trude, wir sind einfach ziemlich intensiv in der Therapie. Was gibt es denn?" Sarah hatte sich zum Glück rasch gefangen.

„Habe vorhin nur das hier liegen lassen." Sie wies auf eine Box in der das Thermometer lag. „ Lassen Sie sich nur nicht stören, bin schon wieder draußen." Und sie huschte hinaus. Seit dem Infarkt von Herrn Schrenk war Trude wie umgewandelt, behandelte Sarah mit Respekt und Achtung. Die Tür fiel ins Schloss.

„Was passiert hier?", flüsterte sie. Adrian schluckte, fuhr sich mit der Hand durchs Haar.

„Wir fühlen uns hingezogen zueinander." Seine Augen verengten sich, fixierten sie. „Um genau zu sein, seit dem ersten Augenblick, oder nicht?"

„Das geht aber nicht." Sie sprang auf. „Schließlich bist du, sind Sie mein Patient, und ich, ich bin Ihre Ärztin." Verzweifelt sah sie zu ihm hinunter, suchte seinen Blick.

„Ich sagte doch, ich werde alles tun, so schnell wie möglich als gesund entlassen zu werden." Er erhob sich ebenfalls.

„Was ist zwischen Ihnen und Anna?" Sie konnte es nicht zurückhalten, Adrian lachte.

„Du bist ja eifersüchtig." Die Schamesröte stieg ihr in die Wangen, und sie wandte sich von ihm ab.

„Anna tut mir einfach leid, ich will ihr helfen. Aber du bist mir wichtig, und wie es dir geht." Er hielt inne. „Erzähl mir, wenn du noch mal etwas hörst, versprichst du es mir?" Sie drehte sich ihm wieder zu, verunsichert und zugleich Hilfe suchend.

„Ja, das werde ich tun", flüsterte sie

„Danke, Sarah. Es bedeutet mir so viel. Jemand, der das auch erlebt, das ist eine große Sache für mich. Weißt du, ich habe erst einen einzigen Menschen getroffen, der meine Fähigkeiten geteilt hat."

„Wer, wer war es?" Atemlos wartete sie auf Antwort. Er zögerte, aber nur kurz.

„Ich denke, es ist kein Zufall, dass es meine Exfreundin war, der erste Mensch, der mich nicht für verrückt hielt. Sie sah mich, wie ich bin."

„Wie lange wart ihr zusammen?" Erstaunt stellte sie fest, dass sich ihr Herz zusammenzog, bei dem Gedanken an diese Frau, die ihr Leben mit Adrian geteilt, seinen Mund geküsst, seinen Körper berührt hatte.

„Sieben Jahre", flüsterte er. Ihr Mund fühlte sich trocken an.

„Das ist eine lange Zeit. Ich meine, was ist passiert, warum ist es vorbei?"

„Ein anderer Mann, einer der keine Stimmen hören konnte. Ich glaube, sie wollte diese Seite in sich am Schluss verleugnen, sie akzeptierte sie nicht mehr. Und ich erinnerte sie täglich daran, dass sie existent war. Ich denke, ihr neuer Freund ahnt auch nichts davon." Darauf wusste sie nichts zu sagen, fragte sich jedoch, wie man so etwas vor seinem Lebenspartner verbergen konnte.

„Ich muss weiter, meine anderen Patienten warten."

„Kommst du später noch einmal vorbei?" Erwartungsvoll schaute er sie an, kam einen Schritt auf sie zu.

„Ich habe Dienst, es findet sich bestimmt noch ein Zeitpunkt, ich verspreche es." Seine Augen funkelten.

„Wunderbar! Eine gemeinsame Nacht." Er grinste und Sarah wandte sich schleunigst ab, verließ beinahe fluchtartig sein Zimmer. Konnte man vor seinen Gefühlen davonlaufen?

Um halb acht am Abend war sie mit allem fertig, was sie sich vorgenommen hatte. Wenn gerade nichts anderes anfiel und der Dienst ruhig war, bot es sich an, Liegengebliebenes aufzuarbeiten, so Max. Der hatte sich zurückhaltend in einem unbeobachteten Moment mit einem schnellen, kurzen Kuss auf den Mund von ihr verabschiedet, und ihr viel Glück gewünscht. Jetzt saß sie im Halbdunkel ihres Arztzimmers und wartete. Sollte sie sich auf den Weg zum Dienstzimmer machen? Es sollte dort angeblich einen Fernseher geben. Da Sarah selber keinen besaß, hatte das durchaus etwas Verlockendes. Sie rang mit sich, ob sie tatsächlich noch mal kurz zu Adrian schauen durfte. Sie traute sich selber nicht mehr über den Weg. Es wäre überhaupt kein Problem, ihm morgen zu erzählen, der Dienst hätte sie komplett beansprucht. Doch da ging ihr Funker und keine Sekunde später klopfte es an der Tür.

„Sarah, komm schnell, Annette Winkler tickt gerade so richtig aus." Sarah sprang auf, riss die Tür auf und folgte der aufgeregten Nachtschwester zu ihrer neuen Patientin. Annette Winkler schrie wie am Spieß, so dass sich Sarah wunderte, dass sie es nicht schon im Arztzimmer gehört hatte.

Schweißüberströmt und mit panikgeweiteten Augen rannte diese wie ein Tiger im Käfig nervös auf und ab.

„Wir brauchen Tavor i. v., rasch lauf", ordnete sie an, und die Nachtschwester sauste los. Sarah wandte sich an Annette. „Alles wird gut, gleich geht es Ihnen besser, Frau Winkler." Die Schwester kam mit der aufgezogenen Spritze zurück. „Was hat es ausgelöst?" Sarah nahm das Medikament entgegen.

„Keine Ahnung, plötzlich hat sie angefangen zu schreien." Der Verlust von Dr. Horak hatte ihren Zustand kurzfristig verschlechtert, tippte Sarah. Die Schwester hielt die tobende Patientin fest, aber es schien aussichtslos, sie brauchten Verstärkung von der Nachbarstation. Als nach wenigen Minuten ein kräftig gebauter Pfleger mit anpackte, konnte Sarah endlich erfolgreich das Tavor setzen.

„So, das wäre geschafft, wenn noch etwas sein sollte, funk' mich an, dann muss sie eventuell auf die Intensiv, aber bleib erst mal bei ihr."

„Alles klar." Die Nachtschwester wirkte erfahren, kompetent und sicher im Auftreten. Sarah hatte sofort Vertrauen zu ihrem Können. Mit einem guten Gefühl verließ sie das Zimmer, nicht bevor sie sich bei dem Pfleger, der ausgeholfen hatte, noch bedankt hatte. Auf dem Gang hielt sie inne. So viel war heute passiert, dass sie ihre Angst und die Gefahr, in der sie sich unterschwellig die ganze Zeit zu befinden schien, erfolgreich verdrängt hatte. Doch jetzt blieb sie erschrocken stehen, vor der Stationstür stand eine ins Halbdunkel gehüllte Gestalt. Sarahs Herz begann sofort wie wild zu galoppieren, das war er, eine Gewissheit überfiel sie, die ihr die Luft zum Atmen nahm, sie spürte wie sie anfing, zu röcheln, nahm mit geschärften Sinnen den Schweiß wahr, der ihr in leisen Rinnsalen den Rücken entlang tropfte. Wie angewurzelt blieb sie stehen.

Gleich musste der Pfleger auf den Gang treten, sie betete, er würde es sofort tun. Die Tür schwang auf. Immer noch konnte Sarah nicht erkennen, wer dort auf sie zukam. Ihr ganzer Körper schien sich zu verzerren, seine Form löste sich auf, sie hatte plötzlich das Gefühl, ein Arm würde anfangen zu wachsen, streckte sich dem unerwünschten Besucher entgegen, sie konnte nichts mehr sehen, Nebel tanzte vor ihren Augäpfeln.

„Sarah, was hast du?" Das Bild wurde wieder scharf, ihr Körper fühlte sich normal an, und die Gestalt vor ihr, die sie erschrocken musterte, nahm Kontur an.

„Mein Gott, Sandy, dem Himmel sei Dank."

„Wen hast du denn erwartet? Du siehst furchtbar aus!"

„Was tust du hier, wie hast du mich gefunden?" Der Schreck wich einem Erstaunen über das Auftreten ihrer Freundin.

„Naja, ich wusste ja, wo du arbeitest, und da du telefonisch nicht erreichbar warst, dachte ich mir, ich versuche es hier mal. War sowieso auf dem Weg zu einer Bekannten, die ganz in der Nähe wohnt." Sandy steckte in einem wallenden purpurfarbenem Gewandt und passte so gar nicht hierher, irgendwie war Sarah das peinlich, eilig versuchte sie Sandy ins Arztzimmer zu bugsieren.

„Was hast du plötzlich?" Sandy wollte sich nicht führen lassen.

„Ich habe Dienst, da empfängt man eigentlich keine Besucher, auch wenn es lieb gemeint ist." Der Pfleger von der Nachbarstation tauchte auf, schaute Sarah leicht irritiert an und ging dann kopfschüttelnd weiter. Hatte er Sandy gesehen? Wohl kaum, Sarah hatte diese bereits erfolgreich ins Zimmer geschoben, zumindest erklärte das aber den fragenden Blick des fremden Pflegers.

„Sandy, es ist unheimlich lieb von dir, aber es ist mir auch ein wenig unangenehm. Jeden Augenblick könnte der Funker gehen, und ich müsste dich dann hier sitzen lassen, überall liegen vertrauliche Akten herum und…." Zum ersten Mal erlebte Sarah ihre neue Freundin geknickt, ja beinahe gekränkt, und sofort bereute sie ihre Worte. „Sandy, es tut mir leid, es ist natürlich schön, dass du gekommen bist." Diese hatte sich schnell wieder im Griff und schon ging wieder eine Aura an Überlegenheit und Weisheit von ihr aus.

„Ich habe mir Sorgen gemacht. Ich habe schon eine Weile nichts mehr von dir gehört. Ist dieser unheimlich Mann noch mal aufgetaucht, und wie läuft es mit Max?" Sarah seufzte und stritt Ersteres schweren Herzens ab. Sie würde nicht ein Sterbenswörtchen über ihre Lippen schlüpfen lassen. Sie nahm die Drohung ihres Verfolgers inzwischen mehr als ernst.

„Aber zwischen mir und Max, da läuft etwas, ich bin mir nur nicht sicher, ob ich das wirklich will…"

„Und Adrian?" Sarah sah zu Boden

„Wir hätten uns vorhin beinahe geküsst", flüsterte sie. Sandy wich erschrocken zurück.

„Ich habe dir doch gesagt, dass er eine Gefahr für dich ist, halte dich fern von ihm." Sandy wirkte schlagartig richtig wütend, und Sarah wich erschrocken vor ihr zurück. Einen kleinen Moment verspürte sie fast so etwas wie Angst in Gegenwart der Freundin, sie fühlte sich wie ein unartiges Mädchen, dass bei etwas Verbotenem erwischt worden war. „Du musst auf mich hören, es ist wichtig." Eindringlich und fest schaute sie Sarah in die Augen. Diese fühlte sich zerknirscht.

„Ich weiß", war alles, was sie heraus brachte.

„Dann sieh dich vor." Sandy erhob sich. „Ich muss gehen, und du wirst arbeiten müssen. Lass uns morgen telefonieren und ein Treffen ausmachen, okay? Neulich hat ja leider nicht geklappt, sorry noch mal." Sie lächelte Sarah gewinnend an.

„Alles klar, danke dir." Die Freundin winkte ihr noch einmal zu und verließ dann das Arztzimmer. Sarah fühlte sich ausgelaugt, wie hohl von innen, und der brennende Juckschmerz schien von Stunde zu Stunde schlimmer zu werden, sie sollte einen Termin bei einem dermatologischen Kollegen machen. Außerdem überlegte sie den ganzen Tag schon, wann sie sich mal eine Zigarette genehmigen könnte. In diesem Moment war die Gier so groß, dass sie nicht mehr warten wollte. Sie kramte ihr Päcken aus der Tasche und schlich sich über den Gang und in die Besuchertoilette. Sie wusste, es war mehr als verboten und außerdem entwürdigend. Aber es gab ein Fenster pro Kabine und sie würde es weit öffnen und den Qualm hinaus blasen. Eilig schloss sie sich in einer Kabine ein. Es stank sowieso nach Zigarette. Wahrscheinlich war sie nicht die Einzige, die diesen Frevel begann, schließlich galt Rauchverbot auf dem gesamten Areal, bis auf den Vordereingang, da wo ihr am ersten Tag die qualmenden Patienten begegnet waren, und einem abgeteilten Bereich der Cafeteria im ersten Stock. Natürlich wollte sie nicht so offensichtlich ihrem Laster frönen und zog diese Variante vor. Gerade als sie sich ihre Kippe angezündet hatte, und den ersten genießerischen Zug tat, hörte sie, wie sich die Tür zu den Toiletten öffnete. Sie hielt die Luft an. Die Nachtschwester würde doch sicher auf das Personalklo gehen, oder hatte sie den Braten gewittert und würde Sarah zur Rede stellen? Schritte näherten sich ihrer Kabine. Die Außentür fiel ins Schloss. Sarah hörte ein Atmen und sofort bekam sie eine Gänsehaut, es gehörte ihm, es war sein Atmen. Sie spürte wie sich sämtliche Haare ihres Körpers aufstellten. Seine Füße schoben sich unter ihre Tür und sie konnte seine Schuhe sehen, dreckige derbe Bauarbeiterstiefel. Es herrschte Stille, lediglich sein Atmen klang laut und deutlich durch ihre Kabinentür. Vor

Schreck ließ Sarah die Zigarette in die Toilette fallen, umschlang schützend ihren Oberkörper mit den Armen. Ganz langsam drehte sich das Schloss ihrer Tür. Er musste es mit einem Geldstück oder Ähnlichem von außen öffnen. Sarah wich zurück, verzweifelt suchte sie den kleinen Raum nach etwas ab, dass ihr helfen, oder als Waffe dienen konnte, ihr Blick fiel aus dem Fenster, aber es war zu hoch, um zu springen. Ihr Puls raste, in ihrem Kopf hämmerte es, schnell entschlossen, versuchte sie mit aller Kraft, die sie aufbringen konnte, den großen Klopapierhalter aus der Wand zu reißen. Wohl nicht mehr besonders fest installiert, gab er schließlich nach. Angespannt starrte sie auf das Schloss, den Kasten fest umklammert, bereit zuzuschlagen. Knarrend öffnete sich die Tür, sie holte aus, schlug zu, doch ein eisenharter Arm fuhr blitzschnell nach vorne und zerschmetterte ihren kläglichen Versuch, sich zu verteidigen. Mit einem lauten Krach donnerte der Kasten gegen die Tür und schlug ein Loch hinein. Hatte es die Nachtschwester gehört? Ihr Verstand wünschte es sich, während ihr Herz vor Angst erzitterte. Er lachte böse.

„Was soll das, Täubchen, willst du mich verärgern?" Seine gelben Augen klebten an ihrem Körper, Speichel troff aus seinem Mund. Hilflos ließ sie zu, dass er auf sie zukam. Die Kabine war so klein, dass sein Gesicht keine fünfzehn Zentimeter vor ihrem schwebte. Er stank aus dem Mund, und wieder überkam Sarah ein Brechreiz, doch er bewegte sein Gesicht nur noch näher an ihres.

„Endlich sind wir allein, mein Täubchen." Seine Klauen griffen nach ihrem Kittel und voller Schaudern viel ihr ein, dass sie darunter fast nackt war. Er riss mit einem Ruck die Druckknöpfe auseinander und sie stand vor ihm, die Brüste nur noch von ihrem Büstenhalter verdeckt. Er röchelte. Ein Speichelfaden löste sich und viel ihr auf den Arm. Sie fühlte sich angewidert, traute sich aber nicht, ihren Arm am Kittel abzuwischen. Hinter ihr gab es keine Ausweichmöglichkeit mehr, es sei denn, sie hätte sich durch das über dem Klo offen stehende Fenster gestürzt. Wenn er sie jetzt vergewaltigten wollte, hatte sie nur eine Chance sich zu wehren, sie musste schreien und um sich schlagen, aber sie blieb nur steif und stumm stehen, ließ zu, wie seine Ekel erregenden Hände nach ihrer Brust griffen. Sie schloss die Augen, spürte die Klauen, fest eiskalt und schmerzhaft auf dem empfindlichen Gewebe. Wieder vernahm sie sein Stöhnen, das ihr durch Mark und Bein ging. Sie sollte versuchen, aus ihrem Körper zu gleiten, schon öfters hatte sie gehört, dass dies möglich sei, hinausschweben und unbeteiligt von außen beobachten können, was ihrem Körper da widerfuhr. Aber leider roch sie ihn, spürte schmerzhaft seine drängenden, fordernden, grapschenden Berührungen. Er presste sich an sie und seine aufgesprungenen Lippen suchten ihren vor Schreck verzerrten Mund. Da umfing sie wie vom Himmel geschickt, eine sich ihr erbarmende, rettende Dunkelheit, ließ sie hinabgleiten in tiefe Bewusstlosigkeit, und dankbar flüchtete sich Sarah in die Geborgenheit einer wohltuenden Ohnmacht.

Sie erwachte erst wieder, als der Funker unaufhörlich empörte Signale von sich gab. Sie lag auf dem Boden, der Kittel geöffnet. Wo war er? Panisch sah sie zu ihrer Hose. Sie war geschlossen. Erleichtert atmete sie auf, sie hatte wohl Glück gehabt, und er hatte ihre Ohnmacht nicht ausgenutzt, sie zu vergewaltigen. Rasch knöpfte sie ihren Kittel wieder zu. Wie lange hatte sie so dagelegen? Zehn Minuten, eine Viertelstunde? Erschrocken stellte sie nach dem Blick auf ihre Uhr fest, dass eine ganze Stunde vergangen war, seit sie zum Rauchen auf die Toilette gegangen war. Ihre Beine fühlten sich an wie Pudding, sie war sich überhaupt nicht sicher, ob sie so noch weiter arbeiten konnte. Der Funker gab keine Ruhe. Zitternd verließ sie die Toilette. Sollte sie ihren Oberarzt anfunken, oder sich krank melden? Das ging nicht, dazu hätte sie mit der Wahrheit heraus müssen, und das durfte sie nicht. Sie erreichte das Arztzimmer. Warum hatte er sie liegen lassen? Er hätte haben können, was er wollte. Oder wollte er mehr, war das nicht alles, was er begehrte? Sie fühlte sich hilflos, ausgeliefert und unendlich müde. Mit klammen Fingern ergriff sie das Telefon, wählte die Nummer, die auf dem Funker stand.

„Frau Dr. Wohlfahrt, endlich. Sie müssen an ihren Funker gehen, was meinen Sie, was hier los ist, wenn ich Sie nicht erreiche?" Der Pförtner schien ehrlich erbost. „Ich stelle jetzt durch, ich habe ein Gespräch von auswärts." Sarah seufzte und unterhielt sich danach einige Minuten mit einer besorgten Mutter, die ihre Tochter für selbstmordgefährdet hielt. Nach einiger Zeit registrierte Sarah, aus welchem Einzugsgebiet die Frau anrief, und verwies diese an die dortige Kinder- und Jugendpsychiatrie. Minutenlang starrte sie vor sich hin. Ihr Kopf schien ein Wirrwarr aus Gedanken und Emotionen zu beherbergen. Angst und die große Frage, was sie überhaupt gegen den Gelbäugigen unternehmen konnte, beschäftigten Geist und Seele. Er war in die Nachbarwohnung gezogen, er schien sie ohne Unterlass zu beobachten, lauerte ihr auf, bohrte Löcher in die Wände, tatschte sie an, tätigte schmutzige Anrufe, hundert Gründe, um ihn für eine Weile mit Hilfe der Polizei auszuschalten. Aber konnte sie ihm etwas nachweisen? Was war, wenn er alles abstritt und sofort wieder auf freien Fuß kam? Man wusste ja, wie so etwas lief. Die Opfer wurden zu Tätern, und am Ende stand der Vorwurf der Verleumdung. Sie kratzte sich geistesabwesend ihren juckenden Arm. Vielleicht war sie gar nicht allergisch. Wenn dieser widerliche Kerl ihr ein Loch in ihre Wand bohrte, um sie zu beobachten, dann konnte er ihr auch unbemerkt etwas gebracht haben, dass diese seit einigen Tagen unerträglichen Missempfindungen auslöste. Fieberhaft überlegte sie, was sie zu sich genommen oder in ihr Zimmer gestellt hatte und nicht aus ihrer Hand kam. Da überfiel sie die Erinnerung an diese kleine Pflanze. Sie hatte eines Tages vor ihrer Tür gestanden. Sarah war davon ausgegangen, sie kam von Herrn Ritter. Er wohnte einen Stockwerk tiefer und hatte ihr schon öfters einen Ableger verehrt, da er wusste, wie sehr Sarah Pflanzen liebte. Es war ein außergewöhnlich schönes, üppiges, aber ihr unbekanntes Exemplar. Bisher hatte sie es nicht geschafft, bei Herrn Ritter ein Dankeschön loszuwerden. Die Pflanze, deren kleine Knöspchen gerade zu prachtvollen, rosafarbenen Blüten aufbrachen, stand direkt neben ihrem Bett. Oder was war mit dem Stück Kuchen? Frau Ritter wiederum stellte ihr öfters eines auf einem Teller vor ihre Tür. Irgendwie schienen sie beide Sarah gegenüber elterliche Gefühle zu hegen, und bisher hatte sie sich das gerne gefallen lassen. Aber war das neulich wirklich ein Kuchen von Frau Ritter gewesen? Wenn sie dieser unheimliche Unbekannte nicht einfach vergewaltigen wollte, vielleicht hatte er dann vor, sie systematisch fertig zu machen. Ein dezent vergifteter Kuchen, eine Pflanze, die permanent irgendwelche juckreizfördernden Partikel ausstieß, die Tatsache, dass er sie beobachten konnte, wann immer er wollte, alles sprach dafür, dass er nicht nur besessen war von ihr, nein er hatte viel mehr vor. Er wünschte, sie zu terrorisieren und zu quälen, wollte sie systematisch psychisch vernichten. Nervös und erregt schaltete sie den Computer ein, surfte durchs Netz, durchsuchte sämtliche botanische Seiten, um sich Bestätigung für diesen so verworrenen, skurril erscheinenden Gedanken zu holen. Wahrscheinlich steigerte sie sich da in etwas hinein. Ein vergifteter Kuchen, eine Pflanze, die quälenden Juckreiz auslöste, allein durch ihre Anwesenheit, so ein Blödsinn, konstatierte sie. Doch dann hielt sie die Luft an. Da war sie, ihre Pflanze, als äußerst giftig eingestuft:

Vakula taransis. Nur in tropischen Gegenden heimische, schnell wachsende Kletterpflanze, rosa blühend, mehrmals im Jahr. Das Gift befindet sich in der Frucht, die sich nach der Blüte bildet. Schon im Umkreis von mehreren Metern besitzt die Pflanze die Eigenschaft, bei Mensch und Tier einen schmerzhaften Juckreiz auszulösen. Vakula taransis hält dadurch Pflanzenfresser von sich fern, die sie ansonsten ihres wohlschmeckenden, nicht giftigen Laubes berauben würden. Der Juckreiz kann bei dauerhafter Exposition chronifizieren.

Scharf stieß sie die Luft aus. Sie musste es mit einem Wahnsinnigen zu tun haben. Er war nicht nur, wie sie bisher angenommen hatte, ein gefährlicher Spanner, der ihr an die Wäsche wollte, und zu harten Drohungen griff, um zu bekommen, was er wollte. Sie war zum auserwählten Opfer eines völlig Durchgeknallten geworden, eines unberechenbaren Verrückten. Hier ging es tatsächlich um ihr Leben und um das nackte Überleben.

Lange saß Sarah auf ihrem Stuhl, starrte den Bildschirm an, inzwischen hatte sich längst der Bildschirmschoner eingeschaltet. Natürlich war die Angst auch vorher groß gewesen, hatte sie Furcht vor seinen Drohungen gehabt, so sehr, dass sie sich nicht einmal getraut hatte, jemandem davon zu erzählen, weil sie an seine Gewalttätigkeit geglaubt hatte. Aber das war nichts im Vergleich zu der alles umfassenden Angst, die sie jetzt ergriff, ihr die Kehle zuschnürte, sie keinen klaren Gedanken mehr fassen ließ, sie kroch in ihr hoch und erfüllte jede Faser ihres Körpers mit grausigem Schrecken. Ohne dass sie darüber nachdachte, was sie tat, stolperte Sarah aus dem Zimmer und wie ferngesteuert blieb sie vor Nummer fünf stehen, klopfte vorsichtig. Zunächst rührte sich nichts, und sie wollte schon umkehren, da ihr Verstand sie gerade einzuholen drohte. Er war ja nicht nur ihr Patient, ihr kamen auch Sandys Worte wieder in den Kopf:

„Ich habe dir doch gesagt, dass er eine Gefahr für dich ist, halte dich fern von ihm."

Mehrmals hatte Sandy dies bereits betont, und Sarah vertraute ihrer neuen Freundin eigentlich. Sie sollte auf deren Rat hören, die Bande, die sich bereits zwischen ihr und Adrian gebildet hatten durchtrennen, nicht noch einen Schauplatz der Gefahr aufbauen. Doch es war zu spät, noch davon zu laufen, Adrian öffnete ihr die Tür, bekleidet nur mit einer Boxershorts. Und aller Widerstand zerbrach, als sie ihn so dastehen sah.

„Ich wollte doch noch einmal vorbeischauen." Adrian runzelte verdutzt die Stirn. Es war ihr bewusst, was für einen seltsamen Eindruck das Ganze auf ihn machen musste, es war schließlich mitten in der Nacht. Aber im Gegensatz zu vorhin schien er das, was er sah, nicht ignorieren zu können. Unruhig schweifte sein Blick immer wieder über ihren Kopf, oder schien durch sie hindurch zu wandern, sein Gesichtsausdruck beunruhigte sie.

„Was ist los, was siehst du?" Sie hatte die Kraft nicht mehr, das förmliche Siezen durchzuhalten, sie brauchte einen Freund, und zu dem sagte man einfach „Du". Sie verdrängte Sandys Warnungen, verbannte sie tief ins Innere ihres Hirns, denn Adrian war der Mensch, den sie jetzt um sich haben wollte. Er wiederum entschloss sich wohl dazu, für sich zu behalten, was ihn so in Unruhe versetzte, denn er schüttelte nur mit dem Kopf.

„Nichts, da ist gar nichts." Er log, und sie wusste nicht, was sie davon zu halten hatte. „Du siehst noch schlechter aus als vorhin, was ist geschehen?"

„Nichts, da ist gar nichts", gab sie die Antwort zurück, dann trat sie ein und schloss die Tür hinter sich. Dunkelheit umgab sie beide, denn er hatte sich nicht die Mühe gemacht, das Licht einzuschalten, bevor er ihr öffnete. Sekundenlang hörte man sie beide nur atmen, dann hielt sie es nicht mehr aus, tastete sich vor, und als sie seinen nackten Oberkörper berührte, ließ sie sich in seine Arme gleiten, fest und sicher umschlossen sie Sarah, schenkten ihr Geborgenheit, Kraft und Zuversicht. Sie kuschelte ihren Kopf an seine behaarte Brust, und er umfing sie mit streichelnder Zärtlichkeit, bis sich sein Gesicht im Dunkeln dem ihren nährte. Sie konnte ihn fühlen, sein Atem warm auf ihrer Haut. Und endlich, weich und sanft trafen seine Lippen auf ihre. Vorsichtig zunächst und zögerlich, später leidenschaftlich und voller Begierde. Sie verschmolz mit ihm, verlor sich in ihren Gefühlen, die voller Überschwang, Verlangen und Liebe waren. Hier stand sie also in der Finsternis seines Krankenzimmers und küsste Adrian, ihren Patienten. Aber es war ihr egal, es hatte keinen Sinn mehr, es zu leugnen, niemals in ihrem Leben hatte sie so für einen Mann empfunden wie für Adrian. Sie wurden nicht müde, sich zu küssen, und als es dann doch soweit war, sie atemlos Luft schöpfen mussten, legten sie sich schweigend nebeneinander auf das Bett. Adrian hielt sie von hinten fest umschlungen, und sie genossen die Gegenwart des jeweils anderen. So befreit und schwerelos hatte sich Sarah schon lange nicht mehr gefühlt. Umhüllt von einem Gefühl der Wohligkeit trieb sie in einen traumlosen Schlaf.

Adrian

Ihr Körper schmiegte sich weich und weiblich an den seinen. Und trotz aller Leidenschaft war diese Berührung so rein, das Körperliche überstrahlt von ihrer seelischen Übereinkunft. Sie hatten sich nur geküsst, und dennoch fühlte er sich erotisierter und berauschter als je zuvor. Er liebte sie, ihren Körper, aber vor allen Dingen ihr Wesen und ihre Seele. Wie hatte er sich diesen Moment ersehnt, und doch hielt ihn nicht sein unverhofftes Glück wach. Die Sorge ließ ihn keine Ruhe finden. Das Gefühl, dass irgendetwas mit und um Sarah vor sich ging, war übermächtig. Sarah schwebte in größter Gefahr, aber auf Grund seiner Gefühle für sie, fehlte ihm die nötige Objektivität, das, was er sah, richtig zu deuten. Er wollte sie warnen, beschützen, ihr helfen. Aber wie sollte er das anstellen, wenn er die Quelle nicht erkannte, von der das Unheil ausging? Überhaupt schienen die Stimmen und Bilder an Klarheit zu verlieren, wurden undeutlicher, und er wusste nicht so recht, was er davon halten sollte

So hielt er sie einfach nur in seinen Armen und versuchte, ihr innerlich Trost zu spenden, mehr konnte er im Moment nicht ausrichten. Plötzlich nahm er wahr, dass um ihn herum absolute Stille herrschte, zum ersten Mal in seinem Leben. Die Stimmen schwiegen, aber warum? Fast empfand er es als unheimlich und bedrückend, denn er kannte es nicht. Erfüllte ihn seine Liebe zu Sarah so stark, dass sie seine Fähigkeiten trübte? Schon öfter hatte er die Erfahrung gemacht, dass aufwühlende Emotionen negativen Einfluss auf seine speziellen Sinne haben, er sie nur noch schwer verstehen konnte. Aber ein absolutes Verstummen war bisher noch nie vorgekommen. Aber so wie er seine Fähigkeiten zugleich als Fluch und Gabe empfand, wusste er auch jetzt nicht, ob er sich über die Stille freuen, oder sie verteufeln sollte. Denn die Stimmen und Bilder, die er empfing, waren sein einziger Strohhalm, Sarah zu helfen. Wie sehr diese Frau doch sein Leben durcheinandergewürfelt hatte, zunächst riesige Verwirrung gestiftet und seine Wahrnehmungen ins Unerträgliche hatte steigern lassen, und nun ebbten sie plötzlich ab, schenkten ihm Frieden und Ruhe, aber auch leise Verzweiflung, er fühlte sich machtlos.

Gegen Morgen schrak sie auf, sah ihn mit angstgeweiteten Augen an, ihr Kittel klebte verschwitzt an ihrem Körper.

„Ich sollte nicht bei dir sein, mein Gott." Sie rückte ab, etwas ging in ihr vor sich, dass er nicht verstand. „Sie hat mich doch gewarnt," flüsterte sie. Erkannte er da etwa Furcht in ihren Augen, Furcht vor ihm? Er bemühte sich zu erkennen, was um sie herum geschah, aber er sah nichts außer der fahlen Dunkelheit eines spätherbstlichen Morgens.

„Du hast doch nicht etwa …Angst vor mir?" Ungläubig setzte auch er sich auf.

„Weiß nicht, sollte ich?" Entsetzt, ratlos und enttäuscht verfolgte er, wie sie aufstand, den Kittel glatt strich, kurz zögerte.

„Es ist unmöglich, Adrian. Was auch immer mit dir ist, oder mit uns, ich kann nicht." Ein trauriger Blick, ein Anflug der Gefühle des vorherigen Abends in ihrem Gesicht, dann war sie verschwunden. Adrian starrte auf die Tür, die sie soeben vorsichtig, um niemanden zu wecken, hinter sich geschlossen hatte. Er fühlte, wie sein Herz in zwei Hälften zersprang, und niemand kommentierte dieses brutale, niederschmetternde Geschehen. Die Stimmen schwiegen noch immer.

Max

Er saß auf dem Sofa und ließ seinen Blick durch den Raum gleiten. Lynet hatte alles mitgenommen, was ihr persönlicher Besitz war. Die gemeinsamen Anschaffungen, Möbelstücke, Bilder oder CDs jedoch standen, hingen und lagen noch unangetastet an ihren gewohnten Plätzen. Es war wohl unter ihrer Würde gewesen, sich etwas davon auszusuchen, aber sie hätte es tun sollen, was sollte er noch damit? Am stärksten hatte ihn seltsamerweise der Anblick des Badezimmers berührt. Alles um ihr Waschbecken herum war leer geräumt, die Ablage, das Schränkchen, einfach alles. Nichts erinnerte mehr an sie. Er meinte, Lynet hätte ihre Seite sogar noch geputzt, um auch wirklich das kleinste Überbleibsel von ihr noch wegzuwischen und auszulöschen.

So fing es an in einer Liebe. Die Frau deponierte eine Zahnbürste, einen Deostift, ein Duschgel, Tampons in den männlichen vier Wänden, und ehe man sich's versah, war das gesamte Arsenal weiblicher Schönheitspflege im eigenen Bad versammelt, ließen gerade noch Platz für den Rasierapparat und einen Herrenduft, den man von ihr geschenkt bekommen hatte. Man schmunzelte darüber, was frau so alles braucht, lachte über Gurkenmaske und Nagelpflegeöl, um dann den ganzen Plunder in die gemeinsame Wohnung zu schleppen, in der der Mann eisern seine zwanzig Zentimeter Platz im Bad zu verteidigen suchte. Jetzt hatte er genug davon, gähnende Leere schenkte diesem Raum eine karge, bedrückende Atmosphäre. So fing alles an, und so hörte es auch wieder auf.

Und mit Sarah lief es auch nicht gerade sonderlich gut. Noch immer empfand er sehr starke Gefühle für sie, vor allem körperlicher Natur, aber ihre komplizierte, launische und unentschlossene Persönlichkeit ließen ihn wieder einen Schritt zurückweichen. Sie war durch und durch unberechenbar. Er hatte wirklich nicht den blassesten Schimmer, wie es jetzt weiter gehen sollte. In der Küche holte er sich ein Bier aus dem Kühlschrank, und empfand Erleichterung darüber, dass sie heute Dienst hatte, und er nicht in die Verlegenheit kam, sie besuchen zu müssen. Ein Abend mit ein paar Bier, ein schöner Actionfilm und dann früh ins Bett gehen, das würde genau das Richtige sein heute.

Erstaunlicherweise schlief er tatsächlich sehr gut. Die schlaflose letzte Nacht bei Sarah hatte ihm wohl doch mehr zu schaffen gemacht als vermutet. Früher hätte er so etwas locker weggesteckt, vielleicht meldete sich tatsächlich schon sein Alter, er war schließlich keine zwanzig mehr. Nach einem schnellen Kaffee und einer kurzen Dusche machte er sich frisch und erholt auf den Weg zur Klinik.

Auf Station herrschte ein heilloses Durcheinander. Der Hausmeister lief mit einer großen verbeulten Klorollenbox durch die Gegend. Die Schwestern fegten nervös über den Flur und Sarah lehnte frierend und mit kalkweißem Gesicht an der Wand im Schwesternzimmer. Ihre Augen traten übergroß aus den Höhlen.

„Was ist hier denn los? Sarah, schlimme Nacht gehabt?" Doch Trude war schneller.

„Ach was, verschlafen hat sie alles, und die Nachtschwester war wohl auch taub, steckte bei der Winkler fest, nichts ist ihr aufgefallen."

„Aber was? Was hätten die beiden denn bemerken sollen?" Max verstand nur Bahnhof.

„Na Randalierer waren heute Nacht am Werk. Da, sehen Sie sich das mal an." Sie zerrte ihn auf den Flur und ins Besucherklo. Dort, wo die Aufbewahrungs- und Halterungsbox

194

für das Klopapier gehangen hatte, war die Wand stark beschädigt und der Putz bröckelte herab. Auf die Tür schien irgendjemand mit voller Wucht eingeschlagen zu haben, denn ein großes Loch prangte genau in deren Mitte. Max kratzte sich nachdenklich am Kopf.

„Und niemand hat etwas bemerkt? Ich meine, das muss doch einen ordentlichen Krach gemacht haben."

„Ich habe schon mal ein seltsames, lautes Geräusch gehört", mischte sich die Nachtschwester nun ein, die hinter Max getreten war, „aber als ich auf den Gang geeilt bin, war alles wieder mucksmäuschen still. Ich hätte auch gar nicht orten können, von woher der Lärm gekommen war. Ich habe mich davon überzeugt, dass alle Patienten in ihren Betten liegen, dann bin ich zurück zu Frau Winkler, die inzwischen eingeschlafen war."

„Und Sarah?"

„Die sagt, sie sei im Dienstzimmer gewesen, und dass ist ja sogar auf einem anderen Stockwerk," übernahm Trude wieder das Wort.

„Na, dann dürfte es schwierig sein, den Schuldigen zu finden." Max trottete zurück ins Schwesternzimmer, um Sarah zur Frühbesprechung mitzunehmen.

„Du siehst grauenvoll aus, Sarah, schlecht geschlafen oder viel zu tun gehabt?" Besorgt registrierte er die dunklen Ringe unter ihren sonst so wunderschönen Augen, und selbst die Sommersprossen schienen zu verblassen. Sarah zuckte nur mit ihren Schultern.

„Tut mir leid, was da passiert ist", flüsterte sie.

„Im Besucherklo?." Max war verdutzt. „Da kannst du doch nichts dafür. Das regelt jetzt der Hausmeister, wir sind nur für die Patienten da." Sie blickte auf den Boden, fuhr sich durch ihr Haar, das in schlaffen Locken schwunglos an ihr herunter hing. „Komm Sarah, nur noch die Übergabe, dann hast du es geschafft und kannst nach Hause gehen." Sie starrte ihn an. Entsetzen lag für einen Moment in ihrem Blick, wich aber sogleich matter Erschöpfung. Mit kraftlosem Schritt folgte sie ihm zur Frühbesprechung, in der sie monoton, distanziert, und wie es schien unbeteiligt, von den Ereignissen der letzten Nacht berichtete, ebenso von der beschädigten Besuchertoilette. Niemand wusste etwas oder hatte ähnlichen Vandalismus auf seiner Station bemerkt.

Karst, der rechts neben Max saß, stubste diesen in die Seite.

„Dein Betthäschen schaut ja furchterregend aus heute früh. Kaum hier angefangen und registriert, dass der Ernst des Lebens jetzt beginnt, bröckelt auch schon der Putz von der liebreizenden Fassade." Er kicherte.

„Das ist nicht komisch, Volker!"

„Ist es nicht?" Der ließ sich seinen Spaß nicht verderben und flüsterte seinem rechten Nachbarn wohl die gleichen Worte zu, der die Sache aber ebenso komisch zu finden schien wie Volker, denn nun kicherten sie im Duett.

„Das ist ja der reinste Kindergarten." Max erhob sich, dankbar, dass die Frühbesprechung vorbei war. „Auch für euch gab es mal einen ersten Dienst und euch ist der Arsch auf Grundeis gegangen."

„Nee, mir nie, war schon immer eine coole Sau." Volker versetzte ihm einen Schlag auf die Schulter. Max stöhnte genervt und rannte dann hinter Sarah her, die schon die Tür zum Treppenhaus geöffnet hatte.

„Soll ich heute Abend nach der Arbeit vorbei kommen?" Dankbar sah sie ihn an, und erstmals an diesem Morgen huschte ein Lächeln über ihre Züge.

„Das wäre wirklich sehr lieb von dir." Er freute sich, wenn sie erstmal richtig ausgeschlafen war, wer weiß, vielleicht würden sie dann doch noch einen ganz netten Abend miteinander verbringen.

Sarah

Wie in Trance schlich sie die Straße entlang, in ihrem Kopf tobten die Gedanken all dieser verwirrenden und beängstigenden Ereignisse der letzten Tage. Sie hatte sich so sehr geschämt, als ihr die ramponierte Toilette gezeigt worden war. Aber was blieb ihr anderes übrig, als zu schweigen? Ein Wahnsinniger verfolgte sie, trachtete nach ihrem Leben und ihrer Gesundheit, versuchte sie zu manipulieren, ihr Denken, Fühlen und Sein. Niemand würde vorher sagen können, was er als nächstes im Sinn hatte. Sie wusste nur, sie wollte niemanden da mit rein ziehen, das war ihr schwarzer Peter. Weder Max, noch Sandy, noch sonst irgendjemand sollte ausbaden, was ihrer Person galt. Zur Polizei besaß sie kein Vertrauen mehr, sie war sich sicher, dass die auch nichts gegen ihren Verfolger ausrichten konnten. Und Adrian? Der gestrige Abend schien ihr in seiner Intensität und magischen Schönheit unübertroffen. Aber dann hatte sie dieser Traum gequält:

Sie sitzt auf einem hohen Berg, doch es gibt keine Aussicht, das Tal liegt in einem tiefen Nebel verborgen, da entdeckt sie Sandy. Sie sitzt lachend auf einer Wolke und winkt ihr zu. Sarah winkt freudig zurück, doch plötzlich ruft Sandy ihr etwas zu, sie wirkt besorgt, doch Sarah versteht sie nicht. Der Wind trägt jedes Wort fort in die Weiten des Himmels, treibt nun auch Sandys Wolke mit sich. Verzweifelt gestikuliert Sandy mit den Armen, bewegt ihren Mund in stummen Schreien, bald ist sie nur noch ein Punkt am Firmament, dann ganz verschwunden. Da fühlt Sarah einen kalten Hauch hinter sich, spürt seine Krallen auf ihrem Nacken. Der Nebel ist emporgestiegen, sie kann jetzt ihre eigene Hand vor Augen nicht mehr sehen. Sie hat panische Angst, dreht sich um und

kann nichts erkennen, nur eine vom Nebel umhüllte Gestalt.
Um sie herum beginnen Pflanzen zu wachsen, es ist die giftige
Vakula taransis aus ihrem Schlafzimmer, sie wächst
blitzschnell in die Höhe, umschlingt Sarah und die Klaue, die
immer noch an ihrem Nacken liegt, plötzlich hat sie das Gefühl,
keine Luft mehr zu bekommen. Da spricht die Gestalt aus dem
Nebel zu ihr, beugt sich vor und schaut sie mit einer verzerrten
Fratze an, voller Entsetzen erkennt sie Adrians Züge und er
lacht, lacht sie aus, sein Gelächter wird immer schriller,
schneidend wie ein Schwert.

Da war sie endlich aufgewacht, schweißgebadet und voller
Panik. Adrian lag neben ihr, aber sein Anblick hatte die Angst
in ihr geschürt, der Traum, aber auch Sandys Worte hallten in
ihrem Kopf und gaben ihrer Furcht Nahrung. Sie musste
vorsichtig sein, nicht noch mehr aufs Spiel setzten, Risiken und
Gefahren so klein wie möglich halten, flüchten. Und das hatte
sie dann auch getan. Sie war vor ihm davon gelaufen, sie
durfte die Zeichen nicht länger ignorieren.

Das Haus ragte mächtig und trist vor ihr in den grauen
Himmel, aus dem es fortwährend nieselte. Konzentriert
versuchte sie die Fenster auszumachen, in denen ihr Feind jetzt
wohnte, es mussten die zwei ohne Vorhänge sein, aber hatte sie
nicht gerade etwas gesehen, bewegte sich dort jemand und
verbarg sich im Halbdunkel der Wohnung? War er zu Hause?
Sollte sie es überhaupt wagen, da hinauf zu gehen? Schließlich
nahm sie all ihren Mut zusammen und stieß die
unverschlossene Haustür auf, rannte nach oben, stolperte, fing
sich wieder und kam keuchend im dritten Stock an. Ihr Herz
hämmerte. Sie starrte auf die Tür der Nachbarwohnung, wich
entsetzt zurück. Vor der Tür lagen, achtlos hingeworfen, zwei

dreckige derbe Bauarbeiterstiefel, dieselben, die sich letzte Nacht unter die WC -Tür geschoben hatten. Jetzt gab es überhaupt keinen Zweifel mehr, er wohnte hier, und er war auch zu Hause. Eilig schloss sie die Tür auf und huschte in die vermeintliche Sicherheit ihrer vier Wände, denn geborgen und beschützt fühlte sie sich dort schon lange nicht mehr, im Gegenteil. Sie schlüpfte aus ihren Schuhen und ins Wohnzimmer. Laut drang der Straßenlärm in die ansonsten totenstille Wohnung. Sarah überprüfte zunächst das Regal und stellte erleichtert fest, dass alles noch an seinem Platz war. Sie atmete auf und ließ sich schwerfällig in ihren Korbsessel fallen.

„Kasimir, wo bist du?" Sie sehnte sich nach dem weichen, schnurrenden Fellknäuel auf ihrem Schoß. „Kasimir, komm schon her!" Wo steckte dieses sture Viech nur? Normalerweise kam er ihr entgegen gelaufen, sobald sie über die Schwelle trat. Er war eine reine Hauskatze, verfressen, anschmiegsam und faul, forderte seine Streicheleinheiten, wann immer sie greifbar war. Aber jetzt war er wie vom Erdboden verschluckt. Irritiert erhob sie sich, begann ihren Kater zu suchen. An seinen üblichen Lieblingsplätzen war er nicht. Viele Möglichkeiten gab es ja nicht in dieser kleinen Wohnung. Vielleicht im Kleiderschrank? Unter den Küchenschränken, im Badezimmer? Nichts, kein Kasimir. Zum Schluss kroch sie unter das Bett. Und da lag er tatsächlich, zusammengerollt und friedlich. Sie atmete auf, wollte ihn hervorlocken, doch er rührte sich nicht.

„Kasimir, was ist los mit dir?" Voller Sorge zog sie ihn unter dem Bett hervor. Eine düstere Vorahnung schob sich in ihren Kopf. Das Schlimmste befürchtend beugte sie sich zu ihm hinunter. Doch er atmete noch, ganz flach zwar, aber er lebte. Kasimir war ein alter Kater, aber immer gesund gewesen, hart im Nehmen und pflegeleicht. Oh Gott, *er* wird ihm doch nichts getan haben? War *er* etwa hier in ihrer Wohnung gewesen?

Inzwischen schien alles möglich. Sie spürte, wie sich ein Schweißfilm auf ihrer Stirn bildete, die Angst erneut an die Oberfläche drängte, in panikartigen, übelerregenden Wellen. So musste sich Annette Winkler fühlen, schoss es ihr plötzlich durch den Kopf. Sarah schnappte sich ihren Kater, drückte ihn beschützend an sich, spürte, wie die Tränen in ihr aufstiegen.

„Was hat er dir gegeben, mein Liebling?" Sie schniefte, drückte ihr tränennasses Gesicht in sein warmes, beruhigendes Fell. Da fiel ihr Blick auf die giftige Pflanze, deren Bild sie gestern im Netz so geschockt betrachtet hatte. „Hast du davon gegessen, Kasimir?" Sarah untersuchte die Pflanze, konnte aber keine der vermeintlich giftigen Früchte erkennen. Einzig die ersten Blüten öffneten ihre Kelche und verströmten einen zarten Duft. Beinahe sofort machte sich der Juckreiz wieder bemerkbar. Am ganzen Körper hatte sie inzwischen rote, aufgerissene Kratzspuren, die sich da und dort sogar begannen zu entzünden.

„Die muss jetzt raus." Behutsam setzte sie Kasimir in den Sessel, dann schnappte sie sich einen Müllbeutel und ließ die Pflanze hineingleiten, verknotete das Plastik und stellte das Ganze rasch vor die Tür. Sogleich fühlte sie sich besser. Beinahe reglos lag der Kater da, wenn er ihn vergiftet hatte, musste sie sofort zum Tierarzt. Plötzlich war ihr, als ob sich Kasimir schon eine ganze Weile ein wenig seltsam benommen hätte, schlapp und nicht ganz er selber. Es gab Fälle von allmählicher Vergiftung, sie hatte in der Presse davon gelesen. Ihr fiel auch dieser Politiker aus dem Osten wieder ein, der ohne es zu bemerken Stück für Stück vergiftet worden war. Wenn der Gelbäugige nun täglich einen präparierter Köder durch das Loch in der Wand geworfen hatte, wäre es ihr nicht aufgefallen, sie hatte ja nicht einmal das Loch bemerkt, eine besorgniserregende Erklärung für Kasimirs Zustand. „Himmel, wo befinde ich mich? Mitten in einem Thriller?" Sie durfte keine Zeit mehr verlieren, wickelte den Kater in eine Decke und legte ihn dann vorsichtig in sein Transportkörbchen, er machte keinen Mucks, obgleich er sich sonst immer mit Krallen und sogar Zähnen wehrte.

Mit hundert Sachen düste sie durch die Dreißiger-Zone, doch als sie an der Tierarztpraxis ankam, war Kasimir bereits tot. Sie konnte es nicht fassen. Tränen der Wut und der Trauer liefen ihr über die Wangen. Ihr geliebter treuer Kater war gestorben. Mitten auf dem Gehweg ließ sie sich auf den kalten Boden fallen, schluchzte und jammerte. Eine Hand legte sich auf ihre Schulter. Mit pochendem Herzen fuhr sie hoch, sich sicher, wem sie sich gegenüber sehen würde. Doch es war nur ein älterer Herr, der sie besorgt fragte, ob er ihr helfen könne. Sie verneinte, riss sich dann zusammen und stieg wieder in ihr Auto. Eigentlich fühlte sie sich tot müde und wie zerschlagen, sie musste dringend schlafen, aber sie wusste auch, dass es ihr jetzt nicht gelingen würde. Sie fuhr zehn Kilometer in die freie Natur und begrub Kasimir unter einem Obstbaum. Den Spaten hatte sie aus einem Baumarkt am Stadtrand rausgeholt. Sie legte ein paar größere Steine auf sein Grab, und hoffte, es so wieder zu finden. Einige Minuten hielt sie inne und dachte an ihren munteren, gemütlichen Gesellen, dann machte sie sich schweren Herzens wieder auf den Heimweg.

Die Bauarbeiterstiefel lagen noch immer unberührt vor seiner Tür, Sarah schluckte und versuchte möglichst leise in ihre Wohnung zu schlüpfen. Vielleicht bemerkte er nicht, dass sie nach Hause kam. Ein Blick Richtung Regal versicherte ihr, dass das Loch immer noch verbaut war, sie entledigte sich im Badezimmer ihrer Kleidung, huschte unter die Dusche und genoss eine halbe Stunde lang das Gefühl von heißem Wasser auf nackter Haut, danach kuschelte sich in einen Jogginganzug.

Gerade als sie wieder ins Wohnzimmer tapste, sah sie es. Es war größer als das erste, und ragte dunkel und bedrohlich aus der Wand direkt neben dem Regal. Ihr Herz vollzog einen wilden Galopp. Warum war ihr das bisher entgangen? Hatte er etwa daran gearbeitet in der Zeit, in der sie geduscht hatte? Voller Panik rannte sie zum Papiermüll, kramte ein Stück Pappe hervor und drückte es auf das neue Loch. Wenn sie jetzt versuchen würde, durch das Loch zu schauen, könnte sie ihn wahrscheinlich sehen. Ihr Herzschlag wurde immer wilder, der Jogginganzug fühlte sich schon wieder klamm und feucht an, auf ihrer Haut, die unerträglich juckte. Es klingelte an der Wohnungstür. Sarah presste beide Hände gegen die Pappe. Wer konnte das sein? Gehetzt schaute sie Richtung Tür. Erneut klingelte es. Nervös zerrte sie am Tesafilm, versuchte notbehelfsmäßig die Pappe an der Wand zu halten. Es klingelte ein drittes Mal, dringlicher, wie es schien, und fordernder. Was sollte sie tun? Sich schlafend stellen? Wer wusste außer *ihm*, dass sie zu Hause war? Auf Zehenspitzen schlich sie zur Tür, presste das Ohr gegen das Holz, und versuchte etwas zu hören. Doch alles, was sie vernahm, waren raschelnde Schritte, die sich langsam entfernten, stockten, um dann wieder umzukehren. Sarah hielt die Luft an.

„Sarah, ich weiß doch, dass du da bist, mach auf!" Sandy! Mit einem Seufzer der Erleichterung öffnete sie die Tür, die sie, wie seit kurzem immer, verschlossen und verriegelt hatte.

„Hi, habe ich dich geweckt?" Sarah war wirklich überrascht

„Nein, nein, schön dass du gekommen bist, komm rein." Sandy streifte ihre flachen Stiefel ab.

„Ich wusste ja, wo du wohnst, und ehrlich gesagt, ich habe seit gestern Abend keine Ruhe mehr gefunden. Ich musste einfach kommen." Verblüfft schaute Sarah ihre Freundin an.

Ihr Herzschlag beruhigte sich allmählich und sie fühlte sich bedeutend sicherer in Sandys Anwesenheit.

„Ich habe Kräutertee, soll ich uns einen kochen, auch wenn er nicht so gut schmeckt wie bei dir?"

„Gerne." Sandy blickte sich in ihrer Wohnung um, blieb einen Augenblick irritiert an dem Stück Pappe an der Wand hängen. Sarah spürte, wie sie nervös wurde, aber Sandy hatte ihre Aufmerksamkeit schon wieder auf etwas anderes gerichtet. Ein Bild von Sarahs Eltern steckte in einem Rahmen, der auf der Küchenanrichte seinen Platz fand.

„Die sehen ja nett aus", kommentierte sie die beiden lächelnd, dann wurde sie sehr ernst.

„Sarah, ich muss wirklich dringend mit dir sprechen. Das gestern Abend war nur ein Vorwand, ich war nicht auf der Fahrt zu einem Bekannten. Ich bin extra wegen dir in die Klinik gefahren." Sie atmete schwer aus. Sarah stellte die Kanne mit Kräutertee auf den Tisch, kratzte sich dabei geistesabwesend an einer bereits entzündeten Stelle. Dann ließ sie sich schwerfällig auf den Stuhl fallen.

„Warum hast du nicht die Wahrheit gesagt? verstehe ich nicht!" Sandy musterte sie eindringlich.

„Ich wollte dich nicht verängstigen."

„Jetzt machst du mir erst richtig Angst, was ist denn los?" Merkte die andere, wie ihr Puls anfing zu rasen, wie sie wieder begann zu transpirieren? Sarah kniff ihre Augen zusammen, das Bild verschwamm vor ihr, wie gestern Abend. Den aufschießenden Gedanken, dass auch sie irgendein Gift in sich trug stieg für einen Augenblick in ihr hoch. Sie hatte den Kuchen neulich gegessen, klagte über Schweißausbrüche, Herzrasen, Sehausfälle. Doch der Gedanke war im Moment zu schwer zu ertragen, also schob sie ihn beiseite. Wenn man sich einem Wahnsinnigen ausgeliefert fühlte, waren Angstschweiß und ein schneller Puls etwas ganz Natürliches.

„Sarah, du bist wirklich in einer ganz fürchterlich bedrohlichen Gefahr, ich konnte es deutlich sehen, und es hat mit Adrian zu tun."

„Unmöglich!" Sie schüttelte den Kopf, auch wenn sie heute früh genau dieses Gefühl gehabt und der Instinkt ihr zur Flucht geraten hatte. Es war etwas anderes, ob sie es in Erwägung zog, oder ob es ihr jemand immer wieder und wieder einhämmerte, was sie nicht glauben wollte.

„Gib ihn als Patienten ab, halte dich fern von ihm, Sarah, bitte, ich flehe dich an." Und Sarah konnte Furcht in den Augen und Zügen der Freundin sehen, diesen Ausdruck hatte sie immer wieder in den Gesichtern der Menschen gelesen, die darüber aufgeklärt wurden, dass ein Angehöriger bald sterben würde.

Adrian

Verzweiflung ballte sich in seiner Magengegend, und er wandt sich vor dem, was er nicht fassen wollte. Er verschloss sich vor der Stille, vor dem Nichts. Sie hatte ihm die Stimmen genommen, sie musste sie ihm auch irgendwie wieder zurückbringen. Er hatte Angst um Sarah, Angst vor dem, was er nicht mehr sehen würde, er musste raus hier, bei ihr sein. Er musste sich eingestehen, dass es, seit sie in der Klinik war, ganze Stunden gab, die ihm in seiner Erinnerung fehlten. Zunächst war dies aufgetreten, nachdem die Stimmen schlimmer geworden waren, es für die anderen so schien, als verlöre er auch noch den letzten Rest an gesundem Menschenverstand. Jedesmal war er dann in diese wohltuende Dämmerung geglitten, in der ihn niemand störte, keine Stimmen und auch keine Bilder. Dann schienen sich diese Momente und Stunden auszudehnen, weit über die Gabe der Bedarfsmedikation hinaus, die ihm die erste Erlösung schenkte, und sie begannen auch unabhängig von ihr. In seinen klaren Momenten gewann er wieder die Macht über das, was er wahrnahm. Doch die Dämmerung hatte sich nach und nach auch in seinen Alltag gezogen. Immer häufiger konnte er sich an vergangene Stunden nicht mehr erinnern. Und nachdem er doch eigentlich geglaubt hatte, alles wieder unter Kontrolle zu haben, waren schließlich auch die Stimmen und Bilder immer leiser und weniger geworden. Erst waren sie für ihn noch zu sehen und hören gewesen, aber sie hatten bereits begonnen zu verblassen. Zunächst glaubte er an eine ganz normale Schwankung seiner Sensitivität, und zollte dem Ganzen nicht zu viel Aufmerksamkeit, hatte er doch noch über seine Fähigkeiten verfügen können. Der Beschluss, keinesfalls mehr eine Bedarfsmedikationsgabe zu provozieren und die

Dauermedikation abzusetzen, war schon vor einigen Tagen gewachsen, und er hatte ihn sofort in die Tat umgesetzt. Er wollte keine Tabletten mehr schlucken, sie waren nicht gut für ihn, das fühlte er. Adrian war jetzt besonders froh darüber, so entschieden zu haben, und hoffte, damit vielleicht die Stimmen zurückzuholen, sie wieder deutlicher werden zu lassen. Niemand kontrollierte, ob er seine Tabletten auch schluckte, er hatte schließlich nie Probleme deswegen gemacht so wie andere Patienten. Er verbarg sie einfach unter der Zunge und spülte sie danach ins Klo. Seit er das tat, fühlte er sich wieder wesentlich wacher und stärker. Aber trotzdem überfiel ihn immer wieder ein Flash, und er konnte sich danach an nichts mehr erinnern. Und plötzlich, seit gestern, hörte und sah er dann zu allem Überfluss plötzlich gar nichts mehr. Es war ein großer Schock für ihn. Es fühlte sich an, als hätte Sarah ihm Nähe geschenkt, aber dafür seine Fähigkeiten, die ihn zu dem machten, was er war, mit sich genommen. Diese Liebe, die in ihm brannte, verkörperte Fluch und Segen zugleich. Er starrte die Wand an, lauschte ins Zimmer hinein und nahm mit leerem Blick war, dass er sich wie ausgehöhlt fühlte, weil da nichts war, rein gar nichts. An diesem Morgen hatte er noch mehrere Aussetzer.

Sarah

Als das Telefon klingelte, stierte sie es zunächst unentschlossen und mit steigendem Puls an, dann beschloss sie, der Sache ins Auge zu schauen, und nahm den Hörer ab.

„Wohlfart!" Ihre Stimme war mehr ein Piepsen.

„Sarah, ich bin es, Max. Wie geht es dir?"

„Danke, es geht so. Meine Freundin Sandy hat mich besucht, ist bis eben geblieben. Habe aber allerdings auch keine Minute geschlafen deswegen."

„Ein großer Fehler nach einem Dienst. Ich bin jetzt fertig hier, soll ich kommen? Oder willst du dich noch eine Runde aufs Ohr legen?"

„Nein, nein, komm ruhig vorbei, vielleicht kannst du ja eine Pizza mitbringen." Stille herrschte am anderen Ende, dann seine Stimme:

„Ich gebe zu, ich komme mit gemischten Gefühlen, und ich glaube, ich bleibe auch nicht über Nacht, deine Launen sind mir zu riskant." Er lachte verlegen.

„Das kann ich gut verstehen." Sie seufzte.

„Also, wir werden es ganz vorsichtig angehen, damit niemand verletzt wird, okay?"

„Alles klar." Sie war ihm dankbar für sein Verständnis und brachte sogar ein Lachen zustande. Da ertönte noch ein weiteres Lachen, schnarrend und unangenehm, und es kam von der anderen Seite der Wand. Sie erstarrte.

„Sarah, bist du noch dran?"

„Ich muss jetzt Schluss machen", knallte den Hörer auf die Gabel, rannte ins Bad und schloss hinter sich zu. Mit beiden Händen hielt sie sich die Ohren zu, kniff die Augen zusammen und zugleich realisierte sie, in welch erbärmlichen Zustand sie sich befand, sie gab sich dem hin und begann hemmungslos zu schluchzen.

Als es eine halbe Stunde später unten an der Haustür klingelte, hatte sie sich soweit wieder im Griff. Sie trug eine frische Jeans, darüber ein kakifarbenes, schlichtes Shirt und ihr Haar zu einem straffen Knoten zusammengesteckt, zu mehr hatte sie sich beim besten Willen nicht aufraffen können. Sie war nicht einmal geschminkt. Über die Pappe, die das zweite Loch verdeckte, hatte sie in ihrer Not ein Poster geklebt, auf dem: „Give Peace a chance" stand. Sie wusste nicht einmal mehr, wie so ein Poster in ihren Besitz gelangt war. Sie hastete nervös zur Tür, hoffte Max nicht erneut durch das, was er ihre Launen nannte, zu vertreiben. Wenn der auch nur im Entferntesten ahnen würde, was sie hier durchmachte.

„Max, bist du es?"

„Nein, der Pizzaservice", hörte sie ihn antworten. Sie lächelte und drückte auf den Summer, der die Haustür unten öffnete. Doch erst als sie sich nochmals vergewissert hatte, dass wirklich er es war, der vor ihrer Wohnungstür stand, entriegelte sie diese, und ließ ihn rein. Er sah fantastisch aus mit seinem blonden zerzaustem Haar, und seinen strahlend blauen Augen, kräftig und sehr männlich stand er da auf ihrer Schwelle. Und hätte sie ihn nicht schon vorher gekannt, wäre ihr der leicht melancholische Zug in seinem Gesicht auch nicht aufgefallen. Doch so nahm sie ihn wahr, und bezog es auf sich.

„Hi, schön, dass du gekommen bist." Er zögerte einen Moment, so als befürchte er, sogleich eine ihrer in seinen Augen seltsamen Launen provozieren zu können.

„Na, komm schon rein, ich beiße auch nicht, versprochen." Sie setzte ein verkrampft wirkendes Lächeln auf.

So trat er schließlich ein, streifte seine Schuhe ab und beförderte die Pizzaschachteln auf den Tisch.

„Nanu, wo ist denn dein aufdringlicher Kater?" Max versuchte wohl durch ein möglichst, wie er vermutete, unverfängliches Thema eine lockere Atmosphäre zu schaffen, aber sogleich brannten die Tränen in Sarahs Augen.

„Tot. Er ist tot", entrang es ihr. Fassungslos starrte Max sie an.

„Wie? Ich meine, was ist denn so plötzlich passiert?" Er schien ehrlich betroffen und nahm sie in seine Arme, strich über ihr Haar. Sie zuckte jedoch nur mit den Schultern und lag steif an seiner Brust. In ihrem Inneren fühlte sich alles kalt an. Die Tränen rannen zwar in einem unablässigen Strom aus ihren Augen, aber sie stiegen aus einer Quelle, die Sarah nicht mehr spüren konnte.

„Ist schon okay, er war alt, weißt du", brachte sie hervor, es klang fast teilnahmslos, als spräche sie nicht von ihrem eigenen Kater, der da gestorben war. Sie löste sich aus seiner Umarmung. Irritiert ruhten Max' Blicke auf ihrem verweinten Gesicht. Ihm war deutlich anzusehen, dass er mal wieder nicht verstand, was sich in ihr abspielte.

„Also gut, wenn du meinst. Jedenfalls tut es mir aufrichtig leid. Hast du ihn schon begraben?" Sie nickte. Die Stille, die aufkam war unangenehm, tausend Fragen hingen in der Luft, wie Sprechblasen über ihren Köpfen.

„Pizza?" Brach er schließlich das Schweigen. Erneut nickte sie nur, und trottete wie ferngesteuert zur Kochnische, um Teller und Besteck zu holen. Sie hörte Max hinter sich kurz lachen und drehte sich um. Er deutete auf das Poster an der Wand, wirkte aber unsicher, ob sie seinen Spaß verstehen würde.

„Bist du John Lennon Fan oder Pazifistin?"

„Vielleicht beides", erwiderte sie schnippisch. Er seufzte, ließ sich auf den Stuhl fallen und begann, umständlich die Schachteln zu öffnen, aus denen es verheißungsvoll duftete. Unbeirrt versuchte er weiter, gute Laune zu verbreiten.

„Schinken, Salami und Pilze oder Frutti di mare?" erneut zuckte sie mit den Schultern.

„Mir egal, wähle du." Er sah sieh an, stand dann auf und trat hinter sie in die Kochnische. Gerade zog sie zwei große Teller aus dem Hängeschrank.

„Sarah, ich will weiß Gott nicht darauf herum reiten, aber was stimmt nicht mit dir?" Er drehte sie zu sich herum und zwang sie, ihm in die Augen zu schauen. Sie wich seinem Blick aus.

„Es sind ja nicht nur deine Stimmungsschwankungen, du verhältst dich wie ein scheues Tier, eigenartig irgendwie, verängstigt. Nichts scheint dir mehr Freude zu machen, du lässt dich gehen, und du wirst immer dünner." Behutsam fuhr er ihr über die Schultern, die tatsächlich knochig unter ihrem Shirt hervorstanden. „Hattest du schon mal eine Depression?" Forschend fixierte er ihr Gesicht, suchte ihren Blick. Sie seufzte und zwang sich zu einem Lächeln. Was versuchte er da in sie hinein zu interpretieren? Wenn sie sich nicht so elend fühlen würde, hätte sie laut gelacht, die Situation war schon mehr als komisch. Sie wurde von einem Wahnsinnigen verfolgt, und der ahnungslose Max attestierte ihr eine Depression. Sie schob ihn von sich.

„Lass mal gut sein, Max. Sind wir doch mal ehrlich. Wie gut kennst du mich? Kannst du von den paar Tagen auf meine Natur schließen? Vielleicht bin ich ja einfach nur verschroben, mmh?" Sie versuchte seinen Blick lässig und kühl zu erwidern, ihre Vorsätze drohten aber unter seinen weichen, blauen Augen dahin zu schmelzen, und so wandte sie sich wieder den

Küchenschränken zu und schenkte anscheinend voll konzentriert ihre gesamte Aufmerksamkeit dem Besteckkasten. Er stand immer noch hinter ihr, atmete schwerfällig ein.

„Ich glaube dir nicht, Sarah, das bist du nicht", flüsterte er ihr ins Ohr. Seine Feinfühligkeit und Nähe hinterließ ein leichtes Prickeln auf ihrer Haut. Einen Moment lang war sie versucht, sich ihm an den Hals zu werfen und ihm alles zu erzählen, so dankbar war sie, dass er immer noch an ihr wahres Wesen glaubte. Aber statt dessen drückte sie ihm nur Messer und Gabel in die Hand und dirigierte ihn zum Esstisch. Stumm und schweigend aßen sie ihre Pizza. Max hatte vorgeschlagen, sich beide Pizzen zu teilen, und so nahmen sie sich abwechseln die duftenden Ecken, ohne das Besteck zu benutzen. Die Ellbogen auf dem Tisch, bissen sie einfach mit dem Mund ab und genossen schmatzend die fettige Köstlichkeit. Sarah hatte erst jetzt bemerkt, dass sie tatsächlich den ganzen Tag noch nichts gegessen hatte und schlang gierig ihren Anteil herunter. Max schmunzelte, ersparte ihr aber einen Kommentar, schien nur froh zu sein, dass sie wenigstens aß.

„Wie läuft es eigentlich mit Adrian Steinbach?" Sarah hielt mitten in einem Biss inne und spürte, wie sie rot wurde. Sie musste sich besser im Griff haben, mein Gott, wenn er was merkte. Unsicher, sah sie rasch zu ihm auf und tatsächlich schaute er leicht verblüfft drein. Er legte sein Pizzastück auf den Teller zurück und verschränkte die Hände ineinander. In einer atemlosen Pause befürchtete sie, er habe ihre Gefühle für Adrian durchschaut. Doch dann sagte er etwas, dass sie nicht erwartet hatte, ebenso beunruhigte und zugleich erleichterte.

„Es ist dieser Steinbach, stimmt's? Der bringt dich völlig aus der Fassung. Wusste ich es doch. Sarah, hat er dir was getan, bedroht er dich, hat er…dich berührt..?" Max fasste über den Tisch und ergriff ihre Hand. Beinahe hätte sie wieder gelacht.

Natürlich hatte er sie berührt und nicht nur körperlich und auf angenehmste Weise. Viel schlimmer war die Tatsache, dass er auch ihr Herz berührt hatte, und es verzweifelt und verängstigt zurück ließ. Sie hatte sich verletzlich gemacht, und ihre aufkeimende Angst vor Adrian rieselte auf den Boden ihrer Verletzlichkeit, keimend und Wurzeln schlagend.

„Du spinnst doch!" Sie schüttelte seine Hand ab. Doch Max blieb beharrlich.

„Der Typ war mir immer unheimlich, und ich bin schon einiges gewöhnt, glaube mir. Es braucht dir nicht peinlich zu sein, wenn du Angst vor ihm hast, ich würde das verstehen." Eindringlich prasselten seine Worte auf sie ein. „Schütze dich vor ihm, ich glaube, er könnte gefährlicher sein, als wir denken. Ich habe da ein sicheres Gefühl. Und er begehrt dich als Frau, er hat es mir deutlich gezeigt." Verbissen bearbeitete sie ihr Stück Pizza, um ihm nicht zu zeigen, wie sehr seine Worte sie trafen. Jetzt gab es noch einen Menschen, der sie eindringlich vor Adrian warnte. Der Schweiß stand in Perlen auf ihrer Stirn. Behutsam tupfte ihn Max mit einer Serviette ab.

„Sag es mir, wenn es so ist, Sarah. Macht er dir Angst?" Und dann sagte sie es, gab es zu, um sich zu schützen, um Max zu schützen, damit sie nicht Gefahr lief, ihm doch noch von dem Gelbäugigen zu erzählen, und vielleicht auch einfach nur, um ihm einen Grund zu liefern, endlich damit aufzuhören, in sie zu dringen. Wenn er glaubte, Adrian sei der einzige Grund für ihren Zustand, um so besser, dann musste sie wenigstens nicht mehr krampfhaft versuchen, Normalität vorzugaukeln. Außerdem konnte sie langsam selber nicht mehr einordnen, was ihr mehr Angst machte, Adrian, der Gelbäugige, beide? Oder war es ein und dasselbe Problem? Immer wieder verwischten beide Männer auf die seltsamste Weise in ihrem

Kopf miteinander, und in ihr regte sich der Verdacht, dass beide etwas miteinander zu tun hatten. Aber jedes Mal, wenn er auftauchte, verscheuchte sie diesen lauernden Gedanken wieder, denn er erschien ihr mehr als abwegig. Da war nur so ein Gefühl... Sie schaute zu Max auf und seufzte einmal tief.

„Du hast ja Recht. Adrian Steinbach ist irgendwie gruselig", Max stieß erleichtert die Luft aus, „aber es ist keinesfalls so, dass er mir etwas getan hätte. Ich weiß nur, dass er schizophren ist, ich aber nicht genau erfassen kann, wie ich seine Schizophrenie klassifizieren soll, er ist komplett anders", sie zögerte, „ach, ich weiß auch nicht." Max hielt ihre Hand immer noch in der seinen.

„Dann übernehme ich ihn wieder, ich möchte nicht, dass du mit ihm allein bist." Sarah sah ihn lange an. Was sollte sie tun? Ihr Körper und ihr Herz sehnten sich nach Adrian, seinen Berührungen, seinen Lippen, aber gleichzeitig schlug die Furcht vor ihm immer höhere Wellen, Sehnsucht und Fluchtgedanken hielten sich die Waage, und Sarah vermochte nicht zu sagen, welche Tendenz stärker an ihr zog.

„Noch eine Woche. Gib mir noch eine Woche." Sehr ernst blickte sie ihn an.

„Okay", erwiderte Max mit heiserer Stimme, und es war ihm deutlich anzumerken, dass ihm nicht wohl war dabei. Aber er schien es für klüger zu halten, sich mit diesem Teilerfolg zufrieden zu geben. Lange sahen sie sich in die Augen. Schließlich zog er sie zu sich herüber, setzte sie auf seinen Schoß und streichelte sanft über ihr Gesicht. Dann ließ er seine Hände hinunter gleiten, vorsichtig, aber voller Begehren liebkoste er ihren Busen. Sarah schluckte. Sie wollte es nicht, traute sich aber nicht, ihn fort zu stoßen. Anders als beim letzten Mal, bei dem sie einfach keine Lust verspürt hatte, widerte sie die körperliche Berührung diesmal beinahe an.

„Sei mir nicht böse", seine Hand suchte eben den Reißverschluss ihrer Jeans, „aber ich kann nicht." Die Enttäuschung war ihm deutlich ins Gesicht geschrieben. Sie rutschte von seinem Schoss und setzte sich ihm wieder gegenüber, fuhr sich mit beiden Händen über ihr streng frisiertes Haar.

„Dann gehe ich wohl lieber." Seine Stimme klang rau und unglücklich. Was sollte sie sagen? Sie wollte, dass er blieb, sie beschützte, aber sie hatte nicht das leiseste Bedürfnis, mit ihm zu schlafen. Konnte sie es ihm verübeln, dass er dann nach Hause wollte? Sie hatte kein Recht, ihn hier zu behalten wie einen zahmen Wachhund.

„Du kannst gerne bleiben, ich habe nur keine..." die letzten Worte blieben ungesagt in der Luft hängen. Er schien nachzudenken.

„Ich werde nicht schlau aus dir und aus dem, was wir sein sollen. Haben wir eine Affäre, etwas Lockeres? Etwas, das mit Sex zu tun hat? Oder sind wir Freunde? Wie siehst du das hier?"

„Ich weiß es doch auch nicht." Verzweifelt sah sie ihn an. Nachdem das körperliche Begehren für ihn erloschen zu sein schien, blieb etwas übrig, dass sich eher wie geschwisterliche Zuneigung anfühlte, aber das wollte sie ihm nicht sagen.

„Dann gehe ich, kommst du klar?" Er erhob sich, während sie nur leicht nickte.

„Wir sehen uns morgen. Die da lasse ich da." Er deutete auf die Pizzareste und schritt auf die Tür zu, doch er drehte sich noch einmal zu ihr um.

„Es tut verdammt weh, weißt du das?" Dann schlug die Tür hinter ihm zu. Trotz aller Verzweiflung, und dem Wunsch nicht alleine zu bleiben, fühlte sie so etwas Ähnliches wie Erleichterung, dass er weg war, und sie nun in keinster Weise mehr bedrängen konnte. Sie durfte sich auch momentan kein Mitleid oder irgendwelche Gefühlsduselei leisten. Ihr Kopf arbeitete fieberhaft und suchte bereits einen Plan, wie sie sich vor dem Gelbäugigen schützen konnte. Eilig stand sie auf, verriegelte wie üblich die Wohnungstür, überprüfte dann alle Vorhänge und vor allem die Abdeckung der Löcher in der Wand. Als sie alles zu ihrer Zufriedenheit vorfand, tappte sie ins Bad und zog sich aus. Zuletzt entledigte sie sich ihrer Unterwäsche, und wollte gerade nach ihrem Pyjama greifen, da vernahm sie sein schnarrendes Lachen.

„Na mein geiles Täubchen, das Versteckspiel hilft dir gar nichts, ich bin spitz." Sein Stöhnen hallte in Echos durch das Badezimmer. „Es wird Zeit zu ficken, mein Täubchen." Panisch griff sie nach einem Handtuch, blickte gehetzt um sich.

„Wo sind Sie?" hörte sie sich selber keuchen. Sein Lachen, dass durch tiefes animalisches Stöhnen unterbrochen wurde, schien von überall her zu kommen, ihre Gedanken tobten durch ihren schmerzenden Kopf, wirbelten durcheinander, alles fühlte sich taub an, sie glaubte, ihr Herz würde den Galopp, mit dem es das Blut durch ihren Körper jagte, nicht mehr lange tragen können und einfach aufhören zu schlagen.

„Wo sind Sie?" flüsterte sie nochmals verzweifelt, wusste nicht wo sie sich verbergen könnte vor seinen gelben Augen. Und in diesem Augenblick begriff sie es, ihr Körper fühlte sich mit einem Schlag steif und eiskalt an. Sie starrte auf den Spiegel über dem Waschbecken. Erst vor wenigen Wochen war das Badezimmer komplett renoviert worden, und der Spiegel war nun als besondere Raffinesse in die Wand integriert, die Wand, die sie sich mit ihrem Nachbarn teilte. Sie starrte auf einen Abschnitt des neuen Spiegels, der dennoch schon beschädigt schien, als ob jemand ein Stück heraus geschnitten hätte, um es hinterher durch ein anderes zu ersetzen, denn es passte nicht hundertprozentig. Mit zitternden Händen versuchte sie es aus dem Spiegel zu lösen, aber es saß zu fest. Schließlich nahm sie einen Stein, der zu Dekorationszwecken auf dem Wannenrand lag, und schlug auf den Spiegel ein. Und irgendwo in ihrem Kopf witterte sie, dass die Gefahr, die über ihr lauerte, sie bald eingeholt hatte.

Sein schnarrendes Lachen war verstummt und mit dem vierten Schlag zerbrach endlich das Spiegelglas, ein stechender Schmerz durchfuhr sie und sie fühlte, wie warmes Blut ihren Arm herab lief, doch sie blendete alles andere aus, als sie mit angstgeweiteten Augen erblickte, was sie schon befürchtet hatte und noch mehr. Sie starrte durch das Loch in der Wand und das kalte Grauen vor dem, was da zu sehen war, packte sie und ihren ganzen Körper wie eine riesige, eisige Klaue. Sarah zitterte am ganzen Körper, das nur behelfsmäßig befestigte Handtuch war ihr vom Körper gerutscht, und so stand sie da, wie erstarrt, blutend und verschwitzt. Selbst das Atmen fiel ihr schwer, stoßweise kam die Luft aus ihrem Mund, ihre gesamte Haut brannte wie Feuer. Die Starre löste sich und hilflos fiel ihr Körper in sich zusammen, auf dem Boden rollte sich Sarah ein wie ein Embryo und begann zu wimmern. Sie wusste nicht, ob Minuten oder Stunden vergangen waren oder die ganze Nacht, aber irgendwann erreichte sie die Wohnungsklingel wie aus weiter Ferne, jemand stand vor ihrer Tür und klingelte Sturm. Doch sie kniff die Augen zusammen, um nicht mehr sehen zu müssen, und ließ zu, wie die ganze entsetzliche Realität sie einholte.

An der Stelle, an der das Spiegelglas ersetzt worden war, prangte ein zehn mal zehn Zentimeter großes Loch in der

Wand und gewährte volle Aussicht auf das Badezimmer der Nachbarwohnung.

Max

Er hatte schlecht geschlafen, seine Glieder schmerzten und sein Kopf fühlte sich an, als benötigte er einen doppelten Espresso und zwei Aspirin. Max schlurfte in die Küche, löste zwei Tabletten in Wasser auf und kochte eine Kanne Kaffee. Lynet hatte sich nicht mehr gemeldet. Er gestand sich ein, dass er sie schmerzlichst vermisste und ihr zartes, herzförmiges Gesicht, die feinen, blonden Haare, die sich so weich anfühlten, als gehörten sie einem Baby und keiner erwachsenen Frau. Langsam beschlichen ihn beunruhigende Gedanken. Was war, wenn er einen großen Fehler begangen hatte? Vielleicht wäre ihre Eifersucht durch den gemeinsamen Besuch eines Therapeuten zu bändigen gewesen. Denn letztendlich war lediglich ihre ständige Eifersucht der einzige Schlüssel zu all ihren Problemen. Wäre er nicht völlig von Sarahs Schönheit und ihrem Sexappeal geblendet worden, läge Lynet noch neben ihm in ihrem gemeinsamen Bett. Aber dann hätte er natürlich auch nicht begriffen, wie wichtig diese zarte, blonde Frau tatsächlich für ihn war, was für einen großen Anteil seines Lebens ihre Gegenwart ausfüllte. Die Sehnsucht nach Lynet ergriff ihn so heftig und unvermittelt, dass er wankend am Küchentresen Halt suchen musste, denn Schluchzer entrangen sich seiner Kehle und schüttelten seinen ganzen Körper. Der gestrige Abend hatte ihn getroffen wie eine kalte Dusche und Sarah den letzten ausschlaggebenden Schubs von ihrem Thron verpasst. Übrig blieb eine Frau, die seiner Lynet in keinster Weise mehr das Wasser reichen konnte. Sarahs Esprit, das Selbstbewusstsein, ja sogar ihre atemberaubende Schönheit schienen verschwunden. Sie hatte ihn wie einen Spielball behandelt und ihn nach Lust und Laune benutzt. Sarah war nicht zurecht gekommen mit ihrem Patienten und anstatt ehrlich zu sein und von Anfang an mit ihm darüber zu sprechen, hatte er lediglich als Pausenfüller und Ablenkung gedient, und um ihr die einsamen Stunden zu vertreiben. Sie war nie wirklich an ihm interessiert gewesen, vielleicht zeitweise an seinem Körper. Doch gestern hatte sie sich fast vor ihm geekelt, das war ihrem Gesichtsausdruck deutlich abzulesen gewesen. Seine Faszination für sie war verletzten Gefühlen gewichen. Dennoch konnte er die Sorge nicht ganz abschütteln, die er dennoch um sie empfand. Er vermutete, dass der harte Klinikalltag samt Adrian Steinbach sehr wohl ihren Zustand erklären konnte, aber sein Instinkt flüsterte ihm zu, dass da noch etwas anderes war. Er begann sich wieder zu beruhigen und goss sich dampfenden Kaffee in eine große Tasse. Sie gehörte zu einem Service, dass er letztes Weihnachten mit Lynet gekauft hatte, verziert mit einem verspielten ikeablauen Muster. Seufzend ließ er sich auf dem Küchenstuhl nieder und schlürfte an seinem Kaffee. Er sollte Lynet anrufen, er musste sie sehen. Ohne noch mal darüber nachzudenken, wählte er ihre Handynummer. Sein Herzschlag begann sich zu beschleunigen. Da ertönte ihre verschlafene Stimme.

„Was willst du?" Doch er brachte kein Wort heraus, Tränen traten in seine Augen. Am anderen Ende war ihr abwartendes Atmen zu hören. Er schluckte.

„Weinst du etwa?" Sie klang plötzlich hellwach und erstaunt.

„Ich vermisse dich", brachte er schließlich heraus. „Ich vermisse dich so sehr." Sie schwieg. „Lynet?"

„Ich dich auch", hauchte sie kaum hörbar, dann legte sie auf.

Als er in der Klinik ankam, fühlte sich Max schon bedeutend besser. Lynet hatte durch ihre Aussage Hoffnung in ihm aufkeimen lassen, und die versuchte er nun durch positive Gedanken zu gießen. Doch als er die Station erreichte, herrschte dort schon wieder heilloses Chaos. Zwei uniformierte Polizeibeamte standen bei Trude und Volker Karst, die sich mit gedämpften Stimmen unterhielten.

„Was ist denn hier los?" Max hatte die kleine Gruppe erreicht, und der eine der beiden Beamten, sehr jung und in Max Augen zu schmächtig für die Uniform, streckte ihm die Hand entgegen.

„Mein Name ist Huth, Polizeiinspektor. Wir sind wegen Herrn Adrian Steinbach hier." Ein kalter Schreck fuhr Max durch die Glieder.

„Was ist passiert, hat er was angestellt, ist Frau Wohlfart hier?" Trude mischte sich ein.

„Die ist noch nicht aufgetaucht, aber Herr Steinbach dafür auch nicht. Er hat sich heute Nacht sozusagen, selbst entlassen. Bei ihrem Rundgang um ein Uhr hat die Nachtschwester sein Verschwinden bemerkt und Dr. Karst informiert. Daraufhin wurde die ganze Klinik auf den Kopf gestellt, aber er war nirgends zu finden." Max musste sich an der Wand abstützen.

„Er könnte gefährlich sein." Unruhig wanderte sein Blick von Inspektor Huth zu seinem Kollegen, der es unterlassen hatte, sich vorzustellen.

„Das wissen wir, darum sind wir hier", äußerte der andere.

„Nachdem du in der Kurve seine Drohungen dokumentiert und den Schwestern gegenüber mehrfach geäußert hast, dass du ihn für gefährlich hältst, dachte ich es sei angebracht, die Polizei zu rufen", klinkte sich jetzt Volker ins Gespräch ein. „Und wenn du nicht pünktlich aufgetaucht wärst, hätte ich fast Sorge gehabt, dass er vielleicht bereits seine Drohungen in die Tat umsetzt." Max hatte tatsächlich Adrians obszöne Drohungen in der Kurve vermerkt und war jetzt froh darüber.

„Und Sarah ist noch nicht hier?" Die Uhr zeigte nach acht, die Frühbesprechung hatte bereits begonnen, und es war nicht nur ungewöhnlich, sondern auch äußerst beunruhigend, dass Sarah noch nicht in der Klinik angekommmen war.

„Meinen Sie, er könnte ihr etwas antun?", wandte sich Huth an Max.

„Sie hatte Angst vor ihm, erst gestern Abend hat sie es mir gestanden. Wir müssen sie anrufen, und wenn niemand rangeht, sollten Sie unbedingt zu ihrer Wohnung fahren." Max wurde mit jeder Minute nervöser, sein Mund fühlte sich trocken an, er hatte das bedrohliche Gefühl einer heranschleichenden Katastrophe.

„Ist Herr Steinbach schon früher in dieser Weise auffällig gewesen, ich meine konnte man ihm schon ein anderes Mal eine Fremdgefährdung oder Gewalttätigkeit attestieren?" Max schüttelte den Kopf.

„Wieso sollte er dann plötzlich diese Züge entwickeln?" Huth sah ihn fragend an. „Sie sind der Fachmann, kann so was schlagartig kommen?"

„Er schien mir schon verändert in letzter Zeit", überlegte Trude laut. „Zwei, dreimal kam ich in sein Zimmer und habe ihn in einem völlig derangierten Zustand vorgefunden, verschwitzt und erschöpft irgendwie, und sein Speichelfluss ist mir aufgefallen." Sie wandte sich an die Beamten „Er legt eigentlich viel wert auf sein Äußeres, müssen sie wissen", dann richtete sie das Wort an Max: „Das mit dem vermehrten Speichelfluss wollte ich Ihnen noch berichten."

„Mehr als sein Speichel interessiert mich sein Verhalten. Bis auf die Drohungen, wirkte er verändert?"

„Oftmals ja, irgendwie klarer bei Verstand, wacher, er hat es sogar geschafft, das Vertrauen einer sehr schwierigen Patientin zu erwerben. Aber wenn ich ihn in diesem derangierten Zustand antraf, den ich auf seine Halluzinationen schiebe, dann wirkte er viel weggetretener und erschöpfter als sonst. Zumeist hat er danach lange geschlafen."

„Wieso haben Sie nichts davon erzählt?" Max wurde wütend.

„Er ist Sarah Wohlfarts Patient, ich habe sie darauf aufmerksam gemacht, aber sie schien das nicht so dramatisch zu finden." Eine aufgeregte Melanie Pritsch eilte den Gang entlang und blieb atemlos vor der kleinen Gruppe stehen.

„Die Putzfrau hat das hier auf den Fliesen vor Steinbachs Toilette gefunden!", lispelte sie und hielt eine kleine Pille hoch.

„Oh mein Gott, das ist sein Clozapin." Erschrocken schlug Trude die Hand vor den Mund. Ein säuerlicher Geschmack stieg in Max Mund hoch, und es wurde ihm speiübel.

„Er hat seine Medikamente im Klo entsorgt, meine Güte." Er fasste sich an den Kopf. „Wenn er seine Medikamente abgesetzt hat, und wer weiß wie lange schon, garantiere ich für nichts mehr." Huth musterte ihn besorgt.

„Wenn Sie ihn für so gefährlich hielten, warum war er dann nicht auf der Geschlossenen und wurde bei der Medikamenteneinnahme überwacht?" Max stöhnte.

„Sie haben leider keine Vorstellungen von unserer Arbeit, aber bitte tun Sie die ihre, lassen Sie uns bei Sarah Wohlfart anrufen, und dann fahren Sie bitte, bitte schleunigst zu ihrer Wohnung." Flehentlich hob er die Hände. Huth nickte. Trotz seiner Jugend strahlte er Autorität und Sicherheit aus.

„Wo ist das Telefon?"

„Folgen Sie mir bitte." Er deutete auf das Stationstelefon im Schwesternzimmer. „Ich kann ihre Nummer auswendig." Huth stutze.

„Lassen Sie mich mal schlussfolgern." Huth fixierte Max, „Herr Steinbach bedrohte Sie, ihre neue Kollegin hatte Angst vor ihm, und Sie kennen Frau Wohlfarts Nummer bereits auswendig. Könnte es sein, dass Herr Steinbach Interesse an der Frau Sarah Wohlfart hatte, und nicht an der Ärztin, er mitbekommen hat, dass da irgendwas zwischen Ihnen läuft und sie aus Eifersucht bedroht hat, war es so?"

„So ungefähr", räumte Max ein. Trude zog die Augenbrauen nach oben und Melanie starrte Max entsetzt und vorwurfsvoll an.

„Das also war der Inhalt der obszönen Drohungen, habe ich doch von Anfang an befürchtet, dass das hübsche Ding nur Schaden anrichtet." Trude schnaubte. Doch Huth ließ sich nicht beirren.

„Wie lautet die Nummer?" Max diktierte, Huth wählte. Lange ließ es der Polizeibeamte auf der anderen Seite läuten, doch Sarah hob nicht ab.

„Verdammte Scheiße." Max Nervosität wuchs ins Unerträgliche.

„Nur nicht die Nerven verlieren, sie könnte krank sein und beim Arzt."

„Sie hätte sich doch krank gemeldet, Herrgott begreifen Sie denn nicht, dass sie in Gefahr schwebt. Sie ist da draußen irgendwo mit diesem Wahnsinnigen." Huth hob beide Hände.

„Dr. Horak, richtig? Das sind Sie doch, der Stationsarzt hier?" Max nickte und ihm wurde klar, dass er sich nicht einmal vorgestellt hatte. „Wir gehen vor, wie wir es immer tun. Sie sagten vorhin, wir hätten keine Vorstellungen von Ihrer Arbeit, nun gut, das kann ich akzeptieren. Aber Sie haben dafür auch keine von unserer, okay? Also lassen Sie uns arbeiten." Max gab sich geschlagen. Er musste eingestehen, dass der junge Beamte einen sehr guten Eindruck machte, aber das half auch nichts gegen den Aufruhr in seinem Inneren. Er kasteite sich mit Selbstvorwürfen. Warum war er gestern Abend nach Hause gefahren? Wäre er bei ihr geblieben, hätte er sie beschützen können. Hatte sie ihm nicht gerade erst an diesem Abend von ihrer Angst vor Adrian erzählt, er durfte sich gar nicht ausmalen, was alles passiert sein konnte.

„Also, sie geht zumindest nicht ans Telefon. Ob sie dennoch da ist, können wir von hier aus nicht beurteilen. Haben Sie Namen, Nummern oder Adressen von Freunden oder Verwandten von Frau Wohlfart?" Max wühlte in seinem Kopf.

„Da gibt es eine Freundin, die sie öfters erwähnte, ein oder zweimal auch mit Namen, Himmel, mir fehlt er nicht ein. Susanne oder Saskia, irgendwas mit S." Huth lächelte. Der zweite Beamte, der bis auf einen kurzen Satz noch nichts gesprochen hatte, blieb beharrlich stumm und überließ Huth das Reden.

„Ein Nachname wäre noch hilfreicher, aber gut. Ich spreche noch kurz mit Professor Renner. Dann fahren wir zu Frau Wohlfarts Wohnung. Sie scheinen ja wohl die Sachlage tatsächlich so einzuschätzen, dass Gefahr in Verzug ist. Es ist auch schon eine Streife in der Stadt unterwegs, die besonderes Augenmerk auf Bahnhof und Busbahnhof hält. Da Sie Steinbach für gefährlich halten, sorge ich dafür, dass die noch Verstärkung bekommen." Max ließ den Kopf hängen. Huths Stimme bekam einen eindringlichen Klang: „Sollte er tatsächlich etwas anstellen, Dr. Horak, könnten Sie oder Frau Wohlfart dran sein, wenn es sich andeutet, dass Sie da was übersehen haben, Fremdgefährdende gehören in die Geschlossene."

„Finden Sie Sarah erst, bevor Sie ihr etwas vorwerfen wollen." Max hielt dem Blick des Beamten stand. „Denn der einzig gefährdete Mensch ist im Moment sie selbst."

Adrian

Frierend trat er von einem Fuß auf den anderen und behielt das Haus beständig im Blick. Es war nicht schwierig gewesen, herauszufinden, wo sie wohnte, ein Blick ins Telefonbuch einer öffentlichen Zelle, und er hatte ihre genaue Adresse. Eigentümlicherweise fühlte sich hier alles seltsam vertraut an. Als er sah, wie trotz der Nachtstunde die Haustür aufgestoßen wurde, huschte Adrian erfreut mit hinein, sich von Stockwerk zu Stockwerk hocharbeitend, um ihre Wohnung zu finden, befiel ihn mit einem Mal ein merkwürdiges Gefühl. Er spürte ein eigenartiges Kribbeln im Bauch, so als führe er Karussell. Im dritten Stock ließ er sich auf die Stufen nieder, alles in seinem Kopf drehte sich, das Kribbeln wurde stärker und die Dämmerung umfing ihn.

Er wusste nicht, wie lange er so da gesessen hatte, mit dem Rücken zur Wand. Irgendwann kam er einfach wieder zu sich, ohne Gefühl dafür, wie viel Zeit vergangen war. Er befand sich auch nicht mehr auf den Stufen, sondern lag ein paar Schritte weiter auf dem Flur. Er spürte, dass der Schweiß über seinen Rücken lief und ein Speichelfaden von seinem Mund auf den Boden tropfte. Er fühlte sich komplett ausgelaugt, aber er musste weiter suchen, deshalb war er bei Nacht und Nebel aus der Klinik geschlichen, förmlich geflohen, um sie zu finden, sie und seine Stimmen und Bilder. Auf beides hatte er ein Recht. Er versuchte aufzustehen und schwankte. Die eine der beiden Wohnungen wirkte sehr weiblich, mehrere Paar Damenschuhe standen vor der Tür und tatsächlich las er "Wohlfart" an der Klingel. Er atmete einmal tief durch und fühlte sich mehr als schlecht. Irgendwie schien ihm alles zu entgleiten, und die fixe Idee, es würde alles wieder gut werden, wenn er Sarah einfach nur gegenüber stehen würde, formierte sich in seinem Hirn. Sie musste ihm helfen, wenn er ihr helfen sollte. Immer und immer wieder musste er an die Gefahr denken und an die Bilder, die Dämonen, die er über ihrem Kopf gesehen hatte, als er noch dazu in der Lage gewesen war, diese zu empfangen. Er musste die Gefahr von ihr abwenden. Aber aus irgend einem Grund fürchtete sie ihn plötzlich, und er wusste nicht warum. Energisch drückte Adrian auf die Klingel, doch obwohl er einen deutlichen Lichtschein unter ihrer Wohnungstür schimmern sehen konnte, blieb die Tür verschlossen. Er war sich sicher, dass sie wach war, trotz der späten Stunde, aber er konnte unmöglich hier stehen bleiben. Es war mitten in der Nacht. Vielleicht sollte er sich ein wenig draußen herumdrücken und warten, bis das Cafe auf der anderen Straßenseite öffnete. Soweit er gesehen hatte, machte dieses und die dazugehörige Bäckerei schon um sechs Uhr auf. Wichtig war, das Haus im Auge zu behalten. Vielleicht sollte er Sarah auch nicht so überfallen, am Ende bekam sie noch mehr Angst vor ihm. Er beschloss, ihr einfach unauffällig zu folgen, wenn sie aus dem Haus kommen würde, vielleicht ergab sich auf dem Weg zu ihrer Arbeit in die Klinik eine Gelegenheit, sie anzusprechen. Natürlich würde er nicht bis zur letzten Haltestelle mitfahren, das war viel zu riskant, er wollte schließlich nicht Gefahr laufen, entdeckt zu werden, er wurde sicher schon gesucht. Nein, er musste sie vorher abpassen. Allerdings war Adrian planlos, was er ihr eigentlich sagen wollte, außer, dass er um sie Angst hatte. Wenn er nicht den Mumm aufbringen sollte, sie anzusprechen, wollte er zu ihrem Haus zurückfahren und über die weitere Vorgehensweise nachdenken.

Doch soweit kam es nicht. Um halb fünf in der Früh huschte eine verängstigt dreinblickende Sarah aus dem Haus. Sie trug eine dicke Wollmütze auf dem Kopf, ein überdimensionaler

Schal war um ihren Hals gewickelt, und über die Schultern hatte sie sich eine zum Bersten gefüllte Sporttasche geworfen. Adrian duckte sich in eine Hausnische, er las die Panik in ihrem Blick. Ohne sich noch einmal umzuschauen, steuerte sie mit schnellem Schritt und hochgezogenen Schultern den Gehweg entlang Richtung Straßenbahnhaltestelle. Es hatte begonnen zu schneien, die Flocken wurden immer dichter und im Schutz der dunklen Hausschatten und des dichten Schneetreibens fiel es ihm leicht Sarah unauffällig zu folgen. An einigen Häusern blinkte bereits die Weihnachtsbeleuchtung in den dumpfen, schneeverhangenen Morgen hinein, kündigte romantisch das Fest der Liebe an. Doch Adrians Blick galt einzig der Gestalt vor ihm. Verbissen bohrte er seine Augen in ihren Rücken, und schrak zurück, als sie sich plötzlich umsah. Rasch huschte er in einen Hinterhof, doch sie hatte ihn nicht bemerkt und eilte weiter. Bald trieb der Schnee so dicht vor dem Gesicht, dass man keine drei Meter weit mehr sehen konnte, und Adrian war gezwungen, näher aufzurücken, um sie nicht zu verlieren. Das war auch gut so, denn sie begann zu rennen und stieg dann in eine Straßenbahn, die nicht zur Klinik fuhr, sondern in die entgegengesetzte Richtung. Auch Adrian beschleunigte seinen Schritt, denn er fürchtete, die Bahn könne ihm vor der Nase wegfahren. Und tatsächlich, kurz nachdem er hinein gesprungen war, setzte sie sich in Bewegung. Er versuchte sich klein zu machen und rutschte tief in seinen Sitz, denn außer Sarah und ihm, gab es nur noch zwei weitere Fahrgäste. Was hatte sie am anderen Ende der Stadt vor, und wozu die Tasche? Er blinzelte mit seinen Augen, von Minute zu Minute fühlte er sich schlechter, das Kribbeln im Bauch meldete sich erneut an, und er kämpfte energisch dagegen an.

Sarah

Ihr Herz klopfte immer noch in wilden Schlägen, jeder Muskel ihres Körpers schmerzte vor Anspannung. Sie machte erst gar nicht den Versuch, das eben Erlebte zu begreifen, sie wollte nur weg. Es war ihr ein Rätsel, wie sie es geschafft hatte, sich anzukleiden und eine Tasche mit dem Notwendigsten zu packen, aus dem Haus zu schlüpfen und sich durch den Schnee zu kämpfen und in die rettende Bahn, die sie zu ihrer Freundin fahren würde. Mit dem Auto zu fahren war nicht ratsam in ihrer jetzigen Verfassung. Nach Überwindung des ersten Schocks hatte sie verzweifelt Sandy angerufen und war sofort eingeladen worden, zu kommen. Dankbar hatte Sarah nach diesem Strohhalm gegriffen. Und jetzt war das Ziel ganz nahe. An der Endstation glitt sie aus der Bahn. Wilde Flocken trieben ihr entgegen, und sie zog die Mütze tiefer ins Gesicht. Erleichtert atmete sie auf, als sie feststellte, dass kein weiterer Fahrgast ausgestiegen war. Ihre Flucht schien geglückt. Dennoch fühlte sie sich unwohl. Die Gegend war wie ausgestorben. Bis auf einige Lastwagen, die ihre Ware zu den Großmärkten transportierten, lag das Industriegebiet um diese Uhrzeit verlassen da. Beinahe bedrohlich ragten die Wellblechkästen vor ihr in den schneefinsteren Himmel. Tapfer stapfte sie auf wackligen Beinen los und hoffte, sie würde Sandys Haus überhaupt noch finden. Bei der Dunkelheit und dem undurchdringlichen Weiß, das jedes Geräusch verschluckte, sah alles gleich aus. Sie hörte ihren eigenen Atem, spürte den Schweiß auf ihrem Rücken, sie konnte den unangenehmen Geruch wahrnehmen, der von ihr ausging und ekelte sich vor ihrem Körper, der sie fortwährend quälte. Ihre Haut brannte wie Feuer, und der Schweiß verstärkte dieses Gefühl auch noch. Hinter ihr tuckerte ein Lastwagen die Straße herauf, doch er fuhr nicht vorbei, sondern hielt neben ihr an. Sarahs Herzschlag verdoppelte sich sofort, und sie beschleunigte ihren Schritt. Der Fahrer sprang aus dem Führerhäuschen und kam auf sie zu.

„He, Süße, so alleine, soll ich deine Tasche tragen?" Er hatte sie erreicht und lief nun neben ihr her. Sein Atem stank nach Alkohol, ihr wurde übel.

„Lassen Sie mich in Ruhe!" Sie versuchte noch schneller zu laufen, doch er hielt sie fest, baute sich vor ihr auf. Er war ein Bulle von einem Mann und seine dicke Daunenjacke unterstrich noch die Massigkeit seines Körpers. Sein Gesicht rückte näher an das ihre.

„Ist gefährlich, so alleine hier rumzulaufen, gibt Männer, die das ausnutzen." Sie schnappte nach Luft, als ihr sein beißender Atem entgegenschlug, und eine Hand nach ihrem Busen grapschte. Sarahs Beine schienen unter ihr nachgeben zu wollen, doch mit letzter Kraft, stemmte sie das rechte nach oben und traf ihn in sein empfindlichstes Teil, stöhnend krümmte er sich zusammen, und Sarah nahm die Beine unter die Arme und machte, dass sie davon kam. Mehrmals drohte sie zu stolpern, fing sich aber rechtzeitig wieder auf, torkelte ein Stück und rannte weiter. Hektisch sah sie sich ein paar Mal um, doch sie konnte nicht erkennen, ob der Mann sie noch verfolgte. Also wirbelten ihre Beine in schnellem Tempo den Schnee weiter auf, bis ihre Lungen brannten und das Seitenstechen unerträglich zu werden drohte. Keuchend hielt sie an, stütze die Hände auf die Knie und versuchte, ihren Atemfluss wieder zu beruhigen. Immer wieder blickte sie sich um, aber er war zum Glück nirgends zu sehen. Langsamer stapfte sie weiter durch den Schnee, aber von Minute zu Minute umfing Sarah stärker das unheimliche Gefühl, dass sie trotz der Stille und Einsamkeit nicht alleine war. Sie blieb stehen, lauschte mit klopfendem Herzen in die Dunkelheit hinein. Waren das Schritte im Schnee? Sie schüttelte sich, bekam eine Gänsehaut. Vorsichtig und langsam ging sie weiter. Da waren sie wieder, eindeutig, knirschende Schritte wenige Meter hinter ihr. Sie blieb stehen, Stille. Trotz der Kälte war inzwischen ihr ganzer Körper in Schweiß gebadet. Kaltes Grauen packte ihr Herz bei der Vorstellung, wer ihr da folgen mochte. Denn war es nicht der Typ mit dem Lastwagen, dann gab es nur eine Möglichkeit. Angestrengt versuchte sie etwas zu hören, doch der Schnee verschluckte jedes Geräusch. Wer auch immer sie zu verfolgen schien, nahm ihre Spur erst dann wieder auf, wenn sie weiterlief und das wiederum sprach weniger für den Lastwagenfahrer. Es gelang Sarah nicht, ihren keuchenden Atem in den Griff zu bekommen. Sie hastete weiter, wurde schneller, begann wieder zu rennen, und konnte ihn deutlich hinter sich hören, auch er beschleunigte seinen Schritt, deutlich war jetzt auch sein Atmen zu hören, laut, unangenehm, bedrohlich. Endlich tauchte Sandys Haus vor ihr auf, sie hatte glücklicherweise die richtige Straße erwischt. Mit letzter Kraft erreichte sie die Haustür und stellte erleichtert fest, dass diese sogar offen stand. Sie riss sie auf, schmiss sie hinter sich zu und presste dann ihren Rücken gegen die Tür. Sarah schloss die Augen, dann drehte sie sich langsam um und blinzelte ganz vorsichtig durch das kleine Milchglasfenster, das in der Mitte der Tür eingelassen war. Scharf sog sie die Luft ein. Undeutlich waren die Umrisse eines Mannes zu erkennen, der vor der Tür stand. Schnell ließ sie sich zu Boden gleiten. Er musste sie genauso gesehen haben wie sie ihn. Wieder schloss sie die Augen, und zu ihrem eigenen Entsetzen spürte sie, wie sich ihre Blase zu entleeren begann. Hilflos spürte sie die warme Flüssigkeit, die ihren Schoss und die Beine entlang lief und ein klammes Gefühl hinterließ. Schluchzer schüttelten ihren Körper, und zum ersten Mal in ihrem Leben durchströmte sie eine Sehnsucht nach dem Frieden des Todes. Sie wollte keine Angst mehr haben, und sie wollte sich nicht, in ihrem eigenen Urin liegend wie ein Baby, nach ihrer Mutter sehnen. Aber das tat sie, hemmungslos liefen die Tränen ihre Wangen herab, und sie beschwor das Antlitz ihrer Mutter herauf, ihre sanften, braunen Augen, den weichen, Geborgenheit vermittelnden Körper, ihre liebevolle Umarmung. Da wurde ihr bewusst, dass Sandy nur einen Stockwerk tiefer in ihrem Bett liegen musste, oder vielleicht sogar in Erwartung ihres Besuches, einen Tee zubereitete, und sie einfach nur herunterzueilen brauchte, um in deren offenen Armen Schutz zu suchen. Hastig erhob sie sich, stolperte die Treppe hinab und hämmerte gegen die Tür. Doch ließ sie zu Sarahs Verblüffung unter ihrem fordernden Klopfen nach und öffnete sich knarrend.

„Sandy, bist du da?", sie setzte einen Fuß in den Flur. „Ich bin es, Sarah!" Eine unheimliche Stille lag in der Luft, geschwängert von dem Duft der Räucherstäbchen. Vorsichtig ging Sarah noch einen Schritt weiter. Ihr Herz hämmerte wieder in ungebändigten Schlägen. Sie fühlte sich wie ein Einbrecher, zugleich kroch erneut die Angst in ihr hoch. Warum hörte Sandy sie nicht? War ihre Freundin nicht zu Hause? Aber sie hatten doch gerade erst telefoniert, und warum stand dann die Tür offen? Sarah setzte einen Fuß vor den anderen, tastete sich im Halbdunkel vorwärts. Lediglich das Weiß des Schnees warf einen hellen Schimmer durch die Kellerfenster. Sie stand jetzt mitten im Wohnzimmer. Aber es war keine Spur von Sandy zu sehen. Das Bett wirkte unberührt, wenngleich die Decke zerwühlt auf dem Laken ruhte, denn es befand sich kein Kopfabdruck auf dem luftigen Kissen. Das mit gold- und brokatbesticktem Dekor beladene Sofa thronte leer und mächtig vor dem dunkelbraunen Tischchen, auf dem noch eine Teekanne nebst Schälchen stand. Der lebensgroße hölzerne Buddha starrte ihr, wie es schien, majestätisch und vorwurfsvoll entgegen. Ohne Sandys Gegenwart fühlte sie sich unwohl in dieser eigenartig fremden Atmosphäre, und sie war eine Gefangene ohne jeglichen Schutz, denn draußen stand *er* und wartete darauf, dass sie wieder heraus kam. Wo war Sandy? Sie hatte sie doch eingeladen! Verzweiflung lähmte ihr Herz und ihr Denken. Sarahs Hose klebte feucht an den zitternden Beinen. Was sollte sie tun? Panisch wich sie zurück, denn ein Schatten schob sich vor den einen Kellerschacht, sogleich wurde der Raum in noch größere Finsternis getaucht. Sarah drückte sich an die Wand, sah sich verzweifelt nach einem Telefon um. Denn wenn er hier eindrang, würde sie die Polizei rufen, in größere Gefahr als im Moment konnte sie nicht mehr geraten. Sie saß am Ende des Industriegebietes in größter Einsamkeit in einer leeren Kellerwohnung fest, ihre Freundin war spurlos verschwunden, und das bedrohliche, vernichtende Gefühl stieg in ihr auf, dass ihr Peiniger, der sie langsam umkreist und in die Enge getrieben hatte, jetzt bald zuschlagen würde, es schnürte ihr Herz und Seele zu. Sie musste handeln und sofort die Polizei anrufen. Ihr Verstand fasste nicht mehr, warum sie nicht schon in ihrer eigenen Wohnung zum Hörer gegriffen und statt ihrer Freundin beim Revier angerufen hatte, aber irgendetwas in ihr war da gewesen, das sie aus dem Haus und zu Sandy getrieben hatte, in dem festen Glauben, dort Sicherheit zu finden. Sie entdeckte den Apparat wenige Schritte neben sich auf dem Boden, doch als sie den Hörer abnahm, registrierte sie mit Entsetzen, dass das Kabel mit einem glatten Schnitt durchtrennt worden war. Vor nicht einmal einer Stunde war dieses Telefon von Sandy benutzt worden! Plötzlich ergriff sie das Gefühl, dass das alles ein riesiges Komplott sein könnte. Sie fühlte sich wie ein Insekt, hängen geblieben in einem gewaltigen Netz, sich immer mehr einwickelnd, je stärker es versuchte, sich zu befreien, und mehrere fette schwarze Spinnen, die am Rande des Netzes lauerten, warteten nur darauf bis sie aufgab, damit sie ihr Opfer genüsslich töten und es verspeisen konnten. Mit einem Mal erschien ihr die ganze Situation und die Umstände, unter denen sie sich mit Sandy angefreundet hatte, als eigenartig. Wieso hatte Sandy sie, Sarah, eine wildfremde Frau einfach angesprochen? Von Anfang an schien Sandy ein überdurchschnittliches Interesse an Sarah zu haben, hatte sie dazu verleitet, persönlichstes auszuplaudern, dann die Besuche in der Klinik und bei ihr zu Hause. Sarah selber hatte sich als aufdringlich empfunden, aber was war dann mit Sandy? War das alles etwa eine Falle? Verzweifelt begriff sie die Möglichkeit, dass nicht nur Adrian, der ihr aus dem Nachbarbadezimmer kalt und mit mörderischem Blick entgegen gestarrt, ihren nackten Körper mit gierigem Blick verschlungen hatte, Teil der Bedrohung war, die sich über ihr zu einem Sturm zusammen braute. Nein, auch Sandy gehörte dazu. Wegen ihr saß sie in dieser Wohnung und wartete auf das Unvermeidliche. Tränen der Enttäuschung, der Angst und der Verzweiflung füllten die Panik geweiteten Augen, und ihre Blase entleerte sich ein zweites Mal, aber Sarah nahm es nicht mehr wahr.

Sie war nicht mehr in der Bahn. Panik stieg in ihm auf, er rannte auf wackligen Beinen und mit schepperndem Schritt den engen Gang entlang auf den Fahrer zu.

„Die Frau mit der Tasche, wann ist die ausgestiegen?" Ungehalten sah ihn der Mann an, der mit seinem überdimensionalen Bauch kaum in das Führerhäuschen passte.

„Habe gar nicht gesehen, dass noch einer in der Bahn sitzt."

„Bin wohl vom Sitz gerutscht." Adrian räusperte sich, er musste ein erbarmungswürdiges Bild abgeben, derangiert und verschwitzt wie er sich fühlte. Wahrscheinlich hielt ihn der Fahrer schlichtweg für betrunken. „Also, wann ist sie ausgestiegen?" Ungeduldig bewegte der korpulente Mann den Schaltknüppel.

„An der Endstation." Er sah zu Adrian hoch. „Wir sind schon wieder auf dem Weg zur Stadt, wie gesagt, habe Sie nicht bemerkt, sonst hätte ich Sie doch geweckt." Er grinste. „Schlafen wohl Ihren Rausch aus, was? Haben Sie überhaupt eine Fahrkarte?"

„Wo war die Endstation?"

„Sind gerade erst wieder losgefahren, wenn Sie bei der nächsten aussteigen, erwischen Sie Ihre Bekannte vielleicht noch, wenn die überhaupt noch etwas von Ihnen wissen will." Er lachte dreckig. „Was ist denn nun mit Ihrer Fahrkarte?" Gerade bremste er die Bahn ab.

„Hier!", Adrian warf ihm ein Geldstück zu und stolperte hinaus.

„He, so geht das nicht, Sie müssen erst bezahlen, dann fahren", keifte ihm der aufgebrachte Dicke nach, doch Adrian scherte sich nicht darum. Die Endstation war nicht weit, und tatsächlich ganz hinten, kaum zu erkennen im dichten Schneegestöber, hastete soeben eine kleine Gestalt mit einer Sporttasche auf der Schulter die Straße hoch, sekundenlang beleuchtet durch eine Laterne, dann verschluckte sie wieder die Dunkelheit und der Schnee. Was suchte sie hier im Industriegebiet? In seinem Kopf begann es zu Pochen, er spürte wie seine Beine immer schwerer wurden, er verstand nicht, was mit ihm los war, er sehnte sich nach den Stimmen, die ihm sein Leben lang den Weg gewiesen hatten, doch sie blieben stumm. Stattdessen wurde das Pochen schmerzhafter, gewaltiger und lauter. Er hielt sich den Kopf. Für den Bruchteil einer Sekunde meinte er Weihnachtsgebäck zu riechen, dann ergriff ihn erneut das Kribbeln in seinem Bauch. Verzweifelt richtete er seinen Blick auf die Straße, konnte aber keine Sarah mehr erkennen, nur einen Lastwagenfahrer, der sich fluchend auf der Straße krümmte, er musste schneller laufen, sie einholen, da ließen seine Beine nach. Er spürte nicht, wie er zu Boden fiel und sich in andere Ebenen erhob. Er fühlte einfach gar nichts, fiel nur in ein Meer von Nichts. Kurz bevor er sein Bewusstsein verlor, betete er zum ersten Mal in seinem Leben zu Gott, denn er fürchtete, wenn er diesmal erwachte, würde alles zu spät sein und nichts mehr wie vorher.

Unruhig tigerte er wie ein Löwe im Käfig durch das Arztzimmer, unfähig sich zu konzentrieren. Huth hatte versprochen, sich zu melden, wenn sie mit Sarah gesprochen hatten. Das war jetzt über eine Stunde her und bedeutete nichts Gutes. Immer wieder glitt sein Blick zum Telefon, sehnte ein Klingeln herbei. Als es dann endlich soweit war, fuhr er regelrecht zusammen. Nervös nestelte er am Hörer herum.

„Dr. Horak, Station Leonhardt."

„Inspektor Huth hier." Max fuhr sich mit der Zunge über die trockenen Lippen.

„Sie macht die Tür nicht auf. Es gibt jetzt zwei Möglichkeiten, wir erwirken beim Richter, dass wir in ihre Wohnung eindringen dürfen, um auszuschließen, dass ihr etwas zugestoßen ist, oder…" Er zögerte.

„Oder?" Max wurde ungeduldig.

„Wir warten noch ein paar Stunden, denn schließlich wird sie ja erst seit heute früh vermisst. Im Grunde ist der Zeitraum zu kurz, um gleich mit großen Geschützen aufzufahren, verstehen Sie?" Das gefiel Max ganz und gar nicht.

„Holen Sie sich das richterliche Einverständnis, ich flehe Sie an!" Es klopfte. Ungeduldig zog er die Tür auf und blickte in Melanies beleidigte Augen.

„Es ist wegen Anna Winterfeld, sie tickt gerade komplett aus, du musst kommen, Max. Sie hält irgendetwas in der Hand, kann sein dass es eine Rasierklinge ist. "

„Was? Entschuldigen Sie, Inspektor Huth, ich habe hier gerade einen Notfall, darf ich Sie gleich zurückrufen?" Eilig notierte er die Nummer auf der Arbeitsunterlage, dann rannte er Melanie hinterher.

„Begnadet ist die Wohlfart ja nicht gerade, wenn sich gleich ihre Patienten aufschlitzen", richtete sie schnippisch das Wort an Max.

„Weißt du was, halt einfach deine Klappe", fuhr er ihr über den Mund und erreichte Zimmer sechzehn. Beleidigt knurrte Melanie etwas Unverständliches.

Anna stand mit dem Rücken zum offenen Fenster. Die eine Hand hielt sie in Abwehrhaltung vor sich, mit der anderen umklammerte sie eine Rasierklinge.

„Wo hat sie die her, und wie ist sie an den Schlüssel fürs Fenster gekommen?", raunte Max Trude zu. Die Stationsleitung zeigte deutlich, dass es ihr ein Rätsel war. Spitze und scharfe Gegenstände jeglicher Art wurden strengstens unter Verschluss gehalten und nur in großen Ausnahmefällen und mit viel Absicherung erlaubt. Die Fenster besaßen ein abschließbares Schloss, die Schlüssel dazu hingen sicher verwahrt im Schwesternzimmer. Max hob beschwichtigend die Hände.

„Anna, beruhigen Sie sich, sagen Sie mir, was passiert ist? Ihnen ging es doch besser."

„Die Wohlfart ist eine falsche Schlange. Dr. Horak, ich habe Sie und Trude belauscht, als Sie mit den Polizisten gesprochen haben. Jedes Wort habe ich gehört. Über Sie und Frau Wohlfart und Adrian." Sie begann zu schreien mit einer grellen, durchdringenden Stimme. „Er hat sich für mich interessiert, verstehen Sie? Nur für mich. Die kann doch jeden haben? Warum ihn? Sie wusste genau, was ich für ihn empfinde, und er für mich und konnte es nicht ertragen. Sie hat ihn mir weggenommen." Ihre Schluchzer erfüllten den Raum. Max schluckte. In aller Aufregung hatten sie heute früh auf unerwünschte Zuhörer nicht geachtet.

238

„So ist es nicht gewesen, das wissen Sie. Frau Wohlfart ist seine Ärztin, und er ist ihr Patient, der eventuell gerade gefährlich wird." Mit bösen Augen funkelte sie ihn an.

„Oh nein, Sie täuschen sich, Sie täuschen sich ganz gewaltig!" Mit verkrampften Händen presste sie die Rasierklinge an ihren dünnen Hals, direkt über die wild schlagende Carotis. „Oder was denken Sie, warum unsere feine Frau Doktor nachts zu Adrian ins Zimmer schleicht? In ihrer Dienstnacht, wie praktisch für sie." Ihr Blick wirkte irre, ein zartes rotes Rinnsal tröpfelte bereits ihren Hals hinab, noch pulsierte es nicht mit dem Schlag des Herzens, aber es fehlte nicht mehr viel, nur noch wenige Millimeter und sie würde das Gefäß durchtrennt haben. Max versuchte sich krampfhaft auf seine Patientin zu konzentrieren und nicht auf das, was sie eben gesagt hatte.

„Ich habe beide gesehen, ich beobachte ihn, wissen Sie. Ha, aber er bemerkt es nicht. Beide haben sie nicht auf mich geachtet, so geil waren sie aufeinander." Sie drückte die Klinge noch fester ins Fleisch. Max trat einen Schritt auf sie zu, sogleich deutete Anna mit ihrer freien Hand, dass er bleiben sollte, wo er war.

„Er war ja fast nackt in dieser Nacht, ihr ist der Speichel aus dem Mund gelaufen bei seinem Anblick, beinahe hätte sie ihn auf dem Gang besprungen, aber dann haben sie es doch noch hinein geschafft, das geile Miststück und mein Adrian." In Max Kopf entstand ein großes verwirrendes Durcheinander, und ihm wurde ganz schwindelig davon. Das konnte nicht wahr sein, er glaubte es einfach nicht.

„Trude", er wandte den Blick nicht von Anna, „was ist passiert in jener Nacht, außer dass jemand die Toilette demolierte, war etwas mit Steinbach, das Sarahs Anwesenheit erforderte?" Trude zuckte mit den Schultern.

„Nicht das ich wüsste, Sarah behauptete doch, die meiste Zeit im Dienstzimmer gewesen zu sein."

„Pah, das weiß ich besser. Als ich in der Nacht auf den Gang trat, da kam sie gerade aus der Besuchertoilette und hat ihren Kittel zugeknöpft, weiß der Herr, was sie da getrieben hat, danach ist sie mit glasigem Blick zu Adrian geeilt." Als mich die Nachtschwester eine Stunde später wieder ins Bett scheuchte, war sie immer noch bei ihm drinnen." Max vernahm von Trude einen entsetzen Ausruf. Ihm selber war es jetzt speiübel. Sarah hatte mitten in der Nacht Herrn Steinbach aufgesucht und war über eine Stunde in seinem Zimmer geblieben ohne irgendeine medizinische Indikation? Und was hatte sie auf der Besuchertoilette verloren, in der just in dieser Nacht Randalierer ihr Unwesen getrieben hatten? Es musste einfach eine Ausgeburt von Annas kranker Eifersucht sein, alles andere war undenkbar.

„Sie können nichts mehr tun für mich", fauchte Anna, „sagen Sie nur ihrer werten Kollegin, dass Sie daran Schuld ist." Und dann ging alles furchtbar schnell, und doch kam es Max vor, als passierten die nächsten Sekunden in Zeitlupe. Anna setzte ein schiefes Grinsen auf, dann fuhr sie im gleichen Moment, in dem Max versuchte, sich auf sie zu stürzen, mit der Klinge über ihren Hals und ließ sich danach einfach aus dem offenen Fenster fallen.

„Nein!" Max, Trude, Melanie und Alfons, der dazu gestoßen war, eilten zum Fenster und sahen unten die in einer seltsam verdrehten Position liegende reglose Anna in einer rasch größer werdenden Blutlache auf dem harten Steinboden liegen.

„Rasch, den Rettungswagen! Scheiße, Scheiße, Scheiße!" Es musste gehandelt werden, und Max fühlte sich ohnmächtig in dieser fürchterlichen, bizarren Situation. Trude war schon aus dem Zimmer gerannt. Was da eben passiert war, hätte nie sein dürfen, die Rasierklinge, das offene Fenster, ihr Zögern einzugreifen, so viele Fehler auf einmal. Verzweifelt raufte sich Max die Haare und hastete dann hinunter. Vorher informierte er noch Oberarzt Prisk, der ihm mit wehendem Kittel entgegenkam.

„Horak, was ist los auf Leonhardt? Ein vermeintlich gefährlicher Patient ist abgängig, die junge Kollegin wie vom Erdboden verschluckt, und jetzt das hier. Verdammt, Frau Winterfeld und Herr Steinbach hätten auf die Geschlossene gehört, haben Sie die Notwendigkeit denn nicht bemerkt?" Er war völlig außer sich.

„Es waren beides Sarahs Patienten, ich habe die ganze Tragweite nicht mitbekommen", antwortete er leise. Schwer atmend erreichten sie die Terrasse, auf der Anna lag. Das frische Blut bildete einen skurrilen Kontrast zu dem weißen Schnee, der beständig vom Himmel fiel. Fast zeitgleich trafen die Kollegen vom Rettungsdienst ein. Sowohl Max und Prisk, als auch der Notarzt mussten sich erst einen Weg durch die Menge der Schaulistigen bahnen. Wütend schob Max einen Mann beiseite, der Anna mit offenem Mund und fasziniertem Blick angaffte. Der Notarzt kniete nieder und begann das zerschnittene Gefäß zu komprimieren, doch schnell war klar, dass jede Hilfe zu spät kam, Annas Kopf lag in einem Winkel auf dem Pflaster, der eigentlich sofort verriet, dass ihr Genick gebrochen war. Sie hatte bereits aufgehört zu atmen.

Mit einer dampfenden Tasse Kaffee in der Hand saß Max bei Volker im Arztzimmer.

„Mensch bist du jetzt im Arsch", kommentierte der Kollege und fuhr sich über seine Halbglatze.

„Ich frage mich, wie ich den Tag überstehen soll. Gleich bekommen wir noch mehr Polizistenbesuch, die den

Verantwortlichen für den ganzen Mist finden wollen, die Klinge, das offene Fenster, Annas nicht dokumentierte Selbstgefährdung, einfach alles." Max hielt sich an dem Gefühl des heißen Kaffees fest, der ihm wohltuend und belebend die Kehle herunter lief.

„Und Sarah?"

„Die wollen noch bis heute Abend warten, ob sie nicht doch nur irgendwo abgetaucht ist, dann erst die Wohnung durchsuchen. Von Adrian fehlt auch noch jede Spur. Aber eins sage ich dir, ich fahre nach der Arbeit zu Sarahs Wohnung, habe ein so mieses Gefühl." Volker verhielt sich erstaunlich schweigsam.

„Ich vermisse Lynet, weißt du das?" Abrupt wechselte Max das Thema und verstand nicht, was ihn dazu trieb, seinen ganzen Kummer ausgerechnet vor Volker auszuschütten, aber der schien selber relativ geschockt von den Geschehnissen und wirkte dadurch beinahe menschlich.

„Vielleicht solltest du sie anrufen." Erstaunt sah Max seinen Kollegen ins Gesicht.

„Dieser Rat kommt nicht im Ernst von dir, oder?" Fast brachte er so etwas wie ein Lachen zu Stande. „Außerdem habe ich sie schon angerufen." Er spielte mit seinem Funker. „Sie vermisst mich auch", fügte er leise hinzu.

„Na also!" Volker beugte sich über seinen Schreibtisch und reichte Max das Telefon. „Ich bin zu unsensibel, du brauchst jetzt das Feingefühl einer liebenden Frau." Er grinste. Mit heftig pochendem Herzen wählte Max Lynets Handynummer, nach dem fünften Klingeln nahm sie ab.

„Max, was ist denn jetzt schon wieder?" Aber ihre Stimme klang milder, nicht mehr so kalt und gleichgültig wie noch vor Kurzem.

„Lynet, ich weiß, dass es unfair ist, dich damit zu behelligen, ausgerechnet jetzt", sie stieß scharf die Luft aus, „aber mir geht es echt richtig, richtig schlecht."

„Was ist passiert?" Vorsichtig, aber nicht ärgerlich klang es von der anderen Seite.

„Ziemlich viel auf einmal. Ein potentiell gefährlicher Patient ist heute Nacht ausgebüxt, unsere neue Kollegin, auf die er scharf ist, spurlos verschwunden,…"

„Ist das die Frau mit der du…?" fragte sie ihn tonlos. Er zögerte.

„Eigentlich ist es schon wieder vorbei, ich…"

„Ich bin mir nicht sicher, ob ich das hören will!" Ihre Stimme hatte wieder einen harten Klang eingenommen.

„Lynet, ich glaube, sie war nur ein Symptom dafür, dass etwas zwischen uns schief läuft." Er befürchtete, sie würde gleich auflegen.

„Na, dann kannst du ja froh sein, dass wir Schluss gemacht haben, dann kannst du dich jetzt freudig den Symptomen hingeben." Ihren Worten war die Verbitterung anzuhören.

„Heute früh hat sich eine Patientin vor meinen Augen suizidiert."

„Oh…Max, das tut mir leid!" Er hatte sie immer geliebt, ihre Empathie, die immer dann zum Vorschein kam, wenn er sie am dringendsten benötigte.

„Und ich glaube, wenn die Polizei nicht schnell handelt, dann wird unser abgängiger Patient Sarah etwas antun. Vielleicht ist es auch längst geschehen,…Lynet, ich brauche dich." Sie schwieg lange, dann flüsterte sie:

„Du verlangst viel von mir."

„Ich weiß!" Er schluckte. „Die Polizei wird am Abend ihre Wohnung durchsuchen, und ich möchte dabei sein, stehst du an meiner Seite, kommst du mit?", sprudelte es aus seinem Mund, noch bevor er sich darüber im Klaren war, was er da eben gesagt hatte. Selbst Volker brachte seine Empörung zum Ausdruck und zeigte Max den Vogel.

„Verstehe ich dich richtig, du möchtest, dass ich dich begleite, wenn du mit der Polizei in die Wohnung deiner Geliebten einbrichst, du spinnst doch." Sie lachte abfällig.

„Lynet, ich liebe dich." Volker starrte ihn mit offenem Mund an und schüttelte dabei den Kopf. „Bist du noch da?"

„Wie kann ich dir noch vertrauen?", flüsterte sie.

„Ich habe dich vor Sarah nie betrogen."

„Und wenn eine neue Sarah kommt?" Jede Kraft war aus ihrer Stimme gewichen.

„Ich will keine neue Sarah, ich will nur dich." Wieder schwieg sie.

„Ich hole dich um fünf ab", sagte sie zögernd.

„Dass du das tust, werde ich dir ewig anrechnen, Lynet." Sie legte auf. Volker aber war auf hundertachtzig.

„Du hast doch einen kompletten Dachschaden, sag mal, tickst du nicht mehr richtig? Da tut mir deine Lynet fast leid, schleppst sie in dein Liebesnest."

„Dass vielleicht inzwischen zur Todesfalle geworden ist", schleuderte Max ihm entgegen.

„Ach, deine Phantasie möchte ich mal haben."

„Nichts für ungut, Volker, ich gehe wieder auf Station." Mit schiefem Grinsen sah er Karst an. „Ich würde im Moment gerne mit dir und deinem Leben tauschen, und dass ich das mal sagen würde, hätte ich nie gedacht."

„Zieh schon ab!", schnaubte der andere.

Der Tag zog sich zäh wie Kaugummi dahin, aufreibende Gespräche mit der Polizei wegen Anna Winterfeld und noch aufreibendere Telefonate wegen Sarah würzten den Tag mit Nervosität, schlechtem Gewissen und banger Erwartung.

Als es endlich fünf Uhr geschlagen hatte, hastete Max zum Haupteingang und sah sie sofort. Zitternd und in ihre warme hellblaue Daunenjacke gekuschelt, die so gut zu ihren Augen passte, trat sie vor dem Eingang frierend von einem Fuß auf den anderen. Er beschleunigte seinen Schritt und blieb dann schüchtern vor ihr stehen. Sie blickte ihm in die Augen und er konnte alle Zweifel, den Kummer und die Liebe in den ihren lesen.

„Oh, Lynet!" Er konnte nicht mehr an sich halten und nahm sie in seine Arme, drückte ihren zierlichen Körper an sich, suchte ihren Mund und küsste sie mit aufflackernder Leidenschaft. Zunächst öffnete sie zögerlich und zaghaft ihre Lippen, doch schon bald brachte sie ihm dasselbe Feuer entgegen wie er ihr. Nach einigen Minuten ließen sie atemlos von einander ab.

„Ich wollte das so nicht." Sie starrte auf den Boden und scharrte mit den Stiefeln im Schnee.

„Ich habe das auch nicht geplant, aber ich musste dich küssen." Er nahm ihre Hand und lächelte sie schüchtern an. „Gehen wir?" Sie nickte und ließ sich führen wie ein kleines Kind.

Als sie in Sarahs Straße ankamen, stand bereits ein Streifenwagen vor dem Haus. Die Tür war offen, und Max zog Lynet die Treppen hinauf. Auch die Wohnungstür war schon aufgebrochen worden und nach kurzem Zögern wollte er hinein gehen, doch Lynet entzog ihm ihre Hand.

„Ich warte draußen, du kannst nicht verlangen, dass ich da mit rein gehe." Er strich ihr sanft über die Wange.

„Okay!", entgegnete er, straffte seine Schultern und stieß die Tür ganz auf. Ein muffiger, strenger Geruch schwappte ihm entgegen, es war düster in der Wohnung, alle Vorhänge zugezogen, die Fenster geschlossen.

„Moment mal", der Polizeibeamte, der sich nie vorgestellt hatte, stoppte Max, indem er ihn mit der Hand an die Brust stieß. „das geht nun wirklich nicht, bleiben Sie bitte draußen, das Betreten dieser Wohnung ist für Sie im Moment nicht erlaubt."

„Lass gut sein, Anska, er ist momentan die einzige Person, die Sarah Wohlfart näher zu kennen scheint." Inspektor Huth trat soeben aus dem Badezimmer. „Guten Abend, Dr. Horak!"

„Guten Abend!" Max sah sich flüchtig um, konnte aber weder Sarah, noch sonst irgend etwas Auffälliges entdecken.

„Sie ist nicht hier. Interessant ist lediglich der zertrümmerte Badezimmerspiegel, ein zerwühlter Kleiderschrank, und diese anscheinend eilig durchsuchten Schubladen." Er deutete auf die blaue Kommode. Max stolperte ins Badezimmer, in dem er sich vor nicht all zu langer Zeit noch geduscht hatte und betrachtet die ganze Zerstörung. Anstelle des Spiegels klebte ein großer Pappkarton an der Wand.

„Mein Gott, was ist hier passiert?" Er torkelte ins Schlafzimmer. Jedes Fach schien durchsucht, jeder Kleiderstapel aus dem Schrank gezerrt worden zu sein. Max ließ sich schwer auf das Bett fallen. Er hob hilflos beide Arme.

„Wie erklären Sie sich das hier?" Fragend sah er zu Inspektor Huth hoch, der jetzt ebenfalls das Schlafzimmer betreten hatte.

„Es gibt da zweierlei Möglichkeiten", konstatierte der Beamte, „zum Einen könnte es auf ein fluchtartiges Verschwinden von Sarah Wohlfart hindeuten, es sieht aus, als hätte sie in größter Hetze gepackt, denn es wurden hauptsächlich ihre Klamotten zerwühlt, Wertgegenstände wurden, soweit wir das beurteilen können, nicht entwendet.

Zum andern könnte jemand etwas gesucht haben, was er nicht fand, etwas ganz Bestimmtes. Vielleicht vermutete er auch einen Safe hinter dem Spiegel, es ist momentan schwer zu sagen. Auf alle Fälle ist sie nicht hier und wir haben das große Problem, dass wir nicht wissen, wen aus ihrer Familie wir kontaktieren können oder bei welchen Freunden wir zuerst suchen sollen. Es existiert weder ein Adressbuch, noch irgendein anderer Hinweis. Aber wir versuchen schon auf anderem Wege herauszubekommen, wer ihre Eltern sind, das wird nicht das Problem sein. Schwieriger gestaltet sich das schon mit den Freunden. Wir werden natürlich ihren Computer checken, aber sonst haben wir bisher nichts Brauchbares gefunden. Ist Ihnen der Name der Freundin wieder eingefallen?" Max war erleichtert, etwas beisteuern zu können.

„Sandy heißt sie, es ist mir heute Nachmittag wieder eingefallen, aber ihren Nachnamen weiß ich leider nicht." Und etwas noch Wichtigeres war ihm heute Mittag viel zu spät in den Kopf gekommen, das er bisher versäumt hatte, zu erwähnen, weil er so sicher war, dass Adrian und kein anderer der Hauptverdächtige sein musste. „Von dem Typen mit der Gelbsucht, dem Gelbäugigen, habe ich Ihnen auch noch nichts erzählt, der ist mir bei dem Trubel um Herrn Steinbach völlig entfallen." Huth stutzte.

„Welcher Gelbäugige?"

„Sie wurde in der Klinik von ihm belästigt, und er hat sie auch zu Hause angerufen, es war eines von diesen obszönen Telefonaten, Sie wissen schon. Sie hat sogar die Polizei verständigt, da müssen Sie mal nachfragen. Aber letztendlich kam nichts dabei raus, und er ist auch in letzter Zeit nicht mehr aufgetaucht, sie hätte es mir erzählt." Huth schien ein wenig verärgert.

„Dennoch ist das ein verdammt wichtiger Hinweis, warum kommen Sie erst jetzt raus damit? Erzählen Sie mir alles von dem Typ, was Sie wissen." Max atmete einmal tief durch und legte los.

Es dauerte eine halbe Ewigkeit, bis sie fertig wurden, Huth fragte, wie es Max schien, zehnmal dasselbe. Man hatte inzwischen herausgefunden, wer Sarahs Eltern waren und sie verständigt. Diese hatten einige Freunde nennen können und auch im Computer gab es ein paar E-mail Adressen, doch bislang hatte man niemanden kontaktieren können, der wusste, wo Sarah sich derzeit aufhielt. Ihr Spind in der Klinik war bis auf einen Deostift, ein altes Shirt und Tampons leer gewesen. Nirgends in der Wohnung gab es eine Pinnwand mit Telefonnummern oder ein Adressbuch. Als Max schließlich aus der Wohnung stolperte und versprach, am nächsten Tag aufs Revier zu kommen, um seine Aussagen protokollieren zu lassen, war er völlig ermattet und müde. Er hatte Lynet zwischendurch angeboten, dass sie gehen könne, aber sie wollte warten. Stöhnend setzte er sich zu ihr auf die Treppe und rieb sich die Stirn.

„Nichts, da ist gar nichts, keinerlei Hinweis über ihren Verbleib, zum Kotzen." Sie fuhr ihm tröstend über den Rücken.

„Lass uns Heim gehen!" Erstaunt sah er sie an und in ihre himmelblauen Augen. Und in diesem Augenblick empfand er stärker für sie als je zuvor.

„Du bist großartig, und ich ein Hornochse, weißt du das?" Sie lächelte.

„Ich habe so lange gedacht, du würdest mich betrügen, bis dir keine andere Wahl mehr blieb, als es tatsächlich zu tun." Er war sprachlos und sie fuhr fort: „Ich habe viel nachgedacht." Ihre Augen glitzerten. „Ich hätte es nicht so lange mit mir selbst ausgehalten, es muss die Hölle für dich gewesen sein." Lynet sah zu Boden. In seinem Herzen wurde es warm und plötzlich wusste er, was er zu tun hatte.

„Willst du meine Frau werden, Lynet?" Ein leises Lächeln umschwebte ihre Züge.

„Vielleicht, irgendwann einmal", antwortete sie ihm.

Sarah

Seit Stunden saß sie auf demselben Fleck und traute sich nicht, sich zu bewegen. Ihr Arm, dem sie bisher kaum Beachtung geschenkt hatte, schmerzte höllisch, sie konnte ihn fast nicht mehr bewegen. Sie wusste, dass er geblutet hatte, das Blut war auf den Badezimmerboden getropft. Irgendwo riet die Ärztin in ihr, sich ihn dringend anschauen zu müssen, aber sie fühlte keine Kraft mehr. Halbherzig versuchte Sarah, sich die Jacke von den Schultern zu schieben, und den Ärmel hochzukrempeln, doch sie zuckte zusammen, denn der Stoff klebte fest an ihrer blutverkrusteten Haut. Ihre Zähne begannen wie wild aufeinanderzuschlagen, denn sie fror entsetzlich, die Hose klebte immer noch feucht an ihren Beinen, und der strenge Uringeruch stach ihr Ekel erregend in die Nase. Zuletzt hatte sie am vorherigen Abend gegessen und getrunken, es musste inzwischen schon nachmittags sein und sie spürte, wie sich ihr Magen vor Hunger zusammen zog, die Zunge klebte am trockenen Gaumen, sie fühlte sich entsetzlich schwach. Der Juckschmerz auf ihrer Haut hatte inzwischen ein unerträgliches Ausmaß eingenommen. Es war totenstill und eiskalt im Raum, der hölzerne Buddha schien seine Lippen zu einem höhnischen Grinsen zu verziehen. Die Spannung stieg ins Unerträgliche. Weder *er* noch Sandy waren die letzten Stunden hier aufgetaucht, der Schatten am Kellerschacht war verschwunden, dennoch fühlte sie, dass es nicht mehr lange dauern konnte, sie spürte fast körperlich, wie sich die Schlinge um ihren Hals zu zog, nur noch eine kurze Weile, und es würde vorbei sein. Es wurde dunkler im Raum, weitere unerträgliche Stunden verstrichen, bis die Nacht sich schließlich über sie legte und alles zu verschlucken schien. Sarah wagte kaum zu atmen.

Und mit einem Mal erhob sich ein fürchterlicher Lärm über ihrem Kopf, mit beiden Händen hielt sie sich die Ohren zu, ihr war, als hätten die Wände Augen und mit einem Entsetzen im Herzen, der sie die letzten Kräfte mobilisieren ließ, stemmte sie sich hoch und rannte durch die Wohnung, um irgendetwas zu finden, das sie schützen würde. Abgehetzt taten ihre Hände etwas, dass ihren Verstand nicht mehr erreichte, arbeiteten fieberhaft. Sie konnte nicht orten, woher der Lärm kam, vermutete nur ein weiteres Mittel der Peiniger, ihre Psyche zu brechen. Sie wünschte sich inbrünstig, dass sie es endlich beendeten, aufhörten, sie zu quälen. Noch immer begriff sie nicht, was sie verbrochen hatte, um diesen Albtraum zu verdienen. Schwer hallten nun laute Schritte auf der Treppe. Nur noch ihr Instinkt war ihr geblieben, trieb sie in eine Ecke, in der Hand hielt sie ein stumpfes Messer, das sie in der Küche gefunden hatte. Sie registrierte, dass sie alte Holzkisten vor der Tür aufgestapelt hatte, um sich eine Illusion von Sicherheit zu verschaffen, schemenhaft waren sie im Dunkel des Raumes zu erkennen. Eine weibliche Stimme schrie Unverständliches. Sarah bekam am ganzen Körper Gänsehaut und zitterte wie verrückt. Jemand rüttelte an der Tür. Sarah hielt den Atem an, ihre Fingernägel krallten sich an der Wand fest, sie konnte sie einen nach dem anderen brechen hören. Jetzt warf sich jemand gegen die Tür und ächzend gab sie sofort nach, die Holzkisten purzelten zu Boden und mit ihrem letzten Überlebenswillen stieß Sarah einen markerschütternden, entsetzlichen Schrei aus.

Der kalte Blick aus Sandys Augen traf sie wie ein Messerstich ins Herz und alles andere verschwamm vor ihr.

Max

Die Gedanken glitten unzusammenhängend ineinander, schon hatte ihn der sanfte Mantel des Schlafes umhüllt, da fuhr Max mit klopfendem Herzen hoch. Lynet bewegte sich neben ihm.

„Der Rucksack, verdammt, das hab' ich total vergessen." Er war hellwach.

„Was für ein Rucksack?", murmelte sie.

„Sarah hat ihn nach ihrem Dienst im Arztzimmer im Schrank hängen lassen, habe ihn rein zufällig gesehen. Weil wir da normalerweise nur Akten drin stapeln, habe ich das glatt vergessen, ich muss zur Polizei…"

„Max, die schaffen das alleine, bleib hier!" Lynet richtete sich auf. Er beugte sich herab und gab ihr einen Kuss.

„Ich hätte keine ruhige Minute, vielleicht ist da irgendein wichtiger Hinweis drin, irgendetwas, das uns weiter hilft." Mit großen Augen sah sie ihn an.

„Und du bist dir sicher, dass du nichts mehr für sie empfindest?" Ein Schimmer der wohlvertrauten Eifersucht kehrte in ihre Züge zurück, aber dieses Mal verstand er es.

„Ich fühle mich irgendwie verantwortlich, weißt du? Nie hätte ich ihr Steinbach überlassen sollen, das war mein größter Fehler, außerdem ist sie komplett unerfahren. Ich hätte ein Auge auf ihre Patienten halten müssen und registrieren, dass Steinbach in die Geschlossene verlegt werden muss. Verzeih mir, aber ich muss los." Zärtlich strich er ihr noch eine blonde Strähne aus dem Gesicht. Kaum in der Wohnung angekommen, waren sie einander in die Arme gefallen und hatten sich stundenlang geliebt, und bei der Erinnerung an ihre fordernde und gleichsam liebevolle Leidenschaft war er versucht, wieder zu ihr ins Bett zurück zu kriechen. Dennoch, es half nichts. Er schwang sich aus den Federn, schlüpfte in seine Jeans. Nur schwer konnte er sich von Lynet und den berauschenden Gefühlen losreißen, die sie in ihm auslöste, vertraut und doch so neuartig und prickelnd.

„Versuch' ein bisschen zu schlafen, ja?" Sie nickte und er verließ im Eiltempo die Wohnung.

Sie fanden tatsächlich das lang gesuchte Adressbuch in dem Rucksack. Zu Max Bedauern hatte Huth keinen Nachtdienst, so wühlte ein ihm unbekannter Beamter in dem kleinen weinroten Adressbüchlein. Er stellte sich allerdings als Oberinspektor Mehling vor, und Max registrierte zu seiner eigenen Befriedigung, dass man der ganzen Sache schon mehr Priorität einzuräumen schien. Fotos von Steinbach und Sarah waren in allen Revieren im Umkreis verteilt worden, und ihre Eltern waren kurz nachdem sie von Sarahs Verschwinden erfahren hatten, ins Auto gestiegen und angereist. Max hatte sie gesehen, als er das Polizeirevier betreten hatte. Es waren schlichte Leute; unglücklich und sich ängstlich an den Händen haltend, hatten sie auf den Plastikstühlen gesessen, sich verstohlen die Tränen aus den Augen wischend. Auch sie konnten sich nicht erklären, wohin Sarah verschwunden war, und das Entsetzen darüber, dass sie eventuell von einem schizophrenen Psychopathen verfolgt wurde, verursachte eine so große Panik in ihnen, dass sich eine Psychologin auf dem Revier um die verstörten Eltern kümmerte, während Max Oberinspektor Mehling in die Klinik begleitete.

Sehr sauber und in Schönschrift fanden sie die Adressen und Telefonnummern von Menschen, die sie schon an Hand des Computers ermittelt hatten, doch auf der letzten Seite, hingekrakelt und kaum leserlich fanden sie endlich den Namen, den sie gesucht hatten.

„Sandy Büchner, Südstrasse 127,… die Nummer kann ich beim besten Willen nicht entziffern, drei, acht, sieben,… können Sie das lesen?", Mehling hielt ihm das Büchlein hin.

„Noch eine sieben und eine vier?", riet Max. „Nein, tut mir leid, im Grunde ist es nicht zu entziffern. Moment…" Er schmiss den Computer an, und rief das Telefonbuch auf. Aber eine Sandy Büchner war nicht eingetragen.

„Wir fahren hin." Mehling rief seinen uniformierten Beamten herbei und orderte noch eine zweite Streife. Max sah ihn flehentlich an.

„Nehmen Sie mich mit? Ich denke, ich war bisher eine ziemlich große Hilfe bei den Ermittlungen, ich kann hier nicht rumsitzen und nur warten." Mehling setzte eine strenge Mine auf.

„Das ist im Grunde völlig unzulässig, ich denke, keine gute Idee. Nein, Sie bleiben hier." Enttäuscht ließ Max den Kopf hängen. In diesem Moment klingelte Mehlings Handy, er nahm ab.

„Oberinspektor Mehling…ist das glaubhaft?... Die soll auf keinen Fall auf eigene Faust was unternehmen, wir sind sowieso auf dem Weg dahin, mit zwei Streifen. Schicken sie noch eine weitere vorbei, und einen Notarztwagen, die sollen den Mann stellen und alles weitläufig absperren, alles klar? Danke!" Er atmete einmal tief durch und sah Max an. „Ein Mann, dessen Beschreibung auf Steinbach passt, wurde von einer Passantin in der Südstraße gesichtet, unweit von Sandy Büchners Adresse. Steinbach blutet wohl ziemlich stark am Kopf und wirkt nicht ganz klar. Die Frau fürchtete sich vor dem fremden Mann und informierte gleich die Polizei."

„Oh, mein Gott!" Max musste sich am Schreibtisch festhalten.

„Sie kommen doch mit! Schließlich waren Sie Steinbachs Psychiater, das könnte von Nutzen sein." Max schluckte.

„Alle notwendigen Medikamente werden im Notarztwagen sein?" stammelte Max fragend.

„Davon gehe ich aus, aber Sie müssten das eigentlich besser wissen als ich." Völlig unfähig einen klaren Gedanken zu fassen, rannte Max geschwind ins Schwesternzimmer und ließ noch zwei Ampullen Haldol und eine Spritze in die Tasche gleiten.

„Sicher ist sicher", er nickte Mehling zu, und sie stürmten los.

Unheimlich breitete sich das Industriegebiet vor ihnen aus, menschenleer, still und eingehüllt in eine weiße Decke, denn es schneite noch immer. Auch wenn es ihn überhaupt nicht interessierte, fragte er sich, was die Frau, die Adrian gesichtet hatte, alleine in dieser Einsamkeit gemacht hatte, und vermutete, sie gehörte zu dem berüchtigten Bordell, dass unweit der Südstraße lag. Auch die Vorstellung, dass Sandy Büchner, Sarahs Freundin, hier lebte, stimmte ihn befremdlich. Jetzt sah man schon die Blaulichter der zwei Streifenwagen, die bereits mit heulenden Sirenen, die Stille zerschneidend, kurz vor ihnen eingetroffen waren. Gespenstisch fiel ihr nun stummes Licht blinkend in den Schnee. Max' Herz begann wie wild zu klopfen. Er mochte sich nicht ausmalen, in welchem Zustand sie Sarah und vielleicht auch deren Freundin vorfinden würden.

„Ist das Steinbach?", Mehling deutete auf eine Gestalt, die im Schnee kauerte.

„Das ist er!" Die Angst zerfraß Max das Herz und eine kalte Hand griff danach, als er den fast apathisch wirkenden Adrian erblickte. Blut klebte in seinen Haaren und auf der viel zu dünnen Jacke, die ihn nicht wärmte. Adrian klapperte mit den Zähnen, seine Lippen waren bereits blau angelaufen.

„Du Schwein", nichts hielt Max länger im Auto, er sprang auf den Zitternden zu, packte ihn an den Schultern und starrte haßerfüllt in das blutige Antlitz, selbst Adrians Hände waren voller Blut.

„Was hast du mit ihr gemacht? Wo ist sie?" Seine Stimme überschlug sich, Tränen vernebelten seinen Blick. Adrian schien aus seiner Erstarrung zu erwachen und seine Augen suchten verständnislos nach Klärung, stierten auf Max Mund, in der Hoffnung seine Worte zu verstehen, sie bis zu sich durchdringen lassen zu können. Ein paar kräftige Hände packten Max und zogen ihn hoch.

„Wenn ich das gewusst hätte, wären Sie in der Klinik geblieben. Mann, Mann, Mann, reißen Sie sich zusammenn, Horak! Egal was passiert ist, im Moment erreichen Sie so nichts, schauen Sie ihn sich doch an." Ein feiner Schweißfilm auf Adrians Stirn hatte sich mit dem Blut vermischt, er flüsterte ein paar unverständliche Worte. Die eben eingetroffenen Rettungssanitäter legten ihm eine Decke um die Schultern und führten ihn zum Krankenwagen.

„Wir brauchen mit großer Wahrscheinlichkeit noch einen Rettungswagen", rief Mehling den Sanitätern nach und registrierte dann den Notarzt, der ebenfalls eingetroffen war und sich nun um Adrian kümmerte. Der Oberinspektor wandte sich kurz an Max.

„Wenn Sie schon nicht dazu in der Lage sind, die Rolle des Psychiaters zu erfüllen, halten Sie sich wenigstens im Hintergrund, ist das klar?", raunzte Mehling ihn an. Max nickte und schluckte, er begann am ganzen Körper zu frösteln. Er bemerkte eine stark geschminkte, auffällig leicht bekleidete Frau am Rande des Geschehens, die Adrian ängstlich hinterher starrte, das musste die Prostituierte sein, die die Polizei verständigt hatte. Max' Vermutung nach der Gesinnung der Dame war also richtig gewesen. Mehling deutete nun auf ein düsteres, heruntergekommenes und leer stehend wirkendes Gebäude, dass sich vor ihnen in den Nachthimmel auftürmte.

„Das ist die Nummer Hundertsiebenundzwanzig?," hörte sich Max flüstern. Doch keiner reagierte auf ihn. Die Polizisten schienen sich wortlos zu verstehen. Mehling nickte seinen Beamten zu und sie steuerten das verlassen daliegende Haus an. Es sah aus, als hätte seit vielen Jahren hier niemand mehr gelebt, die Fensterläden quietschten ächzend im Wind, schlugen auf und zu, der Putz bröckelte von den Wänden, nirgends brannte Licht. Es existierten zwar tatsächlich noch vier Klingeln, die Schilder jedoch waren unleserlich. Max lief ein kalter Schauer über den Rücken. Wer wohnte in so einem Haus? Die Stille lag drückend auf ihm, und er meinte, die anderen könnten sein Herz klopfen hören, so laut schlug es gegen seine Brust. Eine Polizistin stieß schließlich mit einer Taschenlampe bewaffnet die Tür auf, leuchtet in das undurchdringliche Dunkel des Flures. Eine Holztreppe führte in den Keller, sie wirkte zwar morsch, und einige Stufen fehlten, aber man konnte sie sicher noch betreten, ohne zu viel zu riskieren. Die Treppe nach oben fehlte, lediglich eine wenig vertrauenserweckende Leiter lehnte an der Wand. Mehling deutete mit dem Kopf nach unten, und hintereinander betraten sie, vorsichtig einen Schritt nach dem anderen setzend, die Treppe in den Keller, die Beamtin vorne weg. Alles war still.

„Frau Sandy Büchner sind Sie da? Frau Wohlfart? Hallo?", rief die Polizistin und wartete einen Moment. „Wir kommen jetzt rein!" Sie begann an der Tür zu rütteln, blickte sich dann fragend zu ihrem Chef um, der nickte nur, und die Polizistin warf sich gegen die Tür, die sofort nachgab. Max, der als allerletztes hinter den Beamten hergeschlichen war, konnte kaum etwas erkennen, doch der markerschütternde, unmenschliche Schrei, der dann ertönte, ließen ihn alle Vorsicht über Bord werfen, er schubste die Polizisten beiseite und rannte auf die offene Tür zu, die in den dusteren Kellerraum führte, und was er da erblickte, ließ ihn das Blut in den Adern gefrieren .

An die karge Wand gedrückt stand Sarah da, beleuchtet nur durch die Taschenlampe der Polizistin. Wie ein Tier schaute sie wilden Blickes um sich, starrte dann mit angstgeweiteten Augen die Polizeibeamtin an. Ihre einst so prächtigen Locken hingen in verfilzten Strähnen von ihrem Kopf, das Gesicht war schlohweiß, die Lippen trocken und rissig, mit schwarzumrandeten Schatten unter den Augen, die jetzt ohne Unterlass die Polizistin fixierten. In einer Hand hielt sie mit blutig abgebrochenen Nägeln ein rostiges, altes Messer, Schaudernd sah er zu, wie sie sich damit unablässig in die Handfläche der anderen Hand ritzte. Der gesamte Raum war übersät von Pappkartonstreifen, die jeden Winkel, jede Ecke der schimmligen Wände bedeckten. Es roch durchdringend nach Urin. Max spürte wie alle Kraft aus ihm wich, seine Knie wurden weich.

„Mein Gott, Sarah…" Irre blitzte sie ihn an, Erkennen flackerte in ihren Augen, dann versengte sie ihn mit ihrem Blick, instinktiv wich Max einen Schritt zurück.

„Ich dachte, du liebst mich, Adrian, warum tust du mir das an?" Ihre Stimme hallte durch den Raum, mit einem Satz sprang sie auf ihn zu, hob blitzschnell ihr Messer und sammelte ihren geballten Wahnsinn in dem Stoß, der ihn ins Herz treffen sollte.

Zwei der Beamten umklammerten mit eisernem Griff die wild um sich schlagende Sarah.

„Sie sollten sich doch im Hintergrund halten, verdammt!" Wütend und zugleich erleichtert, dass seine Kollegen so schnell reagiert hatten, legte er Max die Hand auf die Schulter. Max schüttelte sie ab.

„Sie braucht das Haldol." Mit zitternden Händen zog er die Spritze aus seiner Tasche und brach die Ampullen auf. Mit aller Macht versuchte er Beruhigung durch die ihm vertraute Tätigkeit zu finden, arbeitete mechanisch. Er konnte nicht fassen, was er da gerade erlebte. Er versuchte eine Vene an ihrem Arm zu finden, während sie sich tobend und schluchzend gegen die Beamten wehrte, berührte die Haut, die er vor wenigen Tagen, ja fast Stunden, noch liebkost hatte.

„Ich will nicht sterben, ich will nicht!", schrie sie. Max löste vorsichtig den Stoff von der entzündeten tiefen Fleischwunde an ihrem Oberarm und stieß entsetzt scharf die Luft aus, denn der Eiter quoll bereits zähflüssig und stinkend aus den Rändern der Verletzung, außerdem war der gesamte restliche Arm überseht von blutigen Kratzspuren, die sich ebenfalls teilweise bereits entzündet hatten. Er begann die andere Seite nach einer Vene abzutasten. Auch hier registrierte er bekümmert die vielen Kratzspuren, doch er fand auch eine Vene. Als er schließlich das Haldol in ihr Gefäß drückte, und Sarah kurze Zeit später in einen gnädigen Zustand des Friedens fiel, torkelte er in eine Ecke des Kellers und erbrach sich.

Alles schien aus weiter Ferne zu kommen, nur langsam registrierend, dass er in einem weichen Bett lag, schlug er die Augen auf.

„Was ist passiert?", wisperte er. „Wo ist Sarah?" Eine beruhigende Hand legte sich auf seinen Arm, und er blickte in das freundliche junge Gesicht einer blonden Frau, sie trug Krankenschwesterntracht, er musste wieder in der Psychiatrie sein. Adrian stöhnte.

„Alles in Ordnung, Herr Steinbach, alles ist gut. Haben Sie Durst?" Sie hielt ihm einen Schnabelbecher vor die Nase, gierig trank er das köstliche Nass, erst jetzt merkte er, wie durstig er war, unbeholfen saugte er an dem Schnabel, verschluckte sich und das Wasser spritzte aus seinem Mund. Adrian spürte, wie seine Decke feucht wurde. Entschuldigend blickte er zu der hübschen Schwester hoch.

„Ist gar nicht schlimm, Herr Steinbach. Ich hole jetzt Professor Sailer, der wollte unbedingt Bescheid bekommen, wenn Sie aufwachen."

„Ich kenne Professor Sailer nicht, wo ist Frau Wohlfart oder wenigstens Dr. Horak?" Die Schwester schmunzelte.

„Sie wissen nicht, wo Sie sind, stimmts? Herr Steinbach, Sie liegen nicht in der Psychiatrie, sondern in der Neurologie, Uniklinik. Unser Professor Dr. Sailer ist spezialisiert auf Epilepsie, und er hat behauptet, Sie seien sein bisher herausragendster Fall, wir sollen Sie behandeln wie ein rohes Ei." Ein bezauberndes Lächeln breitete sich auf ihrem Gesicht aus, und machte es noch hübscher.

„Eplilepsie, ich verstehe nicht..?"

„Professor Sailer wird es Ihnen erklären, einen Augenblick nur..." Kokett mit den Hüften schwingend verließ sie sein

Krankenzimmer, und Adrian versuchte sich aufzusetzen, doch sogleich ließ er sich stöhnend wieder in die Kissen gleiten und fasste sich an den Kopf, es tat höllisch weh. Er tastete einen dicken Verband, der sich mit leichtem Druck um seinen Schädel schloss. Außerdem fühlte es sich an, als habe er am ganzen Körper Muskelkater. Aus dem Gang tönte ein lautes, fröhliches Lachen, und irgendjemand jammerte, aber ansonsten herrschte Stille. Immer noch blieben die Stimmen stumm. Was war passiert? Er konnte sich nur noch an Sarahs Gestalt erinnern, an einen Lastwagenfahrer, der sich krümmte, dann riss der Film.

Die Tür schwang auf.

„Herr Steinbach, wie wunderbar, dass Sie wieder bei uns sind." Herein schneite ein quirliger, kleiner Mann mit rotem, wirrem Haar, das aussah, als hätte er in die Steckdose gefasst. Er streckte Adrian kameradschaftlich die Hand entgegen und schüttelte sie kräftig. „Sie können sich an die letzten Stunden und Tage nicht mehr recht erinnern, ist das richtig?" Adrian nickte, und Prof. Sailer setzte sich auf seine Bettkante, faltete die Hände im Schoß und sah Adrian ernsthaft an.

„Wie es aussieht, sind Sie, so bedauerlich es ist, jahrelang ein Opfer der Medizin geworden, aber so wirklich verdenken kann man es den Kollegen nicht." Jetzt versuchte sich Adrian doch aufzusetzen, sein Kopf dröhnte, aber zugleich pochte sein Herz in aufgeregter Erwartung, er spürte, dass Prof. Sailer ihm sogleich etwas eröffnen würde, was sein ganzes Leben verändern konnte. „Sie sind ein äußerst seltener Fall, eine Orchidee Ihrer Erkrankung, kann man fast sagen. Denn weltweit wird in der Literatur nur über acht vergleichbare Fälle berichtet. Es ist ein großes Glück, dass ich gerade von einem wissenschaftlichen Meeting aus Boston zurückgekehrt bin, das sich ausschließlich diesen Fällen gewidmet hat." Er lächelte.

Adrian verstand überhaupt nichts mehr. „Sie leiden nicht an Schizophrenie, Herr Steinbach und haben es auch nie getan. Sie sind an Epilepsie erkrankt." Er schwieg um das Gesagte wirken zu lassen.

„Aber…", beschwichtigend legte Prof. Sailer eine Hand auf Adrians Arm und hieß ihn erst mal zu schweigen.

„Viele Epileptiker erleben so ein seltsames Vorgefühl, bevor sie einen Anfall bekommen, wir Mediziner nennen es Aura, die Patienten empfinden ein Kribbeln im Bauch, nehmen Gerüche wahr oder sehen Farben. Es kommt zu Beklemmungsempfindungen, oder einem Gefühl der unbestimmten Vertrautheit, einem so genannten Deja-vu-Erlebnis. Manche Patienten halluzinieren sogar, andere sehen die Umgebung leuchtender oder Geräusche werden überlaut. Die Wahrnehmung ist eben oft verändert oder erweitert, fast wie nach bestimmten Drogen. In Ihrer seltenen Ausprägung geht die Sache soweit, dass Sie ausschließlich wahrnehmen, das ist quasi ihre Anfallsform." Entgeistert starrte Adrian den Arzt an. „Das absolut Erstaunliche bei Ihnen ist außerdem die Tatsache, dass Sie eigentlich einen Status epilepsikus, einen Daueranfall hatten, und das so gut wie Ihr ganzes bisheriges Leben lang. Ihr Hirn hat einfach komplett anders getickt. Nur eine Frau aus Mexico teilte diese extreme Form der Epilepsie mit Ihnen, auch sie saß jahrelang in der geschlossenen Abteilung einer Psychiatrie, in den jämmerlichsten Umständen, psychisch Kranken aus ärmeren Schichten geht es verdammt dreckig dort, bis jemand auf die Idee kam, ein EEG abzuleiten, ein Elektroencephalogramm, also die Hirnströme zu messen, und epilepsietypische Potentiale, verdächtige Veränderungen ausmachte. Sie hatte bislang keinerlei den dortigen Ärzten bekannte Anfallstypen gezeigt, und deshalb hatte niemand von ihnen einen Gedanken an die Möglichkeit einer Epilepsie verschwendet. Ihr EEG–Befund war jedoch so typisch und pathologisch, dass sie Rat an der Uni suchten. Der Stein war ins Rollen gebracht, und so bekam Prof. Snider, mein amerikanischer Kollege, und der Fachmann schlechthin auf diesem Gebiet, damals Wind von der Sache, und ihr konnte durch einfache Antiepileptika geholfen werden."

„Aber man hat doch EEGs gemacht bei mir, und ich glaube niemand hat etwas gefunden", stammelte Adrian, es drehte sich alles in seinem Kopf. Bedauernd nickte Prof. Sailer mit dem Kopf.

„Leider Gottes sind die EEGs bei Epileptikern oft nur unspezifisch verändert. In Ihrem Fall hat man sich wahrscheinlich einfach in der Diagnose Schizophrenie bestätigt gefühlt, da auch dort oft auffällige EEG-Befunde abgeleitet werden. Ebenso gibt es massenweise falsch negative Befunde." Adrians Augen verengten sich.

„Und wieso sind Sie sich dann so sicher, dass es bei mir diese besondere Form der Epilepsie ist und nicht doch der Wahnsinn?" Er lachte verunsichert. Wieder lächelte der Professor.

„Ganz einfach, Ihr Anfallstyp hat sich gewandelt. Sie hatten in letzter Zeit das Gefühl, Aussetzer zu haben? Sind auch die Wahrnehmungen weniger geworden oder gar verschwunden?" Erstaunt nickte Adrian zustimmend mit dem Kopf.

„Ihre Anfälle äußern sich jetzt überwiegend als so genannte Absencen und Dämmerattacken. Gleich nachdem die Sanitäter Sie in den Krankenwagen gebracht hatten, bekamen Sie eine solche Dämmerattacke, dann kam ein Grand mal, ein so genannter großer Anfall, und Sie rutschten in einen Status epilepticus, das heißt einen Anfall ohne Unterbrechungen. Natürlich haben Sie das überhaupt nicht toleriert." Er brach ab und vergewisserte sich, dass Adrian ihm auch gut zuhörte, dann fuhr er fort. „Erstaunlicherweise ist anscheinend die Anfallsform, in der Sie die Wahrnehmungen hatten, also Stimmen oder Bilder sahen, für Ihren Körper besser zu ertragen gewesen, da Sie nie eine nennenswert körperlich gefährdende Verfassung gehabt haben." Wie um Bestätigung dessen zu bekommen, was er eigentlich schon zu wissen schien, sah er Adrian fragend an, der nickte nur. „Ihr Zustand, in dem wir Sie dann hier sahen, war allerdings lebensbedrohlich. Ich denke, Sie litten schon eine ganze Zeit an den neuen Anfällen. Dieser bedeutungsvolle Tag schließlich muss von vielen Anfällen geprägt gewesen sein, die Ihrem Körper wohl kaum Ruhe gelassen haben. Sie waren bereits völlig am Ende, als man Sie fand." Wieder nickte Adrian und schluckte.

„Ich fühlte mich hundeelend." Die Erinnerung überfiel ihn schlagartig. „Schon die Tage vorher hatte ich erlebt, wie der Bauch jedes Mal zu kribbeln begann, mich ein seltsames Unbehagen erfasste, und plötzlich drei Stunden vergangen waren, bis ich zu mir kam, schwitzend wie nach einem Marathonlauf. Aber dieser letzte Tag war furchtbar. Ständig überkamen mich eigenartige Gefühle. Ich meinte zum Beispiel die Straße von…", er schluckte, „von Frau Wohlfahrt schon mal entlang gelaufen zu sein, die ich mit Sicherheit noch nicht kannte, nahm Gerüche wahr und verlor ständig das Bewusstsein, um danach völlig gerädert zu erwachen, manchmal auch an einer völlig anderen Stelle. Sind das Dämmerattacken? Ich meine", er schaute ungläubig fragend zu Prof. Sailer, „kann man tatsächlich solange dämmern, wie ich es teils erlebt habe?"

„Ich habe Fälle von schwerstbetroffenen Epileptikern gesehen, die ganze, oder im Extremen, sogar mehrere Tage lang gedämmert haben, dabei ist der Speichelfluss erhöht und die Patienten haben vegetative, also Kreislaufsymptome, Veränderung des Herzschlages oder wie in Ihrem Fall starkes Schwitzen. Sie haben hinterher für die Zeit des Anfalls eine Amnesie, dass heißt sie erinnern sich an nichts mehr. Teilweise laufen sie, während sie dämmern, ziellos umher." Immer wieder sah er Adrian prüfend an, um sicher zu gehen, dass dieser auch alles verstand. „Zum Glück ließ sich Ihre Serie durch Diazepam zunächst leicht durchbrechen, was mir Hoffnung für die Therapie gibt. Dennoch erlangten Sie die letzten Tage kaum das Bewusstsein, hatten einen Anfall nach dem anderen, so dass Sie nichts von unseren Untersuchungen mitbekamen. Dazwischen haben Sie geschlafen. Ich denke, so langsam haben Sie einen guten Medikamentenwirkspiegel, denn Sie hatten heute noch keinen einzigen Anfall. Jetzt sind Sie einfach erschöpft, das ist alles." Beide schwiegen.

„Und was sind Absencen?" Noch hatte es Adrians Hirn nicht erreicht, und er realisierte eigentlich nicht wirklich, wie sehr diese neuen Erkenntnisse sein Leben umkrempeln würden. Das Stigma eines Epileptikers war sicher groß, aber nicht zu vergleichen mit dem eines Schizophrenen.

„Absencen sind nur wenige Sekunden dauernde Aussetzer, in denen man zum Beispiel eine Tasse fallen lässt, und es sich nicht erklären kann, da auch hier das Bewusstsein getrübt ist. Aber Sie haben auch noch andere Anfallstypen. Bei einem dieser anderen Anfälle müssen Sie auf den Kopf gestürzt sein." Der Arzt tippte auf Adrians Verband. Er fuhr fort.

„Einige Ihrer Leidensgenossen hatten von jeher die Sinneswahrnehmungen kombiniert mit den typischeren Anfallsformen. Etwa der Hälfte erging es wie Ihnen. Sie galten als seltsam oder psychisch krank, bis ihre Epilepsie sich plötzlich durch gewöhnliche Anfallsformen zeigte, und die Sinneswahrnehmungen verschwanden." Prof. Sailer sah ihm aufmerksam in die Augen. „Wir können Ihnen helfen, vielleicht bekommen wir Sie sogar fast anfallsfrei." Eine Flut an Empfindungen überrollte Adrian. Natürlich freute er sich endlich diese Krankheit Schizophrenie los zu sein, die ihn so viele Jahre aus der normalen Gesellschaft verbannt hatte. Dennoch war er nach wie vor davon überzeugt, dass die Stimmen und Bilder völlig real gewesen waren und sehnte sich nach ihnen. Er hatte Vertrauen gefasst zu dem freundlichen, rothaarigen Arzt und wagte es deshalb eine Frage zu stellen, die ihm auf der Seele brannte.

„Wäre es möglich, dass Anfälle, wie ich sie hatte, tatsächlich die Wahrnehmung schärfen, das Hirn in solchen Fällen einfach in einen anderen Erregungszustand versetzen könnten, mit niedrigerer Reizschwelle. Wenn Sie sagen, Farben könnten intensiver wahrgenommen, Geräusche lauter gehört werden, wäre es dann auch möglich, Dinge zu hören und zu sehen, die anderen Menschen ohne diese Art der Epilepsie verschlossen bleiben?" Mit banger Erwartung schaute er den Arzt an, betete, er würde ihn nicht gleich in die Psychiatrie zurückschicken, doch der Gefragte blieb ernst.

„Möglich ist es durchaus. In der hippokratischen Schrift wurde diese Erkrankung übrigens als "morbus sacer" bezeichnet, was soviel heißt wie heilige Krankheit." Er hielt inne, sah Adrian nachdenklich an. „Ich befasse mich in meiner Forschung ausschließlich mit dem Anfallsleiden, kenne jede noch so kleine Studie, und es dürfte Sie interessieren, dass eine Studie existiert, die sich speziell mit den so genannten übersinnlichen Fähigkeiten von Epileptikern beschäftigt. In Fachkreisen eine fragliche Geschichte, die kritische Diskussionen aufwirft, aber ich empfand es als ausgesprochen aufschlussreich." Dankbar nickte Adrian „Ich werde Ihnen den

Bericht über die Studie kopieren", sagte der Arzt. Unverwandt sah Adrian ihn an.

„Meinen Sie, es gibt auch Menschen, besonders Kinder, bei denen diese Art Anfall nichts Krankhaftes hat, sondern einfach einen Grundzustand darstellt, eine Variante des Normalen, etwas, dass früher vielen Menschen vergönnt war, und es nichts ist, was man therapieren, sondern im Gegenteil fördern müsste? Sie haben selbst eingeräumt, dass es mir, als ich nur meine Dauerwahrnehmungen hatte, nicht bedrohlich schlecht ging!" Adrian merkte, dass er dem Professor zu weit ging mit seinen Überlegungen. Er ließ es daher dabei bewenden und stockte, spürte, wie Tränen in seinen Augen brannten als er erneut das Wort an den Arzt richtete.

„Die anderen, ich meine…", unsicher huschte sein Blick zum Fenster, dann schloss er die Augen, „diejenigen, bei denen diese besondere Prägung der Anfälle existierte, und die dann in normale Anfälle übergingen, haben die je wieder Stimmen gehört oder Bilder gesehen?" Er seufzte tief und sah, wie Prof. Sailer vorsichtig mit dem Kopf schüttelte.

„Ich glaube nicht", flüsterte dieser. Adrian schluckte, eine Träne lief über seine Wange.

„Ich fühle mich ein bisschen wie ein Amputierter, verstehen Sie?" Er musterte den Arzt, suchte nach Verständnis. „Nein, das können Sie nicht," flüsterte Adrian dann.

„Ich habe in den USA lange mit einem Mann gesprochen, dem es wie ihnen erging. Adrian?" Er schüttelte seinen Patienten ganz leicht. „Ich verstehe Sie, glauben Sie mir." Und nach kurzem Zögern. „Dieser Patient hat seine Erlebnisse zu Papier gebracht, vielleicht würde Ihnen das helfen." Adrian fühlte, dass ihm dieser Gedanke gefiel. Man würde ihn anhören, seine Worte lesen wollen. Was nie jemanden interessiert hatte, er war sich sicher, würde plötzlich großen Anklang finden.

„Nichtsdestotrotz", Professor Sailer erhob sich. „müssen wir eine Lösung für Sie finden. Ich habe Ihnen zunächst eine bewährte Kombination gängiger Antiepileptika zusammengestellt, wir werden sehen, wie gut das hilft. Solange wir Sie auf die Medikamente einstellen, müssen Sie in der Klinik bleiben, und natürlich wäre ich Ihnen äußerst dankbar, wenn Sie mir für meine Forschungsarbeit ein wenig Zeit schenken würden." Er setzte ein gewinnendes Lächeln auf. „Ich hätte da noch etwas, was ich Ihnen ausrichten soll." Er zögerte. „Sie haben, bevor Sie endgültig das Bewusstsein verloren, eine Frau verfolgt, Sarah Wohlfart." Adrians Herz begann wie wild zu pochen, atemlos starrte er gebannt auf Sailers Mund, um ja kein Wort zu verpassen. „Was bezweckten Sie damit? Wenn Sie fit genug sind, und ich es erlaube, möchte die Polizei mit Ihnen darüber sprechen. Der Ihnen wohl bekannte Kollege Dr. Horak bat mich jedoch, unabhängig von der Polizei, Sie das für ihn zu fragen."

„Sarah...", murmelte Adrian, dann blickte er dem Arzt in seine kleinen, munteren, klugen Augen. „Ich spürte, dass etwas mit ihr nicht stimmte, ich habe es gesehen ...", er zögerte, „eine Wahrnehmung, ich sah Dämonen über ihrem Kopf, auch schien sie mir verändert." Interessiert hörte Prof. Sailer ihm zu, seine gesamte Aufmerksamkeit war auf Adrian gerichtet. „Ich spürte und sah die Gefahr, in der sie schwebte, aber dann verschwanden meine Bilder und die Stimmen, ich wusste nur, ich wollte sie beschützen...Wissen Sie etwas? Ist ihr was zugestoßen?" Er spürte wie sich vor Nervosität seine gesamte Muskulatur anspannte. Bedächtig begann der Arzt mit dem Kopf zu nicken.

„Das ist wirklich höchst interessant." Unruhig rutschte Adrian in seinem Bett hin und her. „Sie haben tatsächlich Dämonen über ihrem Kopf gesehen? Beschreiben Sie sie!"

„Wie bitte?" Erstaunt blinzelte Adrian mit den Augen.

„Wie sah das aus, was Sie da gesehen haben über Frau Wohlfarts Kopf?", wiederholte der Professor noch einmal. Adrian versuchte sich zu konzentrieren, beschwor das Bild wieder in seinem Inneren herauf.

„Es waren eigentlich zwei Gestalten, die ich immer wieder gesehen habe, einen Mann und eine Frau." Er rieb sich die Stirn. „Beide waren schlecht für Sarah. Der... der Mann hatte stechend gelbe Augen und irgendwie klauenartige Hände, sehr gruselig." Er hörte wie der Arzt einen verblüfften, entgeisterten Laut von sich gab. „Die Frau wirkte bedrohlich, groß, kinnlanges Haar und irgendwie alterslos und unmodern, sie schien pausenlos auf Sarah einzureden. Der Mann hat Sarah nur angestarrt, voller Begierde eigentlich." Er schüttelte sich bei dem Gedanken an die Erscheinungen, dann sah er in das völlig verdutzte Gesicht von Prof. Sailer, der sich auf einem Stuhl niedergelassen hatte.

„Wir müssen uns unbedingt noch oft und lange unterhalten, Herr Steinbach." Er setzte eine Pause ein. „Was Sie da gesehen haben, waren die Wahngestalten und Halluzinationen von Frau Wohlfart, die mit der Diagnose einer akuten Schizophrenie momentan in der geschlossenen Abteilung der Psychiatrie liegt."

Sarah

Sie wusste, wo sie war, aber sie begriff es nicht. In ihrem Kopf ballte sich dicker Nebel, der ihr das Denken erschwerte. In ihr lauerte noch immer die Angst und der Schrecken über den Verrat der Freundin. Sarah vermutete, man hatte sie wegen eines Nervenzusammenbruchs hierher gebracht. Im Geist sah sie immer wieder Sandys kalte, böse Augen vor sich und Adrian. Ihr Herz zog sich schmerzhaft zusammen. Noch immer wollte es nicht fassen, was der Verstand längst wusste.

Sie hatte tagelang in einem Zustand zwischen Traum, Schlaf und einigen kurzen halbwachen Momenten gelebt, in denen sie schemenhaft Personen wahrnahm, einige Male wie durch einen Schleier auch Max und Professor Renner, die irgendetwas mit ihr und ihrem Körper veranstalteten. Sie hatte es über sich ergehen lassen und war dann wieder abgetaucht in andere Welten, die ineinander geflossen und verwischt waren, sich schließlich Stück für Stück entfernt hatten, bis sie eines Morgens erwachte und sich besser fühlte, klarer als alle Tage zuvor, sie konnte deutlich sehen, hören und sich bewegen.

Die Tür öffnete sich und herein kam eine Schwester, die Sarah schon während ihrer Arbeit in der Klinik einige Male gesehen hatte.

„Zeit für Ihre Medikamente. Ich sehe, Sie fühlen sich besser heute, das ist ja toll!" Sarah starrte auf die Pillen, die ihr gereicht wurden.

„Was ist das?"

„Oh", verdutzt blickte die Schwester sie an. „Sie haben sie doch schön öfters bekommen." Düster erinnerte sich Sarah an eine Infusion und dann tatsächlich an Pillen, die ihr in den Mund geschoben wurden. „Es ist nur Ihr Antibiotikum und das Benperidol."

„Das bitte was?" Entgeistert starrte Sarah auf die Medikamente, in dem Schälchen, das die Schwester ihr reichte, diese wirkte verunsichert. „Das ist ein Neuroleptikum. Was soll ich damit?"

„Das ist richtig." Die Schwester sah zu Boden, und Sarah hatte das Gefühl, alles wie aus weiter Ferne wahrzunehmen, sie fühlte sich wie in Watte gepackt, aber dennoch registrierte sie, dass hier etwas ganz und gar nicht stimmen konnte.

„Am besten Sie unterhalten sich mit Dr. Fuhrmann, ich werde ihm gleich Bescheid geben." Fluchtartig verließ die Schwester das Zimmer, und Sarah spielte verwirrt mit den Tabletten in ihrer Hand. Wieso bekam sie Benperidol? Das musste ein Versehen sein.

Sie konnte außerdem beim besten Willen nicht einschätzen, wie lange sie schon hier war, alles erschien wie ein langer zäher Traum. Doch sie trug ihren eigenen Jogginganzug, die Haare fühlten sich frisch gewaschen an und im Schrank waren fein säuberlich ihre Klamotten einsortiert. Irgendjemand musste sich darum gekümmert haben. Ihr Arm brannte, war in einen Betaisadonarot verfärbten Verband gewickelt. Warum war sie verletzt? Schlagartig fiel ihr der Spiegel wieder ein, und das, was sie dahinter entdeckt hatte. Ein Schauder lief ihr den Rücken herab. Dann starrte sie auf ihre linke Hand, die gezeichnet war von oberflächlichen Ritzern, die leicht brannten. Die Kratzspuren, die ihren gesamten Körper bedeckten, waren kaum mehr zu spüren.

Es klopfte, und ein Arzt, den sie von der Frühbesprechung kannte, betrat ihr Zimmer. Sie versuchte, ihm herausfordernd entgegen zu lachen.

„Also, was ist los, warum verabreicht Ihr mir das Zeug hier, soll das ein Scherz sein?" Der andere streckte ihr erst einmal die Hand entgegen.

„Sarah, mein Name ist Gerd Fuhrmann, wir kennen uns ja vom Sehen her." Sie nickte, während der andere ein sehr ernstes Gesicht aufsetzte und tief durch atmete.

„Es ist nicht leicht für mich, dir das zu erklären, zumal wir Kollegen sind." Er sah sie an, blickte auf die wild tanzenden, roten Locken und das so schöne Gesicht. Es hatte durch die stationäre Ruhe bereits wieder etwas von seinen dunklen Schatten verloren. Dennoch, die Ereignisse zeichneten sich deutlich in ihren Zügen ab, und man spürte, dass sie unter Neuroleptika stand, ihr Blick schien verschleiert, die Pupillen waren erweitert.

„Sarah, vieles, von dem du glaubst, dass es existiert, gibt es nicht. Du hattest extreme Wahnvorstellungen und Halluzinationen. Einige der Personen zum Beispiel, denen du die letzte Zeit begegnet bist, waren Wahngestalten, Halluzinationen, Geburten deines Hirns. Und der Albtraum, den du durchlebt hast, ist nicht wirklich geschehen." Ungläubig, ja ablehnend sah sie ihn an.

„Das ist doch Blödsinn."

„Ist es nicht, ich muss dir leider sagen, dass Du gerade eine akute paranoide Schizophrenie durchlebst." Sarah schüttelte sich, wollte nicht hören, was ihr der Kollege da versuchte zu erklären. Es war einfach unmöglich. Sie verstanden nicht, dass sie verfolgt und bedroht worden war, wie denn auch? Sie hatte es ja auch niemandem erzählt. Verzweifelt wandte sie sich an Gerd Fuhrmann.

„Da war dieser Typ mit den gelben Augen, ich habe Max davon erzählt, aber schließlich habe ich entdeckt, dass Adrian Steinbach hinter all' dem steckte, er wollte mich vergiften, hat meinen Kater getötet und wollte mich in den Wahnsinn treiben." Die Tränen kullerten nun ungebremst über ihre Wangen. „Das Schlimmste ist, dass er es anscheinend geschafft hat, Euch nun davon zu überzeugen, dass ich tatsächlich krank bin." Sie hörte selber, wie konfus das alles klang, aber es entsprach doch der Wahrheit. „Und Sandy Büchner ist die Allerschlimmste. Habt Ihr sie eingesperrt? Sie hat sich in mein Herz geschlichen, genau wie Adrian, und hat dann versucht mich zu zerstören." Der Kollege setzte eine bedauernde Miene auf und ergriff ihre Hand.

„Aber das ist es ja Sarah, Sandy Büchner ist nicht existent, nur in deinem Kopf, und es gibt auch keinen Mann mit gelben Augen." Heftig schüttelte Sarah den Kopf.

„Das kann nicht sein, nein!" Sie schleuderte seine Hand weg wie ein lästiges Insekt.

„Du kennst die Tücken dieser Erkrankung, du weißt, dass schizophrene Patienten immer glauben, ihre Wahnfiguren seien real, das macht die Sache ja schließlich so schwierig." Vor einer halben Ewigkeit und in einem anderen Leben hatte sie selber diese Worte ausgesprochen. Sarah schwieg, ihr Hirn arbeitete so langsam, jedes Wort schien erst mit sekundenlanger Verzögerung in ihren grauen Zellen anzukommen.

„Es kann nicht sein", flüsterte sie noch einmal und versuchte angestrengt nachzudenken. Da fiel ihr etwas ein. „Aber ich war doch in Sandys Wohnung, das ist der Beweis, dass es sie gibt." Gerd lächelte sie entschuldigend an.

„Sandys Wohnung, wie du es nennst, befindet sich in einem völlig heruntergekommenen Altbau in einem leeren, schimmligen Kellerraum ohne irgendetwas darin." Mit offenem Mund starrte sie ihn an.

„Ich soll mir das alles nur eingebildet haben?" Er nickte. Ihr Mund fühlte sich sehr trocken an, die Zunge klebte an ihrem Gaumen. „Was ist mit den Löchern in den Wänden, weißt du davon?" Aufgeregt suchte sie nach Indizien, die bewiesen, dass er sich irrte. Doch er nickte wieder.

„Es gibt keine Löcher, Sarah." Am Boden zerstört liefen die Tränen immer schneller. Hilflos stand Gerd auf, trat von einem Bein auf das andere.

„Was ist mit meinem Körper? Er hat gejuckt, irgendetwas war nicht in Ordnung mit ihm, mit Sicherheit, ich bin doch Ärztin, er wurde systematisch vergiftet."

„Zönästhesien, Du weißt, was das ist, Sarah. Der Patient empfindet qualitativ abnorme, diffuse Leibempfindungen, typisch für die Schizophrenie." Der Ausdruck ihrer Augen wurde immer verzweifelter. „Weißt du was, ich werde Max anfunken. Vielleicht ist es besser, du sprichst mit ihm."

„Max…wenigstens habe ich mir den nicht eingebildet…" Sie lachte traurig. Gerd Fuhrmann verließ eilig und schweren Herzens das Krankenzimmer, es war hart für ihn, noch nie hatte er einen Kollegen behandeln müssen, jemanden, den er kannte, das berührte besonders. Er trat zum Telefon und funkte Max an. Keine fünf Minuten später betrat dieser nervös Sarahs Zimmer.

„Max!" sie sprang auf, versuchte es zumindest, denn auch ihre Bewegungen fühlten sich an wie in Zeitlupe. Sie warf sich in seine schützenden Arme, und er strich ihr über die Locken. „Gerd Fuhrmann behauptet, ich hätte Schizophrenie, aber du weißt es besser, nicht? Ich habe dir von Sandy erzählt und vom Gelbäugigen… und du glaubst mir sicher auch, dass er in die Nachbarwohnung gezogen war, und mich durch Löcher in der Wand beobachtet hat und…" Mit einem Mal stockte sie, und der Teil in ihr, der noch immer Ärztin einer Psychiatrie war, registrierte, wie schizophren ihre Geschichte tatsächlich klang und wie typisch für diese Erkrankung. Sie drückte sich noch fester an Max, fühlte, wie die bittere Erkenntnis sie übermannte.

„Gerd Fuhrmann hat Recht, stimmt's?", flüsterte sie tonlos. „Es gibt keine Löcher und keine Sandy, oder?" Max schob sie ein wenig von sich und sah sie eindringlich an.

„Wir werden das in den Griff bekommen, Sarah. Seit du hier eingeliefert worden bist, ging es stetig bergauf." Er stockte. „Ich mache mir nur Vorwürfe, dass ich es nicht eher bemerkt, und dir geholfen habe. Ich hätte es doch sehen müssen." Er seufzte bedauernd.

„Es war alles so echt." Sie fiel in sich zusammen, kauerte auf dem Boden. „Ich weiß jetzt gar nicht mehr, was Wahn ist und was Wirklichkeit." Mit beiden Armen umfing sie ihre Beine. „Und ich bin so entsetzlich müde, jetzt begreife ich, wie sich unsere Patienten fühlen." Unter schweren Lidern sah sie ihn Hilfe suchend an. „Am Schluss waren da Adrian und Sandy, ich habe versucht, mich gegen ihn zu wehren, sonst hätte er mich doch getötet, ich..." Sie stöhnte. „War Adrian da, kam er in dieses Haus? Habe ich ihn verletzt?" Max setzte sich neben sie auf den Boden.

„Er war da, aber nicht im Haus, er ist abgehauen, weil er spürte, dass etwas mit dir nicht stimmte, witterte die Gefahr in der du schwebtest. Er wollte dich nur beschützen, Sarah. Wahrscheinlich war er der Einzige, der deutlich gesehen hat, von was du dich bedroht gefühlt hast." Erstaunt blickte sie ihn an.

„Ich kenne dich gar nicht wieder, du sprichst fast mit Achtung von ihm."

„Er hatte es verdammt schwer", knurrte Max widerwillig, dann sah er sie wieder an. „Ich denke, du hast die Polizeibeamtin für Sandy gehalten und mich für Adrian."

„Oh mein Gott." Sie schlug sich auf den Mund, schämte sich und fühlte gleichsam eine tiefe Erschütterung über alles, was sich da über sie ergoss. Sie hatte ein perfektes Wahngebäude entwickelt, hatte Wahn und Wirklichkeit so miteinander verstrickt, dass sie erst allmählich die gesamte fatale Situation begriff, in die sie die Krankheit getrieben hatte.

„Es gab auch keine nächtlichen Anrufe, keine versuchte Vergewaltigung auf der Toilette, und keine Bauarbeiterstiefel vor der Nachbarwohnung, keine giftige Pflanze, nicht einmal die Internetseite über Vacula taransis war echt", wisperte sie und konnte erkennen, dass fast alles, von dem sie berichtete, für ihn neu war. Wie konnte es auch anders sein, sie hatte ihm nichts davon erzählt.

„Deine Nachbarwohnung ist nach wie vor leer", bestätigte er sie nur mit leiser Stimme."

„Und mein Kater? Er war so plötzlich tot…"

„Sarah, du hast erzählt, er wäre alt gewesen, Tiere sterben nun einmal." Mitleidig strich er ihr eine Strähne aus dem Gesicht. „Du musst Furchtbares miterlebt haben." Ihre verwirrten Gedanken glitten zu Adrian und ihr Herz wurde warm, verlor etwas von dem undurchdringlichen Wattegefühl. Es tat unendlich gut, diese Wärme zu spüren. Für einige Augenblicke schenkte Adrian ihrer gepeinigten Seele Licht. Nie hatte er ihr Böses gewollt, weder war er jemals in ihrer Nachbarwohnung gewesen, noch hatte er sie bedroht, Erleichterung rieselte durch ihren Körper. Der Nebel, der ihr das Denken schwer machte schien sich ein wenig aufzulösen.

„Wieso hast du gesagt, Adrian war der Einzige der deutlich sah, von was ich mich bedroht gefühlt habe, und warum sagst du plötzlich, er hatte es schwer?" Max sah sie überrascht an.

„Ich denke, wir belassen es erstmal bei dem Gesagten. Du hast für heute genug zu verdauen, Sarah."

„Ach bitte, Max!" Sie klammerte sich an seinen Arm. Gleichzeitig spürte sie, wie ihre Kräfte allmählich nachließen, das dumpfe Gefühl im Kopf wieder stärker wurde, das Licht in ihrem Herzen erlosch und Resignation Platz machte.

„Du musst langsam machen, Sarah. Es ist das erste Mal seit vielen Tagen, dass du klare Sätze formulieren kannst, ich bitte dich, lass dir Zeit. Ich erzähle dir morgen oder übermorgen von Adrian. Außerdem werden deine Eltern dich besuchen wollen, die warten sehnsuchtsvoll auf dich. Das reicht für heute an Programm." Ihr Widerstand brach, und sie wankte zu ihrem Bett zurück. Sie sträubte sich innerlich, wieder allein zu sein, weil sie sich dann zwangsläufig damit auseinandersetzen musste, was Tatsache war: Sie litt an Schizophrenie.

Sarah zog sich die Decke bis übers Kinn und versuchte, sich zusammenzureißen. Wirre Gedankenfetzen, Angst und das Gefühl vor einem tiefen, schwarzen Loch zu stehen breiteten sich in ihrem Innern aus, fraßen sich durch ihren Geist und ihre Seele wie ein bösartiges Krebsgeschwür. Besorgt sah Max sie an.

„Soll ich jemanden zu dir schicken, der bei dir bleibt, ich muss leider wieder auf Station?" Sie schüttelte nur schwach den Kopf.

„Okay, dann bis morgen." Mit einer bedauernden Geste strich er ihr noch kurz übers Gesicht. Sie las ihm den Widerstreit seiner Gefühle vom Gesicht ab. Schließlich riss er sich von ihr los.

Als er gegangen war, ließ sie es zu. Eine Welle des Entsetzens überrollte Sarah, eine nie erlebte, abgrundtiefe Verzweiflung packte und beutelte sie mit einer Macht, die alles zu verschlingen schien und sie fortzuspülen drohte, bis nur noch ihre leere Hülle zurück bleiben würde. Die Erkenntnis über das ganze vernichtende Ausmaß ihrer Diagnose zerstörte jeden Lebenswillen in ihr und malte eine Zukunft voller Wahn, Pein, Tristesse und Klinikaufenthalte. Sie versank in einer

Trübsal, die sie einem Gefühl der Sinnlosigkeit auslieferte. Sie wusste, es konnte ein erster Schub der Erkrankung sein, dem viele weitere folgen mochten. Sie registrierte, dass sie Residuen zurückbehalten, sich ihre Persönlichkeit verändern konnte. Die schizophrenen Grundsymptome drohten, dauerhaft mit ihrem Denken zu verschmelzen, ihr Antrieb lief Gefahr, ins Bodenlose zu fallen, sie würde verschroben werden und nie eine Familie gründen wollen, aus Angst, die Krankheit weiterzuvererben. Sie versuchte, die Tatsache tief in ihrem Hirn zu verschließen, dass jemanden, dem man die Diagnose einer Schizophrenie stellte, die Krankheit sein ganzes restliches Leben lang begleiten würde. Aber es misslang ihr. Das blanke Entsetzen über die grausame Wahrheit ließ sich nicht verdrängen. Sie mobilisierte all ihr Wissen über die Schizophrenie, das sie sich angeeignet hatte, und hasste, ja verteufelte zugleich den Umstand, darüber verfügen zu können. Ahnungslosigkeit hätte ihr noch Hoffnung gelassen. Die Ärztin in ihr aber fühlte, dass die Diagnose einem Todesurteil nahe kam.

Den restlichen Tag verbrachte sie mit kurzen Unterbrechungen im Bett. Sie flüchtete in einen unruhigen Schlaf und hatte das Gefühl sich mit jeder Stunde ohnmächtiger zu fühlen. Der Besuch ihrer Eltern stresste sie sehr. Diese waren verständlicherweise aufs äußerste besorgt und verstanden nicht, was mit ihrer Tochter passiert war. Aber es laugte Sarah völlig aus. Immer wieder und wenn es ihr zermartertes, umnebeltes Hirn ihr gestattete, ging sie im Geiste das Erlebte durch, und konnte es immer noch nicht fassen, dass ihr das passiert war.

Eigenartigerweise trauerte sie um Sandy, die zwar später zur Feindin geworden war, aber ihr vorher soviel Verständnis und Zuneigung geschenkt hatte. Sarah resümierte, dass sie sich im Laufe der Erkrankung immer weiter von realen Freunden und der Familie abgekapselt und innerlich distanziert hatte.

Trotz des vielen Grübelns schaffte sie es dennoch sich ein bisschen über die vielen Blumengrüße und Karten zu freuen, besonders der liebe Brief ihrer besten Freundin Anja berührte ihre Seele und ihr Herz. Doch immer wieder schweiften ihre Gedanken auch zu Adrian. Es kam einem Spott gleich, einer Ironie des Schicksals, dass im Grunde jetzt nichts mehr zwischen ihnen stand, denn auch sie war nun eine Patientin der Psychiatrie, genauso wie Adrian. Aber es interessierte sie nicht mehr. Am Morgen, als sie die Wärme für diesen Mann durchflutet hatte, schienen sein Handeln und seine Empfindungen für sie noch von Bedeutung zu sein, doch das Gefühl der Gefühllosigkeit, das sie zunehmend beschlich, und die Trauer, die von ihr Besitz ergriffen hatte, tauchten ihr Dasein in einen Schleier der Gleichgültigkeit. Allein die Tatsache, dass er ihren Zustand kannte, tröstete sie, denn Sarah hielt jetzt auch die Idee, er könne wirklich Dinge wahrnehmen, die andere nicht sahen und hörten, für eine Geburt ihrer Wahnwelt.

Am Abend machte Gerd Fuhrmann noch seine Visite und war schockiert über Sarahs Verfassung. Es konnten nicht nur die sedierenden Nebenwirkungen des Medikaments sein, die ihr so stark zu schaffen machten. Am Vormittag schien es ihr wesentlich besser gegangen zu sein.

„Was ist los Sarah? Dir geht es wieder schlechter." Traurig und resigniert sah sie zu ihm hoch.

„Es ist vorbei. Mein Leben ist doch keinen Pfifferling mehr wert", brachte sie schließlich heraus.

„Das stimmt doch nicht. Du hattest wirklich einen schlimmen Schub, Sarah, das ist ohne Frage richtig. Die Krankheit ist rasch ausgebrochen, und die Ausprägung sehr stark gewesen. Aber gerade das gibt uns doch Hoffnung für die Prognose. Wie du weißt, je akuter der Beginn und dramatischer die Symptomatik, desto besser die Prognose. Gib nicht auf jetzt."

„Ich werde ein Leben lang diese verdammten Tabletten schlucken, mit den Nebenwirkungen leben müssen, und dennoch vor einem erneuten Ausbruch niemals sicher sein." Beinahe wütend sah sie ihn an.

„Es kann aber auch eine einmalige Sache sein. Außerdem sprichst du hervorragend auf das Neuroleptikum an. Die Wahnvorstellungen sind bisher nicht wieder aufgetaucht, oder?"

„Kann ich das beurteilen? Ich kann ja zwischen Wahn und Wirklichkeit nicht mehr unterscheiden." Betroffen blickte Gerd seine Patientin aus traurigen Augen an.

„Ich möchte keinen Besuch mehr, Gerd, sage bitte allen, die mich sehen wollen, sie sollen sich lieber von mir fern halten."

„Das kann nicht dein Ernst sein, Sarah, Du brauchst jetzt Menschen um dich, die dir Liebe und Verständnis entgegen bringen." Sarah schnaubte und ließ sich kraftlos in die Kissen fallen.

„Wie kann man von anderen Liebe und Verständnis erhoffen, wenn man diese Gefühle nicht einmal selber mehr für sich aufbringen kann." Danach schloss sie die Augen und für eine lange Zeit sollte dies ihr letzter Satz gewesen sein, bevor sie begann zu schweigen.

Max

Sie wollte niemanden mehr sehen, hatte sich völlig eingekapselt in ihrer Verzweiflung, gab sich dem Schicksal hin, ohne noch zu hoffen. Als Gerd ihn das erste Mal abwies, hatte er es akzeptiert, ein wenig erleichtert sogar, da er die Begegnung mit Sarah fürchtete. Sie machte ihm Angst, strahlte Trostlosigkeit aus und spiegelte zugleich die Unberechenbarkeit des Lebens wieder, jeden konnte es treffen. Doch nach ein paar Tagen, in denen sie sich hartnäckig weigerte, ihn oder jemand anderen zu empfangen, wuchs seine Sorge. Besonders beunruhigend dabei war die Tatsache, dass sie aufgehört hatte zu sprechen. Ein paar Mal mogelte er sich mit auf die Visite der Geschlossenen und konnte sie so zumindest sehen. Doch die Sarah, die dort in ihrem Zimmer auf dem Bett saß und vor sich hinstarrte, war nur noch ein Schatten der Frau, die Max einmal gekannt, mit der er geflirtet und die sich in sein Herz gestohlen hatte. Sie wirkte um Jahre gealtert, verhärmt und knochig, denn auch das Essen reduzierte sie auf ein Minimum. Ein großer Schock für Max war auch ihr Entschluss, darauf zu bestehen, sich von einer Schwester ihre herrliche Lockenmähne abrasieren zu lassen. Es war fast, als wollte sie sich selber brandmarken.

Nachdem er Sarahs frische Glatze zu Gesicht bekommen hatte, reichte es ihm, und er suchte das Gespräch mit Gerd Fuhrmann.

„Mir scheint, es wird immer schlimmer mit Sarah, gibt es denn verdammt noch mal keinen Hinweis auf Besserung?" Seine tiefe Besorgnis war ihm auf die Stirn geschrieben. Fuhrmann rieb sich seinen Bauch und hob die Augenbrauen.

„Was ihre Schizophrenie angeht schon. Sie hat weder Zeichen eines Wahns mehr, noch irgendwelche Halluzinationen. Natürlich kann ich nicht sagen, was passiert, wenn wir die Medikamente absetzen, aber das ist klar. Was mich allerdings beunruhigt, ist die Tatsache, dass sie volle Kanne in eine Depression reingerutscht ist, ich spüre überhaupt keinen Lebenswillen mehr in ihr, es ist eher so, als wenn sie vor sich hinvegetiert." Er räusperte sich und sah Max an, der sogleich vorsichtig und mit einer ängstlichen Note versehen, die nächste Frage stellte.

„Ist sie suizidgefährdet?"

„Nein! Ich denke nicht." Gerd Fuhrmann wirkte sehr bestimmt. „Dafür strahlt sie zuviel Gleichgültigkeit aus, es ist mehr so, als ob ihr vollkommen egal ist, was aus ihr wird. Und es ist gut, dass du hier bist, denn da gibt es einen Punkt zu besprechen." Er zögerte. „Im Moment gibt es keine wirkliche medizinische Indikation mehr, sie hier bei uns auf der Geschlossenen zu behalten, ich würde sie gerne zu Dir auf Leonhardt verlegen."

„Hältst Du das für eine gute Idee? Immerhin weigert sie sich, mich zu empfangen." Skeptisch über den Vorschlag des Kollegen verschränkte er die Arme. „Außerdem fehlt mir die nötige Objektivität. Gerd, du weißt, dass da was zwischen uns lief?" Der andere nickte peinlich berührt.

„Dennoch, ein Versuch ist es wert, vielleicht erreichst du sie ja. Schlimmer kann es nicht mehr werden, was meinst du?" Max ließ es sich kurz durch den Kopf gehen, dann traf er eine Entscheidung und willigte schweren Herzens ein, und sie legten fest, Sarah am nächsten Montag zu verlegen.

Die widersprüchlichen Gefühle, die in Max tobten, wurden stärker, als er auf die Station zurückkehrte. In seinem Herzen war immer noch ein großer Platz für Sarah reserviert, und in gewisser Weise hatte ihre gemeinsame kleine Affäre auch seine Beziehung gerettet, mit Lynet lief es phantastisch. Aber ein gemeiner, unehrenhafter Teil in ihm sehnte sich danach, und zwar trotz aller Besorgnis und des ganzen Engagements, das er in den letzten Wochen mit Ausdauer für Sarah entwickelt hatte, nicht mehr für sie zuständig sein zu müssen. Er wollte seinen Alltag wieder, sich um die anderen Patienten kümmern, wünschte, dieses Kapitel seines Lebens abschließen zu können. Er schämte sich schrecklich für diese Gedanken, aber sie waren nun mal nicht zu leugnen.

„Max, schon wieder ein Anruf von Adrian Steinbach, langsam weiß ich nicht mehr, wie ich ihn abwimmeln soll." Melanie eilte ihm entgegen. Adrian Steinbach war noch vier Wochen in der Neurologie geblieben und dann anfallsfrei entlassen worden. Schon während seines Klinikaufenthaltes hatte er pausenlos versucht, etwas über Sarah zu erfahren. Seit er entlassen worden war, rief er täglich auf Station an. Da er kein Angehöriger war, durften sie ihm keine Auskunft geben. Man hatte Adrian lediglich erzählt, dass er sie sowieso nicht besuchen könnte. Max seufzte.

„Gib mir seine Nummer, ich kümmere mich darum." Erleichtert, diesen lästigen Störenfried endlich loszuwerden, eilte Melanie ins Schwesternzimmer und kritzelte Adrians Telefonnummer auf einen Zettel. Max wollte es rasch hinter sich bringen und hob den Hörer ab. Er hatte das Gefühl, es wäre falsch, Adrian weiter außen vor zu lassen. Er empfand so etwas wie eine leise Verpflichtung, ihn wenigstens grob, und natürlich ohne die Schweigepflicht zu verletzen, auf dem Laufenden zu halten. Die Krankengeschichte von Adrian Steinbach faszinierte ihn immer noch zutiefst, und er war froh darüber, an dem Kuchen teil haben zu dürfen, der eine Latte an

Veröffentlichungen nach sich ziehen würde, denn auf der einen oder anderen würde auch sein Name stehen. Adrian hatte sich noch etlichen Untersuchungen und Tests stellen müssen, und zur Freude von Professor Sailer sogar noch auf eine weitere potentielle Patientin mit dieser speziellen Form der Epilepsie verwiesen, seine Ex-Freundin. Inzwischen vermutete der Professor eine große Dunkelziffer an Krankengeschichten dieser Art und hatte dafür gesorgt, dass alle psychiatrischen Anstalten und Epilepsiezentren eine Abhandlung über dieses Krankenbild zugefaxt bekamen. Sailer hatte es paranoide Epilepsie getauft, da selbst der Spezialist aus den USA es bisher versäumt hatte, dieser Erscheinungsform einen Namen zu geben.

Max wählte Adrian Steinbachs Nummer, und fast sofort nahm dieser ab.

„Steinbach."

„Hier ist das psychiatrische Landeskrankenhaus, Horak am Apparat." Max hörte den anderen tief einatmen.

„ Wie geht es Ihnen? Professor Sailer erzählte mir, Sie seien seit einiger Zeit anfallsfrei?"

„So ist es." Adrians Antwort fiel kurz aus, und Max spürte, dass sein ehemaliger Patient noch immer eine gewisse Antipathie ihm gegenüber empfand.

„Jedenfalls rufe ich an, weil ich Ihnen mitteilen möchte, dass Sarah Wohlfart ab Montag hier auf Station ist. Ich denke, ab Mitte der Woche könnten wir versuchen, wie sie Besuch verkraftet." Überrascht äußerte Adrian seine Freude darüber.

„Ich muss Sie allerdings warnen, sie will eigentlich niemanden sehen. Sie werden sie auch ziemlich verändert vorfinden." Max wartete.

„Ich komme damit klar", war die ernste Antwort auf der anderen Seite. „Ich danke Ihnen, es bedeutet mir viel." Mit einem Mal fühlte sich Max mit diesem ihm immer noch Rätsel aufgebenden Mann verbunden. Hatten nicht beide um und für Sarah gekämpft, und war es nicht Steinbach gewesen, der die Gefahr, in der sie schwebte, die sie selber empfand, wahrnahm und etwas dagegen unternehmen wollte? Der Fakt letztendlich, dass dieser tatsächlich dazu in der Lage gewesen war, Sarahs Wahngestalten, ihre Halluzinationen zu sehen, verlangte Max ein hohes Maß an Respekt, Achtung, Entschuldigung und höchster Verblüffung ab. Max räusperte sich.

„Herr Steinbach, ich wollte Ihnen noch sagen, wie aufrichtig ich mich darüber freue, dass man Ihnen endlich gerecht werden konnte und Ihnen nun geholfen wurde. Es ist einfach… eine tolle Entwicklung nach all den Jahren." Er spürte förmlich wie Adrian auf der anderen Seite grinste.

„Das ist Ihnen nicht gelungen, mein Problem zu knacken, aber machen Sie sich nichts daraus, kann vorkommen." Auch Max musste jetzt lächeln.

„Ich wünsche Ihnen alles erdenklich Gute, Steinbach, und wir sehen uns Mittwoch, am Besuchstag."

„Bis Mittwoch, und danke." Adrian legte auf, doch Max saß noch lange da, mit dem Hörer in der Hand, und dachte über den Mann nach, der ihm so gefährlich erschienen war.

Adrian

Sein Herz klopfte gewaltig, als er am Mittwoch die Schwelle zu der Station betrat, auf der er so lange und so oft gelegen hatte. Sebastian Fuchs saß immer noch auf seinem orangefarbenen Plastikstuhl und starrte nach draußen. Unweigerlich musste Adrian lächeln. Annette Winkler, Peter Schrenk und alle anderen Patienten, die er bei seinem letzten Aufenthalt kennengelernt hatte, waren bereits entlassen oder verlegt worden und hatten anderen Patienten Platz gemacht. Als er von Anna Winterfelds Tod erfahren hatte, war er sehr erschüttert gewesen, und verstand es bis heute nicht, denn bei ihrem letzten gemeinsamen Treffen, hatte ihre Ausstrahlung etwas anderes erzählt. Schüchtern klopfte er an die Tür zum Schwesternzimmer. Heraus kamen Trude, Alfons und hinter ihm Melanie.

„Was für eine Überraschung!" Ein Lächeln umspielte Trudes Züge, und das bedeutete schon etwas.

„Wie gut Sie ausschauen!" Melanies Augen wurden groß wie Untertassen, als sie den attraktiven, braungebrannten Adrian Steinbach erblickte. Es war ihr am Gesicht abzulesen, dass sie sich fragte, ob er schon immer so gut ausgesehen hatte. Was es ausmachte, ob man hier als Patient oder als Besucher aufkreuzte, fuhr es ihm durch den Kopf. Plötzlich wurde er als Mann wahrgenommen, Melanie versuchte doch tatsächlich mit ihm zu flirten. Doch alles, was er wollte, war so schnell wie möglich Sarah zu sehen. Trude wies ihm den Weg.

„Seien Sie nicht zu geschockt. Man hat sie seit Wochen nicht ein Wort mehr sprechen hören. Außerdem ist sie jetzt kahl wie ein Baby und bei Gott auch nicht mehr hübsch." Adrian meinte einen Hauch an Schadenfreude in ihren Zügen zu erkennen, und wandte sich abgestoßen und verärgert ab. Sie hatten Sarah ausgerechnet in Zimmer fünf gelegt, und als er klopfte, schien ihm alles irgendwie verdreht. Kein Laut kam von Innen, und so beschloss er, einfach einzutreten, das Herz klopfte ihm bis zum Hals. In einer Hand hielt er eine rote Rose, die er hinter seinem Rücken versteckte, als er die Tür aufstieß. Ein Ton des Erstaunens drang aus Sarahs Kehle, als sie erblickte, wer da zu Besuch gekommen war. Aus weit aufgerissenen Augen, die übergroß in dem schmal gewordenen Gesicht wirkten, starrte sie ihn an. Doch er achtete weder auf ihre dürre Gestalt, noch auf die fehlenden Haare, er sah nicht ihre ausgemergelten Züge und die abgebissenen Fingernägel. Alles was er suchte, fand er in ihren Augen. Und wie am allerersten Tag ihrer Begegnung, an dem es ihn wie ein Blitz getroffen hatte, verzauberte sie ihn mit dem Wesen, das immer noch tief in ihren Augen zu sehen war, fühlte die Schönheit ihrer Seele, die er von Anfang an, und als er noch dazu in der Lage gewesen war, in den farbenprächtigsten, hellsten Bildern hatte bestaunen dürfen. Er spürte, wie sich in seinen Augen Tränen des Glücks ansammelten und der Rührung, sie endlich wieder bei sich zu haben. Mit schnellen Schritten eilte er auf sie zu und kniete vor ihr nieder. Sarah schien völlig überrumpelt von dieser Situation und konnte nicht anders, als ihn fortwährend nur anzustarren, wie eine Erscheinung aus ihrer Wahnwelt. Überwältigt von seinen Gefühlen sah er zu ihr hoch und verlor sich in ihren faszinierenden rotbraunen Augen, die voller Trauer standen. Er schluckte und versuchte die Tränen zurückzuhalten. Hinter seinem Rücken zog er die duftende Rose hervor und hielt sie ihr entgegen.

„Für die wunderschönste Frau der Welt", brachte er heraus, bevor sich die Tränen aus dem See seiner Seele lösten, und ihm über die Wangen liefen. Vorsichtig hob sie eine kleine, zerbrechliche Hand und tastete mit zarten Bewegungen nach seinem Gesicht. Als ihre Finger seine Wange berührten und eine Träne auffingen, umschloss er ihre Hand. Ein zaghaftes Lächeln glitt über ihre Züge.

„Du bist echt." Ihre Stimme, kaum hörbar, klang kratzig, zu lange war sie nicht mehr benutzt worden.

„Ja, ja ich bin echt... Sarah, du weißt nicht, was es mir bedeutet dich sehen zu dürfen, dich zu fühlen, ich...habe immer an dich gedacht...ich..." Zärtlich legte sie ihm einen Finger auf den Mund, strich ganz langsam und vorsichtig durch seine Haare, fuhr ihm über seine Augenbrauen, berührte, zart wie eine Feder, seinen Mund. Dann, ganz behutsam legte sie ihre Stirn an die seine und schloss die Augen.

Sarah – Epilog

Sie saß in ihrem Korbsessel, eingemummelt in die geliebte Patchworkdecke, eine Tasse mit heißem Kaffee in der Hand. Auf ihrem Schoss saß der kleine Kater, den Adrian ihr letzte Woche mitgebracht hatte. Ihre Blicke schweiften durch den Raum. Sie würde den gesamten Vormittag hier sitzen und warten, dass er nach Hause kam. Seit zwei Jahren bewohnten sie nun schon gemeinsam diese kleine, aber gemütliche Wohnung. Und während er am Morgen in die Schule fuhr, in der er eine Anstellung als Biologie- und Chemielehrer gefunden hatte, blieb sie zu Hause.

Er hatte erst vor kurzem sein bisheriges Leben zu Papier gebracht, und es sehr erfolgreich als Buch veröffentlich. Das hatte dazu geführt, dass er oft zu Kongressen geladen wurde, oder sogar Interviews im Fernsehen geben durfte. Noch immer versuchten sie beide allen Bildern und Worten, die er in seinem alten Leben wahrgenommen hatte, Bedeutung einzuhauchen. Die Tatsache, dass er dazu in der Lage gewesen war, ihre halluzinierten Gestalten zu sehen, faszinierte sie noch immer und hatte das Interesse der Wissenschaft, aber auch der breiten Öffentlichkeit geweckt. Adrian war eine bekannte Persönlichkeit geworden. Sie seufzte und dachte an früher.

Viele Wochen lang hatte Adrian damals um Sarah kämpfen müssen, sie wieder in das Leben zurückgeholt. Dennoch war es ihr schwer gefallen, sich selber die Liebe und Beziehung zu dem Mann zu gestatten, der doch gerade erst und endlich nach Jahren der Qual sein eigenes Leben geschenkt bekommen hatte, ohne die Bürde, eine psychiatrische Erkrankung auf den Schultern tragen zu müssen. Immer noch quälten sie

Schuldgefühle, ihn zu belasten, erneut die Schizophrenie in sein Leben gebracht zu haben. Doch diese Gedanken überfielen sie immer seltener.

Auch würde sie nie wieder als Ärztin arbeiten. Als sie von Anna Winterfelds Tod erfuhr, brach sie mit ihrem bisherigen Leben. Letzten Endes fühlte sie sich auch nicht mehr dazu in der Lage, kranken und vor allem psychiatrisch erkrankten Menschen zu helfen, denn Sarah war selber dazu gezwungen, stetig starke Medikamente zu nehmen. Sie hatte bereits einen weiteren Schizophrenieschub durchgemacht und lebte in der ständigen Furcht vor einem erneuten Ausbruch.

Zu Max hatten sie keinen Kontakt mehr. Sie glaubte, neulich gehört zu haben, dass er Vater einer Tochter geworden war. Dieses Glück würde ihr und Adrian nie zuteil werden. Bitterkeit stieg in ihr auf.

Nichts würde mehr sein, wie es war. Sie schloss die Augen und lauschte dem Gesang der Vögel, ihr Herz zog sich in einem Schmerz zusammen, der zugleich von Traurigkeit und dem Glück der Liebe erzählte. Sarah blickte aus dem Fenster. Draußen lief eine junge Frau spazieren, ihr ganzer Gang sprach von ihrer Unbefangenheit, strotzte vor Selbstbewusstsein. Sie ließ ihre blonden Locken in der Sonne tanzen und lächelte voller Erwartung dem Tag entgegen. Sarah blinzelte eine Träne weg, die aufstieg aus der Traurigkeit ihrer Seele. Es war ihr, als beobachtete sie ein Spiegelbild ihrer selbst aus der Vergangenheit. Nie wieder würde sie so sein.

Die Wohnungstür öffnete sich und Adrians braune Augen strahlten sie an. Und dann wusste sie es. Für dieses Lächeln und das Glück, auch nur wenige Sekunden das Leben mit diesem Mann zu teilen, hätte sie alles gegeben, und doch immer so viel mehr zurückbekommen. Sie schenkte ihrem

Mann ihr bezauberndstes, wärmstes Lächeln und verstand. Egal wie ihr Leben verlaufen wäre, zum Schluss hätte sie immer nur Adrian gefunden. Und das zu wissen genügte.

Medizinisches Glossar

Ich habe mich sehr bemüht, meine Geschichte in ein reales Umfeld zu betten, um sie so authentisch wie möglich wirken zu lassen. Der Leser bekommt also Einblick in einen realistischen Stationsalltag. Therapien, Medikamente und Abläufe sind fachlich korrekt wiedergegeben. Um dem Leser das Gefühl vermitteln zu können, er schaue dem Arzt tatsächlich über die Schulter, war es unumgänglich, viele Fachbegriffe zu verwenden, ohne die kein Mediziner auskommt. Ich habe versucht, sie in diesem Glossar zu erläutern und auch dem Laien begreiflich zu machen und hoffe, das Interesse und Verständnis für einige psychiatrische Erkrankungen geweckt zu haben.

Noch eine Bemerkung am Rande, Begriffe wie „auf Station gehen" sind völlig gebräuchlich. Der Ausdruck der „geschlossenen Station" ist oft ein Synonym für die psychiatrische Intensivstation, bei der die Türen abgeschlossen sind, hauptsächlich, um die Patienten vor sich selbst zu schützen, teils auch auf Grund destruktiv-aggressiver Tendenzen. Anders verhält es sich in der forensischen Medizin, bei der die Sicherheitsverwahrung ausschließlich dem Schutz anderer Menschen dient.

Abcense: siehe Epilepsie

Anamnese: Krankengeschichte, Beginn und Verlauf der aktuellen Beschwerden, die im ärztlichen Gespräch mit dem Kranken und den Angehörigen erfragt werden.

Angststörungen: Bei den Angststörungen wird unterschieden zwischen Ängsten vor bestimmten Objekten/Situationen (Phobien) und *generalisierten Ängsten*, die mit Befürchtungen, starker Erregbarkeit, Spannungsgefühl und körperlichen Symptomen, wie Schwitzen und Herzrasen einhergehen. Diese körperlichen Symptome treten übrigens bei allen Angststörungen auf. Unter den *Phobien* sind besonders die Spinnenphobie oder die Phobie vor engen, geschlossenen Räumen (Klaustrophobie) bekannt. Bei der im Buch erwähnten *Sozialphobie* fürchtet der Patient den Umgang mit anderen Menschen, unter anderem aus Angst, sich zu blamieren oder etwas Falsches zu sagen.

Eine *Panikattacke* muss nicht an spezielle Situationen geknüpft sein und überfällt den Betroffenen schlagartig. Bedrohlich erscheinende körperliche Symptome wie Atemnot, Herzrasen oder Ohnmacht verstärken die Panik noch.

Bei den Angststörungen, ebenso wie bei den Zwangsstörungen, arbeitet man mit der *Konfrontation und Reaktionsverhinderung* (im Rahmen der Zwangsstörung erklärt, siehe unten), außerdem werden oft *autogenes Training*, ein *Selbstsicherheitstraining* oder ein *soziales Kompetenztraining* (hier werden einfachste Situationen geübt, z.B. einer Verkäuferin eine Frage stellen oder nach dem Weg fragen) verordnet. Medikamentös werden z. B. Antidepressiva gegeben.

Amnesie: Form der Gedächtnisstörung. Zeitliche oder inhaltliche Erinnerungsbeeinträchtigungen, oft nach Bewusstseinsstörungen.

Anorexia nervosa: Magersucht, psychogene Essstörung mit beabsichtigtem, selbst herbeigeführtem Gewichtsverlust. Die Patienten essen so gut wie gar nichts mehr, bekochen aber nicht selten mit großer Hingabe die Menschen ihrer Umgebung. Es kann zu Heißhungerattacken mit herbeigeführtem Erbrechen kommen, ähnlich wie bei der *Bulimie* (hier werden Unmengen an Nahrungsmitteln in kürzester Zeit verspeist und danach wieder erbrochen). Magersüchtige leiden unter einem ausgeprägten Bewegungsdrang, so dass manchmal nicht mal normales Sitzen mehr möglich ist. Oftmals kommt es zum Abführmittelmissbrauch. Die Patienten haben eine Wahrnehmungsstörung und sehen sich im Spiegel tatsächlich als zu fett.

In der Klinik werden sie anfangs künstlich ernährt, müssen Ruhezeiten einhalten und das Essen erst wieder erlernen. Begonnen wird mit kleineren Zwischenmahlzeiten, wie einem Joghurt. Unterstützend wirken antidepressive Medikamente, und nach neuesten Erkenntnissen auch Medikamente, wie sie bei der Schizophrenie benutzt werden, da man die falsche Körperwahrnehmung als Wahn verstehen kann.

Auskultationspunkte des Herzens: es gibt bestimmte Punkten an denen man das Herz und eventuelle Herzklappengeräusche besonders gut hören und beurteilen kann.

Bedarfsmedikation: Medikamente, die im Notfall oder in bestimmten Situationen gegeben werden dürfen, z. B. bei einer plötzlichen Panikattacke oder wenn Schmerzen schlimmer werden. So etwas ist in der sog. *Kurve* angegeben.

Bleuler, Eugen: Psychiater, Zürich, 1857-1939, er prägte den Begriff der Schizophrenie (Spaltungsirresein), auch Bleuler-Krankheit genannt. Er verfasste eine bis heute gültige Beschreibung dieser psychiatrischen Krankheitsgruppe. Bleuler war Lehrer von Carl Gustav Jung und unterstütze als einer der ersten Psychiater im deutschsprachigen Raum die Psychoanalyse Sigmund Freuds.

Kurve: hier steht der Krankenverlauf des Patienten während des Krankenhausaufenthaltes drinnen. Ärzte notieren ihre Anordnungen, Medikamente, Therapien, aber auch das Pflegepersonal dokumentiert Dinge wie z.B. Fieberverläufe, Gewicht oder Verhalten des Patienten. Mit der Kurve geht man auf die Visite, um sich ein einheitliches Bild von dem Patienten und seinem Krankheitsverlauf machen zu können. Heutzutage, wird die Kurve und Krankenakte des Patienten oft elektronisch geführt.

Dämmerattacke: siehe Epilepsie

Demenz: erworbene Geistesschwäche, voranschreitend verlaufende Veränderungen des Gehirns mit Verlust von früher erworbenen Fähigkeiten und Gedächtnisstörungen.

Depression: Eine Erkrankung, die den meisten vom Hörensagen bekannt ist und mit Antriebslosigkeit, Grübelneigung, Appetitlosigkeit, Müdigkeit und Traurigkeit einhergeht. An dieser Stelle sei nur erwähnt, dass es verschiedenste Formen der Depression gibt. Es gibt unter anderem eine so genannte *Erschöpfungsepression* (den meisten wohl besser bekannt als „burn-out-Syndrom"), eine *reaktive Depression* (z.B. nach einem traurigen Vorfall) und eine *Depression mit psychotischen Symptomen* (hier kann es auch zu Halluzinationen und Wahnideen kommen) Ein Teil der depressiven Erkrankungen ist genetisch, also vererbt. Zu erwähnen sei noch die *manisch-depressive Erkrankung*, bei der euphorische Zustände und Verstimmung einander abwechseln.

Das Feld ist weit, und da die Depression im Buch nur gestreift wird, gehe ich nicht weiter in die Tiefe. Behandelt wird natürlich unter anderem mit Antidepressiva und Gesprächstherapie, aber auch mit *Neuroleptika* (siehe Neuroleptika).

Ekzem: sog. Juckflechte, nicht ansteckende Entzündungsreaktion der Haut, die juckt.

Enzyme: Biokatalysatoren; Makromoleküle; meist Proteine, die chemische Reaktionen in biologischen Systemen katalysieren. *Troponin* ist ein wichtiges *Herzenzym*, erhöhte Troponin-Werte im Blut sprechen für einen Herzinfarkt.

Elektroencephalogramm: siehe Epilepsie

Epilepsie: allgemein bekannt als Krampfleiden. Wiederholt auftretende Anfälle mit unterschiedlichen Verlaufsformen. Von 100.000 Menschen erkranken 50 daran. Epilepsien treten ohne erkennbare hirnorganische Krankheiten auf oder als Folge von Hirnschädigungen, Tumoren, Vergiftungen usw.. Erblichkeit ist nachgewiesen. Ein Anfall wird ausgelöst durch eine ungebremste Entladung der Hirnnervenzellen, einer Explosion vergleichbar. Das *Elektroencephalogramm* (EEG) kann die Hirnströme aufzeichnen, die während eines Anfalls völlig anders aussehen als beim Gesunden. Durch so genannte Provokationsmaßnahmen wie Schlafentzug, Lichtblitze oder Hyperventilation (zu schnelle und zu tiefe Atmung) kann man künstlich einen Anfall auslösen, und so die Krampfbereitschaft eines Hirns nachweisen. Behandelt wird mit Antiepileptika. Diese werden prophylaktisch gegeben und erhöhen die

Krampfschwelle, 60-80% der Patienten werden dadurch anfallsfrei.

Generell gibt es Anfälle ohne und mit Bewusstseinseinsstörungen. Die Vielzahl der unterschiedlichen Anfallsformen ist zu groß, so dass die Erklärungen auf die im Buch vorkommenden beschränkt bleiben sollen.

Der wohl bekannteste ist der große Anfall, der Grand mal-Anfall, bei dem der Patient zu Boden stürzt, der Körper zunächst starr ist, und dann krampft, es kommt zu Schaumbildung aus dem Mund und häufig auch zum Urinabgang. Es besteht für die Zeit des Anfalls eine Bewusstseinsstörung.

Bei der so genannte Dämmerattacke zeigt der Patient z.B. Schluck-, Nestel- oder Schmatzbewegungen, die Pupillen sind erweitert, der Speichelfluss ist erhöht, die Atemfrequenz verändert sich, der Blick wirkt weggetreten, es kann zu ziellosem Herumirren kommen. Es besteht kein Erinnerungsvermögen für die Zeit des Anfalls. Tatsächlich gibt es Epileptiker die stunden- und tagelang dämmern.

Die Absence wird auch als „seelische Pause" bezeichnet, da der Patient für wenige Sekunden jegliche Tätigkeit unterbricht, auf Ansprache nicht reagiert, bis zu hundertmal am Tag. Auch bei dieser Anfallsform existiert keine Erinnerung.

Vor allem bei Dämmerattacken, aber auch z.B. beim Grand mal erleben die Patienten sehr oft eine Aura, ein Vorgefühl. Der Betroffene empfindet ein Unbehagen-, Wärme- und Beklemmungsgefühl in der Magengegend. Es kann auch zu einem Gefühl der unbestimmten Vertrautheit kommen (sogenanntes „déja-vu"-Erlebnis). Tatsächlich treten im Rahmen dieses Vorgefühls auch Halluzinationen auf. Es werden z.B. Gerüche oder Farben wahrgenommen, Geräusche als überlaut empfunden und die Umgebung erscheint leuchtender.

Eine Epilepsieform namens paranoide Epilepsie existiert (bislang) nicht, ist aber eine für mich durchaus vorstellbare Möglichkeit, und so habe ich mir die schriftstellerische Freiheit herausgenommen, sie zu erfinden.

Grand mal: siehe Epilepsie

Halluzination: Bilder, Menschen, Geräusche, Stimmen und Gerüche, die nicht existieren, aber für den Betroffenen völlig real erscheinen.

i.m.: intramusculär, in den Muskel.

i.v.: intravenös, in die Vene, wirkt am schnellsten.

Leonhard, Karl, Prof. Dr. (1904-1988), habilitierte sich mit dem Thema: „defektschizophrene Krankheitsbilder" und schrieb das Werk: „Aufteilung der endogenen Psychosen und ihre differenzierte Ätiologie", das in mehrere Sprachen übersetzt wurde, unter anderem ins Japanische.

MaBu-Gruppe: Magersucht-Bulimie-Gruppe. Patientinnen tauschen sich unter der Anleitung eines erfahrenen Betreuers über ihre Krankheit aus.

Medikamente:
Antibiotikum: allgemein bekannte Medikamentengruppe, die bei bakteriellen, nicht aber bei viralen Infektionen hilft.
ASS (auch Aspirin): Allgemein bekannt als Kopfschmerztablette, wird aber auch in der Akuttherapie eines

Herzinfarktes oder in niedrigerer Dosierung nach einem Herzinfarkt oder Schlaganfall gegeben, auch generell bei Herzgefäßverengung oder Angina pectoris (Gefühl der Brustenge mit Schmerzausstrahlung z. B. in den Arm bei unzureichender Sauerstoffversorgung des Herzens durch seine Gefäße).

Benperidol: Neuroleptikum (siehe unten)

Clomipramin: Antidepressivum, wirkt bei Depressionen, Phobien und Zwangsstörungen.

Clozapin: Neuroleptikum, wird verordnet bei akuter oder chronischer schizophrener Psychose.

Diazepam: hilft bei Erregungs- Spannungs- und Angstzuständen, Mittel der Wahl zur Durchbrechung eines Status epilepticus (siehe dort).

Fluoxetin: Antidepressivum, wird angewandt bei Depression oder bei Zwangsstörung.

Haldol: Neuroleptikum, besonders geeignet um akute, psychotische Erregungszustände zu durchbrechen.

Heparin: hemmt die Blutgerinnung, am besten bekannt als Thromboseprophylaxe (Thrombose ist ein Verschluss einer Vene durch ein Gerinnsel), aber auch in der Akuttherapie bei Herzinfarkt.

Morphin: ein stark wirksames Opiat, wird als Schmerzmittel z. B. bei Krebserkrankungen verwendet, aber ebenso in der Akuttherapie eines Herzinfarktes.

Neuroleptika: Medikamente, die antipsychotisch wirken, also Mittel der Wahl bei Schizophrenie, aber auch als Zusatzmedikament bei Depressionen hilfreich.

Tavor: ein in der Psychiatrie häufig verwendetes starkes Beruhigungsmittel, bei Spannungs-, Erregungs- und Angstzuständen.

Morbus sacer: lateinische, aus der Antike stammende Bezeichnung für Epilepsie. Die Meinungen gehen auseinander, ob sich sacer auf sacer (dämonisch) oder auf sanctus (heilig) bezieht.

Panikattacken: siehe Angststörungen

Pectoralis: Musculus pectoralis, Brustmuskulatur

Praktisches Jahr (PJ): letzte Hürde im Medizinstudium. Nach dem theoretischen Lernen und Absolvieren diverser Prüfungen, arbeitet der Student ein Jahr lang praktisch im Krankenhaus. Hauptsächlich ist der Student für die Patientenaufnahmen, körperlichen Untersuchungen und das Blutabnehmen zuständig und bekommt kein Geld dafür.

Psychose: unter Laien als "Geisteskrankheit" bekannt, allgemein wird es verbunden mit Halluzinationen und Wahnvorstellungen.

Sauerstoff: chemisches Element, in der Luft enthaltenes Gas, das für die meisten Lebewesen lebensnotwendig ist; wird z. B. auch in der Akuttherapie des Herzinfarktes gegeben, oder dauerhaft bei verschiedenen Erkrankungen, bei der die Lungenfunktion beeinträchtigt ist.

Schizophrenie: Geisteskrankheit mit einem völligen Auseinanderfallen der inneren seelischen Zusammenhänge von Wollen, Fühlen und Denken und mit Entfremdung des eigenen Ichs. Tatsächlich erkranken 0,8-1% der Bevölkerung zu irgendeiner Zeit ihres Lebens an einer schizophrenen Störung. Menschen zwischen 15-45 Jahren sind am häufigsten betroffen,

Kinder sehr selten. Die Erkrankung verläuft unterschiedlich, jedoch meistens schubweise. Beim schubförmigen Verlauf kann der Patient entweder gesunde Intervalle haben oder aber von Schub zu Schub immer mehr seiner urprünglichen Persönlichkeit einbüßen. Man spricht dann von einem sich entwickelnden Residuum, also einem dauerhaften Schaden. Es gibt aber auch chronische Verlaufsformen. Unbehandelt heilen nur 20% der Schizophrenien folgenlos ab. Behandelt wird die Schizophrenie stationär und mit Neuroleptika, welche auch prophylaktisch zwischen den Schüben gegeben werden müssen.

Die Schizophrenie tritt familiär gehäuft auf. Stress kann einen Schub triggern und eine primär verschrobene, schizoide Persönlichkeit (kontaktgehemmt, introvertiert, neigt zur Vereinsamung) stellt einen Risikofaktor dar. Die Mehrheit der Erkrankungen hinterlässt wie bereits oben erwähnt Residuen bei den Patienten, d.h. Persönlichkeitsveränderungen, Antriebs-störungen oder dauerhaftes Bestehen der Grundsymptome. Die Selbstmordrate unter Schizophrenen ist hoch, oft passiert es innerhalb eines Schubs und unter Beeinflussung durch das Wahnerleben.

In der Tat gelten ein plötzlicher, akuter Beginn, eine dramatische Symptomatik und eine primär unkomplizierte Persönlichkeits-struktur als prognostisch günstige Faktoren.

Es gibt verschiedenste Ausprägungen der Schizophrenie. Sie sind alle geprägt von Denkstörungen, Wahnideen, Halluzinationen, Gefühls-, Antriebs- und Ich-Störungen (siehe unten).

Die *paranoide Form* ist die häufigste. Beherrscht wird sie von Wahnideen und akustischen Halluzinationen (meistens werden Stimmen gehört). Natürlich treten auch optische oder sensorische Halluzinationen auf. (z.B. Geschmacks- oder Geruchswahr-nehmungen). Die Patienten erleben gehäuft ein

Gefühl des von außen Gemachten, fühlen sich manipuliert und und von außen gelenkt, sind unter anderem davon überzeugt, man könne ihre Gedanken lesen, sie ihnen wegnehmen oder ihr Handeln steuern (das bezeichnet man als Ich-Störung).

Sondierung: künstliche Ernährung, bei der ein Schlauch durch die Nase direkt in den Magen eingeführt wird. In der Regel verbleibt der Schlauch bei den Anorexie-Patienten erstmal, bis das Essen wieder erlernt worden ist, und sie eigenständig das Gewicht halten oder sogar wieder zunehmen können.

Sozialphobie: siehe Angststörungen

Status epileptikus: Aufeinanderfolge von generalisierten (z.B. Grand mal) Anfällen, zwischen denen der Kranke das Bewusstsein nicht wieder erlangt. Es handelt sich um einen lebensgefährlichen Zustand. Es wird mit Diazepam rektal behandelt.

subcutan: in das Unterhautfettgewebe.

Troponin: siehe Enzyme

Verhaltenstherapie: Bewusst herbeigeführtes verändertes Verhalten des Patienten in speziellen Situationen wird trainiert, unterstützt oder belohnt (z.B. durch Verstärkerpläne). Es gibt verschiedenste Möglichkeiten. Auch hier ist das Feld weit.

Wahn: Denkstörung, eine eigene Überzeugung von der Lebenswirklichkeit, die nicht der Realität entspricht. Die Patienten haben eine so starke subjektive Gewissheit, dass der

Wahn nicht korrigierbar ist. Es gibt verschiedenste Wahnerlebnisse, wie Wahneinfälle („Ich bin die Tochter von John Lennon") oder Wahnarbeit (ein Denkvorgang verknüpft Wahnwahrnehmungen und wahnhafte Erklärungen zu einem logischen Wahnsystem). Außerdem treten verschiedene Wahnthemen auf wie Verfolgungswahn, Größenwahn oder Beziehungswahn (Patient bezieht alles auf sich).

Zönästhesien: qualitativ abnorme, diffuse Leibesempfindungen, z.b. wird ein Arm als sehr lang empfunden, typisch für die Schizophrenie.

Zwangsstörung: Sie liegt vor, wenn sich bestimmte Denkinhalte, Vorstellungen oder Handlungsimpulse immer wieder aufdrängen und nicht unterdrückt werden können. Der Patient begreift die Unsinnigkeit seines Denkens oder Handelns und steht unter einem großen Leidensdruck. Es gibt unter anderem Zwangshandlungen (z. B. Waschzwang, Kontrollzwang, Zählzwang), Zwangs-befürchtungen (z. B. die Befürchtung, etwas Schlimmes getan zu haben, meist aggressiv, schädigend oder obszön eingefärbt), oder auch Zwangsimpulse (ebenfalls aggressiver Natur, z. B. sich aufdrängendes Verlangen, jemanden zu verletzen, was faktisch so gut wie nie passiert).

Hat eine Person lediglich die Tendenz zu zwanghaftem Verhalten, spricht man von einer zwanghaften Persönlichkeit.

Durch eine Exposition mit Reaktionsverhinderung wird der Patient mit der Situation konfrontiert, in der er nicht „normal" agiert, z. B. soll der Patient lernen, nur zweimal zu kontrollieren, ob der Herd ausgeschaltet ist, und wird daran gehindert, es öfters zu kontrollieren. (Der Patient mit Klaustrophobie muss es beispielsweise aushalten, einen

Aufzug zu betreten und drinnen zu bleiben). Spezielle Antidepressiva in hoher Dosierung wirken unterstützend.

Danksagung

Von Herzen möchte ich meinem geliebten Mann Jan danken, der mich immer unterstützt und ermutigt hat, mir meinen Traum zu erfüllen, ein Buch zu schreiben. Zugleich war er mein erster und wirklich begeisterter Leser. Er hat mir auch bei der technischen Umsetzung der Veröffentlichung sehr geholfen.

Mein Dank gilt auch meiner Schwester Katrin und meinem Schwager Stefan, meinen „privaten" Lektoren, ihr habt diesen Job super gemacht! Meine Mutter hat immer an meine schriftstellerischen Fähigkeiten geglaubt, ebenso wie meine Schwester Christiane, danke dafür! Meinem Vater habe ich für alle Tips und Ratschläge zu danken, die sich um Recht, Ordnung und die Polizei drehen.

Und ein besonders dickes Dankeschön geht an meine Kinder Lotta, Nils und Clara. Ihr habt die schreibende Mama im Arbeitszimmer respektiert, und mich (fast) nie gestört. Ich liebe euch!